BRUME

LA FAUCHEUSE

Du même auteur
aux Éditions J'ai lu

Carrie, *J'ai lu* 835
Shining, *J'ai lu* 1197
Danse macabre, *J'ai lu* 1355
Cujo, *J'ai lu* 1590
Christine, *J'ai lu* 1866
Peur bleue, *J'ai lu* 1999
Charlie, *J'ai lu* 2089
Simetierre, *J'ai lu* 2266
Différentes saisons, *J'ai lu* 2434
La peau sur les os, *J'ai lu* 2435
Brume - Paranoïa, *J'ai lu* 2578
Brume - La Faucheuse, *J'ai lu* 2579
Running man, *J'ai lu* 2694
ÇA-1, *J'ai lu* 2892
ÇA-2, *J'ai lu* 2893
ÇA-3, *J'ai lu* 2894
Chantier, *J'ai lu* 2974
Misery, *J'ai lu* 3112
Marche ou crève, *J'ai lu* 3203
Le Fléau-1, *J'ai lu* 3311
Le Fléau-2, *J'ai lu* 3312
Le Fléau-3, *J'ai lu* 3313
Les Tommyknockers-1, *J'ai lu* 3384
Les Tommyknockers-2, *J'ai lu* 3385
Les Tommyknockers 3, *J'ai lu* 3386
Rage, *J'ai lu* 3439
Minuit 2, *J'ai lu* 3529
Minuit 4, *J'ai lu* 3670
Bazaar-1, *J'ai lu* 3817
Bazaar-2, *J'ai lu* 3818
Jessie, *J'ai lu* 4027
Rêves et cauchemars-1, *J'ai lu* 4305
Rêves et cauchemars-2, *J'ai lu* 4306
Anatomie de l'horreur-1, *J'ai lu* 4410
Anatomie de l'horreur-2, *J'ai lu* 4411
Insomnie-1, *J'ai lu* 4615
Insomnie-2, *J'ai lu* 4616
Rose Madder, *J'ai lu* 5341
Désolation, *J'ai lu* 5010
La ligne verte, *J'ai lu* 5157

La Tour Sombre :
1. Le Pistolero, *J'ai lu* 2950
2. Les Trois Cartes, *J'ai lu* 3037
3. Terres perdues, *J'ai lu* 3243
4. Magie et Cristal, *J'ai lu* 5313

SOUS LE PSEUDONYME DE RICHARD BACHMAN
Les régulateurs, *J'ai lu* 5011

STEPHEN

KING

BRUME

LA FAUCHEUSE

Nouvelles

Traduit de l'américain par Michèle Pressé
et Serge Quadruppani

J'AI LU

Titre original :

SKELETON CREW

SUITE DU PREMIER VOLUME

Machine divine à traitement de texte

Au premier coup d'œil ça ressemblait à une machine à traitement de texte Wang – il y avait un clavier Wang et un boîtier Wang. C'est seulement au deuxième coup d'œil que Richard Hagstrom vit que le boîtier avait été ouvert (et sans délicatesse particulière – il lui sembla que le boulot avait été fait avec une lame de scie à métaux) pour permettre l'introduction d'un tube cathodique IBM un peu plus grand. Les disquettes qui allaient avec cet étrange bâtard n'étaient pas du tout souples : elles étaient aussi rigides que les 45-tours que Richard écoutait quand il était jeune.

– Mon Dieu, qu'est-ce que c'est que ça ? demanda Lina pendant que M. Nordhoff et lui la transportaient pièce par pièce dans son bureau.

M. Nordhoff avait habité tout à côté de la famille du frère de Richard Hagstrom... de Roger, Belinda et leur fils, Jonathan.

– Quelque chose que Jon a fabriqué, dit Richard. Ça m'était destiné, d'après M. Nordhoff. On dirait une machine à traitement de texte.

– Eh oui, dit M. Nordhoff. (Il avait déjà largement passé la soixantaine et il était tout à fait hors d'haleine.) C'est ce qu'il disait que c'était, le pauvre garçon... on pourrait peut-être poser ça une minute, monsieur Hagstrom ? Je suis vanné.

– Bien sûr, dit Richard et il appela son fils Seth, qui tirait de bizarres accords atonaux de sa guitare Fender.

Les sons montaient de l'entresol, une pièce dont Richard voulait faire la « salle de séjour de la famille » et qui était devenue le « studio de répétition » de son fils.

– Seth, lança-t-il, viens nous donner un coup de main !

En bas, Seth continua imperturbablement à tirer des accords distordus de sa Fender. Richard jeta un coup d'œil à M. Nordhoff et haussa les épaules, honteux et incapable de dissimuler sa honte. Nordhoff haussa les épaules en retour comme pour dire : *Les gosses ! De nos jours, on ne peut pas s'attendre à mieux, de leur part !* Sauf que tous deux savaient que de la part de Jon – le pauvre Jon Hagstrom marqué par le destin, le fils de son cinglé de frère – on pouvait sans crainte s'attendre à mieux.

– C'était aimable à vous de m'aider pour ça, dit Richard.

Nordhoff haussa les épaules.

– Un vieil homme comme moi, qu'est-ce que ça peut faire d'autre de son temps ? Et je suppose que je devais au moins ça à Jonny. Il tondait ma pelouse gratuitement, vous saviez ça ? Je voulais le payer mais il ne voulait pas de mon argent. Ça, c'était un gosse !

Nordhoff était toujours hors d'haleine.

– Est-ce que je pourrais avoir un verre d'eau, monsieur Hagstrom ?

– Bien sûr.

Devant l'immobilité de sa femme, qui lisait un livre de poche salace sur la table de la cuisine en mangeant d'épaisses friandises, il alla le chercher lui-même.

– Seth ! appela-t-il encore. Monte nous aider, tu veux ?

Mais Seth continua simplement à jouer en sourdine des accords plutôt aigres sur la Fender que Richard n'avait pas fini de payer.

Il invita Nordhoff à rester pour le dîner, mais celui-ci refusa poliment. Richard hocha la tête, de nouveau embarrassé mais le dissimulant peut-être mieux cette fois. *Qu'est-ce qu'un type bien comme toi fait avec une famille pareille ?* lui avait demandé un jour Bernie Epstein, et Richard n'avait pu que secouer la tête, en éprouvant le même morne embarras qu'il ressentait à présent. En effet, il était un type bien. Et pourtant, voilà ce qu'il avait fini par avoir sur les bras – une femme morose et empâtée qui avait le sentiment que les bonnes choses de la vie lui échappaient, qui pensait qu'elle avait enfourché le mauvais cheval (mais qui n'irait jamais jusqu'à l'avouer) et un fils peu communicatif qui faisait un boulot marginal dans l'école où lui-même enseignait... un fils qui jouait des accords inquiétants à la guitare matin, midi et soir (surtout le soir) et qui semblait penser que d'une manière ou d'une autre, ça lui suffirait pour s'en sortir.

– Alors, que diriez-vous d'une bière ? s'enquit Richard.

Il avait du mal à laisser Nordhoff partir – il voulait en entendre davantage sur Jon.

– Une bière, ça tomberait terriblement bien, dit Nordhoff, et Richard approuva du chef avec reconnaissance.

– Parfait, dit-il et il retourna leur chercher deux Bud.

Le bureau était une sorte de petite remise à part de la maison – comme la « salle de la famille », il l'avait construit de ses mains. Mais à la différence de ladite salle, il considérait cet endroit comme le sien, un endroit où il pouvait s'enfermer à l'écart de l'étrangère qu'il avait épousée et de l'étranger auquel elle avait donné naissance.

Bien entendu, Lina n'approuvait pas le fait qu'il eût un coin à lui, mais elle n'avait pas pu l'en empêcher – c'était l'une des rares petites victoires qu'il avait remportées sur elle. D'une certaine manière, songeait-il, elle avait effectivement enfourché le mauvais cheval – quand ils s'étaient mariés seize ans auparavant, ils croyaient tous deux qu'il écrirait de merveilleux et lucratifs romans et qu'ils rouleraient bientôt en Mercedes-Benz. Mais le seul roman qu'il eût publié n'avait rien eu de lucratif et les critiques n'avaient pas tardé à dire qu'il n'était pas merveilleux non plus. Lina avait adopté le point de vue des critiques, et cela avait été le début de leur éloignement.

Alors le poste de professeur de lycée qu'ils avaient d'abord considéré comme un simple point de départ pour leur envol vers la célébrité, la gloire et la richesse, était depuis maintenant quinze ans leur principale source de revenus – un point de départ qui dure salement, pensait-il parfois. Mais il n'avait jamais tout à fait renoncé à son rêve. Il écrivait des nouvelles et de temps à autre un article. Il était un membre respecté du syndicat des auteurs. Avec sa machine à écrire, il faisait rentrer cinq mille dollars par an de revenus supplémentaires, et Lina avait beau ronchonner, ça justifiait le privilège d'un bureau... surtout depuis qu'elle refusait de travailler.

– Vous vous êtes arrangé un joli coin ici, dit Nordhoff, en examinant d'un regard circulaire la petite pièce aux murs ornés d'un mélange de tableaux démodés.

La machine hybride était posée sur le bureau, l'unité centrale en dessous. La vieille Olivetti électrique de Richard était pour l'instant à l'écart sur l'un des classeurs.

– Ça fera l'affaire, dit Richard.

Du menton, il montra la machine.

– Vous ne croyez pas que ce truc marche vraiment, non ? Jon n'avait que quatorze ans.

– Ça a une drôle d'allure, hein ?

– Oui, bien sûr, approuva Richard.

Nordhoff rit.

– Et vous ne savez pas tout. J'ai jeté un coup d'œil à l'arrière de la visionneuse. Il y a des fils qui portent la marque IBM et d'autres Radio Shack. Il y a aussi beaucoup de pièces de téléphone de la Western Electric. Et croyez-moi si vous pouvez mais il y a aussi un petit moteur de Meccano.

Il but une gorgée de bière et dit comme si une idée lui venait après coup :

– Quinze ans. Il venait juste d'avoir quinze ans. Deux jours avant l'accident.

Il se tut un instant et répéta, les yeux baissés sur sa canette :

– Quinze ans.

Il n'avait pas parlé très fort.

– Un Meccano ? demanda Richard en lançant un regard incrédule au vieil homme.

– Exactement. Il avait pris un petit moteur sur un modèle réduit électrique à monter soi-même. Jon en avait un depuis... oh, peut-être l'âge de six ans. Je le lui avais offert une année pour Noël. Il était déjà fou de gadgets. Toutes les sortes de gadgets lui plaisaient, et cette petite boîte de Meccano avec ses moteurs électriques a dû l'amuser. Du moins je le suppose. Il l'a gardée pendant presque dix ans.

Il n'y a pas beaucoup de gosses qui font ça, monsieur Hagstrom.

– Non, dit Richard, en pensant aux boîtes de jouets de Seth qu'il jetait d'année en année – abandonnés, oubliés ou cassés sans raison.

Il jeta un coup d'œil à la machine à traitement de texte.

– Alors, elle ne marche pas ?

– Je n'en jurerais pas avant d'avoir essayé, rétorqua Nordhoff. Le gosse était sacrément doué, c'était pas loin d'être un génie en électricité.

– En quelque sorte, oui. Je sais qu'il était bon pour les gadgets et il a gagné le prix scientifique de l'État quand il était en sixième...

– Il concourait contre des gosses beaucoup plus vieux – il y avait même des étudiants de l'université. C'est ce que disait sa mère, en tout cas.

– C'est vrai. Nous étions tous très fiers de lui.

Ce qui n'était pas l'exacte vérité. Richard était fier, et la mère de Jon aussi était fière, le père du gosse, lui, s'en fichait éperdument.

– Mais entre remporter un prix et construire de bric et de broc sa propre machine à traitement de texte...

Il haussa les épaules.

Nordhoff vida sa canette.

– Dans les années cinquante, il y a eu un gosse qui a fabriqué une bombe atomique avec deux boîtes de conserve et quelque chose comme cinq dollars de matériel électrique. Jon me l'a raconté. Et il disait qu'il y avait un autre gosse du côté du Nouveau-Mexique qui a découvert les tachyons, des particules négatives qui sont censées voyager en arrière dans le temps – en 1954. Un autre gamin, à Waterbury, dans le Connecticut – il avait onze ans – a fabriqué une bombe en grattant le Celluloïd au dos de cartes à jouer. Il a fait sauter une niche à chien vide avec. Les gosses sont marrants parfois. Les surdoués en particulier. Vous risquez d'être surpris.

– Peut-être. Peut-être pas.

– C'était un gosse formidable, en tout cas.

– Vous l'aimiez bien, hein ?

– Monsieur Hagstrom, je l'aimais beaucoup. C'était un gamin vraiment très bien.

Et Richard songea à l'étrangeté de la chose : son frère, qui était vraiment un pauvre con depuis l'âge de six ans, avait eu droit à une femme superbe et à un fils intelligent et beau. Et lui, qui avait toujours essayé d'être aimable et bon (quoi que signifie le mot « bon » dans ce monde de fous), avait épousé Lina, qui était devenue une femme taciturne et bovine et il avait reçu d'elle Seth en prime. Considérant le visage honnête et fatigué de Nordhoff, il se surprit à se demander comment cela avait pu arriver exactement et dans quelle mesure il était responsable, dans quelle mesure cela résultait naturellement de sa propre faiblesse silencieuse.

Après le départ de Nordhoff, Richard Hagstrom brancha la machine et mit le contact. Il y eut un ronronnement et il attendit pour voir si les lettres IBM apparaîtraient sur l'écran. Il n'en fut rien. À la place, mystérieusement, comme une voix surgie de la tombe, ces mots émergèrent, fantômes verts venus des ténèbres :

JOYEUX ANNIVERSAIRE, ONCLE RICHARD ! JON.

– Seigneur, murmura Richard en se laissant tomber sur une chaise.

L'accident qui avait tué son frère, la femme de ce dernier et leur fils remontait à une quinzaine. Ils revenaient d'une journée de balade et Roger était saoul. Être saoul était une situation extrêmement banale dans la vie de Roger Hagstrom. Mais cette fois la chance s'était tout simplement dérobée et il avait fait franchir à son vieux minibus poussiéreux la rambarde surplombant un à-pic de trente mètres. Le véhicule s'était écrasé et avait brûlé. *Jon avait quatorze ans – non, quinze. Il a eu ses quinze ans juste deux jours avant l'accident, a dit le vieil homme. Encore trois ans et il se serait libéré de ce lourdaud, de cet ours stupide. Son anniversaire... et le mien juste après.*

Dans une semaine, la machine à traitement de texte était le cadeau d'anniversaire que Jon lui destinait.

D'une certaine manière, ça rendait les choses encore plus douloureuses. Richard n'aurait pas pu dire précisément pourquoi ou comment, mais c'était ainsi. Il tendit la main pour éteindre l'écran et puis la retira.

Un gosse a fabriqué une bombe atomique avec deux boîtes de conserve et cinq dollars de composants électriques.

Oui, c'est ça, et les égouts de New York sont peuplés d'alligators et l'armée de l'air des États-Unis garde un extraterrestre dans la glace quelque part dans le Nebraska. Raconte encore. C'est de la connerie. Mais peut-être ai-je envie d'y croire un peu.

Il se leva, contourna l'écran pour regarder à travers les fentes. Oui c'était bien comme Nordhoff avait dit. Des fils portant l'inscription RADIO SCHACK MADE IN TAIWAN. D'autres étiquetés WESTERN ELECTRIC et WESTREX et ERECTOR SET, avec le petit cercle entourant le *R* qui signale une marque déposée. Et il vit autre chose, que Nordhoff avait négligé ou qu'il n'avait pas voulu mentionner. C'était un transformateur de petit train, avec des fils partout comme la fiancée de Frankenstein.

– Seigneur, dit-il en riant d'un rire tout à coup très proche des larmes.

Seigneur, qu'est-ce que tu croyais faire, Jonny ?

Mais là aussi il connaissait la réponse. Il avait rêvé de posséder une machine à traitement de texte pendant des années, et il en avait souvent parlé et quand le rire de Lina s'était fait trop sarcastique, il en avait discuté avec Jon. « J'écrirais plus vite, je récrirais plus vite, et me résignerais encore plus vite », se souvint-il d'avoir raconté à Jon l'été précédent. Le garçon l'avait regardé avec sérieux, de ses yeux bleu clair, intelligents mais toujours sur leur garde, agrandis par les lunettes. « Ce serait formidable... vraiment formidable. »

« Alors pourquoi est-ce que tu n'en achètes pas, oncle Rich ? »

« C'est pas vraiment donné, avait répondu Richard avec un sourire. La Radio Shack est à trois mille dollars, premier prix. De là tu peux aller jusqu'à dix-huit mille dollars. »

« Eh bien, je t'en fabriquerai peut-être une un jour », avait dit Jon.

« Peut-être bien », avait répondu Richard en lui donnant une tape dans le dos.

Et jusqu'au coup de fil de Nordhoff, il n'y avait plus songé.

Des fils de modèles réduits.

Le transformateur d'un petit train.

Seigneur !

Il revint devant la machine dans l'intention de l'éteindre, comme si en tentant d'écrire sur son écran et en échouant il risquait de flétrir ce que son très sérieux et fragile neveu

(condamné)

avait voulu faire.

Au lieu de quoi, il appuya sur la touche EXÉCUTION. Ce faisant, un drôle de petit frisson lui parcourut la colonne vertébrale – c'était drôle d'utiliser un mot pareil : EXÉCUTION. On ne l'associait pas à l'écriture. C'était un mot qui évoquait les chambres à gaz et les chaises électriques... et peut-être les vieux minibus poussiéreux bondissant hors de la route.

EXÉCUTION.

Le ronronnement qui sortait de l'unité centrale se fit plus bruyant que tout ce qu'il avait jamais entendu quand il avait fait les boutiques de machines à traitement de texte; en fait, c'était presque un rugissement. *Qu'est-ce qu'il y a dans cette bon Dieu de mémoire, Jon ? demanda-t-il mentalement. Des ressorts de lit ? Des transformateurs de petits trains rangés sur une file ? Des boîtes de conserve ?* Il revit les yeux de Jon, son visage délicat et tranquille. N'était-il pas étrange, et même malsain, d'envier à un autre homme son fils ?

Mais ç'aurait dû être le mien. Je le savais... et je crois qu'il le savait. Et puis, il y avait Belinda, la femme de Roger. Belinda qui portait trop souvent des lunettes noires par des journées sans soleil. Des grandes, parce que les bleus autour de l'œil ont une fâcheuse tendance à s'élargir. Mais il la regardait parfois, assise là, calme et attentive, sous l'aile pesante du rire de Roger, et il pensait presque exactement la même chose : *Elle aussi aurait dû être mienne.*

C'était une pensée terrifiante, car ils avaient tous deux connu Belinda à l'université et tous deux étaient sortis avec elle, Roger et lui avaient deux ans de différence et Belinda se trouvait à égale distance de l'un et de l'autre, un an de plus que Richard et un an de moins que Roger. C'était Richard, en fait, qui avait fréquenté le premier celle qui allait devenir la mère de Jon. Puis Roger était entré dans la danse, Roger qui était plus grand et plus vieux, Roger qui obtenait toujours ce qu'il voulait. Roger qui faisait mal à quiconque se mettait en travers de son chemin.

J'ai eu peur. J'ai eu peur et je l'ai laissée partir.

Était-ce si simple ? Bonté divine, je crois que oui. J'aimerais m'être conduit différemment, mais peut-être vaut-il mieux ne pas se mentir sur un sujet comme la lâcheté. Et la honte.

Et si ces choses étaient vraies – si Lina et Seth avaient d'une manière ou d'une autre formé la famille de son bon à rien de frère et si Belinda et Jon avaient été avec lui, qu'est-ce que ça prouverait ? Et comment une personne sensée devait-elle normalement se conduire face à un gâchis aussi absurdement réparti ? Faut-il en rire ? Faut-il crier ? Faut-il se tuer pour cette couardise ?

Ça ne m'étonnerait pas que ça marche. Ça ne m'étonnerait pas du tout.

EXÉCUTION.

Ses doigts se déplaçaient rapidement sur les touches. Il regarda l'écran et y vit flotter ces lettres vertes :

MON FRÈRE ÉTAIT UN VAURIEN IVROGNE.

Elles flottaient là et brusquement Richard pensa à un jouet qu'il avait quand il était gosse. Ça s'appelait la boule magique. On lui posait une question à laquelle on pouvait répondre par oui ou par non et puis on faisait tourner la boule magique pour voir ce qu'elle avait à dire sur le sujet – ses réponses idiotes, mais toujours pourvues d'une sorte de charme mystérieux, étaient du genre C'EST PRESQUE CERTAIN, JE N'Y COMPTERAIS PAS, REDEMANDE PLUS TARD.

Roger était jaloux de ce jouet, et pour finir, un jour, après avoir harcelé Richard pour qu'il le lui donne, Roger l'avait balancé contre le trottoir de toutes ses forces et l'avait cassé. Puis il avait ri. Aujourd'hui, pendant qu'il prêtait l'oreille au grondement étrangement saccadé du boîtier de l'unité centrale que Jon avait bricolé, Richard se rappelait qu'il s'était effondré en pleurs sur le trottoir, incapable d'admettre que son frère avait fait une chose pareille.

– Oh le bébé qui pleure, oh le bébé qui pleure ! le taquinait Roger. De toute façon c'était rien qu'un minable petit jouet de merde, Richie. Regarde ça, y avait rien d'autre qu'un tas de petites inscriptions et beaucoup d'eau.

– JE VAIS LE DIRE ! avait crié Richard de toute la force de ses poumons.

Le sang lui montait à la tête. Ses sinus étaient encombrés par des larmes d'indignation.

– Je vais dire ce que t'as fait Roger ! Je vais le dire à maman !

– Si tu le dis, je te casse un bras, avait dit Roger et Richard avait vu dans son sourire glacial qu'il pensait ce qu'il disait. Il s'était tu.

MON FRÈRE ÉTAIT UN VAURIEN IVROGNE.

Eh ben, cette machine était peut-être bizarrement fichue, mais l'écran marchait. Est-ce qu'elle enregistrait des informations dans son unité centrale ? C'était à voir. En tout cas, l'accouplement par Jon d'un clavier Wang et d'un écran IBM avait effectivement réussi. Pure coïncidence, il avait ramené quelques souvenirs passablement dégueulasses mais il ne pensait pas que c'était la faute de Jon.

Il jeta un regard circulaire sur le bureau et ses yeux s'arrêtèrent par hasard sur la seule photo qui ne s'y trouvait pas de son fait et qu'il n'aimait pas. C'était un portrait de Lina exécuté en studio, le cadeau qu'elle lui avait offert pour Noël deux ans plus tôt. *Je veux que tu l'accroches dans ton bureau,* lui avait-elle dit et donc, bien sûr, il s'était exécuté. C'était, supposait-il, sa façon à elle de garder un œil sur lui quand elle n'était pas là. *Ne m'oublie pas, Richard. Je suis là. J'ai peut-être bien misé sur le mauvais cheval, mais je suis toujours là. Et tu as intérêt à ne pas l'oublier.*

Le cliché de studio avec ses couleurs artificielles s'accordait mal avec l'aimable mélange de tableaux de Whistler, Homer et N. C. Wyeth. Les yeux de Lina étaient à demi fermés, sa bouche, épais arc de Cupidon, prenait une forme qui n'était pas tout à fait celle d'un sourire. *Je suis toujours là, Richard,* lui disait la bouche. *Et ne t'avise pas de m'oublier.*

Il tapa :

LA PHOTO DE MA FEMME EST ACCROCHÉE AU MUR OUEST DE MON BUREAU.

Il considéra ces mots et ils ne lui plurent pas plus que la photo elle-même. Il appuya sur la touche EFFACER. Les mots disparurent. Maintenant il n'y avait plus sur l'écran que la palpitation opiniâtre du curseur lumineux.

Il leva les yeux sur le mur et vit que la photo de son épouse avait elle aussi disparu.

Il resta là, immobile, un très long moment – du moins lui sembla-t-il – à contempler le mur où la photo avait été. Ce qui finit par le tirer de l'hébétude de ce choc totalement incroyable, ce fut l'odeur de l'unité centrale – une odeur qui lui rappela son enfance aussi clairement qu'il s'était rappelé la boule magique que Roger lui avait cassée parce qu'elle ne lui appartenait pas. L'odeur très particulière du transformateur d'un petit train électrique. Quand on sentait cela, on était censé éteindre pour laisser l'appareil refroidir.

Et ainsi ferait-il.

Dans une minute.

Il se leva pour marcher jusqu'au mur sur des jambes qui lui parurent engourdies. Il passa les doigts sur le panneau. La photo s'était trouvée là, très exactement là. Mais elle était partie maintenant et le crochet auquel elle était suspendue avait disparu et il n'y avait pas de trou là où il avait vissé le crochet.

Disparu.

Le mot brusquement vira au gris et il vacilla en arrière, en pensant vaguement qu'il allait s'évanouir. Il s'accrocha de toutes ses forces jusqu'à ce qu'il puisse de nouveau se concentrer sur le mot.

Son regard voyagea de l'espace vide sur le mur où s'était trouvée la photo de Lina à la machine à traitement de texte que son neveu mort avait confectionnée.

Vous risquez d'être surpris, entendit-il Nordhoff lui dire. *Vous risquez d'être surpris, vous risquez d'être surpris, oh oui, si un gosse des années cinquante a réussi à découvrir des particules qui voyagent en arrière dans le temps, vous risquez d'être surpris en voyant ce que votre génie de neveu est arrivé à faire avec une poignée d'éléments d'une machine à traitement de texte déglinguée, quelques fils et des composants électriques. Vous risquez d'être surpris au point d'avoir l'impression de devenir fou.*

L'odeur du transfo devenait plus forte, plus lourde et il aperçut des volutes de fumée qui s'échappaient des fentes d'aération de l'écran. Le bruit de l'unité centrale s'accentuait aussi. Il était temps d'éteindre – si intelligent que Jon ait été, il n'avait apparemment pas eu le temps de travailler sur toutes les puces de cette dingue de machine.

Mais savait-il ce que ça donnerait ?

Pris d'une inspiration, Richard se rassit devant l'écran et tapa :

LA PHOTO DE MA FEMME EST SUR LE MUR.

Il considéra la phrase un moment, baissa les yeux sur le clavier et appuya sur la touche EXÉCUTION.

Il regarda le mur.

La photo de Lina était revenue, à l'endroit précis où elle avait toujours été.

– Seigneur ! chuchota-t-il, ça alors.

Il se passa une main sur la joue, regarda l'écran

(redevenu vide à l'exception du curseur lumineux) et puis pianota :

LE PLANCHER EST VIDE.

Puis il appuya sur la touche INSERTION et ajouta :

HORMIS DOUZE PIÈCES DE VINGT DOLLARS OR DANS UN PETIT SAC DE COTON.

Il poussa la touche EXÉCUTION.

Il jeta un coup d'œil au plancher, sur lequel gisait maintenant un petit sac de coton fermé par un cordon. Sur le sac était imprimée, en lettres d'une encre pâle, l'inscription WELL'S FARGO.

– Ô mon Dieu, s'entendit-il dire d'une voix qui ne lui appartenait pas. Ô mon Dieu, mon Dieu...

Il aurait pu continuer à invoquer le nom divin pendant des minutes et des heures si la machine ne l'avait rappelé à l'ordre d'un bip-bip impératif. En haut de l'écran clignotait l'avertissement SURCHAUFFE.

Richard se hâta de couper les contacts et quitta son bureau comme si tous les diables de l'enfer étaient à ses trousses.

Mais avant de partir il ramassa le petit sac et le glissa dans la poche de son pantalon.

Quand il appela Nordhoff ce soir-là, dehors un vent froid de novembre jouait dans les arbres d'une cornemuse désaccordée. Le groupe de Seth était au rez-de-chaussée, en train de massacrer un air de Bob Seger, Lina était allée à Notre-Dame-des-Douleurs-Perpétuelles pour jouer au bingo.

– La machine marche ? s'enquit Nordhoff.

– Elle marche très bien, dit Richard.

Plongeant la main dans sa poche, il en sortit une pièce. Elle était lourde, plus lourde qu'une montre Rollex. Le fier profil d'un aigle était gravé sur une face, avec la date 1871.

– Elle marche à un point que vous aurez du mal à croire.

– Mais si, dit Nordhoff d'un ton neutre. C'était un gosse très brillant et il vous aimait tant, monsieur Hagstrom. Mais faites attention. Un gosse n'est qu'un gosse, brillant ou pas, et l'affection peut être mal employée. Vous comprenez ce que je veux dire ?

Richard ne comprenait pas du tout. Il se sentait brûlant et fiévreux. Le journal du jour fixait le cours de l'or à 514 dollars l'once. Sur son pèse-lettre, les pièces avaient un poids moyen de 4,5 onces. Au prix du marché, ça les faisait monter à 27 756 dollars. Et il supposait que ce n'était peut-être que le quart de ce qu'il pourrait tirer de ces pièces s'il les vendait à des numismates.

– Monsieur Nordhoff, pourriez-vous venir ? Maintenant ? Ce soir ?

– Non. Non, je ne crois pas que j'y tienne, monsieur Hagstrom. Je crois que ceci devrait rester entre Jon et vous.

– Mais…

– Souvenez-vous de ce que je vous ai dit, c'est tout. Pour l'amour du ciel, faites attention.

Il y eut un petit déclic et Nordhoff n'était plus là.

Une demi-heure plus tard, il se retrouvait dans le bureau, les yeux fixés sur la machine. Il toucha le bouton du contact mais ne le tourna pas encore. Quand Nordhoff l'avait dit pour la deuxième fois, Richard l'avait entendu. *Pour l'amour du ciel, faites attention*. Oui. Il lui faudrait faire attention. Une machine qui pouvait faire des trucs pareils…

Mais comment une machine pouvait-elle faire ça ?

Il n'en avait pas la moindre idée… mais en un sens, toute cette dinguerie en devenait plus facile à accepter. Il était professeur d'anglais et à l'occasion écrivain, il n'était nullement un technicien, depuis toujours il n'avait rien compris au fonctionnement des choses : les phonographes, les moteurs à essence, les téléphones, les télévisions, la chasse d'eau des toilettes. Toute sa vie, il n'avait compris que les opérations sans saisir leurs principes. Et là, en quoi était-ce différent ? N'était-ce pas une simple question de degré ?

Il mit la machine en marche. Comme auparavant, elle lui dit : BON ANNIVERSAIRE, ONCLE RICHARD ! JON. Il pressa la touche EXÉCUTION et le message de son neveu disparut.

Une idée le frappa : *Cette machine ne va pas marcher longtemps.* Il était sûr que Jon devait encore y travailler quand il était mort, persuadé d'avoir du temps devant lui. L'anniversaire d'oncle Richard n'était-il pas à trois semaines de là ?

Mais le temps avait fait défaut à Jon, et en conséquence cette machine à traitement de texte qui pouvait apparemment insérer de nouveaux objets ou en effacer d'autres dans le monde réel dégageait l'odeur d'un transfo de train électrique en train de griller et se mettait à fumer au bout de quelques minutes. Jon n'avait pas eu le loisir de la perfectionner. Il était...

Persuadé d'avoir le temps ?

Mais c'était faux. Tout était faux. Richard le savait. Le visage calme, attentif de Jon, les yeux graves derrière les épaisses lunettes... il n'y avait pas trace de confiance en eux, nulle conviction d'avoir tout le temps devant soi. Quel était le mot qui lui était venu un peu plus tôt dans la journée ? *Condamné.* Ce n'était pas vraiment un bon mot pour Jon, mais c'était le mot exact. Ce sentiment de la fatalité avait pesé sur le gosse de manière si palpable que parfois Richard aurait voulu le serrer contre lui, lui dire de sourire un peu, que parfois tout est bien qui finit bien et que le bon ne meurt pas toujours jeune.

Puis il songea à Roger jetant sur le trottoir la boule magique, la jetant de toutes ses forces; il entendit le bruit du plastique qui casse et vit le liquide magique – ce n'était que de l'eau après tout – s'écouler sur le trottoir. Et cette image se superposa à celle du minibus bricolé de Roger, avec sur le côté l'inscription HAGSTROM GROSSISTE LIVRAISONS, plongeant par-dessus le bord d'une falaise effritée et poussiéreuse quelque part dans la campagne, encaissant un coup mortel à l'avant avec un bruit qui, comme Roger lui-même, n'était pas d'une grande importance. Il vit – contre son gré – le visage de la femme de son frère se désintégrer en un mélange de sang et d'os. Il vit Jon brûler dans la carcasse du camion, hurler, noircir.

Ni confiance ni véritable espoir. Il avait toujours émané de lui le sentiment du temps qui s'enfuit. Et à la fin, il avait eu raison.

– Qu'est-ce que ça signifie ? marmonna-t-il, les yeux fixés sur l'écran.

Qu'est-ce que la boule magique aurait répondu à cette question ? REDEMANDEZ PLUS TARD ? LE RÉSULTAT EST OBSCUR ? Ou peut-être C'EST CERTAINEMENT LE CAS ?

Le bruit de l'unité centrale recommençait à monter, et plus vite que dans l'après-midi. Il pouvait déjà sentir l'odeur du transfo placé par Jon dans la machinerie derrière l'écran. L'objet chauffait.

Magique machine de rêve.

Divine machine à traitement de texte.

Était-ce bien cela ? Était-ce cela que Jon avait l'intention d'offrir à son oncle pour son anniversaire ? L'équivalent, à l'âge de la conquête de l'espace, d'une lampe magique ou d'un puits à souhaits ?

Le bruit de la porte de derrière ouverte à la volée

lui parvint, suivi par celui des voix de Seth et des autres membres de sa bande. Les voix étaient trop bruyantes, trop criardes. Ils devaient boire ou fumer de la drogue.

– Où est ton vieux, Seth ? entendit-il l'une d'elles demander.

– En train de faire des conneries dans son bureau, comme d'habitude, je suppose, dit Seth. Je pense qu'il...

Le vent tourna, brouillant le reste, mais non pas leur mauvais rire tribal.

Richard les écoutait, la tête légèrement penchée sur le côté, et brusquement il tapa :

MON FILS EST SETH ROBERT HAGSTROM.

Son doigt approcha de la touche EFFACER.

Qu'est-ce que tu fais ? hurla-t-il mentalement. *Tu es vraiment sérieux ? Tu as vraiment l'intention d'assassiner ton fils ?*

– Il doit faire quelque chose là-dedans, dit l'un des autres garçons.

– C'est un foutu crétin, répondit Seth. Demandez à ma mère par moments. Elle vous dira. Il...

*Je ne vais pas l'assassiner. Je ne vais pas... l'*EFFACER.

Son doigt s'abaissa sur le bouton.

– ... n'a jamais rien fait d'autre que...

Les mots MON FILS EST SETH ROBERT HAGSTROM disparurent de l'écran.

Au-dehors, les paroles de Seth disparurent aussi.

À l'extérieur il n'y avait plus d'autre bruit que celui du vent froid de novembre, sinistre annonciateur de l'hiver.

Richard éteignit la machine à traitement de texte et sortit. L'allée était vide. Le guitariste du groupe, Norm quelque chose, conduisait une camionnette monstrueuse et passablement affreuse dans laquelle le groupe transportait son matériel lors de ses rares galas. Elle n'était pas garée dans l'allée. Peut-être était-elle quelque part ailleurs dans le monde, en train de rouler sur une autoroute ou garée sur le parc de stationnement d'une graillonneuse baraque à hamburgers, et Norm était aussi quelque part dans le monde, tout comme Davey, le bassiste aux yeux d'un vide terrifiant qui arborait une épingle de nourrice au lobe de l'oreille, tout comme le batteur qui n'avait pas de dent de devant. Ils étaient quelque part dans le monde, quelque part, mais pas ici, car Seth n'était pas ici, n'avait jamais été ici.

Seth avait été EFFACÉ.

– Je n'ai pas de fils, marmonna Richard.

Combien de fois avait-il lu cette phrase mélodramatique dans des mauvais romans ? Cent fois ? Deux cents ? Elle avait toujours sonné faux pour lui. Mais là elle était vraie. Maintenant elle était vraie. Oh oui.

Il y eut une rafale de vent, et Richard fut brusquement plié en deux par une mauvaise crampe d'estomac. Il hoqueta, rota bruyamment.

Quand les crampes passèrent, il entra dans la maison.

La première chose qu'il remarqua fut que les infectes chaussures de tennis de Seth – il en avait quatre paires et refusait d'en jeter une seule – avaient disparu de l'entrée. Il s'avança jusqu'à la rampe de l'escalier pour en caresser du pouce une portion. À dix ans (à un âge où il aurait dû se rendre compte, mais Lina avait interdit à Richard de lever la main sur le gosse), Seth avait gravé profondément ses initiales dans le bois de la rampe, sur laquelle Richard avait travaillé tout l'été. Il l'avait poncée et passée à l'enduit et revernie, mais le fantôme des initiales subsistait.

À présent, elles avaient disparu.

À l'étage. La chambre de Seth. Elle était propre et nette, inoccupée, sèche et impersonnelle. C'était comme s'il y avait eu sur la poignée de la porte l'inscription CHAMBRE D'AMI.

Au rez-de-chaussée. Et ce fut là que Richard s'attarda le plus. Le fouillis de fils avait disparu, amplis et micros avaient disparu; l'amas de disques que Seth était toujours sur le point de « ranger » avait disparu (il n'avait ni l'habileté manuelle ni la concentration de Jon). Au lieu de quoi la pièce portait l'empreinte profonde (sinon particulièrement plaisante) de la personnalité de Lina – des meubles lourds et tarabiscotés et des tapisseries de velours synthétique (l'une représentant la Cène donnait au Christ les traits de Wayne Newton, sur une autre un cerf se dressait avec en toile de fond un coucher de soleil en Alaska), un tapis brillant, aussi brillant qu'une tache de sang artériel. Il n'y avait plus la moindre indication du fait qu'un garçon nommé Seth Hagstrom eût un jour habité cette pièce. Cette pièce, pas plus qu'aucune autre de la maison.

Richard était toujours au pied de l'escalier en train de regarder autour de lui quand il entendit une voiture remonter l'allée.

Lina, pensa-t-il et il eut un accès de culpabilité presque frénétique. *C'est Lina, qui revient du bingo, et qu'est-ce qu'elle va dire quand elle verra que Seth a disparu ? Qu'est-ce que...*

Assassin ! Il entendait son cri. *Tu as assassiné mon fils.*

Mais il n'avait pas assassiné Seth.

– Je l'ai EFFACÉ, marmonna-t-il, et il monta la retrouver à la cuisine.

Lina était plus grosse.

Il avait envoyé au bingo une femme qui pesait

dans les quatre-vingts kilos. L'épouse qui lui revenait en atteignait au moins cent cinquante, peut-être plus; il lui fallut se tourner un peu sur le côté pour entrer par la porte de derrière. Sous un pantalon de polyester couleur d'olive pourrie, les hanches et les cuisses éléphantesques étaient parcourues d'ondes telluriques. Son teint, quelque peu jaune trois heures plus tôt, était maintenant d'une pâleur maladive. Sans être médecin, Richard croyait pouvoir deviner à la vue de cette peau de graves troubles hépatiques ou l'approche d'une affection cardiaque. Les yeux aux paupières lourdes considéraient Richard avec un mépris ferme et tranquille.

Dans une de ses mains flasques elle tenait le cadavre congelé d'une énorme dinde, qui tournoyait à l'intérieur de son enveloppe de Cellophane comme le corps d'un bizarre suicidé.

– Qu'est-ce que tu regardes comme ça, Richard ?

Toi, Lina, je te regarde toi. Parce que c'est ce que tu es devenue dans un monde où nous n'avons pas eu d'enfants. C'est ce que tu es devenue dans un monde où il n'y avait pas d'objet pour ton amour – perverti autant que ton amour pouvait l'être. Voilà à quoi ressemble Lina dans un monde où tout est pris et rien n'est donné. Toi, Lina. C'est ce que je regarde. Toi.

– Cette volaille, Lina, parvint-il à dire enfin. C'est vraiment l'une des plus grosses dindes que j'aie jamais vues, bon Dieu !

– Bon, ne reste pas là à la contempler, imbécile ! Aide-moi.

Il prit la volaille et la posa sur la tablette de la cuisine, éprouvant au passage les ondes d'un froid sinistre émanant de la bête. On aurait dit un bloc de bois.

– Pas là ! hurla-t-elle avec impatience et elle montra d'un geste l'office. Ça ne va pas là ! Mets-la au congélateur !

– Excuse-moi, murmura-t-il.

Ils n'avaient jamais eu de congélateur jusqu'alors. Jamais dans le monde où il y avait eu un Seth.

Il porta la dinde à l'office, où un long congélateur Amana gisait sous la froide lumière de tubes fluorescents comme un froid cercueil blanc. Il déposa la bête à l'intérieur, à côté des cadavres d'autres oiseaux et d'autres bêtes conservés par cryogénisation, puis il retourna à la cuisine. Lina avait pris le bocal de petits pots de beurre de cacahuètes Reese et en mangeait méthodiquement, un pot après l'autre.

– C'était le bingo de Thanksgiving. On l'a fait une semaine à l'avance parce que la semaine prochaine le père Philips doit aller à l'hôpital se faire retirer un calcul. J'ai gagné le gros lot.

Elle sourit. Un mélange brun de chocolat et de beurre de cacahuètes lui dégouttait des dents.

– Lina, est-ce que tu as jamais regretté que nous n'ayons pas eu d'enfants ?

Elle le regarda comme s'il était devenu complètement fou.

– Seigneur, pour quoi faire, j'aurais voulu un petit singe ?

Elle reposa dans le placard le bocal de pots de beurre de cacahuètes, à présent diminué de moitié.

– Je vais me coucher. Tu viens, ou tu vas retourner là-bas traînasser encore un moment autour de ta machine à écrire ?

– Je crois que je vais y retourner encore un petit peu.

Sa voix était d'une fermeté surprenante.

– Je ne serai pas long.

– Il marche, ce gadget ?

– Quel...

Puis il comprit et éprouva un autre sursaut de culpabilité. Elle connaissait l'existence de la machine à traitement de texte, bien évidemment. L'effacement de Seth n'avait pas affecté Roger ni le chemin que sa famille avait pris.

– Ah. Oh non, il ne marche pas du tout.

Elle eut un hochement de tête satisfait.

– Ton sacré neveu. Toujours la tête dans les nuages. Tout comme toi, Richard. Si t'étais pas si timide, je me demanderais si par hasard t'as pas trempé ta nouille là où il fallait pas, il y a quinze ans.

Elle rit, d'un rire graveleux, étonnamment fort – le rire cynique d'une vieille prostituée – et un instant, il faillit se jeter sur elle. Puis il sentit un sourire se dessiner sur ses lèvres – un sourire mince et sans joie, froid comme le congélateur Amana qui avait remplacé Seth dans cette nouvelle vie.

– Je ne serai pas long. Je veux seulement prendre quelques notes.

– Qu'est-ce que t'attends pour écrire une histoire qui remporte le prix Nobel, un truc de ce genre ? demanda-t-elle avec indifférence.

Les lattes du parquet de l'entrée craquèrent et gémirent tandis qu'elle déplaçait son énorme masse tanguante en direction des escaliers.

– On doit encore de l'argent à l'oculiste pour mes lunettes et on est en retard d'un versement pour le Betamax. Pourquoi tu nous fais pas rentrer un peu d'argent, bon Dieu ?

– Eh bien, dit Richard, je ne sais pas, Lina. Mais j'ai eu quelques bonnes idées ce soir. Vraiment.

Elle se tourna pour lui jeter un coup d'œil, avec semble-t-il une remarque sarcastique au bord des lèvres – quelque chose sur le fait qu'aucune de ses bonnes idées ne leur avait réussi mais qu'elle était liée à lui de toute façon – et pourtant elle s'abstint. Peut-être avait-elle aperçu une ombre dans son sourire qui l'avait dissuadée. Elle monta les escaliers. Richard resta en bas, écoutant s'éloigner le tonnerre de ses pas. Il sentait sur son propre front la transpiration couler. Il était à la fois écœuré et ragaillardi.

Il fit demi-tour et regagna son bureau.

Cette fois, quand il mit le contact, l'unité centrale ne ronronna ni ne gronda; elle émit aussitôt un bruit énorme et irrégulier. L'odeur du transfo qui chauffait monta presque immédiatement de la boîte derrière l'écran, et dès qu'il eut pressé la touche EXÉCUTION, effaçant ainsi BON ANNIVERSAIRE ONCLE RICHARD ! l'unité centrale se mit à fumer.

Pas beaucoup de temps, pensa-t-il. *Non... ce n'est pas exact. Pas du tout de temps, Jon le savait, et maintenant, je le sais aussi.*

Il n'avait à présent qu'une alternative : ramener Seth avec le bouton INSÉRER (il était sûr de cette possibilité; ce serait aussi facile que de créer les doublons espagnols) ou bien terminer le boulot.

La fumée s'épaississait, le temps pressait. Dans quelques instants, certainement pas plus, sur l'écran réapparaîtrait le message clignotant : SURCHAUFFE.

Il tapa :

MA FEMME S'APPELLE ADELINA MABEL WARREN HAGSTROM.

Il pressa la touche EFFACER.

Il tapa :

JE VIS SEUL.

Ça y était. Le mot commençait à clignoter impitoyablement dans le coin supérieur droit de l'écran : SURCHAUFFE SURCHAUFFE SURCHAUFFE.

S'il te plaît. S'il te plaît, laisse-moi finir. S'il te plaît, s'il te plaît...

La fumée qui s'échappait des fentes d'aération de l'écran s'épaississait et s'assombrissait. Baissant les yeux sur l'unité centrale, il vit que de la fumée en émanait aussi... et là au milieu de cette fumée, il distingua d'inquiétantes étincelles rouges.

Boule magique, aurai-je la santé, la richesse ou la sagesse ? Ou bien vivrai-je seul et peut-être me tuerai-je de chagrin ? Est-il encore temps ?

IMPOSSIBLE DE LE VOIR MAINTENANT. ESSAIE UNE AUTRE FOIS.

Sauf qu'il n'y aurait pas d'autre fois.

Il pressa le bouton INSÉRER et l'écran devint noir, hormis le message SURCHAUFFE qui persistait, clignotant à un rythme bégayant, frénétique.

Il tapa :

MIS À PART MON ÉPOUSE BELINDA ET MON FILS JONATHAN.

S'il te plaît. S'il te plaît.

Il appuya sur la touche EXÉCUTION.

L'écran se vida. Pendant ce qui parut des siècles, il resta vide à l'exception du mot SURCHAUFFE, qui clignotait maintenant si vite qu'il paraissait fixe, avec seulement une ombre faible qui passait parfois. Cela ressemblait beaucoup à ce qui se passe quand un ordinateur est bloqué par des ordres en boucle. À l'intérieur de l'unité quelque chose claqua et grésilla, et Richard poussa un gémissement.

Puis sur l'écran les lettres vertes apparurent, dans un flottement immatériel sur le fond noir :

JE VIS SEUL MIS À PART MON ÉPOUSE BELINDA ET MON FILS JONATHAN.

Il pressa deux fois le bouton EXÉCUTION.

Bon, pensa-t-il. *Bon, maintenant, je vais taper* : TOUTES LES PUCES DE CETTE MACHINE ONT ÉTÉ TERMINÉES AVANT QUE M. NORDHOFF L'AMÈNE ICI. *Ou alors, je vais taper :* J'AI DES IDÉES POUR AU MOINS VINGT ROMANS À SUCCÈS. *Ou alors* : MA FAMILLE ET MOI ALLONS VIVRE HEUREUX POUR TOUJOURS. *Ou bien...*

Mais il ne tapa rien. Ses doigts restaient stupidement suspendus au-dessus du clavier tandis qu'il sentait – qu'il sentait littéralement – que tous les circuits dans son cerveau se coinçaient comme des voitures prises au piège du plus grave embouteillage de Manhattan depuis l'invention du moteur à combustion interne.

Tout à coup l'écran s'emplit du mot :

SURCHAUFFESURCHAUFFESURCHAUFFESURCHAUFFE-SURCHAUFFESURCHAUFFESURCHAUFFE.

Il y eut un autre claquement et puis une explosion dans l'unité centrale. Des flammes jaillirent du boîtier et s'éteignirent. Richard se rejeta en arrière sur sa chaise en s'abritant le visage dans les mains pour le cas où l'écran imploserait. Il n'en fut rien. Il vira au noir, c'est tout.

Richard resta là à contempler l'obscurité de l'écran.

ON NE PEUT EN ÊTRE SÛR, DEMANDE UNE AUTRE FOIS.

– Papa ?

Il pivota sur sa chaise, le cœur battant à se rompre.

Jon était là, Jon Hagstrom, et son visage était bien le même, avec pourtant quelque chose de différent... la différence était subtile mais perceptible. Peut-être, songea Richard, était-ce la différence de paternité entre deux frères. Ou peut-être était-ce seulement à cause de la disparition de cette expression prudente, attentive de ses yeux agrandis par les épaisses lunettes (avec une monture de métal à présent, remarqua-t-il, et non point les laides montures industrielles en écaille que Roger achetait toujours au gamin parce qu'elles valaient quinze dollars de moins).

Peut-être quelque chose de plus simple : cette empreinte de la fatalité qui avait disparu des yeux du gamin.

– Jon ? dit-il d'une voix enrouée en se demandant s'il était possible qu'il eût jamais désiré davantage.

C'était donc vrai ? Cela paraissait ridicule, mais

il supposait que oui. Il supposait que certaines personnes désiraient plus que cela.

– Jon, c'est toi, non ?

– Qui veux-tu que ce soit ?

Du menton, l'adolescent montra la machine à traitement de texte :

– Tu ne t'es pas fait mal quand ce bébé est monté au paradis des ordinateurs ?

– Non, je vais très bien.

Jon hocha la tête.

– Je suis désolé qu'il n'ait pas marché. Je ne sais pas ce qui a bien pu me prendre d'utiliser tous ces composants grossiers.

Il secoua la tête.

– Franchement, j'en sais rien. C'est comme si j'y avais été poussé. Un truc de gosse.

– Bon, dit Richard en se rapprochant de son fils pour lui passer un bras autour de l'épaule. Tu feras mieux la prochaine fois, peut-être.

– Peut-être. Ou j'essaierai de faire autre chose.

– Ce n'est pas une mauvaise idée.

– Maman dit qu'il y a du chocolat pour toi, si tu veux.

– J'en veux, dit Richard et tous deux quittèrent le bureau pour une maison où aucune dinde congelée, gros lot d'un bingo, n'était jamais entrée.

– Une tasse de chocolat, ça passera très bien à cette heure-ci.

– Demain, je vais récupérer tout ce qui est récupérable dans ce truc et puis je jetterai le reste, dit Jon.

Richard hocha la tête.

– Efface-le de nos vies, dit-il, et ils entrèrent dans la maison baignée de l'odeur de chocolat chaud, en mêlant leurs rires.

L'homme qui refusait de serrer la main

Stevens servit les apéritifs et, peu après 8 heures, par cette nuit glaciale d'hiver, nous nous retirâmes tous dans la bibliothèque le verre à la main. Pendant un moment, personne ne parla; on entendait seulement le craquement du feu dans l'âtre, le léger cliquetis des boules de billard et, venu du dehors, le sifflement du vent. Pourtant il faisait assez chaud, ici, au 249B de la 35e Rue Est.

Ce soir-là, je m'en souviens, David Adley était à ma droite et Emlyn McCarron, qui nous avait raconté un jour l'effrayante histoire d'une femme ayant accouché dans des circonstances inhabituelles, était installé à ma gauche. Près de lui se trouvait Johanssen, le *Wall Street Journal* plié sur les genoux.

Stevens entra, un petit paquet blanc à la main, et le tendit sans hésiter à George Gregson. Stevens est le type même du parfait maître d'hôtel en dépit de son léger accent de Brooklyn (ou peut-être à cause de lui), mais son plus grand talent, d'après moi, consiste à toujours savoir à qui doit échoir le paquet si personne ne le demande.

George le prit sans protester et resta assis un moment dans son fauteuil, entre les hauts accoudoirs, les yeux fixés sur la cheminée assez vaste pour que l'on puisse y faire rôtir un bœuf de bonne taille. Je surpris le léger tremblement momentané de ses paupières devant la maxime gravée sur la clé de voûte : C'EST LE RÉCIT, PAS LE RÉCITANT QUI RACONTE.

Il ouvrit le paquet de ses vieux doigts tremblotants et jeta son contenu dans le feu. L'espace d'un instant les flammes prirent les couleurs de l'arc-en-ciel et il y eut quelques rires discrets. Je me retournai et vis Stevens debout tout au fond, dans l'ombre, près de la porte du foyer. Ses mains étaient croisées derrière son dos. Son visage était soigneusement vidé de toute expression.

Je suppose que nous avons tous un peu sursauté lorsque sa voix grinçante, presque plaintive et maussade, résonna dans le silence; moi, en tout cas, je sais que j'ai sursauté.

– Un jour, ici même, dans cette pièce, j'ai assisté à l'assassinat d'un homme, commença George Gregson, encore qu'aucun jury n'aurait condamné le meurtrier. Pourtant au bout du compte, il s'est condamné lui-même et a été son propre bourreau.

Il marqua une pause le temps d'allumer sa pipe. De la fumée s'éleva en volutes bleues autour de son visage marqué de cicatrices et il éteignit l'allumette de bois avec les gestes lents et accentués d'un homme que ses jointures font horriblement souffrir. Il lança dans la cheminée l'allumette qui atterrit sur les cendres du paquet. Il regarda les flammes réduire le bois en charbon. Ses yeux d'un bleu perçant étaient rêveurs sous la broussaille de ses sourcils poivre et sel. Il avait un grand nez crochu, des lèvres fines et volontaires, des épaules si voûtées qu'elles touchaient presque l'arrière de son crâne.

– Ne nous faites pas languir, George ! gronda Peter Andrews. Commencez donc !

– N'ayez pas peur. Un peu de patience.

Et, tous, nous avons dû attendre jusqu'à ce que

la combustion de sa pipe lui donne entière satisfaction. Lorsqu'une bonne couche de braises brûla au fond du large fourneau de bruyère, George posa ses grandes mains légèrement paralysées sur l'un de ses genoux et commença :

– Très bien. J'ai quatre-vingt-cinq ans et ce que je vais vous raconter est arrivé quand j'en avais vingt, ou quelque chose comme ça. En tout cas, c'était en 1919 et je venais juste de rentrer de la Grande Guerre. Ma fiancée était morte cinq mois plus tôt, d'une grippe. Elle n'avait que dix-neuf ans et je crains fort d'avoir bu et joué aux cartes beaucoup plus que je ne l'aurais dû. Elle attendait depuis deux ans, voyez-vous, et pendant tout ce temps j'avais reçu fidèlement une lettre par semaine. Peut-être comprendrez-vous ainsi pourquoi je me suis tellement laissé aller. Je n'avais ni foi religieuse – les principaux dogmes et théories du christianisme m'apparaissant, du fond des tranchées, plutôt comiques – ni famille pour me soutenir. Mais je dois avouer que les bons amis qui m'ont assisté durant cette période douloureuse m'ont rarement abandonné. J'en avais cinquante-trois (plus que la plupart des gens !) : cinquante-deux cartes et une bouteille de whisky Cutty Sark. Je venais de m'installer dans l'appartement où j'habite encore à présent, sur Brennan Street. Mais c'était bien moins cher à l'époque et les étagères étaient considérablement moins encombrées de flacons, de pilules et de drogues qu'aujourd'hui. Cependant, je passais l'essentiel de mon temps ici, au 249B, car il y avait presque toujours une partie de poker en train.

David Adley l'interrompit et, bien qu'il sourît, je ne pense pas du tout qu'il plaisantait :

– Est-ce que Stevens était déjà ici à l'époque, George ?

– Était-ce vous, Stevens, ou bien votre père ?

demanda George en se tournant vers le maître d'hôtel.

George se permit l'ombre d'un sourire.

– Puisque 1919 remonte à soixante-cinq ans, c'était mon grand-père, monsieur, si je peux me permettre.

– À vous en croire, vous occupez cet emploi de père en fils, murmura Adley d'un ton rêveur.

– Vous ne vous trompez pas, monsieur, répondit Stevens d'une voix douce.

– Maintenant que j'y réfléchis, dit George, vous ressemblez étonnamment à votre... vous avez bien dit grand-père, Stevens ?

– Oui, monsieur, c'est ce que j'ai dit.

– Si l'on vous mettait l'un à côté de l'autre, j'aurais bien du mal à dire qui est qui... mais cela n'a aucune importance, n'est-ce pas ?

– Non, monsieur.

– J'étais dans la salle de jeu – juste de l'autre côté de cette petite porte là-bas – en train de faire des réussites, la première et unique fois où j'ai rencontré Henry Brower. Nous étions quatre, prêts à prendre place pour une partie de poker; nous attendions un cinquième pour commencer la soirée. Lorsque Jason Davidson m'avait annoncé que George Oxley, notre cinquième habituel, s'était cassé la jambe et gisait au lit avec un plâtre retenu par un foutu engin à poulie, j'avais bien cru que nous ne pourrions pas jouer du tout ce soir-là. J'envisageais l'éventualité de terminer la soirée sans rien qui puisse détourner le cours de mes pensées à part des réussites et le fait de m'imbiber de whisky comme une éponge, lorsque à l'autre bout de la pièce, un jeune homme a lancé d'une voix calme et agréable :

« Gentlemen, si c'est bien de poker que vous avez parlé, j'aimerais beaucoup, si, bien sûr, vous n'y voyez aucune objection particulière, être des vôtres. »

Jusque-là, il était resté dissimulé derrière un exemplaire du *New York World,* si bien que lorsque j'ai levé les yeux vers lui, c'était la première fois que je le voyais. C'était un jeune homme avec un vieux visage, si vous voyez ce que je veux dire. Certains des stigmates que j'observais sur son visage, j'avais commencé à les observer sur le mien depuis la mort de Rosalie. Quelques-uns... mais pas tous. Alors que si l'on en croyait ses cheveux, ses mains et sa façon de marcher, cet homme ne devait pas avoir plus de vingt-huit ans; son visage semblait marqué par la vie et ses yeux, très sombres, semblaient plus que tristes; ils paraissaient hallucinés. Il était assez beau, avec une courte moustache bien taillée et des cheveux blond foncé. Il portait un élégant costume brun et avait détaché le bouton du col de sa chemise.

« Je m'appelle Henry Brower », a-t-il déclaré.

Davidson s'est immédiatement précipité pour lui serrer la main; en fait on aurait dit qu'il allait s'emparer des mains que Brower tenait posées sur ses genoux. Une chose bizarre s'est produite : Brower a laissé tomber son journal et a levé ses deux mains hors de portée. Il avait une expression horrifiée.

Davidson s'est arrêté, assez gêné, plus abasourdi que fâché. Il n'avait lui-même que vingt-deux ans – mon Dieu ! comme nous étions tous jeunes à cette époque ! – et se comportait un peu comme un jeune chien fou.

« Veuillez m'excuser, a dit Brower avec un profond sérieux, mais je ne serre jamais la main. »

« Jamais ? s'est écrié Davidson en clignant des paupières. Comme c'est étrange. Au nom du ciel, pourquoi donc ? »

Je vous ai dit qu'il se comportait un peu comme

un jeune chien fou. Brower l'a pris aussi bien que possible, avec un grand sourire (légèrement trouble cependant).

« J'arrive juste de Bombay, a-t-il expliqué. C'est un endroit étrange, surpeuplé, sale, infesté de maladies et de peste. Les vautours, par milliers, se pavanent et se lissent les plumes sur les murs mêmes de la ville. J'y suis resté deux ans en mission commerciale et semble y avoir contracté l'horreur de notre coutume occidentale de la poignée de main. Je sais que c'est absurde et impoli; pourtant je ne peux surmonter cette aversion. Alors, si vous vouliez bien me faire grâce sans m'en tenir rigueur... »

« À une seule condition », a répondu Davidson avec un sourire.

« Laquelle ? »

« Simplement que vous vous approchiez de cette table et que vous acceptiez un gobelet de whisky pendant que j'irai chercher Baker, French et Jack Wilden. »

Brower lui a souri, a acquiescé et a posé son journal. Davidson a joint impétueusement le pouce et l'index en un cercle pour ponctuer leur accord et s'en est allé à la recherche des autres. Brower et moi-même nous sommes approchés de la table couverte de feutre vert et quand je lui ai offert à boire il a décliné mon offre en remerciant et a commandé sa propre bouteille. J'ai pensé que c'était certainement en rapport avec sa drôle de manie et n'ai rien dit. J'ai connu des gens dont l'horreur des microbes et des maladies allait jusque-là et même plus loin... et vous êtes sans doute nombreux à en connaître aussi.

Quelques-uns ont acquiescé.

« Quel plaisir d'être ici, m'a dit Brower sur un ton grave. J'ai fui toute forme de compagnie depuis mon retour. La solitude n'est pas bonne pour l'homme, vous savez. Je pense que, même pour l'homme le plus indépendant, être isolé du reste de l'humanité doit être la plus horrible forme de torture. »

Il a dit cela avec une étrange insistance et j'ai acquiescé. J'avais fait l'expérience d'une solitude comme celle-là dans les tranchées, la nuit en général. J'en avais fait une nouvelle expérience, plus douloureuse, après avoir appris la mort de Rosalie. Je me suis senti attiré vers lui en dépit de l'excentricité qu'il revendiquait.

« Bombay doit être un endroit fascinant », ai-je dit.

« Fascinant... et atroce ! Il se passe là-bas des choses qui dépassent notre imagination. Leur réaction devant les voitures nous amuse : les enfants s'enfuient lorsqu'elles passent, puis ils les suivent sur des kilomètres. L'avion leur paraît terrifiant et incompréhensible. Bien sûr, nous Américains, nous considérons ces inventions avec une parfaite sérénité – avec suffisance même – mais je vous assure que ma réaction a été absolument semblable aux leurs lorsque, pour la première fois, j'ai vu, au coin d'une rue, un mendiant avaler tout un paquet d'aiguilles d'acier puis les retirer une à une des plaies ouvertes au bout de ses doigts. Pourtant, dans cette partie du monde, les gens considèrent ce phénomène comme allant totalement de soi. Peut-être, a-t-il ajouté l'air sombre, nos deux cultures n'étaient-elles absolument pas destinées à se rencontrer, mais auraient-elles dû garder chacune pour elle leurs propres prodiges ? Pour un Américain comme vous et moi, avaler un paquet d'aiguilles signifierait une mort lente et atroce. Quant à l'automobile... »

Sa voix s'est éteinte et la tristesse a encore assombri son visage.

J'allais répondre lorsque Stevens l'aîné est apparu

avec la bouteille de scotch de Brower, immédiatement suivi de Davidson et des autres.

Davidson a commencé les présentations en précisant :

« Je leur ai tout dit de votre petite manie, Henry, vous n'avez donc rien à craindre. Voici Darrel Baker, cet effrayant jeune homme barbu est Andrew French, et enfin le dernier mais non le moindre, c'est Jack Wilden. Vous connaissez déjà George Gregson. »

Brower a souri et leur a adressé un signe de tête au lieu de leur serrer la main. Les jetons de poker et trois jeux de cartes neufs ont été sortis, l'argent changé contre des marques et le jeu a commencé.

Il a duré plus de six heures et j'ai gagné environ deux cents dollars. Darrel Baker, qui n'était pas un joueur particulièrement brillant, en a perdu à peu près huit cents (non pas que lui risquât un jour de tirer le diable par la queue : son père possédait trois des plus grandes fabriques de chaussures de la Nouvelle-Angleterre) et les autres ont partagé à peu près équitablement les pertes de Baker avec moi. Davidson avait quelques dollars de plus et Brower quelques-uns de moins; cependant, que Brower soit presque à égalité n'était pas un mince exploit car il avait reçu un jeu incroyablement mauvais pendant presque toute la soirée. Il était habile à la fois au jeu traditionnel à cinq cartes et à la variante plus nouvelle à sept cartes et je pensais qu'il avait plusieurs fois gagné de l'argent sur des coups de bluff pleins d'aplomb que j'aurais moi-même hésité à essayer.

J'ai remarqué une chose : quoiqu'il ait beaucoup bu – au moment où French s'apprêtait à distribuer la dernière donne, il avait ingurgité presque toute une bouteille de scotch – il n'a pas bredouillé une seule fois, son habileté aux cartes ne s'est jamais trouvée en défaut et son étrange obsession de ne pas toucher les mains ne s'est nullement relâchée. Lorsqu'il gagnait le pot il ne le touchait pas si quelqu'un avait des marques, de la monnaie ou des jetons à ajouter. À un moment, comme Davidson avait posé son verre tout près de son coude, Brower a reculé brusquement en sursautant et presque renversé son propre verre. Baker a eu l'air surpris, mais Davidson n'a pas fait un seul commentaire.

Quelques minutes auparavant, Jack Wilden avait expliqué qu'il devait, dans la matinée, partir en voiture pour Albany et que ce serait son dernier tour de table. C'était à French de distribuer et il a demandé que l'on joue avec sept cartes.

Je me souviens de ce dernier coup comme de mon propre nom, alors que j'aurais du mal à dire ce que j'ai pris hier au déjeuner et avec qui j'ai mangé. Les mystères de l'âge, je suppose, mais je pense que si l'un d'entre vous, messieurs, s'était trouvé là il s'en souviendrait lui aussi.

J'avais reçu deux cœurs à l'envers sur la table et un retourné. J'ignore ce qu'avaient Wilden et French, mais le jeune Davidson avait l'as de cœur et Brower le dix de pique. Davidson a misé deux dollars – nous avions fixé la limite à cinq – et on a procédé à une nouvelle distribution. J'ai eu un cœur, ce qui faisait quatre, Brower un valet de pique qui allait avec son dix. Davidson a hérité d'un trois qui ne semblait pas améliorer son jeu; il a pourtant ajouté trois dollars dans le pot. « Dernier tour, s'est-il exclamé joyeusement. Pariez donc, les gars ! Je connais une dame qui aimerait sortir en ville avec moi, demain soir ! »

Je ne pense pas que j'aurais cru un diseur de bonne aventure s'il m'avait prédit que cette phrase reviendrait bien souvent me hanter à mes moments perdus, et cela jusqu'à aujourd'hui même.

French a effectué la troisième donne. Je n'ai rien reçu pour compléter ma quinte flush mais Baker, qui était le grand perdant, a obtenu de quoi compléter une paire – des rois, il me semble. Brower venait d'avoir un deux de carreau qui ne semblait mener nulle part. Baker a parié le maximum sur sa paire et Davidson relancé de cinq. Tout le monde est resté dans le jeu et la dernière donne a eu lieu. J'ai reçu le roi de cœur, ce qui a complété ma couleur. Baker a transformé sa paire en brelan et Davidson a eu un deuxième as qui lui a fait légèrement briller les yeux. Brower a reçu une reine de trèfle et je ne comprenais vraiment pas pourquoi il restait dans le jeu. Ses cartes semblaient aussi mauvaises que toutes celles qu'il avait tenues en main depuis le début de la soirée.

Les enjeux ont commencé à s'emballer. Baker a posé cinq dollars, Davidson a relancé de cinq, Brower a égalisé. Jack Wilden s'est écrié : « J'ai l'impression que ma paire ne fait pas tout à fait le poids », et il a déclaré forfait. J'ai égalisé et relancé de cinq. Baker a égalisé et relancé à nouveau.

L'énumération de toutes les relances serait fastidieuse. Je vous préciserai simplement qu'il avait été décidé une limite de trois relances par joueur et que Baker, Davidson et moi avons fait chacun à trois reprises une relance de cinq dollars. Brower se contentait d'égaliser et de relancer, très attentif à ce que toutes les mains soient loin du pot quand il y mettait son argent. Et il y avait beaucoup d'argent – un peu plus de deux cents dollars – lorsque French nous a distribué la dernière carte fermée.

Il y a eu un silence pendant que nous regardions tous, encore que cela n'ait eu aucune importance pour moi; j'avais ma donne et d'après ce que je pouvais voir sur la table, elle était bonne. Baker a misé cinq dollars, Davidson a relancé et nous avons attendu pour voir ce qu'allait faire Brower. Son visage était légèrement rougi par l'alcool, il avait retiré sa cravate et déboutonné le second bouton de sa chemise mais semblait assez calme. « Je suis... et je relance de cinq », a-t-il annoncé.

J'ai légèrement sursauté car j'étais persuadé qu'il allait abandonner. Cependant, les cartes me poussaient à croire que je devais jouer pour gagner, et j'ai relancé de cinq. Nous jouions sans limites du nombre de relances que pouvait faire un joueur sur la dernière carte et le pot a gonflé extraordinairement. Je me suis arrêté le premier, me contentant d'égaliser car j'étais de plus en plus sûr que l'un des autres devait avoir en main le grand jeu. Baker s'est arrêté ensuite, son regard passant de la paire d'as de Davidson à la main hétéroclite et mystificatrice de Brower. Baker n'était pas suffisamment bon pour sentir qu'il y avait quelque chose dans l'air.

À eux deux, Davidson et Brower ont fait monter au moins dix fois encore les enjeux, peut-être plus. Baker et moi étions entraînés, incapables d'abandonner les sommes importantes que nous avions investies. Nous avions tous épuisé nos jetons et les billets flottaient sur l'énorme tas de plaques.

« Eh bien, a lancé Davidson, à la suite de la dernière relance de Brower, je pense que je vais simplement égaliser. Si vous nous avez bluffés tout du long, Henry, je vous félicite. Mais je suis sûr de vous battre et Jack doit faire un long voyage demain. »

Sur ce, il a posé un billet de cinq dollars au sommet du tas et s'est écrié :

« J'appelle ! »

Je ne sais pas ce qu'ont éprouvé les autres, mais pour ma part, j'ai ressenti un réel soulagement sans grand rapport avec l'énorme somme d'argent que j'avais engagée dans la partie. Le jeu avait tourné au traquenard et si, le cas échéant, Baker et moi avions les moyens de perdre, il n'en allait pas de même pour Jase Davidson. Il était actuellement sans emploi et vivait d'un fonds de dépôts – pas bien gros – légué par sa tante. Quant à Brower... que représentait pour lui une telle perte ? N'oubliez pas, messieurs, qu'à ce moment-là, il y avait plus de mille dollars sur la table.

Là-dessus, George s'arrêta. Sa pipe s'était éteinte.

– Et alors, que s'est-il passé ? demanda Adley en se penchant en avant. Ne vous moquez pas de nous, George. Nous sommes tous sur les charbons ardents. Poussez le feu ou éteignez-le.

– Un peu de patience, répondit George, impassible.

Il sortit une nouvelle allumette, la gratta sur la semelle de sa chaussure et tira sur sa pipe. Nous attendîmes avec une attention soutenue, sans dire un mot. Dehors le vent gémissait et ululait dans les gouttières.

Quand sa pipe rougeoya et que tout lui sembla au point, George reprit :

– Comme vous le savez, les règles du poker stipulent que celui à qui l'on a dit « j'appelle » doit étaler son jeu le premier. Mais Baker était trop impatient de mettre un terme à cette insupportable tension; il a tiré l'une de ses trois cartes retournées et a montré quatre rois.

« Je suis battu, ai-je dit. Carré. »

« Je fais mieux », a lancé Davidson à Baker et il nous a montré deux de ses cartes retournées.

Deux as, ce qui faisait quatre.

« Sacrément bien joué. »

Et il s'est mis à ramener vers lui l'énorme pot.

« Attendez », a interrompu Brower.

Il n'avait pas tendu la main pour arrêter celle de Davidson comme auraient fait la plupart des gens, mais sa voix avait suffi. Davidson s'est arrêté pour le regarder et sa mâchoire s'est affaissée... littéralement, elle s'est *affaissée* comme si tous ses muscles à cet endroit-là s'étaient liquéfiés. Brower avait retourné ses cartes, *toutes les trois,* pour dévoiler une quinte, du huit à la reine.

« Je pense que vos as sont battus », a-t-il dit poliment.

Davidson a rougi puis pâli.

« Oui, a-t-il articulé lentement comme s'il découvrait cette règle pour la première fois. Oui, en effet. »

Je donnerais cher pour connaître les motivations qui ont poussé Davidson à ce qui a suivi. Il savait l'aversion extrême de Brower pour tout contact; celui-ci l'avait manifestée ce soir-là de cent manières différentes. Peut-être Davidson l'avait-il tout simplement oubliée, dans son désir de montrer à Brower (et à nous tous) qu'il pouvait encaisser ses pertes au jeu et savait prendre d'une manière sportive un revers aussi grave que celui-ci. Je vous ai dit qu'il tenait un peu du jeune chiot et un tel geste était certainement bien dans son caractère. Mais les jeunes chiots peuvent parfois mordiller quand on les provoque. Ce ne sont pas des tueurs – un jeune chien ne cherche pas la gorge; mais nombreux sont ceux qui se sont retrouvés avec des points de suture aux doigts pour avoir trop longtemps agacé un petit chien avec une pantoufle ou un os en caoutchouc. Ça aussi c'était bien dans le caractère de Davidson, tel que je me souviens de lui.

Je donnerais, assurément, beaucoup pour savoir... mais ce qui compte, c'est le résultat, je suppose.

Lorsque Davidson a retiré ses mains du pot, Brower a avancé les siennes pour s'en emparer. Au même moment, le visage de Davidson a été coloré par une sorte de chaleureuse camaraderie, il a saisi la main de Brower sur la table et lui a donné une vigoureuse poignée de main.

« Jeu époustouflant, Henry, vraiment époustouflant. Je ne crois pas avoir jamais... »

Brower l'a interrompu par un cri aigu aux accents féminins, un cri effrayant dans le silence déserté de la salle de jeu et il a bondi en arrière. Jetons et argent sont tombés en cascade de tous côtés alors que la table vacillait et se renversait presque.

Nous étions tous pétrifiés par la tournure qu'avaient soudain prise les événements et quasi incapables de bouger. Brower s'est éloigné de la table en titubant, les mains tendues devant lui, telle une version masculine de Lady Macbeth. Il était pâle comme un mort et la terreur noire inscrite sur son visage était au-delà de tout ce que je pourrais décrire. J'ai senti une onde d'effroi me parcourir comme je n'en avais jamais ressenti avant ni depuis, même pas lorsque l'on m'avait apporté le télégramme annonçant la mort de Rosalie.

Puis il s'est mis à gémir. C'était une plainte horrible, sourde, cryptique, je me souviens d'avoir pensé : *Mon Dieu, cet homme est complètement fou;* puis, il a crié une chose tout à fait étrange : « Le contact... j'ai laissé le contact sur la voiture.... Ô mon Dieu, je suis tellement désolé ! » Et il a dégringolé quatre à quatre les escaliers vers l'entrée principale.

C'est moi qui ai réagi le premier. J'ai bondi de ma chaise et me suis lancé à sa poursuite, laissant Baker, Wilden et Davidson autour de l'énorme tas d'argent qu'avait gagné Brower. Ils ressemblaient à de graves statues incas montant la garde autour d'un trésor tribal.

La porte d'entrée battait encore d'avant en arrière

et quand j'ai surgi dans la rue j'ai tout de suite aperçu Brower debout au bord du trottoir, attendant vainement un taxi. Quand il m'a vu il s'est recroquevillé d'une façon si misérable que je n'ai pu m'empêcher d'être étreint par un sentiment de pitié mêlé d'ébahissement.

« Hé, me suis-je écrié, attendez ! je suis désolé de ce qu'a fait Davidson et je suis sûr qu'il n'était animé d'aucune mauvaise intention; de toute façon, si vous devez partir à cause de cela, faites-le. Mais vous avez laissé une grosse somme d'argent et elle vous appartient. »

« Je n'aurais jamais dû venir, a-t-il gémi. Mais j'éprouvais un besoin de contacts humains tellement désespéré que je... je... »

Instinctivement, j'ai tendu la main pour le toucher – réaction la plus élémentaire d'un être humain envers un autre quand celui-ci est écrasé de chagrin – mais Brower a eu un mouvement de recul et il a hurlé :

« Ne me touchez pas ! Un, ce n'est donc pas assez ? Ô Seigneur, pourquoi ne puis-je pas tout simplement mourir ? »

Il a soudain porté un regard fiévreux sur un chien errant efflanqué, à la fourrure miteuse et pelée, qui remontait l'autre côté de la rue dans le petit matin désert. La langue du roquet pendait et il marchait en boitillant sur trois pattes, d'un air las. Il était sans doute en quête de poubelles à renverser et à fouiller.

« Ça pourrait être moi, là-bas, a remarqué Brower d'un air pensif, comme s'il se parlait à lui-même. Fui de tous, obligé de marcher seul et ne pouvant s'aventurer au-dehors que lorsque tout être vivant est bien à l'abri derrière ses portes verrouillées. Chien paria ! »

« Allons ! me suis-je écrié, un rien sévère, car de

tels propos sonnaient d'une façon quelque peu mélodramatique. Vous avez subi un méchant choc et de toute évidence il vous est arrivé quelque chose qui a mis vos nerfs à vif, mais pendant la guerre j'ai assisté à des milliers de scènes qui… »

« Vous ne me croyez pas, n'est-ce pas ? Vous pensez que je suis en proie à une sorte d'hystérie, n'est-ce pas ? »

« Mon vieux, j'ignore totalement à quoi vous êtes en proie ou quelle est votre proie, mais ce dont je suis *sûr,* c'est que si nous restons ici, dans l'air humide de la nuit, nous allons tous les deux *attraper* la grippe. Alors, si vous vouliez bien retourner à l'intérieur avec moi – ne serait-ce que jusqu'au hall d'entrée, si vous préférez – je demanderais à Stevens de… »

Ses yeux étaient suffisamment fous pour me mettre extrêmement mal à l'aise. Ils ne recelaient plus la moindre lueur de bon sens et Brower me rappelait ces psychotiques traumatisés par les batailles que j'avais vu évacuer sur des brancards loin des lignes de front : écorces d'hommes gémissant et poussant des cris inarticulés, leurs effrayants yeux vides semblables à des nids-de-poule sur les chemins de l'enfer.

« Est-ce que ça vous intéresserait de voir comment un intouchable répond à un autre intouchable ? m'a-t-il demandé sans prêter la moindre attention à ce que je venais de dire. Alors, regardez et voyez ce que j'ai appris dans d'étranges ports d'escale ! »

Tout à coup, il a élevé la voix et s'est écrié avec autorité :

« Chien ! »

Le chien a dressé la tête, l'a regardé en roulant des yeux méfiants (l'un étincelait d'une sauvagerie féroce; l'autre était voilé par la cataracte), a soudain obliqué et, de mauvaise grâce, a traversé la rue en boitillant jusqu'à l'endroit où se trouvait Brower.

Il n'avait aucune envie de s'approcher; ça au moins, c'était évident. Il gémissait, grognait et serrait entre ses jambes le bout de ficelle pelée qui lui tenait lieu de queue; il était néanmoins irrésistiblement attiré vers lui. Il est allé droit aux pieds de Brower, et il est resté là, couché sur le ventre, aplati, geignant et tremblant. Ses flancs décharnés se gonflaient et se dégonflaient comme un soufflet et son œil encore bon roulait horriblement dans son orbite.

Brower, avec un rire affreux et désespéré qui hante encore mes rêves, s'est accroupi près de lui.

« Voilà, a-t-il dit, vous voyez ? Il me reconnaît comme l'un des siens... et sait ce que je lui apporte ! »

Il a tendu la main vers le chien et le roquet a eu un grognement fort et lugubre. Il a montré les dents.

« Attention ! me suis-je écrié d'un ton sec. Il va vous mordre ! »

Brower ne m'a accordé aucune attention. Dans la lumière du réverbère son visage était livide, hideux, ses yeux semblables à des trous noirs brûlés dans du parchemin.

« Absurde, a-t-il gémi plaintivement, absurde. Je veux simplement lui serrer la main... comme votre ami me l'a serrée ! »

Tout à coup, il a attrapé la patte du chien et la lui a serrée. Le chien a poussé un horrible hurlement mais n'a pas fait un mouvement pour le mordre.

Brower s'est redressé vivement. Ses yeux semblaient s'être un peu éclaircis et si l'on exceptait sa pâleur excessive, il aurait très bien pu être à nouveau l'homme qui, la nuit précédente, avait offert courtoisement d'être notre partenaire de jeu.

« À présent, je m'en vais, a-t-il dit calmement. Veuillez m'excuser auprès de vos amis et leur dire que je suis désolé de m'être comporté comme un imbécile. Peut-être aurai-je la chance de… me racheter une autre fois. »

« C'est nous qui vous devons des excuses, ai-je répondu. Au fait avez-vous oublié l'argent ? Il y a plus de mille dollars. »

« Ah oui ! l'argent ! »

Et sa bouche s'est arrondie en l'un des sourires les plus amers que j'aie jamais vus.

« Ne vous faites aucun souci, si vous allez dans le hall d'entrée, ai-je dit. Ou bien, si vous me promettez de ne pas bouger d'ici, je vous l'apporte. Vous êtes d'accord ? »

« Oui, a-t-il répondu. Si vous y tenez. (Il a regardé, pensif, le chien qui gémissait à ses pieds.) Peut-être aimerait-il me suivre jusque chez moi pour faire, une fois dans sa vie misérable, un repas digne de ce nom. »

Et le sourire amer a réapparu.

Alors, avant qu'il ne change d'avis, je l'ai quitté et suis descendu au sous-sol.

Quelqu'un, Jack Wilden sans doute – c'était un homme ordonné –, avait échangé les plaques pour des billets qu'il avait rangés en liasses soigneuses au centre du tapis vert. Aucun d'eux n'a prononcé un mot pendant que je les ramassais. Baker et Jack Wilden fumaient sans rien dire; Jason Davidson baissait la tête et fixait ses pieds. Son visage exprimait la détresse et la honte. Comme je retournais vers l'escalier je lui ai effleuré l'épaule et il m'a regardé avec gratitude.

Quand je me suis retrouvé une nouvelle fois dans la rue, celle-ci était parfaitement déserte. Brower avait disparu. Je suis resté là, un paquet de billets de banque dans chaque main, me tournant en vain de tous côtés, mais il n'y avait âme qui vive. J'ai appelé une fois, à tout hasard, au cas où il se serait tenu dans l'ombre non loin de là, mais il n'y eut pas de réponse. Tout à coup, mon regard s'est posé sur le sol. Le chien errant était toujours là mais c'en était fini de son existence de fouilleur de poubelles. Il était mort et bien mort. Par colonnes, puces et tiques abandonnaient son corps. J'ai fait un bond en arrière, écœuré, et en même temps empli d'une terreur étrange, irréelle. J'ai eu l'intuition que je n'en avais pas encore fini avec Henry Brower, et celle-ci s'est vérifiée; mais je ne l'ai jamais revu.

Le feu dans l'âtre avait agonisé en traînées rougeoyantes et le froid avait commencé à sortir de l'ombre, mais il n'y eut pas un mot ni un geste pendant que George allumait une nouvelle fois sa pipe. Il soupira, recroisa les jambes, faisant craquer ses vieilles jointures et il reprit :

– Inutile de dire que tous les autres ayant participé au jeu étaient unanimes : nous devions trouver Brower et lui donner son argent. Je suppose que certains pourraient dire que nous étions idiots de penser ainsi, mais c'était une époque pleine d'honneur. Quand il est parti, Davidson avait une horrible peur au ventre; j'ai tenté de le prendre à part pour lui dire un ou deux mots de réconfort, mais il a simplement hoché la tête et est sorti en traînant le pas. Je l'ai laissé partir. Il verrait tout cela d'un autre œil après une bonne nuit de sommeil et nous pourrions nous mettre ensemble à la recherche de Brower. Wilden s'absentait quelque temps et Baker était pris par une série d'activités sociales. Je pensais que ce serait un bon moyen pour Davidson de reprendre confiance en lui. Mais quand je suis passé par chez lui le lendemain matin, il n'était pas encore levé. J'aurais pu le réveiller, mais il était jeune et j'ai décidé de le laisser dormir le restant de la matinée pendant que je décortiquais quelques faits. J'ai d'abord appelé ici, et j'ai parlé au...

Il se tourna vers Stevens, et leva un sourcil.

– À mon grand-père, monsieur, rappela Stevens.

– Merci.

– Je vous en prie, monsieur, à votre service.

– J'ai parlé au grand-père de Stevens. En fait, je lui ai parlé à l'endroit précis où se tient à présent Stevens. Il m'a dit que Raymond Greer, un homme que je connaissais vaguement, avait dit du bien de Brower. Greer travaillait à la chambre de commerce de la ville et je me suis immédiatement rendu à son bureau dans le Flatiron Building. Il était là et m'a reçu sur-le-champ. Quand je lui ai raconté ce qui s'était produit la nuit précédente, une expression faite à la fois de pitié, d'angoisse et de frayeur a assombri son visage.

« Pauvre vieil Henry ! s'est-il exclamé. Je savais que ça devait arriver, mais je n'aurais jamais cru que ce serait si rapide. »

« Quoi ? » ai-je demandé.

« Sa dépression, a répondu Greer. Tout a commencé durant son année à Bombay et je crois que personne mis à part Henry ne connaîtra jamais toute l'histoire. Mais je vais vous raconter ce que j'en sais. »

Ce que Greer m'a raconté ce jour-là dans son bureau a accru à la fois ma sympathie et ma compréhension. J'ai appris qu'Henry Brower avait été malencontreusement impliqué dans une réelle tragédie. Et comme dans toute tragédie classique, elle était née d'un défaut aux conséquences fatales : dans le cas de Brower, la négligence.

En tant que membre du groupe d'études sur les échanges commerciaux à Bombay, il avait bénéficié de l'utilisation d'une voiture, privilège rare là-bas. Greer m'a dit que Brower prenait un plaisir quasi puéril à la conduire à travers les rues étroites et les ruelles de la ville, effrayant les troupes caquetantes de poulets et faisant tomber à genoux hommes et femmes pour des suppliques à leurs dieux païens. Il allait partout avec, attirant l'attention de tous et provoquant d'énormes rassemblements d'enfants en haillons qui le suivaient mais reculaient dès qu'il offrait de faire un tour dans ce merveilleux engin, ce qu'il ne manquait jamais de proposer. C'était une Ford A commerciale, et l'une des toutes premières voitures que l'on pouvait faire démarrer soit à la manivelle, soit en appuyant sur un bouton. N'oubliez surtout pas ce détail.

Un jour, Brower s'est rendu en voiture très loin à l'autre bout de la ville pour rencontrer un des grands pontes de l'endroit au sujet d'une éventuelle grosse commande de fil de jute. La Ford, grondant et pétaradant à travers les rues, avec le bruit d'un barrage d'artillerie au cœur de la bataille, attira l'attention habituelle et, bien entendu, des cohortes d'enfants la suivaient.

Brower devait dîner avec le patron de la manufacture, repas très formel et cérémonieux, et, installés sur une terrasse en plein air surplombant la rue grouillante, ils avaient à peine entamé le second plat quand le grondement familier, tapageur et hoquetant du moteur a retenti dans la rue, au milieu de hurlements et de cris aigus.

L'un des gamins les plus hardis – le fils d'un obscur saint homme – s'était hissé dans la voiture, convaincu que le dragon, quel qu'il soit, logé sous le capot de fer, ne pouvait pas être éveillé si l'homme blanc n'était pas au volant. Et Brower, absorbé par les proches négociations, avait laissé le contact.

On peut imaginer le gosse de plus en plus audacieux devant ses petits camarades, tripotant le rétroviseur, agitant le volant et imitant les bruits du klaxon. Chaque fois qu'il faisait un pied-de-nez au dragon logé sous le capot, il devait voir sur le visage des autres s'amplifier la crainte respectueuse.

Son pied avait dû enfoncer la pédale d'embrayage, peut-être pour prendre appui, au moment où il avait poussé le starter. Le moteur était chaud; il avait démarré immédiatement. Dans sa terreur extrême, l'enfant avait dû réagir en retirant immédiatement le pied de la pédale, prêt à sauter dehors. Si la voiture avait été plus vieille ou en moins bon état, elle aurait calé. Mais Brower l'entretenait avec un soin scrupuleux et elle s'était mise à avancer, hoquetante et vrombissante. Brower s'était rué hors de la maison du fabricant juste à temps pour voir cela.

L'erreur fatale du gamin n'avait guère dû être plus qu'un accident. Peut-être dans ses efforts désespérés pour sortir avait-il heurté du coude le levier de vitesse. Peut-être l'avait-il tiré avec l'espoir éperdu que l'homme blanc jugulait ainsi le dragon pour l'endormir. Quoi qu'il en soit, c'était arrivé... c'était arrivé. L'auto avait pris une vitesse folle et avait dévalé la rue populeuse, grouillante, rebondissant sur balles et ballots, écrasant les cages d'osier du marchand d'animaux, mettant en miettes une charrette de fleurs. Elle avait foncé en rugissant le long de la pente vers le virage du bout de la rue, avait fait une embardée dans la courbe, s'était écrasée contre un mur de pierres et avait explosé en une boule de feu.

George fit passer sa pipe de bruyère d'un côté à l'autre de sa bouche.

– C'est tout ce qu'avait pu me dire Greer car c'est tout ce que Brower lui avait raconté d'un peu cohérent. Le reste était une sorte de discours confus sur la folie qu'il y avait à vouloir mêler deux cultures aussi différentes. Le père de l'enfant mort s'était bien sûr dressé face à Brower avant qu'il ne soit rappelé et lui avait jeté un cadavre de poulet à la figure. C'était une malédiction. Arrivé à ce point de son récit, Greer m'avait adressé un sourire qui signifiait que nous étions tous deux hommes du monde, avait allumé une cigarette et avait observé : « On parle toujours de malédiction dans ce genre d'affaire. Les misérables païens doivent à tout prix sauver les apparences. C'est une affaire de survie. »

« Quelle est la malédiction ? » avais-je demandé.

« Je pensais que vous l'auriez deviné, avait répondu Greer. Le père du garçonnet avait dit à Brower qu'un homme qui exerçait la sorcellerie sur un petit enfant ne méritait que le sort de paria, de hors-caste. Puis il avait ajouté que tout être vivant qu'il toucherait de sa main mourrait. Dans les siècles des siècles, amen », avait ricané Greer.

– Brower y a cru ?

– Greer pensait que oui. « N'oubliez pas que cet homme venait de subir un choc terrible. Et à présent, d'après ce que vous me dites, son obsession, loin de s'atténuer, s'est plutôt aggravée. »

« Pouvez-vous me donner son adresse ? »

Greer avait cherché dans ses dossiers et avait fini par en tirer une fiche.

« Je ne garantis pas que vous le trouverez là, avait-il ajouté. Bien entendu les gens se sont montrés réticents pour l'embaucher et je crois savoir qu'il ne roule pas sur l'or. »

En entendant ceci, je me suis senti envahi par la culpabilité. Greer me semblait un peu trop pompeux et un peu trop suffisant pour mériter d'entendre le peu que je savais sur Henry Brower. Mais, au moment de partir, quelque chose m'a poussé à dire :

« J'ai vu Henry Brower serrer la main à un cabot

errant la nuit dernière. Un quart d'heure plus tard le chien était mort. »

« Vraiment ? Comme c'est intéressant ! » s'est-il exclamé en soulevant les sourcils, comme si ma remarque n'avait eu aucun rapport avec tout ce dont nous venions de parler.

Je me suis levé pour partir et m'apprêtais à serrer la main de Greer quand sa secrétaire a ouvert la porte du bureau.

« Je vous prie de m'excuser, vous êtes bien M. Gregson ? »

J'ai acquiescé.

« Un certain Baker vient tout juste d'appeler. Il vous demande de vous rendre immédiatement au 23 de la 19e Rue. »

J'ai eu un tressaillement de peur car une fois déjà ce jour-là j'étais allé là-bas... C'était l'adresse de Jason Davidson. Quand j'ai quitté le bureau de Greer il était en train de reprendre sa pipe et le *Wall Street Journal*. Je ne l'ai jamais revu et ne considère pas cela comme une grosse perte. J'étais empli d'une appréhension bien particulière... une de celles qui ne se cristallisent cependant pas entièrement en une vraie peur avec un objet bien déterminé, parce que celui-ci est trop horrible, trop incroyable pour qu'on ose l'envisager vraiment.

J'interrompis ici son récit :

– Doux Jésus, George ! vous n'allez pas nous dire qu'il était mort ?

– Bel et bien mort, confirma George. Je suis arrivé presque en même temps que le médecin légiste. Sa mort était mise sur le compte d'une thrombose coronaire. Il aurait fêté son vingt-troisième anniversaire seize jours plus tard.

Les jours suivants, j'ai essayé de me convaincre

qu'il ne s'agissait que d'une tragique coïncidence et qu'il valait mieux ne plus y penser. Je ne parvenais pas à dormir, même avec l'aide de mon fidèle ami M. Cutty Sark. J'ai essayé de me convaincre qu'il ne nous restait plus qu'à partager entre nous trois l'argent du pot de cette nuit-là et à oublier jusqu'à l'irruption même d'Henry Brower dans notre vie. Mais je n'y suis pas parvenu. Au lieu de cela j'ai fait émettre un chèque au porteur du montant de la somme en question et me suis rendu à l'adresse que m'avait indiquée Greer, à Harlem.

Il n'était pas là. L'adresse laissée pour la réexpédition de son courrier était celle d'un appartement de l'East Side, dans un quartier un peu moins prospère mais néanmoins bâti de maisons de grès. Il avait quitté ce logement un bon mois avant la partie de poker et la nouvelle adresse était dans l'East Village, une zone de taudis.

Le gardien de l'immeuble, un homme maigre flanqué d'un énorme molosse noir qui grondait à ses pieds, m'apprit que Brower avait déménagé le 3 avril, le lendemain de notre partie. Je lui demandai son adresse; il rejeta la tête en arrière et poussa un gloussement criard qui lui tenait apparemment lieu de rire.

« La seule adresse qu'y donnent quand y part' d'ici c'est l'enfer, chef. Mais quèqu' fois en ch'min y s'arrêtent d'abord au Bowery. »

Le Bowery était vraiment en ce temps-là ce que seuls les étrangers à la ville imaginent qu'il est aujourd'hui : l'abri des sans-abri, le dernier arrêt d'hommes sans visage pour qui seules comptent encore une autre bouteille de mauvais vin ou une autre ligne de cette poudre blanche qui provoque de longs rêves. J'y suis allé. À cette époque il y avait des dizaines d'hôtels borgnes, quelques missions de bienfaisance accueillant pour la nuit les ivrognes et des centaines de ruelles où cacher un vieux matelas infesté de poux. J'ai vu une foule d'hommes, dont il ne restait guère plus que l'enveloppe, rongés par la boisson et la drogue. On ne connaissait ni n'employait aucun nom. Lorsqu'un homme a touché le fond, le foie miné par l'alcool de bois, une plaie ouverte et suppurante en guise de nez à force de sniffer de la cocaïne et de la potasse, les doigts rongés par le gel, les dents pourries dont il ne reste que des chicots noirs, il n'a plus besoin d'un nom. Mais j'ai décrit, sans succès, Henry Brower à tous ceux que j'ai rencontrés. Les tenanciers de bar secouaient la tête et haussaient les épaules. Les autres fixaient le sol et poursuivaient leur chemin.

Je ne l'ai pas trouvé ce jour-là, ni le lendemain, ni le surlendemain. Au bout de deux semaines, j'ai parlé à un homme qui m'a dit qu'un type comme ça avait logé au Devarney's Rooms trois nuits plus tôt.

Je m'y suis rendu; ça n'était qu'à deux pâtés de maisons de la zone que j'avais explorée. L'homme assis à la réception était un vieillard bourru, au crâne chauve et pelé et aux yeux chassieux et luisants. Sur la fenêtre maculée de chiures de mouches qui donnait sur la rue, un panneau annonçait des chambres à dix cents la nuit. Tout le temps où je lui ai décrit Brower, le vieil homme a hoché la tête. Quand j'ai eu fini, il a dit :

« J' le connais, jeune meûssieur. J' le connais bien. Mais j' peux pas m' rapp'ler... J'ai les idées bien pus nettes avec un dollar d'vant les yeux. »

J'ai sorti un dollar et il l'a fait disparaître en un tour de main, en dépit de son rhumatisme articulaire.

« Il était ici, jeune meûssieur, mais il est parti. »

« Savez-vous où ? »

« J' m'en rappel' pas bien, a-t-il répondu. J' pourrais p't'-être bien pourtant avec un aut'dollar d'vant les yeux. »

J'ai sorti un second billet qu'il a fait disparaître aussi vivement que le premier. Sur ce, quelque chose de délicieusement drôle a semblé le frapper et une toux rauque et tuberculeuse s'est arrachée de sa poitrine.

« Vous vous êtes bien diverti, ai-je dit, et vous en avez tiré un bon prix. À présent savez-vous où se trouve cet homme ? »

Le vieil homme a éclaté d'un nouveau rire joyeux.

« Oui... Potter's Field est sa nouvelle résidence; l'éternité est la longueur de son bail; et le diable son compagnon de chambre. Qu'est-ce que vous dites de ça, jeune meûssieur ? Il a dû mourir hier matin car quand je l'ai trouvé à midi, il était encore chaud et craquant. Assis droit comme un piquet près d' la f'nêtre, qu'il était. J'étais monté pour qu'y m' donne ses dix cents pour la nuit ou lui assigner la porte. En fait, c'est la ville qui lui a assigné deux mètres de terre. »

Cette dernière réflexion a provoqué un nouvel accès de joie sénile.

« Avez-vous remarqué quelque chose d'inhabituel ? ai-je demandé, sans oser m'interroger sur le sens de ma propre question. Quelque chose d'extraordinaire ? »

« J' pens' que j' me souviens d' quèqu' chose... voyons voir... »

J'ai sorti un dollar pour l'aider à retrouver la mémoire, mais cette fois celui-ci n'a suscité aucun rire, même s'il a disparu avec la même célérité.

« Oui, y avait quèqu' chose de vraiment bizarre, a dit le vieillard. J'ai assez souvent appelé pour eux le corbillard de la ville pour savoir. Seigneur Jésus, si j' lai ap'lé souvent ! J' les ai trouvés suspendus au portemanteau d' la porte, j' les ai trouvés raides dans leur lit, j' les ai trouvés sur l'escalier de secours en janvier, une bouteille entre les genoux, gelés et aussi bleus que l'Atlantique. J'ai même trouvé un mec qui s'était noyé dans le lavabo, encore que ça remonte à plus de trente ans. Mais ce type, assis droit comme un piquet dans son costume marron, comme un aristo des beaux quartiers, avec ses cheveux bien peignés. L'avait attrapé son poignet droit avec sa main gauche, voilà c' qu'il avait fait. J'en ai vu de toutes sortes, mais c'est l' seul qu' j'aie jamais vu mourir en se serrant lui-même la main. »

Je suis parti et j'ai marché jusqu'aux docks; les derniers mots du vieil homme semblaient passer et repasser sans cesse dans ma tête comme un disque rayé. *C'est l'seul qu'j'aie jamais vu mourir en se serrant lui-même la main.*

J'ai marché jusqu'au bout d'un des quais, à l'endroit où l'eau grise et sale vient lécher les piliers encroûtés. Et là, j'ai déchiré en mille morceaux le chèque au porteur et l'ai jeté dans l'eau.

George Gregson bougea et se racla la gorge. Le feu avait agonisé et il n'en restait plus que des braises hésitantes; le froid envahissait la salle de jeu déserte. Les tables et les chaises semblaient fantomatiques et irréelles, comme des meubles aperçus dans un rêve où se mêlent passé et présent. Les flammes soulignaient d'une sombre lueur orange les lettres gravées sur la clef de voûte de la cheminée : C'EST LE RÉCIT, PAS LE RÉCITANT QUI RACONTE.

– Je ne l'ai vu qu'une seule fois et une fois a suffi; je n'ai jamais oublié. Mais cette histoire m'a permis de sortir de ma propre période d'affliction, car celui qui bénéficie de la présence de ses frères humains n'est pas complètement seul.

– Si vous vouliez bien m'apporter mon manteau,

Stevens, je crois que je trottinerais jusque chez moi; je me suis attardé bien après mon heure de coucher habituelle.

Quand Stevens le lui eut apporté, George sourit et désigna un petit grain de beauté juste en dessous du coin gauche de la bouche de celui-ci.

– La ressemblance est vraiment remarquable, vous savez; votre grand-père avait un grain de beauté exactement au même endroit.

Stevens sourit mais ne répondit pas. George sortit et peu après, nous en fîmes tous autant.

Sables

Le vaisseau fédéral ASN/29 tomba du ciel et s'écrasa sur le sol. Au bout d'un moment deux hommes glissèrent de son crâne fendu, comme des cervelles. Ils marchèrent un peu, s'arrêtèrent casque sous le bras, et observèrent l'endroit où ils avaient échoué. C'était une plage qui n'avait pas besoin d'océan : elle était son propre océan; une mer de sable sculpté, une mer en instantané noir et blanc figée pour toujours en creux et bosses et toujours plus de creux et de bosses.

Des dunes.

Des basses, des escarpées, des régulières, des plissées. Des dunes au sommet en lame de couteau, des dunes au sommet plat, des dunes au sommet irrégulier qui avaient l'air de dunes empilées sur des dunes : dunes-dominos.

Des dunes mais pas d'océan.

Les vallées constituées par les creux entre ces dunes serpentaient en un noir dédale de galeries de rats. Si l'on regardait ces lignes tortueuses suffisamment longtemps on pouvait croire qu'elles formaient des mots : mots noirs errant sur les dunes blanches.

– Foutre merde, lança Shapiro.

– Amène ton cul, dit Rand.

Shapiro commença à cracher puis il se ravisa. La vue de tout ce sable l'incita à se raviser. Ça n'était peut-être pas le moment de gaspiller l'humidité. À demi enseveli sous le sable, l'ASN/29 n'avait plus l'air d'un oiseau à l'agonie; il ressemblait à une courge qui s'est brisée et dévoile un intérieur pourri. Un incendie s'était déclaré. Les réservoirs à essence de tribord avaient tous explosé.

– Dommage pour Grimes, déclara Shapiro.

– Ouais.

Les yeux de Rand erraient toujours sur la mer de sable, allant jusqu'à la ligne d'horizon, puis revenaient.

C'était dommage pour Grimes. Grimes était mort. Grimes n'était plus que morceaux, gros et petits, dans la réserve arrière. Shapiro y avait jeté un coup d'œil et avait pensé : *On dirait que Dieu a décidé de manger Grimes, a découvert qu'il n'avait pas bon goût et l'a recraché.* C'en avait été trop pour l'estomac de Shapiro. Ça et la vision des dents de Grimes disséminées sur le sol du compartiment.

Shapiro attendait à présent que Rand dise quelque chose d'intelligent mais Rand restait silencieux. Ses yeux parcouraient les dunes, suivaient entre elles les sinuosités en ressort d'horloge des creux profonds.

– Hé ! s'écria finalement Shapiro. Qu'allons-nous faire ? Grimes est mort; c'est toi le chef. Qu'allons-nous faire ?

– Faire ? (Les yeux de Rand allaient et revenaient, allaient et revenaient sur la paix des dunes. Un vent sec et régulier soulevait le col caoutchouté de sa combinaison de la Protection de l'environnement.) Si tu n'as pas de ballon de volley, je ne sais pas.

– Qu'est-ce que tu racontes ?

– N'est-ce pas ce que l'on fait à la plage ? demanda Rand. Jouer au volley ?

Shapiro s'était égaré de nombreuses fois dans

l'espace et il avait presque connu la panique lorsque le feu s'était déclaré; à présent, en regardant Rand, il percevait une terreur telle qu'elle le dépassait.

– C'est immense, déclara Rand d'un air rêveur, et pendant un instant Shapiro pensa que Rand parlait de sa peur à lui, Shapiro. Une plage foutrement grande. Un truc comme ça, ça peut ne pas avoir de fin. On pourrait faire cent cinquante kilomètres à pied avec sa planche à voile sous le bras et en être toujours au point de départ, ou presque, avec rien derrière soi à part six ou sept traces de pas. Et si on s'arrêtait cinq minutes, les six ou sept dernières traces auraient, elles aussi, disparu.

– As-tu obtenu un compscan topographique avant que nous ne tombions ?

Il décida que Rand était en état de choc. Rand était en état de choc mais Rand n'était pas fou. Il pourrait donner une pilule à Rand si c'était nécessaire. Et si Rand continuait à débloquer il lui ferait une piqûre.

– Est-ce que tu as regardé où sont...

– Quoi ? lança Rand en lui jetant un bref regard.

Les vertes vallées. C'est ce qu'il avait failli dire. On aurait cru une citation tirée des Psaumes, et il n'avait pas pu achever. Le vent faisait résonner un carillon d'argent dans sa bouche.

– Quoi ? demanda à nouveau Rand.

– Compscan ! *Compscan !* hurla Shapiro. T'as jamais entendu parler de compscan, espèce de débile ? À quoi ça ressemble ici ? Où se trouve l'océan qui borne cette foutue *plage* ? Où sont les lacs ? Où est la ceinture verte la plus proche ? Dans quelle direction ? Où est donc la fin de cette plage ?

– La fin ? Oh, je vois. Elle n'a pas de fin. Pas de ceinture verte, pas de calottes de glace. Pas d'océan. C'est une plage en quête d'océan, mon pote. Des dunes et des dunes et des dunes, et ceci sans fin.

– Alors, qu'est-ce qu'on va faire pour l'eau ?

– On peut rien faire.

– Le vaisseau... il est hors d'usage !

– *T'as tout pigé, Sherlock.*

Shapiro se tut. À présent, c'était se taire ou piquer une crise d'hystérie. Il avait l'impression – presque la certitude – que s'il se laissait aller à l'hystérie, Rand continuerait à contempler les dunes jusqu'à ce que lui, Shapiro, trouve une solution, ou jusqu'à ce qu'il n'en trouve pas.

Comment appelle-t-on une plage sans fin ? Eh bien on appelle ça un désert ! Le plus grand désert de merde de l'univers, n'est-ce pas ?

Dans sa tête repassait la réponse de Rand : *T'as tout pigé, Sherlock.* Shapiro resta quelques instants immobile à côté de Rand, à attendre que l'homme se réveille, qu'il *fasse* quelque chose. Au bout d'un moment il perdit patience. Il commença à redescendre, glissant et trébuchant, le flanc de la dune sur laquelle ils avaient dû monter pour regarder autour d'eux. Il sentait le sable aspirer ses bottes. *J'veux t'engloutir, Bill*, croyait-il entendre le sable dire. Dans sa tête résonnait la voix sèche et éraillée d'une femme âgée mais encore terriblement forte. *J' veux t'engloutir ici même et te faire un gros... un énorme câlin.*

Ça lui rappela comment, à la plage, ils se laissaient enterrer jusqu'au cou l'un après l'autre lorsqu'il était gosse. À l'époque, c'était amusant... aujourd'hui ça lui faisait peur. Il chassa alors cette voix – ce n'était pas le moment d'évoquer des souvenirs, nom de Dieu, non – et se mit à avancer sur le sable à hautes enjambées courtes et saccadées, essayant inconsciemment de gâcher la perfection symétrique de ses pentes et de sa surface.

– Où vas-tu ?

Pour la première fois la voix de Rand était chargée d'une note de conscience et d'inquiétude.

– La balise de détresse, répondit Shapiro. Je vais la mettre en marche. Nous sommes dans un couloir de circulation pour lequel existent des cartes. On sera repérés, captés. Ce n'est qu'une question de temps. Je sais que nos chances sont merdiques, mais peut-être que quelqu'un viendra avant que...

– La balise de détresse est en bouillie, l'interrompit Rand. Ça s'est produit pendant la descente.

– Peut-être est-elle réparable, répondit Shapiro par-dessus son épaule.

Il franchit le seuil de l'écoutille en baissant la tête et se sentit réconforté malgré les odeurs – câbles grillés et bouffée amère de fréon gazeux. Il se dit qu'il se sentait réconforté parce qu'il avait pensé à la balise de détresse. Aussi misérable soit-elle, elle offrait un peu d'espoir. Pourtant ce n'était pas d'avoir pensé à la balise de détresse qui l'avait réconforté; si Rand avait affirmé qu'elle était foutue, elle était très probablement foutue. Mais il ne voyait plus les dunes... il ne voyait plus cette immense plage sans fin.

C'est *cela* qui le réconfortait.

Quand une nouvelle fois il se fut hissé avec peine au sommet de la première dune, haletant, les tempes battant sous l'effet de la chaleur sèche, il trouva Rand à la même place, regardant fixement, fixement, fixement. Une heure s'était écoulée. Le soleil était à la verticale au-dessus d'eux. Le visage de Rand était trempé de sueur. Elle perlait dans ses sourcils. Des gouttelettes coulaient le long de ses joues comme des larmes. D'autres gouttes ruisselaient le long des muscles de son cou et dans le col de la combinaison de la PE comme des gouttes d'huile incolore circulent dans les entrailles d'un androïde de bonne qualité.

Je l'ai traité de débile, pensa Shapiro avec un léger frisson, *Seigneur, c'est exactement à ça qu'il ressemble... pas à un androïde mais à un débile auquel on vient juste de faire, avec une longue aiguille, une injection dans le cou.*

Tout compte fait, Rand s'était trompé.

– Rand ?

Pas de réponse.

– La balise de détresse n'était pas foutue.

Une lueur vacilla dans les yeux de Rand. Puis, fixés sur les montagnes de sable, ils se vidèrent à nouveau d'expression. Tout d'abord, Shapiro les avait crues figées, mais en fait, il pensait qu'elles bougeaient. Le vent était incessant. Elles bougeaient sûrement. Sur des décades et des siècles elles devaient..., eh bien, elles devaient marcher. N'était-ce pas ainsi qu'on appelait les dunes sur une plage ? Dunes en marche ? Ça lui revenait comme un souvenir d'enfance. Ou d'école. De quelque part en tout cas, et puis, qu'est-ce que ça pouvait bien foutre ?

À ce moment même, il vit un délicat ruisselet de sable glisser le long du flanc de l'une d'entre elles. Comme si elle avait entendu

(*entendu ce que je pensais*).

Nouvelle coulée de sueur à l'arrière du cou. C'est bon, il voyait un peu le topo. Qui ne l'aurait pas vu ? Ils étaient dans un sale pétrin, un très sale pétrin. Et Rand ne semblait pas s'en rendre compte... ou s'en soucier.

– Il y avait du sable à l'intérieur et un des circuits était fendu, mais il y en avait bien une soixantaine dans la boîte à malice de Grimes.

Est-ce qu'au moins il m'entend ?

– Je ne sais pas comment le sable a pénétré à

l'intérieur... elle était exactement là où elle devait être, dans le compartiment de rangement, derrière la couchette, avec trois sas fermés mais...

– Oh, le sable se répand. Il s'insinue partout. Te souviens-tu quand, enfant, tu allais à la plage, Bill ? Quand tu rentrais à la maison, ta mère te disputait parce qu'il y avait du sable partout : du sable sur le canapé, du sable sur la table de la cuisine, du sable au pied de ton lit : le sable de la plage est (il esquissa un geste imprécis et ce sourire vague et troublant réapparut)... doué d'ubiquité.

– Mais ça ne l'a pas du tout abîmé, continua Shapiro. Le périphérique de sortie du système de secours tourne au ralenti et j'ai branché le nouveau circuit. J'ai coiffé les écouteurs une minute et j'ai demandé une lecture équivalant à cinquante parsecs. Ça faisait le même bruit qu'une scie électrique. C'est mieux que tout ce que nous aurions pu espérer.

– Personne ne viendra. Pas même les Beach Boys. Les Beach Boys sont tous morts depuis huit mille ans. Bienvenue à Surf City, Rand. Surf City *sans* surf.

Shapiro fixait les dunes. Il se demandait depuis combien de temps le sable était là. Un trillion d'années ? Un quintillion ? Y avait-il eu un jour de la vie ici ? peut-être même une créature douée d'intelligence ? des rivières ? de la végétation ? des océans qui en faisaient une vraie plage et non pas un désert ?

Shapiro se tenait à côté de Rand, la tête envahie par ces questions. Le vent incessant ébouriffait ses cheveux. Et brusquement il fut certain que tout cela avait bien existé; il pouvait même s'en représenter la fin.

Le lent recul des villes alors que leurs voies d'eau et leurs régions périphériques recevaient d'abord quelques grains de sable, puis une vraie pluie pour enfin être recouvertes et étouffées par le sable rampant.

Il imaginait les boueux cônes d'alluvions d'un brun scintillant, tout d'abord luisants comme de la peau de phoque puis de plus en plus ternes au fur et à mesure qu'ils s'éloignaient de l'embouchure des rivières... de plus en plus loin, loin, jusqu'à se rejoindre. Il voyait la boue luisante comme de la peau de phoque devenir un marais envahi de roseaux, puis du till gris et sablonneux et enfin du sable blanc.

Il voyait les montagnes rapetisser comme des crayons que l'on taille, leur neige fondre au fur et à mesure que la montée du sable amenait des courants ascendants d'air chaud; il voyait les derniers rochers escarpés pointant vers le ciel comme l'extrémité de doigts d'hommes ensevelis vivants; il les voyait recouverts et immédiatement engloutis dans l'oubli par ces dunes profondément stupides.

Comment Rand avait-il dit déjà ?

Douées d'ubiquité.

Si c'est une vision que tu viens d'avoir, Billy-Boy, elle était foutrement horrible.

Oh mais non, elle ne l'était pas. Elle n'était pas horrible; elle était apaisante. Elle était calme comme la sieste le dimanche après-midi. Peut-il y avoir quelque chose de plus paisible que la plage ?

Il chassa ces pensées. Ça aidait de regarder le vaisseau, en arrière.

– On ne nous enverra pas la cavalerie; le sable nous recouvrira et au bout d'un moment nous serons le sable et le sable sera nous. Surf City sans surf... Tu comprends, Bill ?

Et Shapiro eut peur car il *comprenait*. Il n'était pas possible de voir toutes ces dunes sans comprendre.

– Saloperie de merde ! s'écria-t-il.
Il retourna au vaisseau.
Et se cacha de la plage.

Le soleil se coucha enfin. Moment où sur la plage – sur toute vraie plage – on arrête de jouer au volley, on met son pull pour aller chercher les nanas et la bière. Pas encore l'heure des petits câlins, mais presque. L'heure de jouir *à l'avance* des petits câlins.

Les nanas et la bière ne faisaient pas partie des réserves de l'ASN/29.

Shapiro avait passé l'après-midi à mettre soigneusement en bouteilles toute l'eau du vaisseau. Il avait utilisé un porta-vac pour aspirer ce qui s'était écoulé des canalisations rompues de la réserve d'eau du vaisseau et avait épongé le sol. Il avait récupéré le peu d'eau resté au fond du système hydraulique brisé du réservoir. Même le petit cylindre dans les boyaux du système de purification d'air qui pulsait celui-ci dans les zones de stockage n'avait pas été oublié.

À la fin, il s'était rendu dans la cabine de Grimes.

Grimes gardait des poissons rouges dans un bocal sphérique spécialement conçu pour l'apesanteur. Celui-ci, moulé en plastique polymère transparent résistant aux chocs, avait supporté la catastrophe sans problème. Les poissons, eux – tout comme leur propriétaire –, n'y avaient pas résisté. Ils flottaient, terne masse orange, à la surface de la boule qui était venue se loger sous la couchette de Grimes, à côté de trois sous-vêtements très crasseux et d'une demi-douzaine de cubes holographiques porno.

Il avait tenu un moment entre ses mains l'aquarium sphérique et avait regardé fixement à l'intérieur.

– Hélas, pauvre Yorick, je l'ai bien connu, s'était-il soudain écrié et il avait éclaté d'un rire tonitruant et éperdu.

Puis il avait pris l'épuisette que Grimes rangeait dans sa cantine et l'avait plongée dans le réservoir. Il en avait retiré les poissons et s'était demandé ce qu'il allait en faire. Au bout d'un moment il les avait portés près du lit de Grimes et avait soulevé l'oreiller.

Il y avait du sable dessous.

Il avait déposé les poissons sans nulle émotion puis il avait versé très soigneusement l'eau dans le jerricane qu'il utilisait pour la recueillir. Il faudrait la purifier, mais même si les purificateurs ne fonctionnaient pas, il avait pensé qu'au bout de quelques jours il n'hésiterait certainement pas à boire l'eau d'un aquarium juste parce qu'elle contenait peut-être quelques écailles et un peu de merde de poisson rouge.

Il avait purifié l'eau, l'avait partagée en deux et avait escaladé à nouveau la dune pour porter sa part à Rand. Celui-ci était toujours au même endroit, comme s'il n'avait absolument pas bougé.

– Rand, je t'apporte ta ration d'eau.

Il ouvrit la fermeture à glissière de la poche ventrale de la combinaison de la PE de Rand et y glissa la flasque de plastique plate. Il allait appuyer du bout du pouce pour la refermer lorsque Rand balaya son geste de la main. Il ressortit la flasque. Sur le devant était inscrit : FLASQUE N° 23196755 RÉSERVE DU VAISSEAU ASN STÉRILE TANT QUE LA CAPSULE EST INTACTE. La capsule n'était bien sûr plus intacte; Shapiro avait dû remplir la flasque.

– J'ai purifié...

Rand écarta ses doigts. La flasque tomba sur le sable avec un bruit mou.

– J'en veux pas.

– Pas... Rand, qu'est-ce qui ne va pas ? Nom de Dieu, t'as pas bientôt fini ?

Rand ne répondit pas.

Shapiro se pencha et ramassa la flasque N° 23196755. Il balaya d'un revers de la main les grains de sable restés accrochés, comme s'il s'était agi d'énormes microbes bouffis.

– Qu'est-ce qui ne va pas ? répéta Shapiro. C'est le choc ? Tu crois qu'c'est ça ? Parce que je peux te donner une pilule... ou te faire une piqûre. Mais ça commence à me taper sur le système, si tu veux savoir. Toi en train de contempler les soixante kilomètres de vide que tu as devant les yeux ! C'est du sable ! Seulement *du sable*.

– C'est une plage, répondit Rand d'un air rêveur. Tu veux faire un château de sable ?

– Bon, ça va, déclara Shapiro, je vais aller chercher une aiguille et une ampoule de calmant. Si tu veux te comporter comme un débile profond, je vais te traiter comme on les traite.

– Si tu tentes de m'injecter quoi que ce soit tu as intérêt à être silencieux quand tu t'amèneras derrière moi, dit Rand avec douceur. Sinon je te casse le bras.

Il en était bien capable. Shapiro, l'astronavigateur, pesait soixante-cinq kilos et mesurait un mètre soixante-huit. Le corps à corps n'était pas sa spécialité. Il marmonna un juron, fit demi-tour et reprit le chemin du vaisseau, la flasque de Rand à la main.

– Je pense que ça vit, lança Rand. En fait, j'en suis presque sûr.

Shapiro se retourna vers lui puis regarda les dunes. Le soleil couchant avait orné d'un filigrane d'or leurs sommets lisses et élancés, un filigrane qui s'ombrait délicatement jusqu'à un noir d'ébène dans les creux; sur la dune voisine l'ébène redevenait or. De l'or au noir. Du noir à l'or. De l'or au noir et du noir à l'or et de l'or au...

Shapiro cligna rapidement des yeux et se les frotta de la main.

– J'ai senti plusieurs fois cette dune bouger sous mes pieds, dit Rand à Shapiro. Elle bouge avec beaucoup de grâce. On dirait la marée. Je sens son odeur dans l'air, et c'est une odeur saline.

– Tu es piqué, déclara Shapiro.

Il était tellement terrifié qu'il avait l'impression que son cerveau était devenu de verre.

Rand ne répondit pas. Ses yeux parcouraient les dunes, qui passaient de l'or au noir à l'or au noir dans le soleil couchant.

Shapiro retourna au vaisseau.

Rand resta toute la nuit sur la dune et puis toute la journée suivante.

Shapiro regarda et le vit. Il avait enlevé sa combinaison de la PE et le sable l'avait presque recouverte. Une seule manche dépassait, pitoyable et suppliante. Le sable au-dessus et en dessous d'elle rappelait à Shapiro des lèvres aspirant avec une avidité édentée un morceau de quelque chose de tendre. Shapiro se sentit envahi par le désir fou de pelleter le flanc de la dune pour sauver le costume de Rand.

Il n'en fit rien.

Il s'assit dans sa cabine pour attendre le vaisseau de secours. L'odeur de fréon s'était dissipée. Elle avait été remplacée par l'odeur encore moins plaisante du corps en décomposition de Grimes.

Le vaisseau de secours ne vint pas ce jour-là, ni cette nuit-là, ni le troisième jour.

D'une façon ou d'une autre du sable apparut dans la cabine de Shapiro, bien que le sas ait été fermé et que le joint d'étanchéité semblât parfaitement hermétique. Il aspira les petits tas de sable avec le porta-vac comme, le premier jour, il avait aspiré les petites flaques d'eau répandue.

Il avait constamment soif. Sa flasque était déjà presque vide.

Il avait l'impression de commencer à sentir du sel dans l'air; dans son sommeil il entendait le cri des mouettes.

Et il entendait le sable.

Le vent incessant rapprochait la première dune du vaisseau. Sa cabine était encore utilisable – grâce au porta-vac – mais le sable envahissait déjà le reste. Des mini-dunes s'étaient introduites par les serrures éclatées et avaient pris possession de l'ASN/29. Le sable filtrait en vrilles et membranes à travers les bouches d'aération. Il s'amoncelait dans l'un des réservoirs éclatés.

Le visage de Shapiro était maintenant hâve et rugueux, ombré de barbe.

Le troisième jour, un peu avant le coucher du soleil, il grimpa sur la dune pour voir où en était Rand. Il envisagea d'emporter une piqûre hypodermique mais y renonça. C'était bien plus qu'un état de choc; il en était sûr à présent. Rand était fou. Il vaudrait mieux qu'il meure rapidement. Et c'était apparemment exactement ce qui allait se produire.

Shapiro était hâve; Rand était émacié. Son corps n'était plus qu'une brindille décharnée. Ses jambes, auparavant fortes et solides avec leurs muscles d'acier, étaient à présent molles et affaiblies. Leur peau pendait comme des chaussettes trop grandes qui ne cessent de glisser. Il n'était vêtu que de son slip en nylon rouge absurdement semblable à un maillot de bain qui moule les couilles. Une barbe légère avait commencé à ombrer son visage, couvrant d'un duvet ses joues et son menton creux. Sa barbe avait la couleur d'un sable de plage. Ses cheveux décolorés, auparavant d'un châtain terne, étaient désormais presque blonds. Ils pendaient sur son front. Seuls ses yeux, qui scrutaient à travers sa frange avec une intensité d'un bleu perçant, vivaient encore pleinement. Ils observaient la plage *(les dunes nom de Dieu les DUNES)* sans répit.

À présent, Shapiro s'apercevait d'un sale truc. C'était vraiment un très sale truc. Il se rendait compte que le visage de Rand était en train de se changer en dune de sable. Sa barbe et ses cheveux étouffaient sa peau.

– Tu vas mourir, commença Shapiro. Si tu ne viens pas jusqu'au vaisseau pour boire, tu vas mourir.

Rand ne répondit pas.

– C'est ce que tu désires ?

Rien. Il y avait le reniflement vide du vent, mais rien de plus. Shapiro vit que les plis du cou de Rand se comblaient de sable.

– La seule chose que je désire, répondit Rand d'une voix faible et lointaine comme le vent, ce sont mes cassettes des Beach Boys. Elles sont dans ma cabine.

– Va te faire foutre ! cria Shapiro, furieux. Mais tu sais ce que j'espère ? J'espère qu'un vaisseau va venir avant que tu ne meures. Je veux t'entendre brailler et hurler quand ils te tireront de ta putain de plage de merde. Je veux voir ce que tu feras alors !

– La plage finira par t'avoir toi aussi, dit Rand.

Sa voix était vide et elle résonnait comme le vent dans une courge brisée : une courge oubliée à la fin de la dernière récolte d'octobre.

– Écoute voir, Bill. Écoute la vague.

Rand redressa la tête. Sa bouche, à demi ouverte, laissait voir sa langue. Celle-ci était aussi fripée qu'une éponge sèche.

Shapiro entendit quelque chose.

Il entendit les dunes. Elles fredonnaient les rengaines du dimanche après-midi à la plage; siestes sur la plage, vides de rêves. Longues siestes. Paix insouciante. Grincement du cri des mouettes. Particules mouvantes, aveugles. Dunes en marche. Il entendit... et fut irrésistiblement attiré. Attiré par les dunes.

– Tu entends, dit Rand.

Shapiro leva deux doigts et se les plongea dans le nez jusqu'à se faire saigner. Alors il put fermer les yeux; il retrouva lentement et maladroitement ses esprits. Son cœur battait à tout rompre.

J'étais presque comme Rand. Seigneur !... elles ont failli m'avoir moi aussi !

Il ouvrit à nouveau les yeux et vit que Rand s'était changé en une conque marine reposant sur une longue plage déserte, tendue vers tous les mystères d'une mer vivante, contemplant les dunes et les dunes et les dunes.

Arrêtez, gémit Shapiro intérieurement.

Oh, mais écoute cette vague, répondit le murmure des dunes.

Contrairement à ce que lui dictait son bon sens, Shapiro écouta.

Puis il perdit son bon sens.

Shapiro pensa : *J'entendrais mieux si je m'asseyais.*

Il s'assit aux pieds de Rand, posa ses talons sur ses cuisses comme un Indien yaqui et écouta.

Il entendit les Beach Boys et la chanson des Beach Boys parlait de joie, de joie, de joie. Il les entendit chanter que les filles à la plage sont toutes à votre portée. Il entendit...

... un soupir sourd du vent, pas dans son oreille, mais dans le canyon qui sépare l'hémisphère droit de l'hémisphère gauche du cerveau : il entendit ce soupir quelque part dans l'obscurité que franchit seulement le pont suspendu du corps calleux, celui qui relie la pensée consciente à l'infini. Il ne sentit plus ni la faim, ni la soif, ni la chaleur, ni la peur. Il entendit seulement cette voix dans le vide. Et un vaisseau surgit.

Il jaillit du ciel en piqué, la post-combustion laissant de droite à gauche une longue traînée orange. Un grondement de tonnerre ceintura les ondes delta du sol et plusieurs dunes s'affaissèrent comme les circonvolutions d'un cerveau sur le trajet d'une balle. Le tonnerre déchira la tête de Billy Shapiro et l'espace d'un instant il fut écartelé, déchiré, écartelé jusqu'aux entrailles.

Puis il se remit sur pied.

– *Un vaisseau,* s'écria-t-il, *Foutre Dieu ! un vaisseau ! un vaisseau !* UN VAISSEAU !

C'était un vaisseau marchand de la ceinture astrale, sali et cabossé par cinq cents – ou cinq mille – années au service d'un clan. Il bondit à travers l'espace, heurta brutalement le sol droit devant lui, et fit une embardée. Le capitaine éteignit les gaz dont la chaleur fondit le sable en verre noir. Shapiro se réjouit de cette blessure.

Rand regarda autour de lui comme un homme qui émerge d'un rêve profond.

– Dis-lui de s'en aller, Billy.

– Tu ne comprends pas, dit Shapiro en avançant à pas traînants, ses poings tremblants levés vers le ciel. Tout ira bien...

Il se précipita vers le vaisseau marchand crasseux, en progressant à longues enjambées, comme un kangourou fuyant un incendie. Le sable s'agrippait à lui. Shapiro s'en débarrassa d'une secousse brutale. Tu peux aller te faire foutre, le sable. Une petite m'attend à Hansonville. Le sable n'a jamais eu de petite. Le sable n'a jamais bandé.

La coque du vaisseau marchand s'ouvrit. La passerelle de débarquement surgit comme une langue. Un homme la descendit à grands pas suivi de trois androïdes et d'un type monté sur roulements à billes qui était certainement le capitaine. En tout cas il portait un béret orné du symbole d'un clan.

L'un des androïdes brandit un bâton en direction

de Shapiro. Celui-ci l'envoya valser au loin. Il tomba à genoux devant le capitaine et embrassa les roulements qui remplaçaient ses jambes mortes.

– Les dunes... Rand... pas d'eau... vivant... l'a hypnotisé... monde de con... je... merci mon Dieu...

Un tentacule d'acier vint s'enrouler autour de la taille de Shapiro et le tira en arrière d'un coup net. Le sable sec murmurait sous lui comme s'il riait.

– Ça va, lança le capitaine. *Bai-à chel ! Mi, Mi ! Gat !*

L'androïde lâcha Shapiro et recula, l'air affolé, en cliquetant.

– Tout ce chemin pour un foutu Fed ! s'exclama le capitaine avec amertume.

Shapiro se mit à pleurer. Il avait mal, pas seulement à la tête, mais aussi au foie.

– Dud ! *Gii-yat ! Gat !* Eau-pour-lui-de dieu !

L'homme qui était descendu le premier lui jeta une bouteille spécialement conçue pour la basse gravité, et munie d'une tétine. Shapiro la renversa au-dessus de lui et téta goulûment, déversant dans sa bouche, le long de son menton, en coulées qui assombrissaient sa tunique à ce point décolorée qu'elle avait pris la teinte d'ossements, une eau froide comme le cristal. Il s'étrangla, vomit puis se remit à boire.

Dud et le capitaine le regardaient avec attention. Les androïdes cliquetaient.

Enfin, Shapiro s'essuya la bouche, se redressa et s'assit. Il se sentait à la fois malade et bien mieux.

– Vous êtes Shapiro ? demanda le capitaine.

Shapiro acquiesça.

– Affiliation à un clan ?

– Non.

– Numéro d'ASN ?

– 29.

– Équipage ?

– Trois. Un mort. L'autre... Rand... là-haut.

Il leur montra du doigt sans regarder.

Le visage du capitaine resta impassible. Pas celui de Dud.

– La plage l'a eu, expliqua Shapiro. (Il remarqua leurs regards voilés et interrogateurs.) Le choc... peut-être. Il semble en état d'hypnose. Il ne cesse de parler des... des Beach Boys... oui, je sais, vous ne connaissez pas. Il ne veut ni boire ni manger. Il est mal en point.

– Dud, emmène avec toi l'un des andies et redescends-moi ce type de là-haut. Seigneur, un vaisseau fédéral, poursuivit-il en hochant la tête. Pas de prime de sauvetage.

Dud acquiesça. Quelques instants plus tard, accompagné de l'un des andies, il escaladait péniblement le flanc de la dune. L'andy avait l'air d'un véliplanchiste de vingt ans qui se ferait peut-être un peu d'argent de poche en offrant ses services à des veuves mortes d'ennui, mais sa démarche le dénonçait plus encore que les tentacules articulés qui lui sortaient des aisselles. Cette démarche, commune à tous les androïdes, était celle, lente, réfléchie et presque douloureuse d'un maître d'hôtel vieillissant affligé d'hémorroïdes.

Le tableau de bord du capitaine se mit à bourdonner.

– J'écoute.

– Ici Gomez, capitaine. On est dans de sales draps. Le compscan et la télémétrie de surface révèlent un sol très instable. Pas le moindre soubassement rocheux sur lequel prendre appui. Nous reposons sur la plaque durcie par la chaleur de l'atterrissage et en ce moment c'est peut-être ce qu'il y a de plus solide sur la planète tout entière. Le problème, c'est qu'elle aussi commence à disparaître.

– Recommandations ?

– Il faut s'en aller.
– Quand ?
– On a cinq minutes.
– Vous êtes hilarant, Gomez.
Le capitaine appuya sur un bouton et la radio s'éteignit.
Les yeux de Shapiro roulaient dans leurs orbites.
– Écoutez, laissez tomber Rand. Il est foutu.
– Je vous ramène tous les deux. Je n'aurai pas de prime de sauvetage, mais la Fédération paiera bien quelque chose pour vous deux... non pas que vous valiez grand-chose l'un ou l'autre, autant que je puisse en juger. Il est toqué et vous êtes une poule mouillée.
– Non... vous ne comprenez pas. Vous...
Les yeux jaunes et rusés du capitaine étincelèrent.
– Est-ce que vous transportez de la marchandise de contrebande ? demanda-t-il.
– Capitaine... écoutez... s'il vous plaît...
– Parce que si c'est le cas, il serait absurde de la laisser ici. Dites-moi ce que c'est et où elle est. Je partage soixante-dix/trente. Récompense standard pour un sauveteur. Vous ne pourriez pas mieux vous en tirer, pas vrai ? Vous...
La plaque durcie par la fusion se mit soudain à osciller sous leurs pieds. À osciller de façon sensible. Une corne quelque part à l'intérieur du vaisseau marchand se mit à résonner avec une régularité assourdie. Le communicateur sur le tableau de bord du capitaine s'alluma à nouveau.
– *Là,* hurla Shapiro. *Là, vous voyez ce que vous affrontez ? Vous voulez vraiment parler de contrebande maintenant ? IL FAUT ABSOLUMENT FOUTRE LE CAMP D'ICI !*
– La ferme, mon coco, ou bien j'envoie un d'ces gars te calmer, répondit le capitaine.

Sa voix était calme mais son regard avait changé. Il pianota sur le communicateur.

– Capitaine, j'enregistre dix degrés d'inclinaison et ça continue. Le gouvernail de profondeur descend, mais prend de l'angle. Il nous reste encore un peu de temps mais pas beaucoup. Le vaisseau va se renverser.

– Les pieds vont le soutenir.

– Non, monsieur. Que le capitaine veuille bien m'excuser, mais ils ne vont rien soutenir du tout.

– Mettez en route les séquences de mise à feu, Gomez.

– Merci, monsieur.

Dans la voix de Gomez le soulagement était évident.

Dud et l'androïde redescendaient le flanc de la dune. Rand n'était pas avec eux. L'andy prenait de plus en plus de retard. Tout à coup un phénomène étrange se produisit. L'andy tomba tête la première. Le capitaine fronça les sourcils. Il ne tomba pas comme tombe normalement un andy... c'est-à-dire, plus ou moins comme un être humain. On aurait dit que quelqu'un venait de pousser un mannequin dans un grand magasin. Il tomba comme ça. *Boum !* et un petit nuage de sable jaune s'éleva autour de lui.

Dud revint en arrière et s'agenouilla près de lui. Les jambes de l'andy se mouvaient toujours comme si, dans le 1,5 million de microcircuits réfrigérés au fréon qui constituaient son cerveau, il rêvait qu'il marchait encore. Mais elles bougeaient lentement, en craquant. Elles s'immobilisèrent. De la fumée commença à sortir des pores de l'andy et ses tentacules tremblèrent dans le sable. C'était aussi horrible que d'assister à la mort d'un humain. Un terrible grincement monta de ses entrailles : *Graaaaagggg !*

– Plein de sable, murmura Shapiro. Il est atteint de la fièvre des Beach Boys.

Le capitaine lui jeta un coup d'œil irrité.

– Ne soyez pas ridicule, mon vieux. Ce truc peut traverser une tempête de sable sans qu'un seul grain pénètre à l'intérieur.

– Pas dans *ce* monde-*ci* !

La plaque durcie par la fusion se stabilisa à nouveau. Le vaisseau était à présent nettement incliné. Un grondement grave retentit : le train d'atterrissage supportait un poids plus important.

– Laisse-le ! brailla le capitaine à Dud. Laisse-le, laisse-le ! *Gii, Yat ! Viens-moi-de dieu !*

Dud le rejoignit, laissant l'andy ramper face contre le sable.

– Quelle merde, murmura le capitaine.

Dud et lui se mirent à parler une sorte de petit-nègre rapide que Shapiro arrivait plus ou moins à comprendre. Dud expliqua au capitaine que Rand avait refusé de le suivre. L'andy avait essayé d'agripper Rand, mais il n'avait plus de force. À ce moment-là, déjà, il bougeait par saccades et d'étranges grincements sortaient de ses entrailles. Il s'était mis aussi à réciter un méli-mélo de coordonnées galactiques et d'extraits d'un inventaire des cassettes de musique folk du capitaine. Dud lui-même s'était alors approché de Rand. Le combat avait été bref. Le capitaine dit à Dud que si un homme resté debout trois jours sous le soleil brûlant avait pu avoir raison de lui, lui-même devrait peut-être se procurer un nouveau second.

Le visage de Dud fut assombri par la gêne, mais son regard grave et inquiet ne s'altéra pas. Il tourna lentement la tête, révélant quatre sillons profonds dans ses joues. Elles enflaient lentement.

– *Lui-eu gros-indics,* déclara Dud. *Fort de dieu. Lui-eu force-umby.*

– *Umby-lui de dieu ?* demanda le capitaine en regardant Dud d'un air sévère.

Dud acquiesça.

– *Umby. Beyat-chel. Umby-de dieu.*

Shapiro avait froncé les sourcils, interrogé son cerveau fatigué et effrayé pour retrouver le sens de ce mot. À présent, ça lui revenait. *Umby.* Ça voulait dire fou. *Il est fort, nom de Dieu. Fort parce qu'il est fou. Il a la manière forte, une force surhumaine. Parce qu'il est fou.*

Manière forte... ou peut-être maniaque fort. Il n'était pas sûr. Que ce soit l'un ou l'autre, ça revenait au même.

Umby.

Le sol s'inclina à nouveau sous leurs pieds, et le sable recouvrit les bottes de Shapiro.

De derrière eux s'éleva le *ka-thud, ka-thud, ka-thud* caverneux des bouches de ventilation qui entraient en action. Shapiro pensa que c'était l'un des sons les plus délicieux qu'il ait jamais entendus.

Le capitaine était profondément absorbé par ses pensées, étrange centaure dont la moitié inférieure n'était pas chevaline mais toute de roulements à billes et de plaques de métal. Puis il leva les yeux et manœuvra le communicateur.

– Gomez, envoyez-nous ici Excellent Montoya avec un pistolet tranquillisant.

– Bien reçu.

Le capitaine se tourna vers Shapiro.

– Alors, par-dessus le marché, j'ai perdu un androïde qui vaut dix ans de votre salaire. Je suis fou de colère. Je veux emmener votre copain.

– Capitaine.

Shapiro ne pouvait s'empêcher de passer sa langue sur ses lèvres. Il savait que c'était tout à fait inopportun. Il ne voulait pas avoir l'air fou, hystérique ou lâche, et le capitaine avait apparemment décidé qu'il était les trois à la fois. Se passer ainsi la langue sur les lèvres ne pouvait que le conforter dans son jugement... mais il ne pouvait tout simplement pas s'en empêcher.

– Capitaine, je ne voudrais pas trop insister sur la nécessité de quitter ce monde le plus vite poss...

– Ferme-la, espèce de con, coupa le capitaine, non sans une certaine gentillesse.

Un faible hurlement s'éleva du sommet de la dune la plus proche.

– *Ne me touchez pas ! Ne m'approchez pas ! Laissez-moi tranquille ! Tous autant que vous êtes !*

– *Grand indics gat umby,* déclara Dud d'un air grave.

– *Ma-lui, yeah-mon,* répondit le capitaine puis il se tourna vers Shapiro : Il ne va *vraiment* pas bien, n'est-ce pas ?

La plaque durcie par la fusion se stabilisa à nouveau. Le train d'atterrissage gronda plus fort que jamais. Le communicateur grésilla. La voix de Gomez était ténue, légèrement mal assurée.

– Il faut partir immédiatement, capitaine !

– C'est bon.

Un homme brun apparut sur la passerelle de débarquement. Il tenait un long pistolet dans l'une de ses mains gantées. Le capitaine désigna Rand du doigt.

– *Ma-lui, de dieu. Peux ?*

– *Gat ! Gat-de dieu !*

Excellent Montoya que ne dérangeait pas le sol penché qui n'était pas un sol mais simplement du sable que la fusion avait changé en verre (et Shapiro remarquait qu'à présent de profondes craquelures couraient à sa surface), que ne troublaient nullement les grondements du train d'atterrissage ou la vision étrange d'un androïde qui semblait désormais creuser sa propre tombe avec ses pieds, contempla un instant le visage émacié de Rand.

– *Peux,* dit-il.

– *Gat, Gat-pour-pleurer !* répondit le capitaine en envoyant un jet de salive sur le côté. Tire-lui dans la bite, je m'en fous, s'écria-t-il. Du moment qu'il respire encore quand nous démarrerons.

Excellent Montoya leva le pistolet. Le geste était apparemment deux tiers d'habitude, un tiers de nonchalance mais Shapiro, même dans l'état de demi-panique dans lequel il se trouvait, remarqua la façon dont la tête de Montoya s'inclinait sur le côté pour viser. Comme un grand nombre de membres d'un clan, son arme faisait quasiment partie de lui, et il la pointait comme on pointerait un doigt.

Il appuya sur la gâchette et la flèche du tranquillisateur jaillit du canon avec un *pan !* sourd.

Une main sortit de la dune et l'intercepta.

C'était une grande main brune, onduleuse, faite de sable. Elle sortit, au mépris du vent, et fit disparaître l'éclat momentané de la flèche. Puis le sable retomba avec un lourd *sssrrrrap*. Plus de main. Impossible de croire qu'il y en *avait vraiment eu* une. Mais ils l'avaient tous vue.

– *Giddy-hum,* déclara le capitaine presque sur le ton de la conversation.

Excellent Montoya tomba à genoux.

– *Aidy-peux-de dieu, petit-gat vient ! vu-hoh a ventre-gat-de dieu !...*

Dans un demi-brouillard, Shapiro comprit que Montoya était en train de réciter un rosaire en petit-nègre.

Là-haut sur la dune, Rand sautait sur place, brandissant ses poings vers le ciel, poussant de faibles cris de triomphe d'une voix perçante.

Une main. C'était une main. Il a raison; c'est vivant, vivant, vivant...

– *Indic !* cria le capitaine à Montoya d'un ton brusque. *Cannit ! Gat !*

Montoya se tut. Il effleura des yeux la silhouette de Rand en train de faire des cabrioles puis les détourna. Son visage était empreint d'une terreur superstitieuse quasi médiévale.

– C'est bon, s'écria le capitaine. J'en ai assez. J'abandonne. On s'en va.

Il enfonça deux des boutons de son tableau de bord. Le moteur qui aurait dû le faire pivoter adroitement afin qu'il se retrouve face à la passerelle de débarquement ne ronronna pas; il grinça et crissa. Le capitaine poussa un juron. La plaque durcie par la fusion s'inclina une nouvelle fois.

– Capitaine !

Gomez. Dans un état de panique.

Le capitaine frappa un autre bouton et les roulements à billes commencèrent à l'entraîner à reculons le long de la passerelle de débarquement.

– Guidez-moi, ordonna le capitaine à Shapiro. Je n'ai aucun putain de rétroviseur. C'était bien une main, n'est-ce pas ?

– Oui.

– Je veux déguerpir d'ici, continua le capitaine. Voilà quatorze ans que je n'ai plus de pine mais en ce moment j'ai l'impression de me pisser dessus.

Sssrrap ! Une dune s'effondra soudain sur la passerelle de débarquement. Mais ce n'était pas vraiment une dune; c'était une main.

– Merde, oh merde, s'écria le capitaine.

Sur sa dune Rand bondissait et poussait de petits cris.

Soudain, les roulements à billes de la moitié inférieure du capitaine se mirent à grincer. Le mini-tank dont sa tête et ses épaules formaient la tourelle se mit à partir en arrière en trépidant.

– Que...

Les roulements à billes se bloquèrent. Du sable jaillissait entre eux.

– *Soulevez-moi*, brailla le capitaine aux deux androïdes restants. *Vite ! VITE !*

Leurs tentacules s'enroulèrent autour des galets des roulements à billes et ils le soulevèrent; il ressemblait ridiculement à un professeur d'université qu'un groupe d'étudiants chahuteurs s'apprête à faire sauter en l'air sur une couverture. Il pianota sur le communicateur.

– Gomez ! Dernière séquence de mise à feu ! Vite ! Vite !

La dune au pied de la passerelle de débarquement s'inclina. Devint une main. Une grande main brune qui commença à grimper la pente de la passerelle.

Avec des cris perçants, Shapiro fonça pour lui échapper.

On souleva hors de sa portée le capitaine qui poussait des jurons.

La passerelle fut relevée. La main retomba et redevint sable. Le sas se ferma comme un iris. Les moteurs hurlèrent. Pas le temps de s'installer sur une couchette; pas le temps pour quoi que ce soit de semblable. Shapiro se jeta, roulé en boule, sur le sol et fut rapidement aplati par l'accélération. Avant de sombrer dans l'inconscience il eut l'impression de sentir du sable s'agripper au vaisseau avec des bras bruns et musclés, et tirer pour les retenir.

Le vaisseau s'éleva; ils étaient partis.

Rand les regarda s'éloigner. Il s'était assis. Quand la traînée des propulseurs se fut enfin effacée du ciel, il tourna les yeux vers l'infinité sereine des dunes.

– Nous avons une bagnole qui date de 34; nous l'appelons vieille caisse, croassait-il pour le sable vide et mouvant. Elle ne roule pas très bien; c'est une vieillerie mais elle est si chouette.

Lentement, d'un air réfléchi, il se mit à s'enfoncer du sable, poignée après poignée, dans la bouche. Il avala... avala... avala.

Bientôt, son ventre fut un tonneau enflé et le sable commença à s'amonceler le long de ses jambes.

L'image de la Faucheuse

– Nous l'avons déplacé l'année dernière, et c'était aussi une sacrée entreprise, dit M. Carlin pendant qu'ils montaient l'escalier. Il a fallu le faire à la force des bras, bien sûr. Aucun autre moyen. Nous l'avons assuré auprès de la Lloyd contre tout accident avant même que nous l'ayons tiré de sa caisse dans le placard. C'était la seule société à laquelle nous avons pensé, pour une telle somme.

Spangler ne dit mot. Cet homme était un imbécile. Spangler avait appris depuis longtemps que le meilleur moyen de traiter avec un imbécile était de l'ignorer.

– On l'a assuré pour un million de dollars, reprit M. Carlin quand ils atteignirent le palier du deuxième étage. (Ses lèvres se plissèrent en un sourire aigre-doux.) Et il coûte cher aussi.

C'était un petit homme pas vraiment gros, avec des lunettes sans monture et une tête chauve bronzée qui brillait comme un ballon de volley-ball verni. Une armure qui gardait les ombres acajou du corridor de l'étage les fixait, impassible.

Le couloir était long et Spangler examina les murs et les tapisseries de l'œil froid d'un professionnel. Samuel Claggert avait acheté en quantités démesurées, mais il n'avait pas bien acheté. Comme tant d'empereurs industriels de la fin du XIXe siècle, il avait été un petit peu plus qu'un chineur de brocante qui avait endossé les oripeaux du collectionneur, un connaisseur en monstruosités picturales, en collections de romans de pacotille et de poésie aux coûteuses reliures en peau de vache, et en sculptures atroces, le tout considéré par lui comme de l'Art.

Aux murs étaient accrochées – suspendues comme des guirlandes pour mieux dire – des imitations de tentures marocaines, d'innombrables (et sans aucun doute, anonymes) madones serrant contre elles d'innombrables bébés porteurs d'auréoles tandis que d'innombrables anges voletaient çà et là à l'arrière-plan, des personnages grotesques portant des candélabres, et un lustre monstrueux obscènement décoré et surmonté d'une nymphette au sourire salace.

Bien entendu le vieux pirate avait mis la main sur quelques objets intéressants – c'était statistiquement inévitable. Et si le musée privé Samuel Claggert (visites guidées d'une heure – adultes 1 dollar, enfants 50 cents – à vomir) était composé de 98 % de camelote pure, il y avait aussi les deux pour cent restants, des choses comme le fusil Coombs au-dessus du foyer de la cuisine, l'étrange petite *camera oscura* du salon, et bien sûr, le...

– Le miroir de Delver a été enlevé du rez-de-chaussée après un... hum, un incident assez malheureux, lâcha tout à trac M. Carlin, poussé sans doute par la vision d'un portrait d'anonyme luisant fantomatiquement au bas de l'escalier suivant.

Il y avait déjà eu des incidents – des paroles déplaisantes, des déclarations furieuses – mais cette fois-là, c'était bel et bien une tentative de destruction du miroir. La femme, une certaine Mlle Sandra Bates, est venue avec une pierre dans la poche. Heureusement elle a mal visé et elle n'a réussi qu'à écorner l'encadrement. La glace n'a pas été touchée. Cette Bates avait un frère...

– Inutile de me faire la visite à un dollar, dit calmement Spangler. Je connais l'histoire du miroir de Delver.

– Fascinant, n'est-ce pas ?

Carlin lui jeta un regard oblique, bizarre.

– Il y a eu cette duchesse anglaise en 1709... et le marchand de tapis de Pennsylvanie en 1746... sans parler...

– Je connais l'histoire, répéta Spangler toujours aussi calme. C'est le travail de l'artisan qui m'intéresse. Et puis, bien sûr, il y a la question de l'authenticité...

– L'authenticité !

M. Carlin gloussa, c'était un son sec comme si des os avaient cliqueté dans la soupente de l'escalier.

– Il a été examiné par des experts, monsieur Spangler.

– Comme le Stradivarius de Lemlier.

– C'est vrai, soupira M. Carlin. Mais aucun Stradivarius n'a jamais eu tout à fait le... l'effet troublant du miroir de Delver.

– Oui, jamais tout à fait, répéta Spangler de sa voix doucement méprisante.

Il comprenait maintenant qu'il n'y aurait pas moyen d'arrêter Carlin, il avait un esprit parfaitement en accord avec l'époque.

– Tout à fait, répéta-t-il encore.

Ils montèrent au troisième puis au quatrième en silence. Tandis qu'ils approchaient du toit de ce bâtiment plein de coins et de recoins, la chaleur se faisait de plus en plus oppressante dans les galeries supérieures. Avec la température élevée, une odeur s'immisçait, que Spangler connaissait bien, car il avait passé toute sa vie d'adulte à travailler dans cette atmosphère – une odeur de mouches mortes depuis longtemps gisant dans des coins ombreux, de pourriture humide et de vers de bois rampant derrière le plâtre. L'odeur du temps. Une odeur que seuls les musées et les mausolées possédaient en commun. Il imaginait que c'était une odeur très semblable à celle qui devait monter de la tombe d'une jeune vierge, morte depuis quarante années.

Ici, à cet étage, les reliques étaient empilées pêle-mêle dans un capharnaüm de boutique de brocanteur. M. Carlin conduisit Spangler à travers un fouillis de statues, de portraits aux cadres brisés, de pompeuses cages à oiseaux plaqué or, où l'on apercevait le squelette démembré d'un vieux tandem. Il le guida jusqu'au mur du fond où une échelle de meunier était disposée sous une trappe au plafond. Un cadenas poussiéreux pendait de la trappe.

Sur la gauche, une reproduction d'Adonis les fixait inexorablement de ses yeux sans pupilles. L'un de ses bras était tendu et au poignet était accroché un écriteau : ENTRÉE STRICTEMENT INTERDITE.

De la poche de sa veste, M. Carlin tira un trousseau de clés, en choisit une et escalada l'échelle. Il s'arrêta au troisième barreau, sa tête chauve luisant faiblement dans l'ombre.

– Je n'aime pas ce miroir, dit-il. Je ne l'ai jamais aimé. J'ai peur de le regarder. J'ai peur de le regarder un jour et d'y voir… ce que les autres ont vu.

– Ils n'ont fait que s'y voir eux-mêmes, dit Spangler.

M. Carlin ouvrit la bouche pour répondre, s'arrêta, secoua la tête et tâtonna devant lui en tendant le cou pour insérer correctement la clé dans le cadenas.

– Faudrait la remplacer, marmonna-t-il. Elle est… Bon sang !

Le cadenas s'ouvrit brusquement et glissa hors du loquet. M. Carlin tenta de le rattraper dans un geste hasardeux et manqua tomber de l'échelle. Spangler le saisit adroitement au vol et leva les yeux vers son compagnon. Il s'accrochait en tremblant au sommet de l'échelle, le visage pâle dans la pénombre brune.

– Ce miroir vous inquiète vraiment, on dirait ? dit Spangler sur un ton doucement interrogateur.

M. Carlin ne dit rien. Il semblait paralysé.

– Descendez, dit Spangler. S'il vous plaît. Vous allez tomber.

Carlin s'exécuta lentement, en s'agrippant à chaque barreau comme un homme qui titube au-dessus d'un gouffre sans fond. Quand ses pieds touchèrent le plancher, il se remit à bavarder, comme si dans le sol était passé un courant qui l'avait rallumé.

– Un quart de million, dit-il. Un quart de million de prime d'assurance pour emmener cette... chose d'en bas à là-haut. Cette satanée chose. Il leur a fallu installer spécialement un palan pour la hisser ici sous les combles. Et j'espérais – je priais, presque – que quelqu'un aurait les doigts glissants... que la corde aurait été mal choisie... que la chose tomberait et se briserait en millions de morceaux...

– Des faits, coupa Spangler. Des faits, Carlin. Pas du roman à deux sous, pas du feuilleton bon marché ou du film d'horreur d'aussi piètre qualité. Des faits. Premièrement : John Delver était un artisan anglais d'origine normande qui fabriquait des miroirs durant ce que nous appelons la période élisabéthaine. Sa vie et sa mort n'ont rien de remarquable. Pas de pentacle gribouillé sur le sol, que le propriétaire aurait dû effacer, pas de documents sentant le soufre avec une tache de sang à l'endroit où il faut mettre le nom. Deuxièmement : ses miroirs sont recherchés par les collectionneurs principalement en raison de la beauté du travail et du cristal qu'il a utilisé, un cristal qui agrandit et distord légèrement l'image aux yeux de celui qui la regarde

– une marque de fabrique très particulière. Troisièmement : en l'état actuel de nos connaissances, il n'existe plus que cinq Delver, dont deux en Amérique. Ils sont d'une valeur inestimable. Quatrièmement : ce Delver et un autre qui a été détruit pendant le Blitz de Londres se sont attiré une réputation plutôt usurpée fondée en grande partie sur l'exagération, le mensonge et les coïncidences...

– Cinquièmement, dit M. Carlin, vous êtes un prétentieux connard, non ?

Spangler considéra avec une haine tranquille l'Adonis au regard aveugle.

– C'est moi qui ai guidé le groupe de visiteurs dont faisait partie le frère de Sandra Bates quand il a regardé dans votre précieux miroir, Spangler. Il devait avoir dans les seize ans, c'était un groupe de lycéens. Je racontais l'histoire du miroir et j'en étais à la partie que vous, vous apprécieriez – je vantais la perfection du travail, celle du miroir lui-même – quand le garçon a levé la main. « Mais qu'est-ce que c'est, cette tache noire dans le coin supérieur gauche ? a-t-il demandé. On dirait un défaut. » Et l'un de ses amis lui a demandé ce qu'il voulait dire, alors le jeune Bates a commencé à répondre puis il s'est arrêté. Il a regardé le miroir de très près, en se frayant un chemin jusqu'au cordon de velours qui entourait la vitrine, et puis il a regardé derrière lui comme s'il avait vu le reflet de quelqu'un – ou l'ombre de quelqu'un – qui se tenait derrière son épaule. « On dirait une femme, a-t-il dit. Mais je n'arrive pas à voir son visage. C'est parti maintenant », et c'est tout.

– Continuez, dit Spangler. Ça vous démange de me dire que c'était la Faucheuse... je crois que c'est l'explication habituelle, non ? Que parfois des gens marqués par le destin voient l'image de la Faucheuse dans le miroir ? Allez, mon vieux, sortez-le. Le

National Enquirer adorerait ça ! Racontez-moi les conséquences horrifiques et mettez-moi au défi de les expliquer. Qu'est-ce qui lui est arrivé par la suite ? Il a été renversé par une voiture ? Il s'est jeté d'une fenêtre ? Alors ?

M. Carlin émit un sinistre petit gloussement.

– Vous devriez être mieux renseigné, Spangler. Ne m'avez-vous pas dit deux fois que vous... heu... connaissiez l'histoire du miroir de Delver ? Il n'y a pas eu de conséquences horribles. Il n'y en a jamais eu. Ce qui explique qu'on ne retrouve pas le miroir de Delver dans les suppléments du dimanche des journaux, à côté du diamant Koh-i-Noor ou de la malédiction de la tombe du dieu Toth. Il est banal, comparé à ceux-là. Vous pensez que je suis un imbécile, n'est-ce pas ?

– En effet, dit Spangler. On peut monter maintenant ?

– Certainement, dit M. Carlin avec emportement.

Il grimpa à l'échelle et poussa la trappe. Il y eut un cliquetis suivi d'un bruit sourd tandis que celle-ci se soulevait sous l'effet d'un contrepoids et puis M. Carlin disparut dans l'ombre. Spangler le suivit. L'Adonis aveugle continuait de les fixer sans le savoir.

Il faisait une chaleur explosive sous les combles éclairés par une seule fenêtre aux multiples carreaux, couverte de toiles d'araignées, qui filtrait la lumière crue de l'extérieur pour en faire une sale lueur laiteuse. Dans un angle, le miroir était dressé vers la lumière; il en captait la plus grande partie et renvoyait une tache perle sur le mur opposé. Par sécurité on l'avait enserré dans un cadre de bois. M. Carlin ne le regarda pas. Évita très soigneusement de le regarder.

– Vous ne lui avez même pas mis un chiffon dessus, dit Spangler, visiblement en colère pour la première fois.

– Dans mon esprit, c'est un œil, dit M. Carlin. (Sa voix était encore épuisée, parfaitement vide d'intonation.) Si on le laisse ouvert, toujours ouvert, il finira peut-être par devenir aveugle.

Spangler ne lui prêta aucune attention. Il ôta sa veste, en la pliant avec soin de manière à mettre les boutons à l'intérieur, et avec une infinie douceur il essuya la poussière sur la surface convexe du miroir. Puis il se redressa et y plongea son regard.

Une pièce authentique. Il n'y avait aucun doute là-dessus, et il n'y en avait jamais eu, en réalité. La pièce encombrée derrière eux, son propre reflet, la silhouette à demi tournée de Carlin – tout cela était clair, net, presque en trois dimensions. Le léger effet d'agrandissement donnait à toute chose une courbure légère qui ajoutait comme une quatrième dimension. C'était...

Ses pensées s'interrompirent et il éprouva un nouveau sursaut de colère.

– Carlin.

Carlin ne dit rien.

– Carlin, pauvre imbécile, je croyais que vous aviez dit que cette fille n'avait pas abîmé le miroir.

Pas de réponse.

Dans le miroir Spangler lui lança un regard glacial.

– Il y a un bout de chatterton dans le coin supérieur gauche. Est-ce qu'elle l'a fêlé ? Pour l'amour de Dieu, mon vieux, répondez !

– Vous êtes en train de voir la Faucheuse, dit Carlin. (Sa voix était morte et sans passion.) Il n'y a pas de chatterton sur le miroir. Posez votre main dessus... mon Dieu !

Spangler enroula soigneusement la manche de sa

veste autour de sa main, tendit le bras et appuya doucement contre le miroir.

– Vous voyez ? Rien de surnaturel. C'est parti. Ma main le couvre.

– Le couvre ? Vous pouvez sentir le chatterton ? Pourquoi ne l'enlevez-vous pas ?

Spangler écarta la main avec précaution et regarda dans le miroir. Tout y paraissait un peu plus distordu; les angles inhabituels de la pièce semblaient s'élargir comme s'ils étaient sur le point de se dérober dans quelque invisible éternité. Il n'y avait pas de coin d'ombre dans cette glace. Elle était sans défaut. Brusquement une crainte morbide surgit en lui et il se méprisa pour ce sentiment.

– On dirait que c'est elle, hein ? demanda M. Carlin. (Le visage très pâle, il fixait le plancher. Un muscle battait spasmodiquement dans son cou.) Admettez-le, Spangler. On dirait qu'il y a derrière vous une silhouette à capuchon, non ?

– On dirait qu'il y a un chatterton masquant une petite fêlure, rétorqua Spangler très fermement. Rien de plus, rien de moins.

– Le jeune Bates était très costaud, dit rapidement Carlin. (Ses paroles semblaient tomber dans l'atmosphère brûlante et immobile comme des pierres dans une eau noire.) Comme un joueur de football. Il portait un chandail avec une inscription et un pantalon gris foncé. Nous étions à mi-chemin de l'exposition des étages intermédiaires quand...

– La chaleur me rend malade, dit Spangler d'une voix un peu incertaine.

Il avait sorti un mouchoir et s'essuyait le cou. Ses yeux fouillaient vivement la surface convexe du miroir.

– Quand il m'a dit qu'il lui fallait un verre d'eau... un verre d'eau, pour l'amour de Dieu !

– Est-ce qu'il y a des toilettes ? Je crois que je vais...

– Son chandail… je n'ai plus… aperçu que son chandail pendant qu'il descendait l'escalier… puis…

– … être malade.

Carlin secoua la tête, comme pour s'éclaircir l'esprit et baissa de nouveau les yeux vers le sol.

– Bien sûr. Troisième porte à gauche, deuxième étage en allant vers l'escalier. (Il leva un regard suppliant.) Comment pouvais-je savoir ?

Mais Spangler avait déjà commencé à descendre l'échelle. Elle trembla sous son poids et pendant un instant Carlin crut – espéra – qu'il tomberait. Il n'en fit rien. Par l'ouverture carrée dans le plancher, Carlin le regarda descendre, une main posée sur sa bouche, sans appuyer.

– Spangler ?

Mais il était parti.

Carlin écouta l'écho de ses pas diminuer, puis mourir au loin. Quand ils eurent disparu, un frisson violent le secoua. Il essaya de déplacer ses propres pieds pour se rapprocher de la porte, mais ils étaient pétrifiés. Rien que cette dernière vision vite escamotée, le chandail du garçon… Bon Dieu !

C'était comme si d'énormes mains lui prenaient la tête, la lui relevaient de force. Contre son gré, Carlin fixa les profondeurs luisantes du miroir de Delver.

Il n'y avait rien là.

La pièce se reflétait pour lui fidèlement, ses confins poussiéreux transformés en infini luisant. Un bout d'un poème de Tennyson dont il se souvenait à demi lui revint et il le marmonna : « Les ombres me donnent des nausées, dit la dame de Shalott… »

Et il ne pouvait toujours pas regarder plus loin, et le silence haletant l'étreignit. Près de l'un des coins du miroir une tête de taureau mangée par les mites le regardait avec des yeux plats d'obsidienne.

Le jeune homme avait voulu un verre d'eau et

la fontaine était dans le hall du rez-de-chaussée. Il était descendu et...

Et n'était jamais revenu.

Jamais.

Nulle part.

Comme la duchesse qui après s'être mise en grande toilette pour une soirée s'était arrêtée pour se mirer dans sa glace et avait décidé de retourner chercher son collier de perles au salon. Comme le marchand de tapis qui était parti en carriole et n'avait laissé derrière lui qu'une carriole vide et deux chevaux.

Et le miroir de Delver était resté à New York de 1897 à 1920, il était là quand le juge Crater...

Carlin fixait, comme hypnotisé, les profondeurs vides du miroir. Au-dessous, l'Adonis aux yeux aveugles regardait toujours.

Il attendit Spangler tout comme la famille Bates dut attendre le garçon. Au-dessous, l'Adonis aux yeux aveugles regardait toujours.

Il attendit Spangler tout comme la famille Bates avait dû attendre son fils, tout comme l'époux de la duchesse avait dû attendre que sa femme revienne du salon. Il fixa le miroir et attendit.

Et attendit.

Et attendit.

Nona

Tu m'aimes ?

J'entends sa voix prononcer ces mots... je l'entends encore parfois. Dans mes rêves.

Tu m'aimes ?

Oui, je réponds. *Oui... et l'amour véritable ne meurt jamais.*

Alors je me réveille en hurlant.

Je ne sais comment l'expliquer, même aujourd'hui. Je ne pourrais pas vous dire pourquoi j'ai fait tout ça. Je n'ai pas pu pendant le procès non plus. Pourtant, ici, un tas de gens me posent des questions à ce propos. Un psychiatre m'en pose. Mais je reste silencieux. Mes lèvres sont scellées. Sauf ici dans ma cellule. Ici je ne reste pas silencieux. Je me réveille en hurlant.

Dans le rêve je la vois s'avancer vers moi. Elle porte une robe blanche, presque transparente, et arbore une expression faite d'un mélange de désir et de triomphe. Elle traverse pour venir vers moi une pièce sombre au sol de pierre et je sens son odeur de roses sèches d'octobre. Elle a les bras grands ouverts et je m'approche d'elle bras tendus pour l'enlacer.

Quand nous nous rejoignons dans le rêve ma peur

augmente, pourtant il m'est impossible de m'éloigner d'elle. Mes mains appuient sur la surface lisse de son dos, sa peau si proche sous la soie. Elle sourit de ses yeux noirs, profonds. Son visage se lève vers le mien et ses lèvres s'écartent dans l'attente d'un baiser.

C'est alors qu'elle se transforme, se ratatine. Ses cheveux soudain rêches et emmêlés virent du noir à un horrible marron et pendent sur la blancheur crémeuse de ses joues. Ses yeux rétrécissent jusqu'à n'être plus que des billes. Le blanc disparaît et ses deux tout petits yeux semblables à des morceaux de jais poli me jettent des regards furieux. Sa bouche devient une gueule d'où saillent des chicots jaunes et tordus.

J'essaie de hurler. J'essaie de me réveiller.

Je ne peux pas. Je suis à nouveau pris. Je serai toujours pris.

Je suis à la merci d'un énorme rat de cimetière répugnant. Des lumières oscillent devant moi. Roses d'octobre. Quelque part sonne, lancinante, une cloche morte.

« Tu m'aimes ? murmure cet être. Tu m'aimes ? » Le parfum des roses est son haleine comme il rampe vers moi, fleurs mortes dans un charnier.

« Oui, dis-je à l'être-rat. Oui... et l'amour véritable ne meurt jamais. » Alors je me mets à hurler, et je suis réveillé.

Ils pensent que ce que nous avons fait ensemble m'a rendu fou. Mais mon cerveau est toujours d'une façon ou d'une autre au travail et je n'ai jamais cessé de chercher les réponses. Je cherche toujours à savoir comment c'était et ce que c'était.

Ils ont accepté de me laisser du papier et un stylo feutre. Je vais tout consigner par écrit. Je vais peut-être répondre à quelques-unes de leurs questions et ce faisant je pourrai peut-être répondre à quelques-unes des miennes. Et quand j'aurai fini, il restera encore quelque chose. Quelque chose qu'ils ne savent pas en ma possession. Quelque chose que j'ai pris. C'est là, sous mon matelas. Un couteau de la cantine de la prison.

Il faut que je commence mon récit par Augusta.

À l'heure où j'écris il fait nuit, une douce nuit d'août piquetée d'étoiles étincelantes. Par les mailles de ma fenêtre qui donne sur le terrain d'exercice, je les aperçois avec un lambeau de ciel que je peux cacher de mes deux doigts. Il fait chaud et je suis nu à l'exception de mon caleçon. J'entends le doux chant d'été des grenouilles et des criquets. Mais je peux ramener l'hiver rien qu'en fermant les yeux. Le froid mordant de cette nuit-là, la tristesse, les lumières crues et inamicales d'une ville qui n'était pas ma ville. C'était le 14 février.

Vous voyez, je me souviens de tout.

Et regardez mes bras... couverts de sueur, ils se sont hérissés de chair de poule.

Augusta...

Quand je suis arrivé à Augusta j'étais plus mort que vif, il faisait si froid. J'avais choisi un bon jour pour dire adieu à la scène universitaire et partir en stop vers l'ouest; je courais le risque de mourir gelé avant même d'avoir franchi les limites de l'État.

Un flic m'avait viré de la bretelle de l'autoroute et avait menacé de m'embarquer s'il me reprenait à faire du stop au même endroit. J'avais été tenté de le pousser à bout afin qu'il mette sa menace à exécution. Sur la surface plane de l'autoroute à quatre voies, semblable à la piste d'atterrissage d'un aéroport, le vent sifflait et poussait des voiles d'une neige poudreuse qui crissait sur l'asphalte. Et pour tous les *Eux* anonymes derrière leurs pare-brise en verre Securit, quiconque se tient sur la bande d'urgence par une nuit sombre est soit un violeur soit un meurtrier et s'il a les cheveux longs vous pouvez ajouter un pédophile sadique et pédé par-dessus le marché.

J'ai tenté le coup un moment sur la route d'accès, rien à faire. Vers 8 heures moins le quart j'ai compris que, si je ne me trouvais pas rapidement un endroit chaud, j'allais crever.

J'ai marché pendant deux kilomètres et demi avant de trouver sur la 202, juste à l'entrée de la ville, un routier qui faisait aussi station-service. CHEZ JOE, À LA BONNE BOUFFE, disait l'enseigne au néon. Trois gros semi-remorques étaient garés sur le parking gravillonné à côté d'une berline neuve. Il y avait sur la porte une couronne de Noël que personne n'avait pris la peine de retirer et juste à côté un thermomètre qui affichait quinze degrés au-dessous de zéro seulement. Je n'avais rien pour couvrir mes oreilles, si ce n'est mes cheveux, et mes gants de cuir étaient en lambeaux. Le bout de mes doigts était dur comme du bois.

J'ai ouvert la porte et je suis entré.

La première chose à m'avoir frappé ça a été la température, chaude et bonne. Ensuite la chanson de péquenot du juke-box, la voix reconnaissable entre toutes de Merle Haggard : *Nous, on n'a pas les cheveux longs et hirsutes comme les hippies de San Francisco.*

La troisième chose à m'avoir frappé ça a été l'Œil. Vous faites connaissance avec l'Œil le jour où vous vous laissez pousser les cheveux au-dessous des oreilles. À partir de ce moment-là les gens savent que vous n'appartenez ni au Lion's Club, ni aux Elks, ni au WWF. Vous connaissez l'Œil, mais vous n'arrivez jamais à vous y faire.

Ce jour-là, c'est quatre camionneurs assis dans

un box, deux autres accoudés au comptoir, une paire de vieilles aux manteaux de fourrure bon marché et aux cheveux bleus, le cuistot-serveur et un môme à l'air godiche aux mains pleines de mousse de savon qui posèrent l'Œil sur moi. Il y avait une fille au bout du comptoir, mais elle, tout ce qu'elle regardait, c'était le fond de sa tasse de café.

Elle a été la quatrième chose à m'avoir frappé.

Je suis assez grand pour savoir que le coup de foudre n'existe pas. C'est un truc inventé un jour par Rodgers et Hammerstein pour aller avec lune et juin. C'est pour les mômes qui se tiennent par la main à la fête de fin d'année du lycée, pas vrai ?

Mais rien que de la regarder ça m'a fait tout chose. Vous pouvez rire mais vous ne l'auriez pas fait si vous l'aviez vue. Elle était d'une beauté presque insupportable. Je savais sans l'ombre d'un doute que tous les autres chez Joe pensaient la même chose que moi. Tout comme je savais que l'Œil l'avait dévisagée avant que j'arrive. Elle avait les cheveux noirs comme une aile de corbeau, si noirs qu'ils en paraissaient presque bleus dans la lumière des néons. Ils flottaient librement sur les épaules de son manteau jaune élimé. Sa peau était d'un blanc crémeux, à peine teintée d'une touche de rose qui affleurait à sa surface... le froid qu'elle avait fait entrer avec elle. Des cils sombres, d'un noir de charbon. Des yeux graves qui s'étiraient un tout petit peu vers les tempes. Une bouche pleine et mobile sous un nez droit, patricien. Je ne pouvais pas dire à quoi ressemblait son corps. Je m'en fichais. Vous vous en seriez fichu aussi. Ce visage lui suffisait, ces cheveux, cette allure. Elle était exquise. C'est le seul mot de notre langue qui lui convenait.

Nona.

Je me suis assis à deux tabourets d'elle et le serveur s'est approché de moi et m'a regardé :

– Ce sera quoi ?

– Un café noir, s'il vous plaît.

Il est parti le chercher. Derrière moi quelqu'un a dit :

– J'ai l'impression que le Christ est revenu, comme ma maman avait toujours dit qu'il le ferait.

Le plongeur à l'air godiche s'est mis à rire, un bref *yarf-yarf*. Les camionneurs du comptoir ont fait chorus.

Le serveur m'a apporté mon café, l'a posé brutalement sur le comptoir et en a renversé un peu sur la chair en voie de décongélation de ma main. Je l'ai repoussé violemment.

– Désolé, a-t-il dit avec indifférence.

– Y va s' cicatriser ça lui-même, a lancé un des camionneurs du box.

Les jumelles teintes en bleu ont réglé leur addition et se sont dépêchées de sortir. L'un des chevaliers de la route s'est dirigé nonchalamment vers le juke-box et y a glissé une autre pièce. Johnny Cash s'est mis à chanter « Un garçon prénommé Sue ». J'ai soufflé sur mon café.

Quelqu'un m'a tiré par la manche. J'ai tourné la tête et elle était là; elle s'était déplacée jusqu'au tabouret inoccupé. Ce visage vu de près était presque aveuglant. J'ai renversé encore un peu de mon café.

– Je suis désolée.

Sa voix était grave, presque monocorde.

– De ma faute. J' sens pas encore très bien ce que je fais.

– Il...

Elle s'est interrompue, comme égarée. J'ai compris tout à coup qu'elle avait peur. J'ai senti ma première réaction à son égard m'envahir à nouveau : la protéger, prendre soin d'elle, lui épargner la peur.

– Il faut que je trouve une voiture, a-t-elle achevé précipitamment. Je n'ai osé le demander à aucun d'entre eux.

Elle a désigné d'un geste à peine perceptible les camionneurs du box.

Comment puis-je vous faire comprendre que j'aurais donné n'importe quoi – *n'importe quoi* – pour pouvoir lui répondre : *Pas de problème, finissez votre café, je suis garé juste devant.* Ça paraît fou de dire que j'en étais là après qu'une demi-douzaine de mots furent sortis de sa bouche, et autant de la mienne, mais c'était le cas. La regarder, c'était comme regarder Monna Lisa ou la Vénus de Milo douées soudain de vie. Et je ressentais autre chose encore. On aurait dit qu'un projecteur puissant et inattendu venait d'être braqué sur l'obscurité confuse de mon cerveau. Ça serait tellement plus simple de pouvoir dire que c'était une allumeuse et que moi, j'étais un tombeur, rapide à trouver un bon mot et plein de bagou, mais elle n'en était pas une et je n'en étais pas un. Tout ce que je savais c'est que je ne disposais pas de ce qu'il lui fallait et ça me déchirait.

– Je fais du stop, ai-je répondu. Un flic m'a viré de l'autoroute et je ne suis entré ici que pour échapper au froid. Je suis désolé.

– Vous êtes étudiant ?

– Je l'étais. J'ai abandonné avant qu'on ne me mette dehors.

– Vous rentrez chez vous ?

– Je n'ai pas de chez-moi où aller. J'étais pupille de l'État. J'ai eu une bourse pour continuer mes études. J'me suis planté. À présent je ne sais pas où aller.

Toute ma vie en cinq phrases. Je suppose que ça m'a fichu le moral à plat.

Elle a ri; j'ai été parcouru de frissons froids et chauds.

– J'ai l'impression que nous sommes chats de la même portée.

J'ai *cru* qu'elle avait dit chats. Je l'ai *cru*. À ce moment-là. Mais, ici, j'ai eu le temps de réfléchir, et j'ai de plus en plus l'impression qu'elle a peut-être dit *rats*. *Rats* de la même portée. Oui. Et ce n'est pas la même chose, n'est-ce pas ?

J'étais sur le point de jouer mon va-tout en matière de conversation avec quelque chose de spirituel du genre « Croyez-vous ? » quand une main s'est abattue sur mon épaule.

Je me suis retourné. C'était l'un des routiers du box. Il avait au menton une barbe blonde de plusieurs jours et mâchonnait une allumette de bois qui dépassait de sa bouche. Il dégageait une odeur d'huile de moteur et ressemblait à un dessin de Steve Ditko.

– J'ai l'impression que vous avez terminé votre café, a-t-il dit.

Ses lèvres s'écartaient en un sourire autour de l'allumette. Sa bouche était pleine de dents étincelantes.

– Quoi ?

– T'empuantis l'endroit, mon gars. T'*es bien* un gars, n'est-ce pas ? C'est un peu difficile à dire.

– Toi non plus tu sens pas la rose, ai-je répondu. C'est quoi ton eau de toilette, ma beauté ? *Eau de Carter ?*

Il m'a envoyé de sa main ouverte un bon coup en travers de la figure. J'ai vu trente-six chandelles.

– Ne vous battez pas ici, a dit le serveur. Si vous voulez le réduire en bouillie, allez dehors.

– Allez, espèce de sale communiste, a repris le camionneur.

C'est le moment où la fille doit dire quelque chose comme « Lâchez-le » ou « Espèce de brute ». Elle, elle ne disait rien. Elle nous dévisageait tous deux avec une intensité fiévreuse. C'était effrayant. Je crois que c'était la première fois que je remarquais à quel point ses yeux étaient immenses.

– Faut qu' j' te file une autre mandale ?

– Non. Laisse tomber, bouseux.

Je ne sais pas comment ça m'est sorti. Je n'aime pas la bagarre. Je ne sais pas bien me battre. Je suis encore plus mauvais pour lancer des injures. Mais, à ce moment précis, j'étais en colère. Ça m'est venu tout d'un coup : j'avais envie de le tuer.

Ça lui a peut-être fichu un coup au moral. L'espace d'un instant une vague incertitude a flotté sur son visage, son inconscient a semblé traversé par un doute : avait-il mal choisi son hippie ? Et puis plus rien. Il n'allait pas se dégonfler devant un chevelu snob, élitiste et efféminé qui se torchait le cul avec le drapeau... tout du moins pas devant ses potes. Pas un sacré nom de Dieu de costaud conducteur de bahut comme lui.

La colère m'a submergé à nouveau. *Pédé ? Pédé ?* J'ai perdu tout contrôle et ça faisait du bien. Ma langue était épaisse dans ma bouche. Mon estomac dur comme du bois.

Nous avons traversé la salle jusqu'à la porte et les potes de mon pote se sont presque rompu le dos en se relevant pour suivre les réjouissances.

Nona ? J'ai pensé à elle, mais d'une façon absente, à l'arrière-plan. Je savais qu'elle serait là. Nona prendrait soin de moi. Je le savais de la même façon que je savais qu'il ferait froid dehors. C'était étrange de savoir ça d'une fille que je n'avais rencontrée que cinq minutes plus tôt. Étrange mais ce n'est que plus tard que j'y ai pensé. Mon cerveau était occupé – non, presque obscurci – par l'épais nuage de la rage. Je me suis senti homicide.

Le froid était si clair et si vif qu'on avait l'impression de le couper avec nos corps comme avec un couteau. Les graviers givrés du parking crissaient durement sous ses gros brodequins et sous mes chaussures. La lune, pleine et boursouflée, nous regardait d'un œil insipide. Elle était entourée d'un léger anneau, annonciateur de mauvais temps. Le ciel était aussi noir qu'une nuit infernale. Dans l'éclat monochrome de la lampe au sodium fixée à un haut poteau au-delà de l'endroit où étaient garés les semi-remorques, nous laissions derrière nous de minuscules ombres naines. Nos respirations s'élevaient dans l'air en courtes rafales. Le camionneur s'est tourné vers moi, ses poings gantés en garde.

– Allons, espèce de fils de pute, m'a-t-il dit.

J'ai eu l'impression d'enfler... mon corps tout entier a semblé enfler. D'une certaine façon, de manière floue, je savais que mon intelligence était sur le point d'être éclipsée par quelque chose d'invisible que je n'avais jamais soupçonné en moi. C'était terrifiant... mais en même temps je m'en réjouissais, le souhaitais, l'appelais de tous mes vœux. En un dernier éclair de pensée cohérente j'ai eu l'impression que mon corps était devenu une pyramide de pierres ou un cyclone qui pouvait, sur son passage, tout balayer comme des allumettes colorées. Le camionneur semblait petit, chétif, insignifiant. J'ai ri de lui. J'ai ri et ce son était aussi noir et aussi triste que le ciel halluciné au-dessus de nos têtes.

Il s'est approché de moi en balançant les poings. J'ai rabattu le droit, j'ai reçu sans rien sentir son gauche sur le coin de la figure et je l'ai frappé à l'estomac. Il s'est vidé de son air dans un nuage blanc. Il a tenté de reculer, les mains crispées sur le ventre et toussant.

J'ai couru pour le prendre à revers, riant toujours comme le chien d'un fermier aboyant à la lune et je l'ai encore frappé trois fois avant qu'il ait pu effectuer ne serait-ce qu'un quart de tour… au cou, à l'épaule, sur l'une de ses oreilles rouges.

Il a poussé un cri et l'une de ses mains m'a frôlé le nez. La fureur qui s'était emparée de moi a de nouveau explosé et j'ai recommencé à le frapper, portant mon pied haut et fort comme un joueur qui tire un coup franc. Il a hurlé dans la nuit et j'ai entendu le claquement sec d'une côte. Il s'est cassé en deux et je lui ai sauté dessus.

Au procès l'un des autres camionneurs a témoigné que j'étais une véritable bête fauve. Et j'en étais une. Je ne me souviens plus de grand-chose mais je me souviens de ça, de mes grondements et de mes grognements de chien sauvage.

Je suis monté sur lui à califourchon, j'ai empoigné à pleines mains ses cheveux graisseux et j'ai commencé à lui frotter le visage sur le gravier. Dans l'éclat cru de la lampe au sodium, son sang semblait noir, comme celui d'un scarabée.

– Seigneur, arrêtez ! a hurlé quelqu'un.

Des mains ont empoigné mes épaules et m'ont tiré en arrière. J'ai aperçu des visages qui tourbillonnaient et je me suis mis à les frapper.

Le camionneur a tenté de fuir en rampant. Son visage n'était plus qu'un masque sanglant et hébété dans lequel on ne voyait plus que des yeux exorbités. J'ai commencé à lui donner des coups de pied en esquivant les autres et en grognant de satisfaction chaque fois que je lui rentrais dedans.

Il était hors d'état de répliquer. Il n'avait qu'une idée : essayer de m'échapper. Chaque fois que je lui tapais dessus ses yeux se fermaient, paupières crispées, comme ceux d'une tortue et il s'arrêtait. Puis il se remettait à ramper. Il avait l'air idiot. J'ai décidé que j'allais le tuer. J'allais le frapper à mort. Ensuite, je tuerais tous les autres… tous sauf Nona.

J'ai recommencé à lui donner des coups de pied,

il s'est affalé sur le dos et a levé vers moi des yeux ahuris.

– Pitié, a-t-il grogné. Je demande pitié. J't'en prie. J't'en prie...

Je me suis agenouillé près de lui et j'ai senti le gravillon mordre mes genoux à travers la toile fine de mon jean.

– Tiens, prends ça, mon joli, ai-je murmuré. La voilà, ma pitié.

De mes deux mains j'ai agrippé sa gorge.

Trois d'entre eux m'ont soudain sauté dessus et m'ont arraché à lui. Je me suis relevé toujours souriant et me suis avancé vers eux. Ils ont reculé, ces trois grands types, tous verts de peur.

Et ça s'est arrêté.

Comme ça, ça s'est arrêté et je me suis retrouvé, debout sur le parking de « Chez Joe, à la Bonne Bouffe », respirant bruyamment, me sentant malade et horrifié.

Je me suis retourné et j'ai regardé le restaurant derrière moi. La fille était là; son beau visage illuminé par le triomphe. Elle a dressé le poing à la hauteur de son épaule en un salut semblable à celui de ces Noirs lors des fameux jeux Olympiques.

Je me suis retourné vers l'homme au sol. Il essayait toujours de fuir en rampant et quand je me suis approché de lui ses globes oculaires ont roulé avec effroi.

– Ne le touchez pas, a crié un de ses amis.

Je les ai regardés, honteux.

– Je suis désolé... Je n'avais pas l'intention de... de lui faire si mal. Laissez-moi aider...

– Tu te tires d'ici, voilà c'que tu vas faire, a dit le cuistot-serveur.

Il se tenait devant Nona au pied des escaliers, une spatule graisseuse dans sa main crispée.

– J'appelle les flics.

– Eh, mon vieux, c'est lui qui *a commencé* tout ça ! C'est lui...

– M'raconte pas d'salades, espèce de tantouze pouilleuse, a-t-il répondu en reculant. Tout c'que j'sais c'est qu't'as failli tuer ce gars. J'appelle les flics.

Il est rentré précipitamment.

– D'accord, ai-je dit sans m'adresser à personne en particulier. D'accord, c'est bon, d'accord.

J'avais laissé mes gants de cuir à l'intérieur mais ça ne semblait pas une bonne idée de retourner les chercher. J'ai mis mes mains dans mes poches et je suis reparti vers la route d'accès à l'autoroute. Je me disais que j'avais une chance sur dix d'être pris par une voiture avant que les flics me ramassent. J'avais les oreilles gelées et mal au cœur. Sacrée nuit.

– Attends ! Hé, attends !

J'ai fait volte-face. C'était elle, elle courait pour me rattraper, ses cheveux flottant derrière elle.

– Tu as été magnifique ! a-t-elle dit. Magnifique !

– Je l'ai salement amoché, ai-je répondu sourdement. Je n'avais jamais fait un truc comme ça avant.

– J'aurais aimé que tu le tues !

Je l'ai regardée en clignant des yeux dans la lumière glacée.

– T'aurais entendu ce qu'ils disaient sur moi avant que tu n'arrives. S'esclaffant de leurs gros rires sales de bravaches... waf, waf, visez la petite fille encore dehors bien après la tombée de la nuit. Tu vas où, chérie ? Tu veux monter ? J' te fais faire un tour si tu m'en fais faire un. *Salauds !*

Elle a lancé par-dessus son épaule un coup d'œil furieux comme si elle pouvait les étendre raides morts d'un trait soudain de ses yeux noirs. Puis elle les a tournés vers moi, et à nouveau on aurait dit qu'une lampe-torche venait d'être allumée dans mon cerveau.

– Je m'appelle Nona. Je pars avec toi.
– Où ? En prison ?
J'ai saisi mes cheveux à deux mains.
– Avec ça, le premier mec qui va nous prendre est bien capable d'être un flic. Le cuisinier ne plaisantait pas quand il a dit qu'il allait les appeler.
– C'est moi qui ferai du stop. Tu te tiendras derrière moi. Ils s'arrêteront pour moi. Ils s'arrêtent toujours pour une fille quand elle est jolie.
Je ne pouvais pas la contredire sur ce point et ne le souhaitais pas. Le coup de foudre ? Peut-être pas. Mais quelque chose comme ça. Vous voyez le genre de vibration ?
– Tiens, a-t-elle dit, tu avais oublié ça.
Elle m'a tendu mes gants.
Elle n'était pas retournée à l'intérieur et ça voulait dire qu'elle les avait eus avec elle tout du long. Elle avait toujours su qu'elle viendrait avec moi. Ça m'a donné le frisson. J'ai enfilé mes gants et nous avons remonté la route d'accès jusqu'à l'autoroute.

Elle avait raison à propos du stop. Nous avons été pris par la première voiture qui s'est engagée sur la bretelle.
Nous ne nous sommes pas parlé davantage pendant que nous attendions mais c'était comme si nous l'avions fait. Je ne me lancerai pas dans un tas de discours sur la perception extrasensorielle et toutes ces salades. Vous voyez de quoi je parle. Vous l'avez déjà expérimenté si vous avez déjà été avec quelqu'un dont vous étiez vraiment très proche ou si vous avez pris une de ces drogues qui a des initiales pour nom. Vous n'avez pas besoin de parler. La communication semble transférée sur quelque canal à haute fréquence émotionnelle. En un clin d'œil tout est fait. Nous étions deux étrangers. Je

ne connaissais que son prénom et maintenant que j'y pense je ne crois pas lui avoir jamais dit le mien. Mais nous en étions là. Ce n'était pas de l'amour. Je déteste le répéter mais je sens qu'il le faut. Je ne voudrais pas salir ce mot avec ce qu'il a pu y avoir entre nous, quoi que ce soit... pas après ce que nous avons fait, pas après Castle Rock, pas après les rêves.

Un hurlement aigu et intermittent a rempli le silence froid de la nuit, s'enflant et retombant.

– C'est une ambulance il me semble, ai-je dit.

– Oui.

Le silence à nouveau. La lumière de la nuit s'affaiblissait derrière une couche de nuages de plus en plus dense. J'ai pensé que l'anneau qui encerclait la lune n'avait pas menti; il neigerait avant la fin de la nuit.

Au-dessus de la colline, des phares ont troué la nuit.

Je me suis mis derrière elle sans qu'elle ait eu besoin de me le dire. Elle a rejeté ses cheveux en arrière et a levé son beau visage. Pendant que je regardais le clignotant de la voiture signaler qu'elle s'engageait sur la rampe j'ai été emporté par un sentiment d'irréalité : il était irréel que cette fille superbe ait choisi de me suivre, il était irréel que j'aie frappé un homme au point que l'on doive appeler une ambulance pour lui, il était irréel de penser que d'ici le lendemain matin je serais peut-être en prison. Irréel. Je me sentais pris dans une toile d'araignée. Mais qui était l'araignée ?

Nona a tendu le pouce. La voiture, une berline Chevrolet, est passée devant nous et j'ai cru qu'elle allait continuer sans s'arrêter. Puis, les feux arrière se sont allumés et Nona m'a agrippé la main.

– Viens vite, il va nous prendre !

Elle m'a souri pleine d'une joie enfantine et je lui ai répondu par un sourire.

Le type était en train de se pencher avec enthousiasme par-dessus le siège pour lui ouvrir la porte. Quand le plafonnier s'est allumé j'ai pu le voir : un homme assez grand vêtu d'un coûteux manteau en poil de chameau, des cheveux grisonnants dépassant de son chapeau, des traits prospères arrondis par des années de bons repas. Un homme d'affaires ou un représentant de commerce. Seul. Quand il m'a vu il a eu un mouvement de recul mais c'était une ou deux secondes trop tard pour redémarrer et foutre le camp. Et c'était plus facile pour lui ainsi. Plus tard il pourrait se persuader qu'il nous avait vus tous les deux, qu'il était vraiment un homme au grand cœur en train de filer un coup de main à un jeune couple.

– Froide nuit, a-t-il dit alors que Nona s'installait près de lui et que je m'asseyais à côté d'elle.

– C'est bien vrai, a répondu gentiment Nona. Merci !

– Ouais, ai-je ajouté, merci.

– Y a pas de quoi.

Et nous étions partis, laissant sirènes, camionneurs en déroute et « Chez Joe, à la Bonne Bouffe » derrière nous.

J'avais été viré de l'autoroute à 7 heures et demie. Il n'était maintenant que 8 heures et demie. C'est incroyable tout ce qu'on peut faire en peu de temps ou tout ce qu'on peut vous faire.

Nous approchions du feu clignotant jaune qui signale le péage d'Augusta.

– Vous allez où ? a demandé le conducteur.

C'était une question piège. J'avais espéré pousser jusqu'à Kittery et m'affaler chez quelqu'un que je connaissais, instituteur là-bas. Ça semblait une réponse aussi bonne qu'une autre et j'ouvrais la bouche pour la donner quand Nona a dit :

– Nous allons à Castle Rock. C'est une petite ville juste au sud-ouest de Lewiston-Auburn.

Castle Rock. Ça m'a fait tout drôle. Dans le temps j'avais été en assez bons termes avec Castle Rock. Mais c'était avant qu'Ace Merrill me casse la gueule.

Le type a arrêté sa voiture, a pris un ticket au péage, et nous étions repartis.

– Moi, je ne vais pas plus loin que Gardiner, a-t-il lancé, mentant effrontément. La prochaine sortie. Mais ça vous avance un peu.

– C'est sûr, a dit Nona, toujours aussi gentiment. C'était gentil à vous de vous arrêter par une nuit si froide.

Et comme elle disait cela je percevais, sur cette longueur d'onde à haute fréquence émotionnelle, sa colère, nue et venimeuse. Ça m'a fait peur, comme me ferait peur le tic-tac sorti d'un paquet bien emballé.

– Je m'appelle Blanchette, s'est-il présenté. Norman Blanchette.

Il a tendu sa main dans notre direction pour que nous la serrions.

– Cheryl Craig, a enchaîné Nona gracieusement.

J'ai suivi son exemple et j'ai donné un faux nom.

– 'chanté, ai-je marmonné.

Sa main était molle et flasque. On aurait dit une bouillotte en forme de main. Ça m'a rendu malade. Ça me rendait malade d'avoir dû quémander une place dans la voiture de ce type condescendant qui pensait avoir trouvé une occasion de ramasser une jolie fille faisant du stop toute seule, une fille qui accepterait peut-être de passer une heure dans une chambre de motel contre assez d'argent pour acheter un ticket de car. Ça me rendait malade de savoir que si j'avais été seul ce type qui venait de me tendre sa main flasque et chaude aurait filé comme une flèche sans plus m'accorder d'attention. Ça me rendait malade de savoir qu'il allait nous larguer à la sortie de Gardiner, repartir en sens inverse et retourner à toute allure sur l'autoroute, passant sans un regard devant nous sur la rampe d'accès sud en se félicitant de l'aisance avec laquelle il avait réglé une situation ennuyeuse. Tout en lui me rendait malade. L'affaissement porcin de ses bajoues, ses cheveux plaqués sur ses tempes, l'odeur de son eau de Cologne.

Et au nom de quoi avait-il tous ces droits ? Au nom de quoi ?

Le malaise s'est épaissi et des fleurs de rage ont commencé à s'épanouir de nouveau. Les phares avant de sa luxueuse Impala trouaient la nuit avec une aisance fluide et ma rage voulait exploser et tordre le cou à tout ce qui l'entourait... le genre de musique qu'il écoutait, j'en étais sûr, dans son fauteuil inclinable La-Z-Boy[1], le journal du soir dans les bouillottes qui lui servaient de mains, le rinçage que sa femme utilisait pour se teindre les cheveux, la marque des sous-vêtements que je savais qu'elle portait, les enfants toujours expédiés au cinéma, expédiés à l'école, expédiés en camp – du moment qu'ils étaient expédiés quelque part –, ses amis snobs et les soirées très alcoolisées que le couple passait avec eux.

Mais son eau de Cologne... c'était le comble. Elle empestait la voiture d'une senteur doucereuse, écœurante. Elle rappelait le désinfectant parfumé que l'on utilise dans les abattoirs à chaque changement d'équipe.

La voiture fonçait à travers la nuit et Norman Blanchette tenait le volant de ses mains bouffies. Ses ongles manucurés luisaient doucement dans la

1. Marque connue; littéralement : garçon paresseux. *(N.d.T.)*

lumière du tableau de bord. J'avais envie d'entrouvrir une des vitres latérales pour échapper à cette odeur suffocante. Non, plus que ça – j'avais envie de baisser complètement la vitre et de plonger ma tête dans l'air froid, de me baigner dans la fraîcheur glacée, mais j'étais figé, figé dans la poche hébétée d'une haine sans mot, indicible.

C'est alors que Nona m'a glissé le coupe-papier dans la main.

Quand j'avais trois ans, j'ai attrapé une mauvaise grippe et j'ai dû être hospitalisé. Pendant que j'étais là-bas, mon père s'est endormi en fumant au lit et la maison a été réduite en cendres avec mes parents et mon frère aîné Drake. J'ai des photos d'eux. Ils ressemblent aux acteurs d'un vieux film d'horreur tourné par American International en 1958, des visages dont on ne conserve pas plus de souvenir que de ceux de ces grandes stars comme Elisha Cook Jr., Mara Corday et cet enfant vedette dont on se rappelle vaguement : Brandon de Wilde, peut-être.

Je n'avais aucune famille pour m'accueillir, alors on m'a envoyé pendant cinq ans dans un home d'enfants à Portland. Puis je suis devenu pupille de l'État. Ça signifie qu'une famille vous prend chez elle et que l'État lui paie trente dollars par mois pour votre garde. Je ne pense pas qu'aucun pupille de l'État ait jamais pris goût à la langouste. En général, un couple prend deux ou trois pupilles : non pas que le lait de la tendresse humaine coule dans les veines de ces gens-là mais parce que c'est un investissement financier. Ils vous nourrissent. Ils prennent les trente dollars de l'État et ils vous nourrissent. Quand un gamin est engraissé il peut gagner son pain en effectuant des corvées pour la maison. Ces trente billets se changent en quarante, cinquante, soixante-cinq peut-être. Le capitalisme appliqué aux sans-famille. Le plus beau pays du monde, pas vrai ?

Les « miens » s'appelaient Hollis et vivaient à Harlow, de l'autre côté de la rivière, en face de Castle Rock. Ils possédaient une ferme de trois étages et quatorze pièces. Il y avait un chauffage au charbon dans la cuisine et la chaleur montait aux étages comme elle le pouvait. En janvier on se couchait avec trois couvertures molletonnées et on n'était jamais sûr d'avoir encore ses pieds quand on se levait le matin. Il fallait les poser sur le sol où on pouvait les voir pour s'en assurer. Mme Hollis était grosse. M. Hollis était chiche et avare de paroles. Tout le long de l'année il portait une casquette de chasse rouge et noir. La maison était un fouillis confus de vieux rossignols, de trucs achetés dans des braderies, matelas moisis, chiens, chats et pièces de rechange de voiture étalées sur des journaux. J'avais trois « frères », tous des pupilles. Nous nous connaissions vaguement comme des voyageurs qui passent trois jours dans le même bus.

J'ai eu de bonnes notes à l'école et en deuxième année de lycée j'ai participé aux matches de sélection de printemps de l'équipe de base-ball. Hollis criaillait constamment après moi pour que j'abandonne mais je me suis accroché jusqu'à cette affaire avec Ace Merrill. Alors je n'ai plus voulu y mettre les pieds, pas avec ce visage gonflé et couturé, pas avec ces histoires que Betsy Malenfant colportait partout. J'ai donc quitté l'équipe, et Hollis m'a trouvé un emploi de serveur de soda au drugstore du coin.

En février de ma troisième année, je me suis présenté à l'examen d'entrée à l'université en versant pour cela les douze dollars d'inscription que j'avais planqués dans mon matelas. J'ai été accepté avec une petite bourse d'études et un bon boulot à la bibliothèque du campus. L'expression du visage des Hollis quand je leur ai montré les papiers de l'aide financière reste le meilleur souvenir de ma vie.

Un de mes « frères », Curt, s'est sauvé. Je n'aurais pas pu faire ça. J'étais trop passif pour franchir un tel pas. Je serais rentré après avoir passé deux heures sur la route. L'école était la seule issue pour moi et je l'ai empruntée.

La dernière chose que Mme Hollis m'a dite quand je suis parti a été : « Envoie-nous un petit quelque chose quand tu le pourras. » Je ne les ai jamais revus, ni l'un ni l'autre. J'ai obtenu de bonnes notes pendant ma première année d'université et, cet été-là, j'ai décroché un emploi à plein temps à la bibliothèque. Cette première année je leur ai adressé une carte pour Noël mais il n'y en a pas eu d'autre.

Pendant le premier trimestre de ma seconde année, je suis tombé amoureux. C'était la plus grande chose qui me soit jamais arrivée. Jolie ? Elle vous aurait fait tomber à la renverse. Aujourd'hui encore je n'ai pas la moindre idée de ce qu'elle a bien pu me trouver. Je ne sais même pas si elle m'a ou non aimé. Je pense que si, au début. Après, ça n'était plus qu'une habitude difficile à rompre, comme de fumer ou de conduire avec le coude à la fenêtre. Elle m'a gardé un moment, peut-être pour ne pas rompre l'habitude. Peut-être m'a-t-elle gardé par indécision, à moins que ce ne soit par vanité. Bon garçon, couché, assis, va chercher le journal. Voilà un bisou, bonne nuit. Ça n'a pas d'importance. Un moment ça a été de l'amour, et puis ça a ressemblé à de l'amour, et puis c'était fini.

J'ai couché deux fois avec elle, les deux fois après qu'autre chose eut remplacé l'amour. Ça a nourri l'habitude pendant un petit moment. Puis elle est revenue des vacances de Thanksgiving et m'a annoncé qu'elle était amoureuse d'un type de Delta Tau Delta[1], originaire de la même ville qu'elle. J'ai essayé de la reprendre et ça a presque marché une fois, mais elle avait à présent quelque chose qu'elle n'avait pas auparavant : une perspective.

Tout ce que j'avais construit au long de ces années depuis que le feu avait fait disparaître les acteurs de films de série B qui autrefois avaient constitué ma famille s'est effondré. L'insigne[2] de ce mec sur son chemisier.

Après ça j'ai fricoté avec trois ou quatre filles qui voulaient bien coucher avec moi. Je pourrais mettre ça sur le compte de mon enfance, dire que je n'avais jamais disposé de bons exemples en matière de sexualité, mais ce n'était pas ça. Je n'avais jamais eu aucun problème avec la fille. Sauf à présent que la fille était partie.

J'ai commencé à avoir peur des filles, un petit peu. Et ce n'était pas tant de celles avec lesquelles j'étais impuissant que de celles avec lesquelles je ne l'étais pas, celles avec lesquelles je pouvais le faire. Elles me mettaient mal à l'aise. Je ne cessais de me demander quels buts elles poursuivaient et quand elles allaient me laisser les découvrir. Je ne suis pas si singulier que ça dans ce domaine. Montrez-moi un homme marié ou un homme qui a une relation stable avec une femme et je vous montrerai quelqu'un qui se demande (peut-être seulement aux heures blanches du petit matin ou le vendredi après-midi pendant qu'elle fait les courses à l'épicerie) : *Que fait-elle quand je ne suis pas là ? Que pense-t-elle vraiment de moi ?* Et peut-être surtout : *Quelle part de moi a-t-elle prise ? Que reste-t-il de moi ?* Une

1. Nom d'une fraternité. *(N.d.T.)*
2. Marque d'appartenance à une fraternité. *(N.d.T.)*

fois que j'ai eu commencé à penser à tout ça, j'y ai pensé tout le temps.

Je me suis mis à boire et mes notes ont fait un sacré plongeon. Pendant les vacances de fin de semestre, j'ai reçu une lettre d'avertissement : si je ne progressais pas dans les six semaines, le chèque de ma bourse du second trimestre me serait supprimé. Moi et quelques gars que je fréquentais, nous avons pris une bonne cuite et sommes restés bourrés pendant tout le reste des vacances. Le dernier jour nous sommes allés au bordel et j'ai bien fonctionné. Il faisait trop sombre pour qu'on voie les visages.

Mes notes sont restées à peu près stationnaires. J'ai appelé la fille une fois et j'ai pleuré au bout du fil. Elle a pleuré elle aussi et dans une certaine mesure je crois que ça lui a fait plaisir. Je ne la détestais pas alors et je ne la déteste pas aujourd'hui. Mais elle me faisait peur. Elle me faisait très peur.

Le 9 février j'ai reçu une lettre du doyen du collège des Arts et Sciences m'informant que j'étais recalé dans deux ou trois cours de ma matière principale. Le 13 février j'ai reçu une lettre quelque peu hésitante de la fille. Elle souhaitait que tout s'arrange entre nous. Elle allait épouser le type de Delta Tau Delta en juillet ou en août et je pouvais être invité si je le voulais. C'était presque drôle. Qu'aurais-je bien pu lui offrir comme cadeau de mariage ? Mon cœur enserré d'un ruban rouge ? Ma tête ? Ma bite ?

Le 14, jour de la Saint-Valentin, j'ai décidé qu'il était temps de changer de décor. Après, Nona est apparue, mais ça, vous êtes au courant.

Il faut que vous compreniez ce qu'elle était pour moi si cela doit aider d'une façon ou d'une autre. Elle était plus belle que la fille, mais ce n'était pas ça. La beauté est banale dans un pays riche. C'était ce qu'elle était à l'intérieur. Elle était sexy, mais d'une façon quelque peu végétale – une sexualité aveugle, une sorte de crampon, une sexualité-à-ne-pas-nier mais pas si importante que ça parce que aussi instinctive que la photosynthèse. Pas comme un animal, mais comme une plante. Vous voyez ce que je veux dire ? Je savais que nous ferions l'amour, que nous le ferions comme le font les hommes et les femmes, mais que notre accolement serait aussi émoussé, séparé et vide de sens que le lierre enfonçant ses crampons sur une treille sous le soleil d'août.

Le sexe était important dans la seule mesure où il n'avait pas d'importance.

Je pense – non, je suis sûr – que la violence était la réelle force motrice. La violence était réelle et pas simplement imaginaire. Elle était aussi puissante, rapide et dure que la Ford 52 d'Ace Merrill. La violence « Chez Joe, à la Bonne Bouffe », la violence envers Norman Blanchette. Mais même là il y avait quelque chose d'aveugle et de végétal. Peut-être n'était-elle qu'une vigne vierge après tout, car si la Vénus gobe-mouches fait partie des vignes elle est aussi plante carnivore et fait des mouvements animaux quand une mouche ou un morceau de viande est placé à portée de ses mâchoires. Et tout cela était bien réel. La vigne sporulée se contente peut-être de rêver qu'elle fornique, mais je suis sûr que la Vénus gobe-mouches déguste cette mouche, savoure sa lutte faiblissante alors que ses mâchoires se referment sur elle.

Le dernier élément, c'était ma propre passivité. Je ne parvenais pas à combler le vide de ma vie. Pas le vide laissé par la fille quand elle m'avait dit au revoir – je ne veux pas lui faire porter le chapeau – mais le vide qu'il y avait toujours eu, ce tournoiement sombre et confus qui jamais ne s'apaisait au plus profond de moi. Nona remplissait ce vide. Elle m'a fait bouger et agir.

Elle m'a rendu noble.

À présent vous comprenez peut-être un peu. Pourquoi je rêve d'elle. Pourquoi demeure la fascination malgré le remords et la répulsion. Pourquoi je la hais. Pourquoi je la crains. Et pourquoi même maintenant je l'aime encore.

Il y avait une douzaine de kilomètres entre la rampe d'Augusta et Gardiner et nous les avons parcourus en quelques courtes minutes. La main crispée sur le coupe-papier posé à côté de moi j'ai vu la pancarte d'un vert phosphorescent – POUR LA SORTIE 14 GARDEZ VOTRE DROITE – clignoter dans la nuit. La lune avait disparu et de la neige fondue avait commencé à tomber.

– Je regrette de ne pas aller plus loin, a dit Blanchette.

– Ça ne fait rien, a répondu Nona chaleureusement, et j'ai senti sa rage vrombir et fouir la chair de mon crâne comme le foret d'une perceuse. Laissez-nous simplement en haut de la rampe.

Il a monté celle-ci en observant la vitesse limite de quarante-cinq kilomètres-heure. Je savais ce que j'allais faire. On aurait dit que mes jambes s'étaient soudain changées en du plomb en fusion.

Le sommet de la rampe était éclairé par une lampe dont l'éclat tombait à la verticale. On pouvait voir sur la gauche, contre l'épaisse couche de nuages, les lumières de Gardiner. À droite, rien d'autre que l'obscurité. D'un côté ou de l'autre, il n'y avait pas une voiture à l'horizon le long de la route d'accès.

Je suis sorti. Nona s'est glissée le long du siège, adressant à Norman Blanchette un dernier sourire. Je n'étais pas inquiet. Elle orchestrait le spectacle.

Blanchette souriait de son exaspérant sourire porcin, soulagé d'être débarrassé de nous.

– Eh bien, bons...

– Oh, mon sac ! Ne partez pas avec mon sac !

– J'y vais, ai-je lancé.

Je me suis penché à l'intérieur de la voiture. Blanchette a vu ce que je tenais à la main et le sourire porcin de son visage s'est figé.

Des phares sont apparus au sommet de la côte mais il était trop tard pour arrêter. Rien n'aurait pu m'arrêter. J'ai saisi le sac de Nona de la main gauche. De la droite j'ai plongé le coupe-papier en acier dans la gorge de Blanchette. Il a poussé un seul geignement.

Je suis sorti de la voiture. Nona était en train de faire signe au véhicule qui approchait. Dans l'obscurité et la neige je ne pouvais pas voir ce que c'était; je pouvais seulement discerner les deux cercles brillants de ses phares avant. Je me suis accroupi derrière la voiture de Blanchette et j'ai regardé furtivement à travers les vitres arrière.

Les voix se perdaient presque dans la gorge du vent.

– ...problèmes, mademoiselle ?

– ...père... vent... a eu une crise cardiaque ! Pourriez-vous...

J'ai fait précipitamment le tour de l'Impala de Blanchette et me suis penché en avant. Je les voyais à présent. La mince silhouette de Nona et une forme plus grande. Ils étaient debout près d'un pick-up. Ils se sont retournés et se sont approchés de la fenêtre du conducteur de la Chevrolet, là où Norman Blanchette était effondré sur le volant avec le coupe-papier de Nona dans la gorge. Le conducteur de la camionnette était un jeune gars vêtu de ce qui semblait être une parka des Forces de l'Air. Il s'est penché à l'intérieur. Je me suis avancé derrière lui.

– Nom de Dieu, mademoiselle ! s'est-il écrié. Ce type est couvert de sang ! Qu'est-ce...

J'ai enserré sa gorge de mon bras droit et j'ai agrippé mon poignet droit avec ma main gauche. J'ai tiré de toutes mes forces vers le haut. Sa tête s'est affaissée sur le haut de la porte avec un *toc !* sourd. Il est devenu flasque entre mes bras.

J'aurais pu m'arrêter là. Il n'avait pas vraiment bien regardé Nona, ne m'avait pas du tout vu. J'aurais pu m'arrêter. Mais c'était un indiscret, un touche-à-tout, un de plus en travers de notre chemin, qui essayait de nous faire du mal. J'en avais assez d'avoir mal. Je l'ai étranglé.

Quand ça a été fini j'ai levé les yeux et j'ai vu Nona sous les feux croisés des phares de la voiture et de ceux de la camionnette, avec sur le visage un grotesque rictus de haine, d'amour, de triomphe et de joie. Elle m'a tendu les bras et je m'y suis glissé. Nous nous sommes embrassés. Sa bouche était froide mais sa langue était chaude. J'ai plongé les deux mains dans les replis secrets de sa chevelure et le vent hurlait autour de nous.

– À présent, arrange ça, m'a-t-elle dit. Avant que quelqu'un d'autre n'arrive.

J'ai tout arrangé. C'était du travail bâclé mais je savais que c'était tout ce dont nous avions besoin. Un peu plus de temps. Après, ça n'aurait pas d'importance. Nous serions en sûreté.

Le môme était léger. Je l'ai pris dans mes bras, l'ai transporté jusqu'à l'autre côté de la route et l'ai jeté dans le ravin par-dessus la rambarde de sécurité. Son corps désarticulé a dégringolé la pente jusqu'au fond, cul par-dessus tête, comme l'épouvantail que M. Hollis me faisait installer dans le champ de maïs en juillet. Je suis retourné chercher Blanchette.

Il était plus lourd, et saignait comme un porc écorché. J'ai essayé de le soulever, ai reculé de trois pas en titubant; il m'a alors glissé des mains et s'est écroulé sur la route. Je l'ai retourné. La neige fraîche était restée collée sur son visage, transformant celui-ci en un masque de skieur.

Je me suis penché, l'ai attrapé sous les bras et l'ai tiré jusqu'au ravin. Ses pieds laissaient des traînées derrière lui. Je l'ai balancé par-dessus la rambarde et l'ai regardé glisser sur le dos le long du remblai, les bras dressés au-dessus de la tête. Ses yeux grands ouverts fixaient avec une profonde attention les flocons de neige qui leur tombaient dedans. Si la neige continuait à tomber, ils ne seraient tous deux que de vagues monticules lorsque passeraient les chasse-neige.

Je suis retourné de l'autre côté de la route. Nona était déjà montée dans le pick-up sans que j'aie eu besoin de lui dire quel véhicule nous utiliserions. J'ai pu discerner la tache pâle de son visage, les trous sombres de ses yeux et c'est tout. Je suis monté dans la voiture de Blanchette, me suis assis sur les traces de son sang qui maculait le siège de vinyle usé et l'ai conduite sur le bas-côté. J'ai éteint les phares avant, ai déclenché les feux de détresse et suis sorti. Si quelqu'un passait par là il croirait qu'un automobiliste, en panne, était parti à pied jusqu'à la ville, à la recherche d'un garage. J'étais très satisfait de mon improvisation. On aurait dit que j'avais passé toute ma vie à assassiner des gens. Je suis retourné en trottant jusqu'au pick-up dont le moteur tournait au ralenti, me suis mis au volant et me suis dirigé vers la rampe d'accès à l'autoroute à péage.

Elle était assise près de moi, pas à me toucher mais très proche. Lorsqu'elle bougeait, je sentais parfois une mèche de ses cheveux contre mon cou. C'était comme si on m'effleurait avec une minuscule électrode. J'ai dû une fois étendre la main et tâter sa jambe pour m'assurer qu'elle était réelle. Elle a ri doucement. Tout était réel. Le vent hurlait autour des fenêtres, poussant de grosses rafales de neige voltigeante.

Nous nous sommes enfuis vers le sud.

Juste de l'autre côté du pont en face de Harlow lorsque vous empruntez la 126 vers Castle Heights, vous aboutissez à une énorme ferme restaurée connue sous le nom risible de Ligue des jeunes de Castle Rock. On y trouve un bowling à douze pistes avec un système capricieux de mise en place automatique des quilles qui s'abstient en général de marcher les trois derniers jours de la semaine, quelques vieux flippers, un juke-box avec les grands succès de 1957, trois tables de billard et un comptoir à Coke et chips où l'on peut également louer des chaussures de bowling qui ont l'air d'avoir été enlevées des pieds de cadavres d'alcooliques. Le nom de l'endroit est risible car la plupart des jeunes de Castle Rock, le soir, vont soit au cinéma en plein air de Jay Hill, soit aux courses de stock-cars d'Oxford Plain. Les gens qui fréquentent vraiment cet endroit sont des durs de Gretna, Harlow et Rock. Il éclate, en moyenne, une bagarre par soirée sur le parking.

En seconde année de lycée, j'ai commencé à traîner là-bas. L'un de mes potes, Bill Kennedy, y travaillait trois soirs par semaine et quand il y avait une table de libre il me laissait tirer gratuitement quelques boules de billard. Ça n'était pas le bout du monde mais c'était mieux que de rentrer chez les Hollis.

C'est là que j'ai rencontré Ace Merrill. Personne ne contestait qu'il était la terreur du coin. Il conduisait un coupé Ford 52 et on racontait qu'il pouvait le pousser jusqu'à deux cents s'il le fallait. Il faisait une entrée royale, les cheveux luisants et plaqués en arrière par la gomina avec une queue de canard à la Pompadour, jouait quelques parties doubles pour dix cents la boule (était-il bon ? Je vous le laisse deviner), offrait un Coca à Betsy lorsqu'elle arrivait et alors, partait avec elle. On pouvait presque entendre le soupir de soulagement gêné de ceux qui étaient présents quand gémissait la porte d'entrée défoncée. Personne ne s'est jamais hasardé sur le parking avec Ace Merrill.

Enfin, personne, sauf moi.

Betsy Malenfant était sa nana, la plus jolie nana de Castle Rock, je crois. Je ne pense pas qu'elle ait été extrêmement brillante, mais, dès que vous lui aviez jeté un coup d'œil, ça ne comptait plus. Elle avait le teint le plus parfait que j'aie jamais vu, et il ne sortait pas d'un flacon de cosmétique. Des cheveux noirs comme le jais, des yeux sombres, une bouche généreuse, un corps époustouflant... et ça la gênait pas de l'exhiber. Qui aurait osé l'entraîner dehors pour essayer de lui enfoncer un wagon dans le tunnel quand Ace était dans le coin ? Personne d'un tant soit peu sensé, ça c'est sûr.

Je suis tombé fou amoureux d'elle. Pas comme de la fille ou de Nona, même si Betsy avait l'air d'une version plus jeune de cette dernière, mais c'était tout aussi désespéré et tout aussi sérieux dans son genre. Si vous avez jamais été terrassé par une terrible crise d'amour juvénile, vous savez ce que j'ai pu éprouver. Elle avait dix-sept ans, deux ans de plus que moi.

J'ai commencé à me rendre là-bas de plus en plus souvent, même les soirs où Billy ne travaillait pas, simplement l'entr'apercevoir. J'avais l'impression d'être un observateur d'oiseaux, sauf qu'il s'agissait pour moi d'une distraction désespérée. Je rentrais à la maison, racontais un mensonge quelconque aux Hollis sur l'endroit où j'étais allé et montais dans ma chambre. Je lui écrivais de longues lettres enflammées, lui racontant tout ce que j'aurais aimé lui faire et puis je les déchirais. Dans les salles d'étude du lycée je rêvais de la demander en mariage afin de fuir avec elle au Mexique.

Elle a dû deviner ce qui se passait et ça a dû la flatter un peu parce qu'elle se montrait gentille avec moi quand Ace n'était pas là. Elle s'approchait pour me parler, me laissait lui offrir un Coca, s'asseyait sur un tabouret, et faisait un peu de frotti-frotta avec sa jambe contre la mienne. Ça me rendait fou.

Un soir de début novembre, je traînaillais, tirant quelques boules avec Bill en attendant qu'elle arrive. L'endroit était désert car il n'était pas encore huit heures et un vent solitaire reniflait au-dehors, annonciateur de l'hiver.

– Tu ferais mieux de laisser tomber, a dit Bill en envoyant la neuf tout droit dans le trou.

– Laisser tomber quoi ?

– Tu sais bien.

– Non, j'sais pas.

J'ai frappé la mauvaise boule et Billy en a remis une sur la table. Il en a tiré six et pendant ce temps je suis allé mettre dix cents dans le juke-box.

– Betsy Malenfant. (Il a soigneusement visé la une et l'a envoyée au-dessus du rebord.) Charlie Hogan a raconté à Ace que tu lui tournais autour. Charlie disait que c'était vraiment tordant, que tu étais plus jeune qu'elle et tout ça, mais Ace n'a pas trouvé ça drôle.

– Elle n'est rien pour moi, ai-je murmuré, les lèvres sèches.

– Vaut mieux, a répondu Bill; et alors quelques types sont entrés, il est allé au comptoir et leur a donné des boules noires.

Ace est arrivé vers neuf heures et il était seul. Il n'avait jamais fait attention à moi avant et j'avais presque oublié ce que m'avait dit Billy. Quand on est invisible on pense être invulnérable. J'étais en train de jouer au flipper et j'étais assez absorbé. Je n'avais même pas remarqué que tout devenait silencieux car les gens s'étaient arrêtés de jouer au bowling ou au billard. Avant que j'aie eu le temps de comprendre quoi que ce soit, quelqu'un m'avait balancé par-dessus le flipper. Je suis tombé comme une masse. Je me suis relevé effrayé et malade. La machine avait fait tilt, annulant mes trois balles gratuites. Il se tenait là et me regardait, pas une seule mèche de cheveux décoiffée, la fermeture Éclair de son blouson militaire à demi ouverte.

– T'arrêtes de la tripoter, m'a-t-il dit à voix basse, ou j'te fais une grosse tête.

Il est sorti. Tout le monde me regardait et j'avais envie de disparaître dans un trou de souris jusqu'à ce que je réalise qu'il y avait une sorte d'admiration réticente sur la plupart des visages. Alors, impassible, je me suis épousseté, et j'ai remis dix cents dans le flipper. La lumière du TILT s'est éteinte. Quelques gars se sont approchés et, sans un mot, m'ont assené une bourrade dans le dos avant de sortir.

À onze heures, au moment de la fermeture, Billy a offert de me raccompagner.

– Tu vas te casser la figure si tu fais pas gaffe.

– T'en fais pas pour moi, ai-je dit.

Il n'a rien répondu.

Deux ou trois soirs plus tard Betsy est arrivée vers sept heures, seule. Il y avait là un autre môme, ce drôle de petit binoclard appelé Vern Tessio, qui s'était fait virer du lycée quelques années auparavant. Je l'avais à peine remarqué. Il était encore plus invisible que moi.

Elle s'est dirigée tout droit vers l'endroit où je jouais au billard, assez près pour que je puisse sentir l'odeur fraîche du savon sur sa peau. Ça m'a donné le tournis.

– On m'a raconté ce que t'a fait Ace, m'a-t-elle déclaré. Je ne dois plus te parler et je ne le ferai pas, mais j'ai quelque chose pour faire passer tout ça.

Elle m'a embrassé. Puis elle est sortie avant que j'aie pu décoller ma langue de mon palais. J'ai repris ma partie, hébété. Je n'ai même pas vu Tessio sortir pour colporter l'histoire. Je ne voyais rien d'autre que ses yeux sombres, sombres.

Alors, plus tard ce soir-là, je me suis retrouvé sur le parking avec Ace Merrill et il m'a laissé sur le carreau. Il faisait froid, un froid de loup, et à la fin je me suis mis à sangloter sans me soucier de qui pouvait voir ou entendre; à ce moment-là, tout le monde. L'unique lampe à arc au sodium jetait une lumière impitoyable sur tout ça. Je n'ai même pas réussi à lui porter le moindre coup.

– C'est bon, a-t-il lancé en s'accroupissant près de moi.

Sa respiration n'avait même pas changé de rythme. Il a sorti de sa poche un couteau à cran d'arrêt et a appuyé sur le bouton chromé. Vingt centimètres d'argent inondés de lune ont surgi.

– Voilà ce que je te réserve la prochaine fois. Je graverai mon nom sur tes couilles.

Alors, il s'est levé, m'a lancé un dernier coup de pied et il est parti. Je suis resté allongé là une dizaine de minutes, agité de tremblements, sur la poussière dure et compacte du sol. Personne n'est venu m'aider ou me donner une bourrade dans le dos, pas même Bill. Betsy n'est pas venue pour faire passer tout ça.

J'ai fini par me relever tout seul et par rentrer en stop à la maison. J'ai raconté à Mme Hollis que j'avais été pris par un ivrogne qui était sorti de la route. Je ne suis jamais retourné au bowling.

J'ai appris qu'Ace avait laissé tomber Betsy peu après et qu'à partir de ce moment-là elle avait dévalé la mauvaise pente à vitesse grand V... comme le camion d'un dépulpeur dont les freins auraient lâché. Elle a attrapé une blenno en cours de route. Billy m'a raconté qu'il l'avait vue un soir au Manoir, à Lewinston, en train de harceler des mecs pour se faire payer un verre. Elle avait perdu presque toutes ses dents et son nez avait été cassé quelque part en chemin, a-t-il ajouté. Il m'a dit que je ne l'aurais jamais reconnue. À ce moment-là, je me fichais pas mal de ça ou d'autre chose.

Le pick-up n'avait pas de pneus neige et avant d'atteindre la sortie pour Lewinston j'avais commencé à déraper dans la poudreuse. Il nous a fallu plus de cinquante-cinq minutes pour parcourir les trente-cinq kilomètres.

À la sortie pour Lewinston le préposé a pris ma carte de péage et mes soixante cents.

– Ça glisse ?

Aucun de nous deux n'a répondu. Nous étions désormais tout près d'où nous voulions aller. Si je n'avais pas eu cette étrange façon de communiquer avec elle sans mot dire, j'aurais pu le deviner rien qu'à sa façon de se tenir assise sur le siège poussiéreux du pick-up, les mains étroitement serrées sur son sac, ses yeux fixant tout droit la route devant eux avec une intensité sauvage. J'ai senti un frisson me traverser.

Nous avons pris la route 136. Il n'y avait guère de voitures; le vent fraîchissait et la neige tombait plus dru que jamais. À la sortie de Harlow Village nous sommes passés devant une grosse Buick Riviera qui s'était mise en travers et avait grimpé le talus dans le virage. Ses feux de détresse étaient en marche et j'ai eu une vision fantomatique de l'Impala de Norman Blanchette. Elle était certainement recouverte de neige à présent, plus rien qu'une masse spectrale dans l'obscurité.

Le conducteur de la Buick m'a fait signe de m'arrêter mais je suis passé devant lui sans ralentir, l'aspergeant de neige à moitié fondue. Mes essuie-glace étaient chargés de neige; j'ai sorti le bras et j'ai secoué celui qui était de mon côté. Un peu de neige s'est détaché et j'y ai mieux vu.

Harlow était une ville fantôme, tout était sombre et fermé. J'ai mis mon clignotant à droite pour prendre le pont qui mène à Castle Rock. Les roues arrière ont fait mine de glisser mais j'ai contrôlé le dérapage. Plus haut devant nous, de l'autre côté de la rivière, j'ai aperçu l'ombre noire de la Ligue des jeunes de Castle Rock. Ça avait l'air fermé et abandonné. Je me suis senti soudain désolé, désolé qu'il y ait eu tant de souffrance. Et la mort. C'est alors que Nona m'a parlé pour la première fois depuis la sortie pour Gardiner.

– Il y a un policier derrière toi.

– Il est... ?

– Non, son gyrophare est éteint.

Mais ça m'a rendu nerveux et peut-être est-ce pour cela que c'est arrivé. La route 136 fait un virage à quatre-vingt-dix degrés du côté Harlow de la rivière, puis continue tout droit à l'autre extrémité du pont jusqu'à Castle Rock. J'ai négocié le premier virage mais il y avait du verglas côté Castle Rock.

– *Merde*...

L'arrière du pick-up a chassé et avant que j'aie pu redresser il était rentré dans l'une des lourdes piles d'acier du pont. Nous avons fait un tour complet en glissant comme des enfants sur une luge en plastique, et ce que j'ai vu tout de suite après, ce sont les phares avant éblouissants de la voiture de police derrière nous. Il a freiné – j'ai vu les reflets rouges dans la neige qui tombait – mais le verglas l'a eu lui aussi. Il nous est rentré tout droit dedans. Il y a eu un froissement grinçant sous le choc lorsque nous sommes entrés pour la seconde fois dans les poutrelles. J'ai été projeté sur les genoux de Nona et même dans cette fraction de seconde pleine de confusion j'ai eu le temps de goûter la douce fermeté de sa cuisse. Puis tout s'est arrêté. *À présent* le gyrophare du flic était en action. Il envoyait des ombres bleues tournoyantes sur le capot du pick-up et sur l'assemblage d'acier couvert de neige du pont qui relie Harlow et Castle Rock. Le plafonnier du véhicule s'est allumé quand le flic est sorti.

S'il n'avait pas été derrière nous ça ne serait pas arrivé. Cette pensée passait et repassait dans mon cerveau comme l'aiguille d'un phonographe coincée sur le même sillon rayé. J'avais un sourire tendu et figé en cherchant à tâtons sur le plancher du pick-up quelque chose pour le frapper.

Il y avait une boîte à outils ouverte. J'en ai sorti une clé à douille et l'ai posée sur le siège entre Nona et moi. Le flic s'est penché à la fenêtre, son visage changeant comme celui d'un démon dans la lumière du gyrophare.

– Vous alliez un peu vite, par le temps qu'il fait, pas vrai, mon gars ?

– Vous suiviez d'un peu trop près, pas vrai ? ai-je répliqué. Par le temps qu'il fait.

Il s'est peut-être empourpré. C'était difficile à dire, avec cette lumière intermittente.

– Est-ce que vous oseriez me contredire, mon garçon ?

– Oui, si vous essayez de me rendre responsable des bosses de votre véhicule.

– Montrez-moi votre permis et votre carte grise.

J'ai sorti mon portefeuille et lui ai tendu mon permis.

– La carte grise ?

– C'est le pick-up de mon frère. Il a gardé la carte grise dans son portefeuille.

– C'est vrai tout ça ?

Il m'a regardé fixement, essayant de m'obliger à baisser les yeux. Quand il a vu que ça risquait de prendre un certain temps, il a détourné les siens vers Nona. J'aurais pu les lui arracher pour ce que j'y ai lu.

– Vous vous appelez comment ?

– Cheryl Craig, monsieur.

– Que faites-vous dans le pick-up de son frère au beau milieu d'une tempête de neige, Cheryl ?

– Nous allons chez mon oncle.

– À Rock ?

– C'est exact, oui.

– Je ne connais aucun Craig à Castle Rock.

– Il s'appelle Edmonds. De Bowen Hill.

– C'est vrai tout ça ?

Il a fait le tour du pick-up pour regarder la plaque arrière. J'ai ouvert la porte et me suis penché au-dehors. Il était en train de noter le numéro. Il est revenu alors que j'étais toujours penché, éclairé à partir de la taille par l'éclat cru de ses phares avant.

– Je vais... Qu'est-ce que c'est que ces taches partout, mon garçon ?

Je n'avais pas besoin de baisser les yeux pour savoir ce qu'étaient ces taches. J'ai longtemps cru que je m'étais penché ainsi par distraction, mais en écrivant tout ceci j'ai changé d'avis. Je ne crois plus du tout qu'il s'agissait de distraction. Je crois que j'ai voulu qu'il les voie. J'ai empoigné la clé à douille.

– De quoi parlez-vous ?

Il s'est approché de deux pas.

– Vous êtes blessé... vous vous êtes coupé, on dirait. Feriez mieux...

Je lui ai balancé un coup. Il avait perdu sa casquette pendant l'accident et avait la tête nue. Je l'ai tué net, d'un seul coup, juste au-dessus du front. Je n'ai jamais oublié le bruit que ça a fait, comme une livre de beurre qui s'écrase sur un sol dur.

– Dépêche-toi, a dit Nona.

Elle a posé une main calme sur mon cou. Elle était très fraîche, comme l'air qui règne dans un cellier. Il y avait un cellier chez ma nourrice.

C'est drôle que je me souvienne de ça. L'hiver elle m'envoyait y chercher des légumes. Elle les mettait elle-même en boîtes. Pas dans de vraies boîtes, bien sûr, mais dans les épais bocaux Mason avec ces caoutchoucs que l'on place sous le couvercle.

J'y suis descendu un jour pour aller chercher les haricots beurre de notre souper. Les conserves étaient toutes rangées dans des cartons, soigneusement étiquetés de la main de Mme Hollis. Je me souviens qu'elle faisait toujours une faute d'orthographe à « framboise » et ça me remplissait d'un secret sentiment de supériorité.

Ce jour-là je suis passé devant les cartons marqués « Franboises » et suis allé dans le coin où elle gardait les haricots. Il y faisait frais et sombre. Les murs étaient en terre sombre et lisse et par temps pluvieux l'humidité suintait goutte à goutte en filets sinueux. Il s'en dégageait un effluve sombre et secret fait d'organismes vivants et de légumes entreposés, une odeur remarquablement semblable à celle des parties intimes d'une femme. Il y avait dans un coin une vieille presse à imprimer fracassée que j'avais toujours connue là, et parfois je jouais avec et faisais semblant de la mettre à nouveau en marche. J'adorais le cellier. À cette époque – j'avais neuf ou dix ans – c'était mon endroit favori. Mme Hollis refusait d'y mettre les pieds et il était indigne de son mari de descendre chercher les légumes. Alors j'y allais, respirais cette odeur spécifique et secrète de la terre et jouissais de son confinement de matrice. Il était éclairé par une ampoule couverte de toiles d'araignées que M. Hollis avait suspendue probablement avant la guerre des Boers. Parfois j'agitais les mains et dessinais sur le mur d'immenses lapins allongés.

J'ai pris les haricots et m'apprêtais à partir quand j'ai entendu un bruissement sous l'un des vieux cartons. Je me suis approché et l'ai soulevé.

En dessous se trouvait un rat brun, couché sur le côté. Il a levé la tête vers moi et m'a regardé fixement. Ses flancs se soulevaient violemment et il montrait les dents. C'était le plus gros rat que j'avais jamais vu et j'ai regardé de plus près. Il était en train de mettre bas. Deux petits, nus et aveugles, tétaient déjà à ses mamelles. Un autre était déjà à demi de ce monde.

La mère, impuissante, me foudroyait du regard, prête à mordre. J'ai eu envie de la tuer, de les tuer tous, de les écrabouiller, mais je ne pouvais pas. C'était la chose la plus horrible que j'aie jamais vue. Pendant que je l'observais, une petite araignée brune – un faucheux, je crois – a traversé rapidement la pièce. La mère l'a saisie d'un mouvement brusque et l'a avalée.

Je me suis enfui. À mi-hauteur de l'escalier, je suis tombé et j'ai cassé le bocal de haricots. Mme Hollis m'a flanqué une bonne volée et je ne suis jamais retourné dans le cellier à moins d'y être obligé.

Je suis resté à regarder le flic et à me souvenir.

– Dépêche-toi, a répété Nona.

Il était beaucoup plus léger que Norman Blanchette, à moins que ma sécrétion d'adrénaline n'ait été plus rapide. Je l'ai soulevé dans mes bras et l'ai transporté jusqu'au bord du pont. En aval je discernais à peine les chutes d'eau et en amont le pilier de chemin de fer GS & WM n'était qu'une ombre désolée, semblable à un échafaud. Le vent nocturne hurlait et ululait et la neige me frappait le visage. J'ai tenu un moment le flic contre ma poitrine comme un nouveau-né endormi et puis je me suis rappelé qui il était vraiment et je l'ai balancé par-dessus la rambarde du pont, dans l'obscurité.

Nous sommes retournés au pick-up et sommes montés dedans mais il n'a pas démarré. J'ai essayé de relancer le moteur jusqu'à ce que monte du carburateur noyé l'odeur douceâtre de l'essence et puis j'ai renoncé.

– Allez, viens, ai-je lancé.

Nous avons pris le véhicule de patrouille. Le siège avant était jonché de contraventions, de formulaires et de deux planchettes sur lesquelles s'appuyer pour écrire. Le poste à ondes courtes, sous le tableau de bord, grésillait et crachotait.

– Unité quatre, répondez, quatre. Vous me recevez ?

Je me suis baissé et l'ai arrêté, cognant mes articulations sur quelque chose en cherchant le bon interrupteur. C'était un fusil de chasse, à pompe. Probablement l'arme personnelle du flic. Je l'ai détaché et l'ai tendu à Nona. Elle l'a placé sur ses genoux. J'ai fait démarrer la voiture en marche arrière. Elle était cabossée mais la mécanique fonctionnait bien. Ses pneus neige mordaient agréablement, une fois passé la plaque de verglas qui avait provoqué l'accident.

Puis nous sommes arrivés à Castle Rock. Les maisons, sauf çà et là une bicoque mobile installée loin de la route, avaient disparu. La route elle-même n'avait pas été déneigée et on n'y voyait aucune trace excepté celles que nous laissions derrière nous. Des sapins monolithiques, chargés de neige, nous dominaient de leur haute taille et me donnaient la sensation d'être minuscule et insignifiant, un simple petit morceau coincé dans la gorge de la nuit. Il était maintenant plus de 10 heures.

Je n'ai pas connu grand-chose de la vie sociale estudiantine pendant ma première année à l'université. J'étudiais sérieusement et travaillais à la bibliothèque où je rangeais les livres, rafistolais les couvertures et apprenais à établir un catalogue. Au printemps j'ai participé aux championnats de baseball juniors.

Vers la fin de l'année scolaire, juste avant les examens, un bal a eu lieu au gymnase. J'avais du temps devant moi puisque j'avais révisé mes deux premiers tests et je m'y suis rendu. Comme je possédais le dollar requis pour l'admission, je suis entré.

C'était sombre, bourré de monde, imprégné de sueur et frénétique comme seule peut l'être une soirée universitaire juste avant que ne tombe le couperet des examens. Il y avait du sexe dans l'air. Pas besoin de le sentir; on pouvait presque tendre la main et l'attraper à pleines poignées comme un morceau d'épais tissu mouillé. On devinait que plus tard ils feraient l'amour, ou ce qui passait pour de l'amour. Ils le feraient sous les gradins, dans le parking de la chaufferie, dans les appartements et les dortoirs. Ce serait fait par des hommes-enfants désespérés, talonnés par la conscription et par de jolies étudiantes qui abandonneraient leurs études dans l'année pour rentrer chez elles fonder un foyer. Ce serait fait dans les larmes ou les rires, la sobriété ou l'ivresse, la crispation ou l'absence totale d'inhibition. Mais surtout, ce serait vite fait.

Il y avait quelques mecs seuls mais pas beaucoup. Ce n'était pas une soirée où vous aviez besoin de rester entre hommes. J'ai poussé jusqu'à l'estrade de l'orchestre. Au fur et à mesure que je me rapprochais du son, du tempo, la musique se faisait tangible. Le groupe était cerné par des amplificateurs d'un mètre cinquante disposés en demi-cercle derrière lui et vous sentiez battre vos tympans au rythme des basses.

Je me suis appuyé contre le mur pour regarder. Les danseurs accomplissaient les figures réglementaires (comme s'ils évoluaient par trios et non par couples, le troisième, invisible, au milieu, arqué sur l'avant et sur l'arrière), leurs pieds s'agitant dans la sciure de bois dont on avait saupoudré le plancher verni. Je n'ai pas rencontré qui que ce soit que je connaisse et j'ai commencé à me sentir seul, mais c'était une sensation agréable. J'en étais à ce moment de la soirée où vous imaginez que tout le monde vous regarde du coin de l'œil, vous, l'étranger romantique.

Environ une demi-heure plus tard je suis sorti boire un Coca dans le hall. Quand je suis retourné à l'intérieur quelqu'un avait donné le signal d'un cercle de danse dans lequel j'ai été poussé, mes bras autour des épaules de deux filles que je n'avais jamais vues avant. Il y avait peut-être deux cents personnes dans la ronde qui couvrait la moitié du gymnase. Puis, une partie de la chaîne s'est effritée; vingt ou trente personnes ont formé un autre cercle au centre du premier et se sont mises à tourner en sens inverse. Ça m'a donné le vertige. J'ai vu une fille qui ressemblait à Betsy Malenfant, mais je savais que c'était le fruit de mon imagination. Quand je l'ai cherchée à nouveau je ne l'ai plus vue ni personne lui ressemblant.

Lorsque le cercle s'est enfin rompu je me suis senti faible et pas bien du tout. Je me suis frayé un chemin jusqu'aux gradins et me suis assis. La musique était trop forte, l'air trop épais. Mon esprit ne cessait de rebondir et de faire des embardées. J'entendais les battements de mon cœur dans ma tête, comme on les entend après la plus grosse cuite de sa vie.

Je pensais auparavant que ce qui s'est produit ensuite s'est produit parce que j'étais fatigué et que j'avais un peu mal au cœur d'avoir tourné ainsi, mais comme je l'ai déjà dit, ce récit a jeté une lumière nouvelle sur tous ces événements. Je ne peux plus croire cela désormais.

Je les ai à nouveau regardés, tous ces gens beaux qui se bousculaient dans la pénombre. Il me semblait que tous les hommes avaient l'air terrifiés, le visage étiré en un masque grotesque, figé comme dans un ralenti. Rien d'étonnant. Les femmes – des étudiantes en chandail, jupe courte, pantalon à pattes d'éléphant – se changeaient toutes en rats. Au début, ça ne m'a pas fait peur. J'ai même ri sous cape. Je savais que ce que je voyais était une sorte d'hallucination, et pendant un moment j'ai pu y poser un regard presque clinique.

Puis une fille s'est dressée sur la pointe des pieds pour embrasser son compagnon et là, ça a passé les bornes. Visage poilu et déformé aux yeux comme des chevrotines noires, bouche qui s'entrouvre pour montrer les dents…

Je suis parti.

Je suis resté un moment dans le hall, à demi fou. Il y avait des toilettes au bout du couloir mais je suis passé devant et je suis monté à l'étage.

Le vestiaire était au deuxième et j'ai dû gravir l'escalier en courant jusqu'au dernier étage. J'ai ouvert la porte et me suis précipité dans un des cabinets. J'ai vomi au milieu des odeurs mêlées, liniment, uniformes imprégnés de sueur, cuir graissé. La musique était loin au-dessous, le silence qui régnait ici, en haut, était virginal. Je me suis senti réconforté.

Nous devions arriver à un panneau de stop à Southwest Bend. Le souvenir de la danse m'avait laissé excité pour une raison que je ne comprenais pas. Je me suis mis à trembler.

Elle m'a regardé, souriant de ses yeux sombres.

– Maintenant ?

Je n'ai pas pu lui répondre. Je tremblais trop pour cela. Elle a acquiescé lentement pour moi.

Je me suis engagé sur un sentier de la route 7, sûrement chemin forestier en été. Je ne m'y suis pas avancé trop profondément car j'avais peur de rester bloqué. J'ai éteint les phares avant et les flocons de neige ont commencé à s'amonceler sur le pare-brise.

– Tu m'aimes ? m'a-t-elle demandé, presque gentiment.

Un son ne cessait de m'échapper, de m'être arraché. Je pense que ça devait être l'équivalent oral le plus proche des pensées d'un lapin pris au lacet.

– Ici, a-t-elle dit. Ici même.

Ça a été l'extase.

Nous avons failli ne pas pouvoir regagner la route principale. Le chasse-neige était passé, avec ses lumières orange clignotantes et vacillantes dans la nuit, rejetant un énorme mur de neige devant nous.

Il y avait une pelle dans le coffre de la voiture de police. Il m'a fallu une demi-heure pour nous dégager et quand j'ai eu fini il était presque minuit. Elle a allumé la radio de la police pendant que je m'occupais de ça et nous avons appris ce que nous avions à savoir. Les corps de Blanchette et du môme au pick-up avaient été trouvés. Ils nous soupçonnaient d'avoir pris la voiture de patrouille. Le flic s'appelait Essegian; c'est un drôle de nom. Il y avait dans le temps un joueur de football professionnel nommé Essegian; je crois qu'il jouait pour les Dodgers. J'avais peut-être tué quelqu'un de sa famille. Ça ne me tourmentait pas de connaître le nom du flic. Il nous avait suivis de trop près et s'était mis en travers de notre chemin.

Nous avons regagné la route.

Je sentais mon excitation, violente, chaude et brûlante. Je me suis arrêté assez longtemps pour nettoyer le pare-brise avec le bras et nous sommes repartis.

Nous avons traversé la zone ouest de Castle Rock et j'ai su où tourner sans qu'elle ait besoin de me le dire. Une pancarte couverte de neige indiquait Stackpole Road.

Le chasse-neige n'était pas passé ici mais un véhicule nous avait précédés. Les traces de ses pneus étaient encore fraîchement dessinées sur la neige qui tourbillonnait sans trêve.

Un kilomètre et demi, moins d'un kilomètre. Je percevais sa brutale impatience, son besoin, et j'ai recommencé à avoir les nerfs à vif. À la sortie d'un virage nous sommes tombés sur le camion de la compagnie d'électricité, avec sa cabine d'un orange vif et ses feux de détresse qui envoyaient des pulsations de la couleur du sang. Il nous bloquait la route.

Vous ne pouvez pas imaginer sa rage – notre rage, en fait – car à présent après ce qui s'était passé nous ne faisions vraiment plus qu'un. Vous ne pouvez pas imaginer le sentiment d'intense paranoïa qui nous soulevait, cette conviction que chaque main était désormais tournée contre nous.

Ils étaient deux. L'un était une ombre penchée dans l'obscurité devant nous. L'autre tenait une lampe-torche. Il s'est approché de nous, avec sa lampe qu'il agitait comme un œil blafard. Il y avait plus que de la haine. Il y avait la peur… peur que tout nous soit arraché au dernier moment.

Il a crié quelque chose et j'ai baissé ma vitre.

– Vous ne pouvez pas passer par là ! Retournez en arrière et prenez Bowen Road ! Il y a une ligne électrique sous tension là-bas sur la route ! Vous ne pouvez pas…

Je suis sorti de la voiture, j'ai levé le fusil et je lui ai décoché les deux coups. Il a été projeté en arrière contre le camion orange et j'ai chancelé contre la voiture de patrouille. Il a glissé vers le sol, centimètre par centimètre, les yeux fixés sur moi, incrédule, et puis il s'est écroulé dans la neige.

– Y a-t-il d'autres munitions ? ai-je demandé à Nona.

– Oui.

Elle me les a données. J'ai ouvert le fusil, j'ai éjecté les cartouches utilisées et j'en ai placé de nouvelles.

Le copain du type s'était redressé et me regardait, l'air incrédule. Il m'a hurlé quelque chose qui s'est perdu dans le vent. On aurait dit une question mais ça n'avait aucune importance. J'allais le tuer. J'ai marché vers lui et il est resté sur place à me regarder. Il n'a pas fait un geste, même quand j'ai levé le fusil. Je ne pense pas qu'il ait eu la moindre idée de ce qui se passait. Je crois qu'il pensait que c'était un rêve.

J'ai tiré un coup trop bas. La neige a jailli autour

de lui et l'a recouvert. Il a alors poussé un immense hurlement de terreur et s'est enfui en courant, franchissant d'un gigantesque bond le câble électrique tombé sur la route. J'ai tiré la deuxième cartouche et l'ai à nouveau manqué. Puis il avait disparu dans l'obscurité et je pouvais l'oublier. Il n'était plus sur notre chemin. Je suis retourné au véhicule de patrouille.

– Il va falloir marcher, ai-je dit.

Nous sommes passés devant le corps écroulé, avons enjambé la ligne électrique d'où jaillissait le courant et avons remonté la route en suivant les traces largement espacées de l'homme en fuite. Certaines congères lui arrivaient presque aux genoux mais elle me précédait toujours un peu. Nous étions tous deux essoufflés.

Nous avons franchi le sommet d'une colline et sommes descendus dans une étroite vallée. D'un côté se trouvait une baraque penchée et déserte avec des fenêtres sans vitres. Elle s'est arrêtée et m'a saisi le bras.

– Ici, a-t-elle déclaré, et elle a désigné l'autre côté. (Son étreinte était puissante et douloureuse même sous l'épaisseur de mon manteau. Son visage était éclairé par un rictus de triomphe.) Ici, ici.

C'était un cimetière.

Nous avons gravi le remblai en glissant et trébuchant et avons escaladé un mur de pierre couvert de neige. J'étais déjà venu là moi aussi, bien sûr. Ma vraie mère était de Castle Rock et quoique mon père et elle n'y aient jamais vécu, c'est là que se trouvait la concession funéraire familiale. C'était un cadeau fait à ma mère par ses parents qui avaient vécu et étaient morts à Castle Rock. Pendant l'épisode avec Betsy j'y étais souvent venu pour lire des poèmes de John Keats et de Percy Shelley. Je suppose que vous pensez qu'il s'agissait d'une démarche idiote et prétentieuse mais pas moi. Même aujourd'hui. Je me sentais proche d'eux, réconforté. Après la correction que m'avait flanquée Ace Merrill je n'y étais plus jamais revenu. Pas jusqu'à ce que Nona m'y conduise.

J'ai glissé et suis tombé dans la neige fraîche, me tordant la cheville. Je me suis relevé et j'ai continué à marcher en utilisant le fusil comme béquille. Le silence était infini et incroyable. La neige tombait en lignes droites et douces, s'amoncelant sur les tombes et les croix penchées, recouvrant tout sauf le sommet des porte-drapeaux rouillés qui ne portaient de drapeaux que pour Memorial Day et Veterans Day. Le silence dans son immensité avait perdu sa sainteté et pour la première fois j'ai été terrifié.

Elle m'a conduit vers une construction de pierre située sur la pente de la colline au fond du cimetière. Un caveau. Un sépulcre blanchi par la neige. Elle avait la clé. Je savais qu'elle aurait la clé, et elle l'avait. Elle a dispersé la neige et a trouvé le trou de la serrure. Le bruit de la clé a semblé écorcher l'obscurité. Elle s'est appuyée contre la porte qui s'est ouverte vers l'intérieur.

L'odeur qui nous parvenait était aussi fraîche que l'automne, aussi fraîche que l'air dans le cellier des Hollis. Je ne voyais pas très loin à l'intérieur. Il y avait des feuilles mortes sur les dalles de pierre du sol. Elle est entrée, s'est arrêtée et m'a regardé par-dessus son épaule.

– Non, ai-je dit.

– Tu m'*aimes* ? a-t-elle demandé, et elle a ri de moi.

Je me tenais dans l'obscurité, sentant que tout commençait à se mélanger : passé, présent, futur.

Je voulais m'enfuir, m'enfuir en hurlant, m'enfuir assez vite pour effacer tout ce que j'avais fait.

Nona ne bougeait pas et me regardait, la plus belle fille du monde, la seule chose qui ait jamais été mienne. Elle a esquissé un geste avec ses mains sur son corps. Je ne vous dirai pas ce que c'était. Vous le sauriez si vous l'aviez vu.

Je suis entré. Elle a fermé la porte.

Il faisait sombre mais j'y voyais parfaitement. L'endroit était éclairé par un feu follet vert. Il courait sur les murs et ses langues serpentaient sur le sol jonché de feuilles mortes. Il y avait une bière au centre du caveau, mais elle était vide. Elle m'a fait signe et m'a montré une petite porte au fond. Petite, sans aucune inscription. J'ai été terrifié. Je pense que je savais alors. Elle s'était servie de moi, s'était moquée de moi. À présent elle allait me détruire.

Mais je ne pouvais pas m'arrêter. Je me suis approché de cette porte parce qu'il le fallait. Le télégraphe mental marchait toujours pour ce que je pensais être la joie – une joie terrible et démente – et le triomphe. Mes mains se sont tendues vers la porte en tremblant. Elle était léchée par les flammes vertes.

J'ai ouvert la porte et j'ai vu ce qui se trouvait là.

C'était la fille, la mienne. Morte. Ses yeux vides d'expression étaient plongés dans ce caveau d'octobre, plongés dans les miens. Elle sentait les baisers volés. Elle était nue et avait été ouverte de la gorge à l'entrejambe, son corps tout entier devenu une matrice. Et quelque chose y vivait. Les rats. Je ne les voyais pas mais je les entendais bruire en elle. Je savais que dans un moment sa bouche desséchée allait s'ouvrir et qu'elle allait me demander si je l'aimais. J'ai reculé, le corps engourdi, le cerveau flottant sur un nuage sombre.

Je me suis tourné vers Nona. Elle riait, me tendait les bras. Et dans un éclair soudain, j'ai compris, j'ai compris, j'ai compris. Le dernier test. Le dernier examen. Je l'avais réussi et *j'étais libre !*

Je me suis tourné à nouveau vers la porte et bien entendu ce n'était rien qu'une chambre de pierre vide avec des feuilles mortes sur le sol.

Je suis allé vers Nona. Je suis allé vers ma vie.

Ses bras se sont noués autour de mon cou et je l'ai attirée vers moi. C'est alors qu'elle s'est mise à changer, à se plisser et à couler comme de la cire. Les grands yeux noirs ont commencé à devenir petits et ronds comme des boutons de bottine. Ses cheveux sont devenus rêches et bruns. Son nez a raccourci, ses narines se sont dilatées. Son corps est devenu pesant et voûté contre moi.

J'étais enlacé par un rat.

– Tu m'aimes ? a-t-il couiné. Tu m'aimes, tu m'aimes ?

Sa bouche sans lèvres s'est étirée à la recherche de la mienne.

Je n'ai pas crié. Il ne me restait plus un cri. Je ne crois pas pouvoir crier à nouveau un jour.

Il fait si chaud ici.

La chaleur ne me dérange pas, pas vraiment. J'aime transpirer si je peux prendre une douche. J'ai toujours pensé que la transpiration était une bonne chose, quelque chose de *masculin,* mais parfois, quand il fait chaud, il y a des insectes qui mordent... des araignées par exemple. Saviez-vous que les femelles araignées piquent et tuent leurs mâles ? C'est ce qu'elles font, juste après la copulation.

J'ai aussi entendu des galopades dans les murs. Je n'aime pas ça.

J'ai attrapé la crampe de l'écrivain et le bout de mon stylo feutre est mou et spongieux. Mais j'ai fini à présent. Et tout a l'air différent. Ça n'a plus du tout l'air d'être la même chose.

Vous vous rendez compte que pendant un moment ils ont presque réussi à me persuader que j'avais fait tout cela tout seul. Ces hommes du routier, le type du camion de la compagnie d'électricité qui s'est enfui. Ils ont dit que j'étais seul. J'étais seul quand ils m'ont trouvé, presque mort de froid dans ce cimetière près des tombes de mon père, de ma mère, et de mon frère Drake. Mais ça veut simplement dire qu'elle était partie, vous comprenez bien. N'importe quel idiot comprendrait. Et je suis heureux qu'elle soit partie. Sincèrement. Mais il faut que vous compreniez qu'elle était avec moi tout le temps, à chaque pas du chemin.

À présent, je vais me tuer. Ça sera bien mieux. J'en ai assez de toute cette culpabilité et de cette angoisse et des cauchemars et puis, je n'aime pas les bruits dans les murs. Il pourrait y avoir n'importe qui là-dedans. Ou n'importe quoi.

Je ne suis pas fou. Ça je le sais et je suis sûr que vous le savez aussi. Si on dit qu'on *n'est pas* fou c'est supposé vouloir dire qu'on l'est, mais je n'en suis pas à tous ces petits jeux. Elle était avec moi, elle était réelle, je l'aimais. L'amour véritable ne meurt jamais. C'est ainsi que je terminais toutes mes lettres à Betsy, celles que je déchirais.

Mais Nona est la seule que j'aie vraiment aimée.

Il fait si chaud ici. Et je n'aime pas les bruits dans les murs.

Tu m'aimes ?

Oui, je t'aime.

Et l'amour véritable ne meurt jamais.

Pour Owen

Sur le chemin de l'école tu me demandes
Si dans d'autres écoles on note aussi les enfants.

Quand j'en arrive à la rue des Fruits ton regard
s'y échappe.

Nous avançons sous des arbres jaunes
Tu portes sous un bras la mallette de l'armée
qui contient ton
déjeuner et tes jambes courtes, vêtues d'un
pantalon de treillis,
font de ton ombre
des ciseaux
qui ne coupent rien sur le trottoir.

Tu me dis tout à coup que là tous les élèves sont
des fruits.

Tout le monde embête les myrtilles car elles sont
si petites.
Les bananes, dis-tu, sont des boy-scouts.
Dans tes yeux je vois des préaux pleins d'oranges,
des assemblées de pommes.

Tous, dis-tu, ont des bras et des jambes

et les pastèques sont souvent en retard.
Elles se dandinent; elles sont grosses.
« Comme moi », dis-tu.
Je pourrais te dire bien des choses mais il ne vaut mieux pas.

Que les enfants-pastèques ne peuvent lacer eux-mêmes leurs chaussures;
les prunes le font pour eux.
Ou comment je dérobe ton visage
je le dérobe, je le dérobe pour le mettre à la place du mien;
Il s'use vite sur mon visage.

C'est parce qu'il m'a fallu l'étirer.

Je pourrais te dire que mourir est un art
et que je suis en train de l'apprendre rapidement.
Dans cette école tu as sans doute déjà
choisi ton propre stylo
et tu commences à écrire ton nom.

Entre aujourd'hui et alors je pense que nous pourrions faire
un jour ensemble ton école buissonnière et aller
jusqu'à la rue des Fruits;
je me garerais sous une pluie de feuilles d'octobre
et nous regarderions une banane aider la dernière
pastèque en retard à franchir ces hautes portes.

Le goût de vivre

Tôt ou tard, au cours des études de médecine, une question inévitable surgit : À partir de quelle intensité le choc traumatique n'est-il plus supportable pour le patient ? Chaque professeur a sa réponse, mais dans le fond on aboutit toujours à une nouvelle question : quelle est la volonté réelle de survie du patient ?

26 janvier

La mer m'a rejeté il y a deux jours. J'ai arpenté l'île ce matin. Et quelle île ! Elle fait cent quatre-vingt-dix pas dans sa plus grande largeur et deux cent soixante-sept d'une extrémité à l'autre dans sa longueur.

Autant que je puisse en juger jusqu'à présent, il n'y a rien à manger.

Je m'appelle Richard Pin. Voici mon journal. Si on me retrouve *(quand ?),* il me sera facile de le détruire. Je ne manque pas d'allumettes. Ni d'allumettes ni d'héroïne. Les deux en abondance. Et dire qu'ici ça ne vaut pas un clou, ha ! ha ! Alors, je vais écrire. Au moins ça fera passer le temps.

Si je veux dire toute la vérité – et pourquoi pas ? En tout cas j'ai le temps – il faut que je commence par dire que je suis né Richard Pinzetti dans le quartier italien de New York. Mon père était un vieux jeton de l'Ancien Monde. Je voulais devenir chirurgien. Il riait, me disait que j'étais fou et me demandait de lui apporter un autre verre de vin. Il mourut d'un cancer à quarante-six ans. Bon débarras.

Au lycée, je jouais au football américain. J'étais le meilleur footballeur qu'ait jamais connu ce putain d'établissement. Capitaine. Les deux dernières années j'ai fait partie de l'équipe vedette de la ville, les All-City. Je détestais le football. Mais quand on est un pauvre Rital des cités et qu'on veut faire des études, pour obtenir un billet d'entrée, il n'y a que le sport. Alors, j'ai joué, et j'ai décroché la bourse réservée aux athlètes.

À l'université, j'ai cessé de jouer dès que mes notes furent assez bonnes pour me permettre d'obtenir une bourse d'études. Années préparatoires à médecine. Mon père est mort six semaines avant la cérémonie de remise des diplômes. Tant mieux. Pensez-vous que j'avais envie de traverser l'estrade, de prendre mon parchemin et de baisser les yeux pour voir cette grosse boule de graisse assise là ? Qu'est-ce qu'un dindon peut bien avoir à foutre d'une peau d'âne ? J'ai aussi réussi à intégrer une fraternité[1]. Pas une des meilleures, bien sûr, non, pas avec un nom comme Pinzetti, mais c'était quand même une fraternité.

Pourquoi est-ce que j'écris tout ça ? C'est presque drôle. Non, je retire ce que j'ai écrit. C'*est* drôle. Le célèbre Dr Pin, assis sur un rocher en pantalon de pyjama et T-shirt, sur une île presque assez petite pour qu'un crachat puisse la traverser de bout en bout et rédigeant l'histoire de sa vie. Ce que j'ai

1. Mode de vie communautaire et « fraternel » sur les campus universitaires américains avec des règles très strictes. Le recrutement par cooptation tient largement compte de l'appartenance sociale. *(N.d.T.)*

faim ! Tant pis, j'écrirai l'histoire de ma foutue vie si ça me fait plaisir. En tout cas ça m'évite de penser à mon estomac. Enfin, en partie.

J'ai changé mon nom en Pin avant de commencer médecine. Ma mère m'a dit que je lui brisais le cœur. Elle en avait donc un ? Le lendemain du jour où mon père a cassé sa pipe, elle s'est précipitée en frétillant chez cet épicier juif du bout de la rue. Pour quelqu'un qui aimait tant son nom, elle était foutrement pressée de l'échanger contre celui de Steinbrunner.

J'ai toujours voulu faire chirurgie. Même au lycée. Déjà à ce moment-là je bandais soigneusement mes mains avant chaque match et je les faisais tremper ensuite. Quand on veut être chirurgien on doit prendre soin de ses mains. Certains mômes se moquaient de moi et me traitaient de femmelette. Je ne me battais jamais contre eux. Je courais déjà assez de risques comme ça au football. Mais j'avais d'autres moyens pour me venger. Celui qui m'emmerdait le plus, Howie Plotsky, était une grande brute niaise au visage couvert de pustules. Je distribuais les journaux et en profitais pour vendre des billets de loto clandestin. J'avais plein de petites combines pour faire rentrer du fric. J'ai connu alors un tas de gens, j'ai ouvert toutes grandes mes oreilles, je me suis fait des relations. On y est bien forcé quand on est pris dans la jungle des rues. Le premier connard venu sait mourir. Ce qu'il faut apprendre c'est comment survivre, vous voyez ce que je veux dire ? J'ai offert dix dollars au gosse le plus costaud du lycée, Ricky Brazzi, pour qu'il démolisse Howie Plotsky. « Casse-lui la gueule, je lui ai dit. Tu auras un dollar de plus pour chacune de ses dents. » Rico m'en a rapporté trois enveloppées dans une serviette en papier. Il s'était démis deux jointures en faisant ce boulot; vous voyez ce que je risquais.

Pendant mes années de médecine, alors que les autres gogos s'échinaient à jouer les serveurs de restaurant, à vendre des cravates ou à faire briller les parquets, je continuai mes combines. Paris sur les matches de football, de basket-ball; un petit peu de politique. Je cultivais mes relations dans ce bon vieux quartier. Et j'ai réussi à terminer mes études sans me fouler.

C'est pendant mes années de clinicat que je suis vraiment passé aux choses sérieuses. Je travaillais dans l'un des plus importants hôpitaux du centre de New York. Au début, c'étaient juste des ordonnances vierges. J'en vendais un bloc de cent à un mec du quartier qui contrefaisait les noms de quarante ou cinquante médecins d'après des modèles d'écriture que je lui avais aussi vendus. Le type revendait alors les ordonnances vierges dix ou vingt dollars pièce. Les accros aux amphétamines et aux euphorisants étaient ravis.

Au bout de quelque temps, j'ai découvert que la pharmacie de l'hôpital était un vrai foutoir. Personne ne savait ce qui y entrait et ce qui en sortait. Certains se servaient par poignées. Pas moi. J'ai toujours été prudent. Je n'ai jamais eu d'ennuis, jusqu'à ce que je devienne négligent... et malchanceux. Mais je vais retomber sur mes pieds. Comme toujours. Peux plus écrire maintenant. Mon poignet est fatigué et mon crayon usé. De toute façon, je ne sais pas pourquoi je m'en fais. On va sûrement me trouver bientôt.

27 janvier

Le canot a dérivé la nuit dernière et a coulé dans trois mètres d'eau au large de la côte nord de l'île. Personne n'en a rien à foutre. De toute façon après son passage sur le récif, la coque ressemblait à du gruyère. J'avais déjà récupéré tout ce qui pouvait être utile. Vingt litres d'eau. Un nécessaire à couture. Une trousse d'urgence. Ce cahier dans lequel j'écris, registre d'inspection du canot de sauvetage. Laissez-moi rire. Qui a jamais entendu parler d'un canot de sauvetage sans NOURRITURE à son bord ? Le dernier rapport là-dedans date du 8 août 1970. Ah oui, deux couteaux, l'un émoussé, l'autre assez aiguisé, et un jeu de fourchettes et cuillères de camping. Je les utiliserai pour le repas de ce soir. Rocher rôti. Ha ! ha ! En tout cas j'ai taillé mon crayon. Quand je quitterai ce roc couvert de guano, je vais faire rendre gorge devant les tribunaux à cette foutue saloperie de Compagnie des Lignes du Paradis. Rien que pour ça, ça vaut le coup de vivre. Et je vais vivre. Je vais m'en sortir. Vous gourez pas. Je vais m'en sortir.

(plus tard)
Quand j'ai dressé mon inventaire, j'ai oublié une chose : deux kilos d'héroïne pure valant environ cent vingt-cinq mille dollars dans les rues de New York. Ici ça ne vaut pas un pet. Assez comique, non ? Ha ! ha !

28 janvier
Eh bien, j'ai mangé – si on peut appeler ça manger. Une mouette était perchée sur un des rochers au centre de l'île. Ils sont empilés là en une sorte de montagne miniature – elle aussi couverte de merde d'oiseau. J'ai ramassé un caillou de la grosseur de ma main et je me suis approché de la mouette aussi près que j'ai osé. Elle est restée là, sur son rocher, à me regarder de ses yeux noirs et brillants. Étonnant que les gargouillis de mon estomac ne l'aient pas fait s'envoler.

J'ai jeté ma pierre le plus fort possible et je l'ai

touchée de plein fouet. Elle a poussé un grand cri et a essayé de s'envoler mais je lui avais brisé l'aile droite. Je l'ai poursuivie tant bien que mal mais elle s'est enfuie en sautillant. Je voyais le sang couler goutte à goutte sur ses plumes blanches. Cette salope m'a obligé à une sacrée poursuite; à un moment, de l'autre côté du monticule central, je me suis pris le pied entre deux rochers et me suis presque fracturé la cheville.

Elle a fini par se fatiguer, et j'ai réussi à l'attraper du côté est de l'île. En fait, elle essayait d'arriver jusqu'à l'eau pour s'enfuir à la nage quand je l'ai agrippée par la queue. Elle s'est retournée et m'a donné des coups de bec. J'ai fini par saisir d'une main une de ses pattes. De l'autre j'ai brisé son cou pitoyable. Ça a fait un bruit tout à fait réjouissant. Le déjeuner est servi, en quelque sorte. Ha ! ha !

Je l'ai ramenée jusqu'à mon « campement », mais avant de la plumer et de la vider, j'ai nettoyé à l'iode les plaies dues à ses coups de bec. Les oiseaux sont porteurs de toutes sortes de microbes, et la dernière chose à attraper maintenant, c'est bien une infection.

Pas de problème pour préparer la mouette. Hélas, pas moyen de la faire cuire. Pas la moindre trace de végétation ou de bois flotté sur l'île, et le canot avait coulé. Alors, je l'ai mangée crue. Mon estomac a immédiatement voulu régurgiter le tout. J'ai sympathisé avec lui, mais je ne pouvais pas le laisser faire ça. J'ai compté à rebours jusqu'à ce que la nausée disparaisse. Ça marche presque toujours.

Vous vous rendez compte que cet oiseau m'a presque brisé la cheville et qu'en plus il m'a attaqué à coups de bec ? Si j'en attrape un autre demain, je vais le torturer. Celui-là s'en est tiré à trop bon compte. Tout en écrivant, je vois sur le sable sa tête coupée. Ses yeux noirs, même vitreux, semblent se moquer de moi.

Les mouettes ont-elles une bribe d'intelligence ? Sont-elles comestibles ?

29 janvier

Rien à bouffer aujourd'hui. Une mouette s'était posée non loin du sommet de l'amas rocheux, mais elle s'est envolée avant que j'aie pu m'approcher assez près pour lui « expédier son billet pour l'au-delà » ha ! ha ! Ma barbe pousse. Bon Dieu que ça démange ! Si la mouette revient, et que je l'attrape je lui arrache les yeux avant de la tuer.

Comme je pense l'avoir déjà dit, j'étais un sacré chirurgien. Ils m'ont jeté. C'était vraiment risible. Ils le font tous, et deviennent si foutrement moralisateurs quand l'un d'entre eux se fait avoir. Va te faire foutre, Jack, c'est pas mon affaire. Le deuxième serment d'Hippocrate et Hypocrite.

J'avais fait suffisamment de bénef avec mon trafic pendant mon internat puis mon clinicat (selon le serment d'Hypocrite, un interne est à la fois un flic et un gentleman; mais n'en croyez surtout pas un mot) pour pouvoir m'installer sur Park Avenue. Une bonne chose pour moi, bien sûr, puisque je n'étais ni fils à papa, ni le protégé d'un patron à la réputation bien établie comme bon nombre de mes « collègues ». Ça faisait neuf ans que mon père était mort quand j'ai enfin pu accrocher ma plaque. Ma mère est morte un an avant qu'on ne me suspende.

Ça a été un retour de manivelle. J'avais mis sur pied un petit trafic avec une demi-douzaine de pharmaciens de l'East Side, deux grossistes en médicaments, et au moins vingt autres médecins. On m'envoyait des patients et j'en envoyais aux autres. Je les opérais et prescrivais les médicaments post-opératoires. Toutes les opérations n'étaient pas nécessaires, mais je n'ai jamais opéré contre le gré du malade. Pas un seul non plus après avoir lu l'ordonnance ne m'a dit : « Je ne veux pas de ça. » Écoutez : ils peuvent avoir eu une hystérectomie en 1965 ou une ablation partielle de la thyroïde en 1970, et prendre encore des analgésiques cinq ou dix ans plus tard si on les laisse faire. Parfois, c'est ce que je faisais. Je n'étais pas le seul, vous savez. Ils avaient bien assez de fric. Parfois, un patient avait des insomnies après une petite intervention. Ou bien il n'arrivait pas à se procurer de pilules pour maigrir. Ou du Librium. On pouvait tout arranger. Eh oui ! Si je ne le leur avais pas procuré, ils seraient allés chez quelqu'un d'autre.

Un beau jour, les inspecteurs des impôts ont débarqué chez Lowenthal. Ce mouton. Ils l'ont menacé de cinq ans et il a craché une demi-douzaine de noms. Parmi lesquels le mien. Ils m'ont surveillé quelque temps, et quand ils m'ont cueilli, j'étais passible de bien plus de cinq ans. Je n'avais pas complètement interrompu un certain nombre d'affaires; entre autres, les ordonnances vierges. C'est drôle, je n'avais plus vraiment besoin de faire tous ces trucs, mais c'était devenu une habitude. Difficile d'abandonner cet argent de poche facile.

J'avais des relations. J'ai tiré quelques sonnettes. J'ai donné aussi quelques noms. Aucun toutefois de mes amis. Tous ceux que j'ai dénoncés étaient de vrais fils de pute.

Nom de Dieu, ce que j'ai faim !

30 janvier

Pas de mouette aujourd'hui. Ça me rappelle les pancartes qu'on voyait parfois jadis dans le quartier sur les voitures des marchandes des quatre-saisons :

PAS DE TOMATES AUJOURD'HUI. Je suis entré dans l'eau jusqu'à la taille, le couteau le plus aiguisé à la main. Je suis resté totalement immobile au même endroit pendant quatre heures, le soleil tapant sur mes épaules. Par deux fois j'ai cru m'évanouir, mais j'ai compté à rebours jusqu'à ce que ça passe. Je n'ai pas vu un poisson. Pas un seul.

31 janvier

Ai tué une autre mouette, de la même façon que la première. J'étais trop affamé pour la torturer comme je me l'étais promis. Je l'ai vidée et mangée. Ai pressé les tripes et les ai mangées aussi. C'est drôle comme on peut sentir sa vitalité resurgir. Je commençais à avoir vraiment peur. Couché à l'ombre du monticule central, je pensais entendre des voix. Mon père. Ma mère. Mon ex-femme. Et pire que tout, celle du grand Chink qui me vendit l'héroïne à Saigon. Il zézayait; peut-être à cause d'un bec-de-lièvre.

Sa voix est sortie de nulle part :

« Allez-y, allez-y, sniffez un peu. Ze vous garantis que vous ne penserez plus à la faim. C'est zénial. »

Mais je n'ai encore jamais pris aucune drogue, pas même un somnifère.

Lowenthal s'est suicidé, est-ce que je vous l'ai déjà dit ? Un vrai mouton. Il s'est pendu dans son ancien bureau. Moi, ce que j'en pense, c'est qu'on est bien débarrassé.

Je voulais rouvrir mon cabinet. Certains m'ont affirmé que c'était possible – mais que ça coûterait un max. Plus de blé que je n'avais jamais rêvé amasser. J'avais quarante mille dollars dans un coffre à la banque. J'ai décidé de prendre des risques et de leur faire faire des petits. Les doubler ou les tripler.

Je suis allé voir Ronnie Hanelli. Ronnie et moi avions tous deux joué au football à l'université et lorsque son jeune frère avait décidé de faire son clinicat, je l'avais aidé. Ronnie lui-même préparait son entrée à la fac de droit – quelle ironie, n'est-ce pas ? Quand nous étions plus jeunes, dans le quartier, on l'appelait Ronnie le Justicier parce qu'il arbitrait tous les matches de base-ball et de hockey. Si vous n'appréciiez pas ses rappels à l'ordre, vous aviez le choix : la fermer ou prendre un coup de poing dans la gueule. Les Portoricains l'appelaient Ronnil'métèqu'. D'une seule traite, comme ça. Ça ne lui déplaisait pas. Et ce mec a été à l'université, il a fait son droit, a été reçu au barreau les doigts dans le nez puis s'est installé dans le coin au-dessus du Fish Bowl Bar. Quand je ferme les yeux, je le revois traînant dans le quartier au volant de sa Continental blanche.

Je savais que Ronnie pourrait me brancher sur un coup.

« C'est risqué, me prévint-il, mais t'es capable de t'en sortir. Et si tu réussis à ramener la camelote, je te filerai dcs contacts. L'un des mecs est député. »

Il me donna deux noms. L'un était celui du grand Chinetoque Henri Li-Tsu. L'autre celui du Vietnamien Solom Ngo. Un chimiste. Contre un peu d'argent il analyserait la marchandise du Chinois. Le Chinetoque était connu pour faire des « blagues » de temps à autre. Les fameuses « blagues » se présentaient sous forme de sachets de plastique remplis de talc, de détergent, de Maïzena. Ronnie disait que les petites blagues de Li-Tsu finiraient par lui attirer des ennuis.

1er février

Un avion est passé. Juste au-dessus de l'île. J'ai essayé de grimper au sommet du monticule pour lui faire signe. Je me suis pris le pied dans un trou. Le même foutu trou dans lequel je me l'étais coincé le jour où j'ai tué le premier oiseau, je pense. Je me suis brisé la cheville : fracture multiple. Ça m'a fait l'effet d'un coup de feu. Une douleur incroyable. J'ai hurlé, perdu l'équilibre, fait tournoyer mes bras comme un dément, mais je suis tombé, ma tête a cogné le sol et ça a été le trou noir. Je ne suis pas revenu à moi avant le crépuscule. Je m'étais blessé à la tête et avais perdu un peu de sang. Ma cheville était enflée comme un pneu et j'avais pris un méchant coup de soleil. Une heure de soleil de plus et j'étais couvert de cloques.

Me suis traîné jusqu'ici et ai passé toute la nuit dernière à trembler et à pleurer de frustration. J'ai désinfecté ma plaie à la tête – juste au-dessus du lobe temporal droit – et l'ai bandée comme j'ai pu. Une blessure superficielle du cuir chevelu plus une légère commotion, je pense, mais ma cheville... c'est une mauvaise fracture, en deux endroits, peut-être même trois.

Comment vais-je chasser les oiseaux à présent ?

L'avion était sûrement à la recherche de survivants du *Callas*. Dans l'obscurité et avec la tempête, le canot de sauvetage a dû être emporté à des milles du lieu du naufrage. Ils ne reviendront peut-être pas par ici.

Bon Dieu, ce que je peux avoir mal à la cheville !

2 février

J'ai tracé un message sur la plage de petits galets au sud de l'île, là où s'était échoué le canot de sauvetage. Ça m'a pris toute la journée, avec quelques pauses pour me reposer à l'ombre. Mais même comme ça, je me suis évanoui deux fois. J'ai dû perdre une quinzaine de kilos, surtout par déshydratation. Maintenant, d'où je suis assis, je peux voir ces quatre lettres que j'ai passé la journée à former; des pierres noires sur le sable blanc, HELP, en caractères d'un mètre vingt de hauteur. Un autre avion ne manquera pas de me repérer.

Si jamais il en passe un autre.

Je souffre d'élancements permanents dans le pied. Il est toujours enflé et présente une décoloration inquiétante au niveau de la double fracture. Je le comprime étroitement avec ma chemise et soulage ainsi le plus gros de la douleur mais elle reste encore trop vive et je m'évanouis plutôt que je ne m'endors.

Je commence à penser qu'il va me falloir amputer.

3 février

L'enflure et la décoloration ont encore empiré. Je vais attendre jusqu'à demain. Si l'opération s'avère nécessaire, je pense pouvoir la mener à bien. J'ai des allumettes pour stériliser le couteau effilé, l'aiguille et le fil du nécessaire à couture. Ma chemise pour le bandage.

J'ai aussi deux kilos d'« analgésique », même si ce n'est pas celui que je prescrivais d'ordinaire. Mais elles aussi en auraient pris volontiers si elles avaient pu en trouver. Ça, vous pouvez en être sûr. Ces vieilles dames à cheveux bleus auraient sniffé du désodorisant Clairière si elles avaient su pouvoir planer avec ça. Croyez-moi !

4 février

J'ai décidé de m'amputer le pied. Ça fait quatre jours que je n'ai pas mangé. Si j'attends plus longtemps, je cours le risque, sous l'effet combiné du choc traumatique et de la faim, de m'évanouir et de faire une hémorragie fatale. Et même si je suis dans un piètre état, j'ai encore envie de vivre. Je me souviens de ce que Mockridge disait toujours pendant le cours d'anatomie. Le vieux Mockie, comme nous l'appelions. « Tôt ou tard, disait-il, au cours des études de médecine, une question inévitable surgit : A partir de quelle intensité le choc traumatique n'est-il plus supportable pour le patient ? » Et il frappait de sa baguette le schéma du corps humain, désignant tour à tour le foie, les reins, le cœur, la rate, les intestins. « Dans le fond, jeunes gens, disait-il, on débouche toujours sur une nouvelle question : quelle est la volonté réelle de survie du patient ? »

Je pense que je peux y arriver.

J'en suis convaincu.

Je suppose que j'écris tout ça pour différer l'inévitable, mais je viens de me rappeler que je n'ai pas fini d'expliquer comment je me suis retrouvé ici. Peut-être devrais-je aller jusqu'au bout au cas où l'opération tournerait mal. Cela ne prendra que quelques minutes et je suis certain d'avoir assez de temps avant la nuit pour opérer car, d'après ma Pulsar, il n'est que 9 h 09 du matin. Ah !

J'ai pris l'avion pour Saigon, comme touriste. C'est bizarre ? Pas tant que ça. Malgré la guerre de Nixon, des milliers de gens visitent encore ce pays chaque année. Il y en a bien qui se déplacent pour voir des accidents de voiture ou des combats de coqs.

Mon ami chinois avait bien la marchandise. Je l'ai apportée à Ngo qui m'a dit que c'était de la came de première qualité. Il m'a rapporté que Li-Tsu avait joué un de ses tours quatre mois auparavant et que sa femme avait sauté avec son Opel en essayant de faire démarrer la voiture. Ça lui avait fait passer le goût de la plaisanterie.

Je suis resté trois semaines à Saigon. J'avais réservé une place pour San Francisco sur un paquebot. Première classe. Aucun problème pour monter à bord avec la camelote. Ngo avait fait en sorte que les deux douaniers ne jettent qu'un rapide coup d'œil sur mes valises avant de me faire signe de monter. La came se trouvait dans un sac de voyage qu'ils ne regardèrent même pas. « Ça sera nettement moins facile avec la douane américaine, me dit Ngo. Mais ça, c'est ton problème. »

Je n'avais nullement l'intention de faire passer la douane à la marchandise. Ronnie Hanelli avait déniché un plongeur qui pour trois mille dollars acceptait un boulot plutôt délicat. J'avais rendez-vous avec lui (il y a deux jours, maintenant que j'y pense) dans un asile de nuit de San Francisco, le Saint Regis Hotel. La combine consistait à placer la dope dans une boîte étanche. En haut de celle-ci étaient fixés un minuteur et un paquet de teinture rouge. Juste avant l'accostage le tout devait être jeté par-dessus bord – mais pas par moi bien sûr.

J'étais encore à la recherche d'un cuisinier ou d'un steward susceptible d'accepter un peu d'argent de poche et assez malin – ou assez stupide – pour se taire, quand le *Callas* a coulé.

J'ignore comment et pourquoi. Il y avait de la tempête, mais le bateau semblait tenir assez bien le coup. Le soir du 25, vers huit heures, une explosion s'est produite quelque part dans l'entrepont. À ce moment-là, j'étais dans le salon; le *Callas* s'est mis aussitôt à gîter. Sur la gauche... comment ça s'appelle, déjà : bâbord ou tribord ?

Les gens hurlaient et couraient en tous sens. Les bouteilles du bar tombaient et éclataient sur le sol. Un homme est remonté en titubant d'un des ponts inférieurs, la chemise brûlée, la peau carbonisée. Les haut-parleurs nous ont demandé de nous rendre aux postes de canots de sauvetage qui nous avaient été assignés pendant l'exercice au début de la croisière. Les passagers ont continué à courir à l'aveuglette. Ils étaient très peu nombreux à avoir pris la peine d'assister aux exercices de sauvetage. Moi, non seulement j'y étais allé, mais je m'étais présenté en avance – je voulais être au premier rang, voyez-vous, afin de voir parfaitement. Je suis toujours très attentif quand ma peau est en jeu.

Je suis redescendu dans ma cabine de luxe, j'ai sorti les sacs d'héroïne et j'en ai mis un dans chacune de mes poches de devant. Puis je me suis rendu au canot de sauvetage 8. J'étais dans les escaliers menant au pont principal lorsque deux nouvelles explosions ont eu lieu et le bateau a pris encore plus de gîte.

En haut c'était une vraie panique. Une femme qui portait un bébé est passée à toute allure près de moi en poussant des cris stridents; elle a dévalé le pont glissant et incliné puis, au bout de sa course, elle a heurté violemment le bastingage à la hauteur des cuisses et a basculé dans le vide. Je l'ai vue tournoyer deux ou trois fois sur elle-même avant de disparaître. Assis au centre de la piste du jeu de galets un homme entre deux âges s'arrachait les cheveux. Un autre, en tenue de cuisinier, le visage et les mains horriblement brûlés, titubait en hurlant : « Au secours ! J' n'y vois plus rien ! Au secours ! J' n'y vois plus rien ! »

La panique était quasi générale : comme une traînée de poudre, elle s'était propagée des passagers à l'équipage. N'oubliez pas qu'il ne s'était écoulé qu'une vingtaine de minutes entre la première explosion et le début du naufrage du *Callas*. Certains canots de sauvetage étaient pris d'assaut par des passagers qui hurlaient tandis que les autres demeuraient vides. Le mien, placé du côté de la gîte, était totalement inoccupé. Il n'y avait pas âme qui vive aux alentours si ce n'est moi-même et un marin au visage boutonneux et blême.

« Jetons à l'eau cette vieille pute à cul renflé, a-t-il crié, tandis que ses yeux déments roulaient dans leurs orbites. Ce foutu rafiot va aller tout droit au fond. »

L'appareillage du canot était assez simple, mais le marin a tâtonné avec une telle nervosité qu'il a emmêlé les cordes du palan. L'embarcation est tombée de deux mètres puis elle est restée suspendue, l'avant cinquante centimètres plus bas que l'arrière.

Je me suis approché de lui pour l'aider mais il s'est mis à brailler. Il avait réussi à démêler l'enchevêtrement mais s'était coincé la main en même temps. La corde a sifflé, lui a déchiqueté la paume et une secousse brusque l'a précipité par-dessus bord.

J'ai lancé l'échelle de corde, l'ai descendue précipitamment et ai détaché le canot. Puis j'ai ramé. J'avais déjà eu l'occasion de pratiquer ce sport de temps à autre lors de vacances à la campagne chez des amis; là, c'était pour sauver ma vie. Je savais que si je ne m'éloignais pas du *Callas* en perdition avant qu'il ne coule, j'allais être entraîné vers le fond avec lui.

Il s'est enfoncé à peine cinq minutes plus tard. Je n'avais pas pu m'éloigner assez pour éviter totalement le phénomène d'aspiration. J'ai dû ramer comme un fou rien que pour rester sur place. Il a très vite disparu sous l'eau. Des gens hurlaient à la proue, encore accrochés au bastingage. On aurait dit des singes.

La tempête a redoublé de violence. J'ai perdu une rame, mais ai réussi à sauver l'autre. J'ai passé toute la nuit dans une sorte d'état second, tout d'abord à écoper, puis à pagayer frénétiquement pour maintenir l'avant du canot face aux énormes vagues qui déferlaient.

Juste avant l'aube du 26 janvier, les vagues sont soudain devenues gigantesques. Le canot était projeté en avant. C'était tout à la fois terrifiant et exaltant. Soudain, presque toutes les planches ont été arrachées sous mes pieds, mais avant que l'embarcation ait pu couler, elle a été rejetée sur ce tas de rochers oublié de Dieu. Je ne sais pas où je suis; n'en ai pas la moindre idée. La navigation n'est pas mon point fort, ha ! ha !

Je sais pourtant ce que j'ai à faire. C'est peut-être la dernière fois que j'écris dans ce carnet, mais dans le fond, je pense que je vais m'en tirer. Cela ne s'est-il pas toujours passé ainsi ? Et puis, de nos jours, on fait de merveilleuses prothèses. Je peux très bien me débrouiller avec un seul pied.

Le moment est venu de vérifier si je suis aussi bon que je le pense. Chance.

5 février

J'ai réussi.

Ce qui m'inquiétait le plus, c'était la douleur. En général, je la supporte assez bien, mais affaibli comme je l'étais, j'avais peur que la faim alliée à l'atrocité de la souffrance ne me fasse perdre conscience avant la fin.

Mais l'héroïne a réglé assez agréablement ce problème.

J'ai ouvert l'un des sacs et sniffé deux bonnes lignes sur la surface d'un rocher plat – d'abord la narine droite, puis la gauche. C'était comme si j'avais aspiré de la glace merveilleusement engourdissante qui montait dans mon cerveau de bas en haut et s'y répandait. J'ai pris cette poudre tout de suite après avoir écrit hier dans mon journal – il était 9 h 45. Lorsque j'ai à nouveau regardé l'heure, l'ombre s'était déplacée, et j'étais à moitié au soleil; il était 12 h 41. J'avais somnolé. Je n'avais jamais pensé que cela pouvait être à ce point extraordinaire et je n'arrive pas à comprendre comment j'ai pu être si méprisant par le passé. La douleur, la terreur, la détresse... tout disparaît, laissant place à une calme euphorie.

C'est dans cet état d'esprit que j'ai pratiqué l'opération.

J'ai eu très mal, bien sûr, surtout au début. Mais la douleur semblait détachée de moi, comme si elle appartenait à quelqu'un d'autre. C'était un peu inquiétant, mais aussi très intéressant. Vous voyez ce que je veux dire ? Si vous avez déjà pris un quelconque médicament fortement dosé en morphine, peut-être pouvez-vous comprendre. Ça ne se contente pas d'alléger la douleur. Ça induit un certain état d'esprit. Une forme de sérénité. Je comprends pourquoi les gens restent accros, bien qu'« accros » semble un mot terriblement excessif, employé le plus souvent, évidemment, par ceux qui n'ont jamais essayé.

À la moitié de l'opération, la souffrance est devenue plus personnelle. La faiblesse m'a assailli par vagues. J'ai jeté des regards d'envie sur le sac de poudre blanche, mais je me suis forcé à détourner les yeux. Si je m'étais laissé aller à somnoler à nouveau, j'aurais perdu tout mon sang, aussi sûrement que si je m'étais évanoui. Alors, j'ai compté à rebours à partir de cent.

C'est l'hémorragie que je craignais le plus. Un chirurgien sait que le risque est là. Pas une goutte de sang ne devait être répandue sans nécessité absolue. À l'hôpital, pendant une opération, on peut transfuser. Celui que je perdais – et lorsque j'ai eu fini, le sable entre mes jambes était noir de sang – était perdu jusqu'à ce que mon organisme le remplace. Je n'avais ni clamp, ni pinces hémostatiques, ni fil chirurgical.

J'ai commencé l'opération à 12 h 45 exactement. Je l'ai terminée à 13 h 50, et me suis bourré d'héroïne, une plus forte dose que la première fois. J'ai plongé dans un univers gris et indolore. J'y suis resté jusqu'à 17 heures. Quand j'en ai émergé, à l'ouest le soleil approchait de l'horizon, laissant une traînée d'or au-dessus du Pacifique bleu. Je n'avais jamais rien vu d'aussi beau... Cet instant me récompensait de toute cette souffrance. Une heure plus tard j'ai sniffé un peu encore afin de pouvoir jouir du coucher de soleil.

Peu après la tombée de la nuit j'ai...

J'ai...

Un instant. Ne vous ai-je pas dit que je n'avais rien mangé depuis quatre jours ? Et que pour regagner mes forces perdues, je ne pouvais compter que sur mon propre corps ? Et ne vous ai-je pas répété sans cesse que la survie est affaire d'état d'esprit ? D'esprit supérieur ? Je nc me justifierai pas en disant que vous auriez fait la même chose. D'abord, vous n'êtes certainement pas chirurgien. Et même si vous connaissez la technique de l'amputation, vous auriez sans doute tellement saboté le boulot que vous auriez de toute façon fait une hémorragie fatale. Et même si vous aviez survécu à l'opération et au choc traumatique, cette pensée n'aurait peut-être jamais effleuré votre cerveau bourré de préjugés. Aucune importance. Personne ne le saura. Avant de quitter l'île mon dernier geste sera de détruire ce carnet.

Je me suis entouré de précautions.

Je l'ai soigneusement lavé avant de le manger.

7 février

Le moignon me fait mal... c'est parfois insupportable. Mais je pense que la démangeaison interne provoquée par la cicatrisation en cours est encore pire. Je me suis souvenu cet après-midi de tous les patients qui m'avaient raconté ne pouvoir supporter cette démangeaison horrible de la chair en plein travail de régénération. Je souriais et leur disais qu'ils se sentiraient bien mieux le lendemain sans pouvoir m'empêcher de penser que j'avais affaire à une bande de geignards, de mollusques, de bébés pleins d'ingratitude. Maintenant je comprends. J'ai failli plusieurs fois arracher la chemise qui bande mon moignon pour me gratter, plonger mes doigts dans la tendre chair à vif, arracher les points de suture grossiers, laisser le sang couler goutte à goutte sur le sable, n'importe quoi, n'importe quoi, pour faire cesser cette atroce *démangeaison* qui me rend fou.

Lorsque cela arrive, je compte à rebours à partir de cent. Et je sniffe de l'héroïne.

J'ignore quelle quantité j'en ai absorbé, tout ce que je sais c'est que je suis presque continûment « stoned » depuis l'opération. Ça coupe l'appétit, vous savez. J'ai l'impression de ne plus avoir faim. Je ressens encore un faible tiraillement très loin dans mon ventre et c'est tout. Je pourrais l'ignorer. Cependant, je ne dois pas le faire. L'héroïne n'a aucune valeur calorique. J'ai testé mon énergie en rampant çà et là. Elle décline.

Mon Dieu, j'espère l'éviter, mais... une nouvelle opération risque de s'avérer nécessaire.

(plus tard)

Un autre avion a survolé l'île. Trop haut pour pouvoir m'être utile; tout ce que j'ai pu apercevoir, c'est sa fumée s'étirant sur le ciel. J'ai quand même fait de grands signes. Signes et cris. Quand il a eu disparu, j'ai pleuré.

À présent, il fait trop sombre pour y voir. Aliments. J'ai pensé à un tas d'aliments. Les lasagnes de ma mère. Pain à l'ail. Escargots. Langouste.

Côtes premières. Pêche Melba. Steak grillé. L'énorme morceau de quatre-quarts et la boule de glace à la vanille qu'on vous donne comme dessert chez la Mère Crunch sur la 1re Avenue. Bretzels chauds, saumon d'Alaska au four, jambon au four avec des tranches d'ananas. Oignons grillés. Mousse à l'oignon avec des chips, thé glacé à longues longues gorgées, frites qui font claquer vos lèvres.

100 99 98 97 96 95 94

Dieu Dieu Dieu

8 février

Une nouvelle mouette s'est posée sur le monticule rocheux ce matin. Une mouette énorme. J'étais assis à l'ombre du rocher, que je considère comme mon camp, mon moignon bandé bien calé. Dès que je l'ai vue, j'ai commencé à saliver. Comme le chien de Pavlov. Je ne pouvais m'empêcher de baver, comme un bébé. Comme un bébé.

J'ai ramassé une pierre de la dimension exacte de ma main et j'ai rampé vers la mouette. Dernière mi-temps. Nous avons trois points de retard. Troisième essai et une longue distance à couvrir. Pinzetti recule pour lancer la balle. (Pin, je veux dire *Pin.*) Je n'avais guère d'espoir. J'étais sûr qu'elle allait s'envoler. Mais il fallait que j'essaie. Si j'avais pu attraper un oiseau aussi gras et insolent que celui-ci, j'aurais pu retarder une nouvelle opération indéfiniment. J'ai rampé vers elle; mon moignon heurtait de temps à autre un rocher, irradiant de douleur mon corps tout entier. Je m'attendais à tout instant à ce qu'elle s'envole.

Elle est restée. Elle a fait les cent pas en se pavanant, son bréchet dodu en avant, comme un général passant ses troupes en revue. De temps à autre, elle me regardait de ses petits yeux noirs et méchants; je me suis figé telle une statue et j'ai compté à rebours à partir de cent jusqu'à ce qu'elle reprenne sa parade. Chaque fois qu'elle battait des ailes, mon estomac se glaçait. Je salivais toujours. Je ne pouvais m'en empêcher. Je bavais comme un bébé.

Je ne sais combien de temps a duré la traque. Une heure ? Deux ? Plus je m'approchais d'elle, plus mon cœur battait et plus la mouette me paraissait appétissante. On aurait dit qu'elle me narguait, et j'ai pensé qu'elle allait s'envoler dès que je serais assez près pour lancer mon projectile. Mes bras et mes jambes se sont mis à trembler. J'avais la bouche sèche. Mon moignon vibrait violemment. Je crois en fait que j'étais en état de manque. Déjà ? Je n'absorbe pourtant ce truc que depuis moins d'une semaine !

Tant pis. J'en ai besoin. Il en reste beaucoup, vraiment beaucoup. À mon retour aux États-Unis, si une cure de désintoxication s'impose, j'irai dans la meilleure clinique de Californie, et je ferai ça avec le sourire. Mais vous ne croyez pas qu'il y a plus urgent pour le moment ?

Arrivé tout près d'elle, je n'ai pas pu me résoudre à jeter ma pierre. J'étais obsédé par l'idée que j'allais la rater, d'un cheveu seulement sans doute. Il fallait que j'approche encore. J'ai continué à me traîner sur le monticule rocheux, la tête rejetée en arrière, la sueur ruisselant le long de mon corps déglingué à faire peur. Est-ce que je vous ai dit que mes dents pourrissaient ? Si j'étais superstitieux, je dirais que c'est parce que j'ai mangé...

Mais on ne nous la fait pas, n'est-ce pas ?

Je me suis arrêté une nouvelle fois. J'étais bien plus près d'elle que je ne l'avais jamais été des autres mouettes. Mais je ne pouvais toujours pas me résoudre à lancer ma pierre. J'ai serré les doigts à me faire mal, sans réussir à me décider. Parce que je savais exactement ce que cela signifierait si je la manquais.

Je me moque de bouffer toute la came ! Je leur foutrai la justice au cul. Je serai cousu d'or pour le reste de ma vie ! *Ma longue, longue vie !*

Je pense que j'aurais rampé jusqu'à elle si elle n'avait pas fini par s'envoler. Je me serais traîné, aurais bondi et l'aurais étranglée. Mais elle a déployé ses ailes et a pris son vol. J'ai hurlé, me suis dressé sur les genoux et de toutes mes forces j'ai jeté la pierre. Et je l'ai touchée !

Elle a poussé un cri étouffé, est tombée de l'autre côté du monticule. Riant, bafouillant et me fichant à présent de heurter mon moignon ou d'ouvrir ma blessure, j'ai escaladé les rochers en rampant. J'ai perdu l'équilibre et me suis cogné la tête. Je n'y ai prêté aucune attention sur le moment, non, pourtant, j'avais récolté une méchante bosse. Je ne pouvais penser qu'à cet oiseau, au fait que je l'avais touché, chance insensée; même si ce n'était qu'à l'aile, je l'avais touché !

De l'autre côté des rochers, la mouette était en train de se traîner vers la plage, une aile brisée, le ventre rouge de sang. J'ai rampé aussi vite que j'ai pu, pourtant, elle était plus rapide que moi. Une course d'estropiés ! ha ! ha ! ha ! J'aurais peut-être réussi à l'avoir – je reprenais du terrain – si je n'avais pas fait aussi attention à mes mains. Je dois en prendre soin. J'en aurai certainement encore besoin. Malgré tout, lorsque je suis arrivé à la petite plage de galets, mes paumes étaient tout écorchées et j'avais brisé le verre de ma montre sur l'arête rugueuse d'un rocher.

La mouette s'est laissée tomber à l'eau en poussant des cris horribles et j'ai tenté de l'agripper. Je n'ai pu retenir qu'une poignée de plumes de sa queue au creux de ma main crispée. Alors, je me suis écroulé, j'ai avalé de l'eau, et j'ai suffoqué à demi étouffé.

J'ai continué à avancer. J'ai même tenté de la poursuivre à la nage. Le pansement de mon moignon est tombé. J'ai commencé à couler. J'ai rejoint la plage avec peine, tremblant d'épuisement, transpercé par une douleur atroce, pleurant, hurlant et maudissant la mouette. Elle a flotté longtemps, de plus en plus loin du rivage. Je crois même l'avoir suppliée de revenir. Mais, lorsqu'elle est passée de l'autre côté du récif, je pense qu'elle était morte.

Ce n'est pas juste.

Il m'a fallu près d'une heure pour me traîner jusqu'à mon camp. J'ai sniffé une grande quantité d'héroïne, mais je reste malgré tout dans une colère noire contre la mouette. Puisque je n'ai pas réussi à l'attraper, pourquoi a-t-il fallu qu'elle se moque tant de moi ? Pourquoi ne s'est-elle pas envolée tout de suite ?

9 février

Je me suis amputé du pied droit et j'ai confectionné un pansement avec mon pantalon. Étrange. J'ai bavé pendant toute l'opération. Baaaavé. Comme lorsque j'ai vu la mouette. Bavé sans pouvoir me contrôler. Mais je me suis forcé à attendre la nuit tombée. J'ai compté à l'envers en partant de cent... vingt ou trente fois ! ha ! ha !

Alors...

Je n'ai pas cessé de me répéter : rosbif froid, rosbif froid, rosbif froid.

11 février (?)

Pluie pendant deux jours. Et vents violents. J'ai réussi à déplacer assez de rochers du monticule central pour aménager un trou dans lequel je peux m'abriter. Ai trouvé une petite araignée. L'ai écrasée entre mes doigts avant qu'elle ait pu s'échapper et l'ai mangée. Très agréable. Savoureux. Ai pensé que les rochers du dessus pourraient tomber et m'enterrer vivant. M'en suis foutu.

Étais « stoned » pendant toute la tempête. Peut-être qu'il a plu trois jours et non deux. Mais je pense qu'il a fait deux fois nuit. J'aime sommeiller. Plus aucune douleur ni démangeaison alors. Je sais que je vais survivre à tout ça. On ne peut pas endurer tout ça pour rien.

Il y avait un prêtre à Sainte-Famille quand j'étais môme, un avorton, qui parlait toujours d'enfer et de péchés mortels. C'était vraiment son dada. On ne peut pas racheter un péché mortel, c'était son avis. J'ai rêvé de lui la nuit dernière. Le père Hailley dans son peignoir de bain noir, avec son nez piqué par le whisky, brandissait vers moi un doigt accusateur en disant :

« Honte, honte à vous, Richard Pinzetti... un péché mortel... enfer et damnation mon garçon... enfer et damnation... »

Je me suis moqué de lui. Si l'enfer n'est pas ici, où est-il ? Et le seul péché mortel serait d'abandonner la partie.

Je délire la moitié du temps; l'autre moitié, mes moignons me démangent et l'humidité me fait horriblement souffrir.

Mais je ne vais pas craquer. Je le jure. Pas pour rien. Pas tout ça pour rien.

12 février

À nouveau du soleil, une belle journée. J'espère qu'ils se les gèlent dans mon quartier.

J'ai passé une bonne journée, aussi bonne que possible sur cette île. La fièvre qui me dévorait pendant la tempête semble être tombée. J'étais faible et tremblant lorsque j'ai rampé hors de mon terrier, mais après deux ou trois heures au soleil je me suis à nouveau senti presque humain.

Me suis traîné le long de la côte sud, ai trouvé quelques morceaux de bois rejetés par la tempête parmi lesquels plusieurs planches de mon canot de sauvetage. Sur certaines il y avait du varech et des algues. Je les ai mangés. Goût épouvantable. Comme celui d'un rideau de douche en vinyle. Mais je me suis senti bien plus solide cet après-midi.

Afin qu'il sèche, j'ai tiré le bois aussi haut que j'ai pu. J'ai encore un tube étanche plein d'allumettes. Je pourrai faire un feu de détresse si quelqu'un vient bientôt. Sinon je ferai cuire quelque chose avec. Bon, je vais aller sniffer un peu à présent.

13 février

Ai trouvé un crabe. L'ai tué et fait rôtir sur un petit feu. Ce soir, je pourrais à nouveau presque croire en Dieu.

14 fév

C'est ce matin seulement que j'ai remarqué que la tempête avait emporté presque toutes les pierres de mon message de détresse. Mais la tempête est finie depuis... trois jours ? J'ai vraiment plané tout ce temps ? Il faut que je fasse attention; que je réduise les doses. Et si un bateau est passé pendant que je somnolais ?

J'ai reformé les lettres mais il m'a fallu presque toute la journée et maintenant je suis vidé. Ai cherché un autre crabe là où j'avais trouvé le premier, mais rien. Me suis coupé les mains sur les pierres avec lesquelles j'ai écrit mon message, mais les ai vite désinfectées à l'iode malgré ma fatigue. Faut prendre soin de mes mains. À tout prix.

15 fév

Aujourd'hui une mouette s'est posée sur le monticule. S'est envolée avant que j'aie pu m'approcher assez près. Je l'ai vouée aux enfers, là où elle pourrait, pour l'éternité, crever à coups de bec les yeux du père Hailley.

Ha ! Ha !
Ha ! Ha !
Ha !

17 fév (?)

Coupé ma jambe droite au genou, mais perdu beaucoup de sang. Douleur insupportable malgré l'héroïne. Le choc traumatique aurait tué un autre homme que moi. Laissez-moi répondre par une question : *Quelle est la volonté réelle de survie du patient ?*

Mains tremblantes. Si elles me trahissent, je suis fichu. Elles n'ont pas le droit de me lâcher. Aucun droit. J'ai pris soin d'elles toute leur vie. Aux petits soins. Elles n'ont pas intérêt. Ou elles le regretteront.

Au moins, je n'ai pas faim.

Une des planches du canot s'était fendue par le milieu. Une extrémité devenue pointue. C'est ce que j'ai utilisé. Je salivais, mais je me suis forcé à attendre. Puis je me suis mis à penser à... oh, aux barbecues du bon vieux temps. Cette maison qu'avait Will Hammersmith sur Long Island, avec un barbecue assez grand pour y cuire un porc tout entier. Dans la semi-obscurité, nous nous asseyions sous le porche, un grand verre d'apéritif à la main, et nous discutions de techniques chirurgicales, de succès, de choses et d'autres. Et le vent se levait et portait jusqu'à nous le savoureux parfum du porc grillé. Judas-Iscariote, le savoureux parfum du porc grillé.

Fév (?)

Coupé l'autre jambe au genou. Somnolé toute la journée. « Docteur, l'opération était-elle vraiment nécessaire ? » Haha ! Mains tremblantes, comme un vieillard. L'ai mangée. Sang sous les ongles. Croûtes. Vous vous souvenez à l'école de médecine, cet écorché au ventre de verre ? J'ai l'impression d'être comme lui. Sauf que je ne veux pas regarder. Pas possible. Dom disait toujours ça. Vous étiez au coin d' la rue, y s'approchait de vous d'un pas joyeux dans son blouson du club des Rebelles de l'autoroute. Vous lui disiez : « Dom, tu l'as sautée ? » Et Dom répondait : « Pas possible. » Zut. Ce bon vieux Dom. J' voudrais tant être resté tout bêtement dans mon quartier. Tout ça c'est vraiment la merde, comme dirait Dom. Haha.

Mais vous savez, je crois qu'avec les soins appropriés et des prothèses, je pourrais redevenir flambant comme un sou neuf. Je pourrais revenir ici et dire aux gens : « C'est. Où tout ceci. Est arrivé. »

Hahaha !

23 février

Trouvé un poisson mort. Pourri et puant. L'ai mangé quand même. Avais envie de vomir, pouvais pas laisser faire ça. *Je vais survivre*. Plane complètement, les couchers de soleil.

Février

J'n'ose pas mais faut. Comment ligaturer si haut l'artère fémorale ? C'est aussi gros qu'une putain d' barrière de péage là-haut.

J'dois. J'ai tracé une ligne le long du haut de la cuisse, là où c'est encore charnu. Avec ce crayon.

Je voudrais pouvoir arrêter de saliver.

Fé

Tu... as droit... à un répit aujourd'hui... alooors... lève-toi et va... chez McDonald's... deux épaisseurs de viande... sauce spéciale... laitue... pickles... oignons... sur un... petit pain aux graines de sésame...

Tra... lala... lalaire...

Févvi

Ai regardé mon visage dans l'eau aujourd'hui. Un crâne recouvert de peau. Suis-je déjà fou ? Sûrement. Je suis un monstre maintenant, un phénomène. Plus rien en dessous de l'aine. Un phénomène. Une tête attachée à un torse se traînant sur le sable à l'aide des coudes. Un crabe. Un crabe *planant*. N'est-ce pas justement comme ça qu'ils se nomment eux-mêmes ? Hé, mon vieux, je ne suis qu'un pauvre crabe planant, t'as pas cent balles ?

Hahahaha

On dit qu'on est ce qu'on mange et dans CE CAS JE N'AI PAS CHANGÉ D'UN IOTA !

Mon Dieu choc traumatique choc traumatique LE CHOC TRAUMATIQUE N'EXISTE PAS

bAh

Fé/40 ?

Rêvé de mon père. Quand il était saoul il en oubliait son anglais. C'est pas qu'il ait eu grand-chose d'intéressant à dire de toute façon. Putain de débile. J'étais si heureux de foutre le camp de chez toi papa espèce de boule de graisse débile rien nullité zilcho zéro. Je savais que j'allais réussir. J'ai filé loin de toi, t'as vu ? Je marchais sur les mains.

Mais y n'auront plus rien à couper. Hier j'ai pris mes lobes d'oreilles

main gauche lave la droite ne laisse pas ta main gauche savoir ce que fait la droite une patate deux patates trois patates quatre notr' porte de frigo est assez grande pour quatre.

hahaha

Quelle importance, cette main-ci ou celle-là ? Bonne nourriture bonne viande bon Dieu mangeons.

des fingers[1], c'est bon comme des fingers

1. Petits gâteaux allongés en forme de doigt. *(N.d.T.)*

Le camion d'oncle Otto

Coucher tout ceci sur le papier m'apporte un grand soulagement.

Je ne dors plus très bien depuis que j'ai trouvé le cadavre de mon oncle Otto; certains jours je me suis même demandé si j'étais devenu fou – ou si j'allais le devenir. Tout aurait été certainement plus facile si l'objet lui-même n'était pas ici dans mon bureau, constamment à portée de mes regards et de ma main. Je ne veux ni le prendre ni le soupeser; je ne veux pas toucher ce truc. C'est pourtant ce que je fais parfois.

Si je ne l'avais pas emporté lorsque je me suis enfui de sa petite maison d'une seule pièce, je pourrais commencer à me persuader que tout cela n'a jamais été qu'une hallucination – création pure et simple d'un cerveau surmené et exalté. Mais il est là. Il pèse un certain poids. On peut le tenir dans la main.

Tout cela a vraiment eu lieu, voyez-vous.

Vous qui lirez ce mémoire, la plupart d'entre vous ne me croiront pas, non, à moins qu'une chose semblable ne leur soit déjà arrivée. Je pense cependant que votre adhésion et mon soulagement s'excluent mutuellement, aussi c'est bien volontiers que je vais raconter mon histoire. Vous en penserez donc ce que vous voudrez.

Tout récit macabre doit avoir une origine ou un secret. Le mien est doté des deux. Laissez-moi commencer par l'origine – je vais vous expliquer comment mon oncle Otto, qui était riche selon les critères du comté de Castle Rock, passa cependant les vingt dernières années de sa vie dans une maisonnette d'une seule pièce, sans eau, située sur une route non loin d'une petite ville.

Otto, l'aîné des cinq enfants Schenck, était né en 1905. Mon père, né en 1920, était le plus jeune. Né en 1955, je suis moi-même le plus jeune des enfants de mon père et, par conséquent, oncle Otto m'a toujours paru très vieux.

Comme un grand nombre d'Allemands laborieux, mon grand-père et ma grand-mère arrivèrent en Amérique munis d'un petit pécule. Mon grand-père s'installa à Derry à cause de l'industrie du bois qu'il connaissait un peu. Il réussit bien et ses enfants naquirent dans un milieu aisé.

Mon grand-père mourut en 1925. Oncle Otto, alors âgé de vingt ans, fut le seul enfant à recevoir tout son héritage. Il alla s'installer à Castle Rock et commença à spéculer dans l'immobilier. En cinq ans il s'enrichit dans le commerce des forêts et des terres. Il acheta une grande maison sur Castle Hill, engagea des domestiques et profita pleinement de son statut de jeune célibataire assez séduisant (« assez » seulement à cause de ses lunettes) et très beau parti. Personne ne le trouvait étrange. Ça n'a commencé que plus tard.

Il pâtit de la crise de 29 – pas autant que certains, mais pâtir c'est pâtir. Contre vents et marées, il s'accrocha à sa grande maison de Castle Hill, puis la vendit lorsqu'un terrain boisé qu'il désirait éperdument acquérir fut mis en vente à un prix dérisoire par la Compagnie du papier de la Nouvelle-Angleterre.

La Compagnie du papier de la Nouvelle-Angleterre existe encore aujourd'hui et si vous vouliez acheter de ses actions je vous conseillerais de ne pas hésiter. Mais, en 1933, la Compagnie mettait en vente d'énormes parcelles de terre à des prix sacrifiés, dans un effort ultime et désespéré pour maintenir l'affaire à flot.

Quelle était exactement l'étendue de cette terre que convoitait mon oncle ? Le fabuleux contrat original a été perdu et les versions diffèrent... mais toutes pourtant s'accordent à reconnaître qu'elle faisait au moins quatre mille acres. Si sa plus grande partie était située sur Castle Rock, le domaine s'étendait jusqu'à Waterford et Harlow. Lorsqu'elle décida de le mettre sur le marché, la Compagnie offrit l'ensemble pour environ deux dollars et demi l'acre... à condition que l'acheteur prenne le tout.

Ça mettait le total à dix mille dollars à peu près. Oncle Otto ne pouvait réunir une telle somme, alors il trouva un partenaire – un Yankee du nom de George McCutcheon. Si vous vivez en Nouvelle-Angleterre vous connaissez certainement ce nom, Schenck et McCutcheon; la société a été rachetée il y a longtemps déjà, mais on trouve encore des quincailleries Schenck et McCutcheon dans une quarantaine de villes de Nouvelle-Angleterre et des chantiers de scieries Schenck et McCutcheon de Central Falls à Derry.

McCutcheon était un grand gaillard à grosse barbe noire. Comme mon oncle Otto, il portait des lunettes. Comme oncle Otto aussi, il avait hérité d'une certaine somme d'argent. Ça devait être une somme assez conséquente, car oncle Otto et lui réussirent sans problème à conclure l'achat de cette terre. Dans le fond, c'étaient l'un et l'autre des forbans et ils s'entendaient assez bien. Leur association dura vingt-deux ans – en fait, jusqu'à l'année de ma naissance – et ils ne connurent que la prospérité.

Mais tout commença avec l'achat de ces quatre mille acres. Avec le camion de McCutcheon – celui-ci au volant la moitié du temps, oncle Otto le relayant le reste du temps – ces deux jeunes gens, soudain promus au rang de propriétaires terriens de la Nouvelle-Angleterre au plein cœur de la grande dépression, explorèrent leurs terres, sillonnèrent les routes forestières et les pistes des défibreurs, presque toujours en première, trépidant sur les planches et soulevant des gerbes d'eau quand ils passaient dans les fondrières.

J'ignore où McCutcheon avait déniché ce camion. C'était un Cresswell, si ça vous intéresse – un modèle qui ne se fait plus. Il avait une énorme cabine rouge vif, de larges marchepieds et un démarreur électrique, mais si le démarreur présentait des défaillances, on pouvait utiliser la manivelle – quoique celle-ci fût toujours susceptible de revenir en arrière et de vous casser l'épaule si votre attention se relâchait. La carlingue à ridelles faisait six mètres de long, mais ce qui m'a le plus marqué dans ce camion c'est son museau. Comme la cabine, il était rouge sang. Pour parvenir au moteur il fallait soulever deux panneaux d'acier, un de chaque côté. Le radiateur était placé aussi haut que la poitrine d'un homme adulte. C'était un engin laid et monstrueux.

Le camion de McCutcheon tombait en panne, on le réparait, il tombait à nouveau en panne et de nouveau on le réparait. Lorsqu'il expira tout à fait, il le fit d'une façon spectaculaire. Comme le cabriolet à un seul cheval du poème d'Holmes.

Un beau jour de 1953, McCutcheon et oncle Otto

– tous deux « complètement bourrés », de l'aveu même d'oncle Otto – gravissaient la Black Henry Road. Oncle Otto rétrograda en première pour grimper Trinity Hill. Jusque-là, aucun problème, mais, saoul comme il l'était, il ne pensa jamais à passer ses vitesses pour redescendre de l'autre côté. Le vieux moteur fatigué du Cresswell surchauffa. Ni oncle Otto ni McCutcheon ne virent l'aiguille passer dans la zone rouge, sur la lettre C du côté droit du cadran. Au pied de la colline une explosion déploya les côtés articulés du compartiment moteur comme les ailes d'un dragon rouge. Le bouchon du radiateur monta en chandelle dans le ciel d'été. De la vapeur s'échappa en panache comme du Old Faithful[1]. L'huile jaillit, inondant le pare-brise. Oncle Otto écrasa la pédale de frein mais le Cresswell avait pris depuis près d'une année la mauvaise habitude de perdre son liquide de freins et la pédale s'enfonça sans effet jusqu'au plancher. Mon oncle ne voyait plus où il allait; il quitta la route, alla d'abord dans un fossé puis hors du fossé. Si le Cresswell avait calé tout cela n'aurait pas été bien grave. Mais le moteur continua à tourner et fit sauter un piston puis deux autres comme des pétards du 4 Juillet. Oncle Otto racontait que l'un d'eux avait, en sifflant, traversé sa porte qui s'était effondrée. Le trou était de la taille d'un poing. Ils s'arrêtèrent enfin dans un pré envahi de gerbes d'or. Ils auraient pu profiter d'une vue magnifique sur les White Mountains si le pare-brise n'avait été couvert d'huile Diamond Gem.

Ce fut le dernier round pour le Cresswell de McCutcheon; il ne bougea jamais plus de ce pré.

1. Célèbre geyser dans l'État du Wyoming. *(N.d.T.)*

Ça ne provoqua aucune indignation de la part du propriétaire; le pré bien sûr appartenait aux deux hommes. Considérablement dégrisés par l'aventure, ils sortirent pour inspecter les dégâts. Aucun des deux n'avait de connaissances en mécanique, mais elles n'étaient pas nécessaires pour diagnostiquer une blessure mortelle. Oncle Otto fut très éprouvé – en tout cas c'est ce qu'il raconta à mon père – et offrit de dédommager son ami. George McCutcheon lui demanda d'arrêter ses bêtises. McCutcheon était en fait dans une sorte d'extase. Il avait jeté un coup d'œil au pré, à la vue qu'il offrait sur les montagnes, et avait décidé qu'il construirait là la maison dans laquelle il se retirerait le moment venu. Il l'annonça à oncle Otto sur le ton réservé en général aux conversations religieuses. Ils regagnèrent ensemble la route et retournèrent à Castle Rock dans le camion du boulanger Cushman qui passait par là. McCutcheon expliqua à mon père qu'il fallait voir dans tout cela la main de Dieu – il l'avait si souvent cherché, l'endroit idéal, et de toute éternité il était là, dans ce pré devant lequel, sans jamais y jeter un regard, ils passaient trois ou quatre fois par semaine. La main de Dieu, répéta-t-il, sans savoir qu'il mourrait dans ce champ deux ans plus tard, écrasé par l'avant de son propre camion – le camion qui, après sa mort, devint celui d'oncle Otto.

McCutcheon demanda à Billy Dodd d'accrocher sa dépanneuse au Cresswell et de tirer celui-ci face à la route. Afin, expliqua-t-il, de pouvoir le voir, à chaque fois qu'il passerait par là et de se rappeler que, lorsque Dodd le tirerait à nouveau et l'emporterait pour de bon, ce serait pour que les ouvriers puissent venir creuser. Il était du genre sentimental mais pas assez cependant pour ne pas saisir l'occasion de gagner un dollar quand celle-ci se présentait. Lorsqu'un défibreur nommé Baker se présenta un an plus tard et offrit d'acheter les roues et les pneus du Cresswell car ils convenaient parfaitement à son derrick, McCutcheon accepta sans hésitation les vingt dollars du bonhomme. Il était pourtant, ne l'oubliez pas, à la tête d'une fortune de plus d'un million de dollars. Il n'omit pas de recommander à Baker de placer le camion sur cales. Il expliqua qu'il ne voulait pas passer devant et le voir enfoui sous les herbes, les fléoles des prés et les gerbes d'or comme une vieille ruine; Baker respecta ce souhait. Un an plus tard le Cresswell dégringola des cales et écrasa McCutcheon. Les anciens racontaient l'histoire avec ravissement et concluaient toujours en disant qu'ils espéraient que ce sacré Georgie McCutcheon avait bien profité des vingt dollars qu'il avait tirés de ses roues.

J'ai passé mon enfance à Castle Rock. Quand je suis né mon père travaillait pour Schenck et McCutcheon depuis presque dix ans et le camion, passé aux mains d'oncle Otto comme tous les autres biens de McCutcheon, fut un point de repère important dans ma vie. Ma mère faisait ses courses chez Warren à Brighton et devait, pour s'y rendre, emprunter la Black Henry Road. Ainsi, à chaque voyage passions-nous devant le camion qui gisait là, avec les White Mountains en toile de fond. Il n'était plus sur cales – oncle Otto avait dit qu'un accident suffisait – mais la simple pensée de ce qui s'était passé était assez pour provoquer les frissons d'un petit garçon en culottes courtes.

Il était là en été; il y était en automne, entouré de chênes et d'ormes qui flamboyaient comme des torches sur trois côtés du champ; en hiver, où des amoncellements de neige qui atteignaient le niveau de ses phares le faisaient ressembler à un mastodonte luttant pour se dégager de sables mouvants blancs; au printemps, lorsque le pré n'était plus qu'un bourbier et qu'on se demandait s'il n'avait pas disparu sous terre. C'est peut-être d'ailleurs ce qui se serait passé s'il n'y avait pas eu cette couche de bonne roche du Maine. Traversant saisons et années il était là.

Une fois je suis même monté dedans. Un jour en effet, comme nous nous rendions à la foire de Fryeburg, mon père s'arrêta sur le bord de la route, me prit par la main et me conduisit jusqu'au champ. J'avais entendu raconter comment il avait glissé en avant et avait écrasé l'associé de mon oncle. C'est chez le coiffeur, caché aussi discrètement qu'une souris derrière *Life Magazine* que je ne savais pas lire, que j'avais écouté ces hommes expliquer comment il avait été écrasé et combien ils espéraient que ce sacré Georgie avait bien profité des vingt dollars que lui avaient rapportés ces roues. L'un d'eux – c'était peut-être Billy Dodd, le père de Franck le Fou – ajouta que McCutcheon ressemblait à « une citrouille écrabouillée par la roue d'un tracteur ». Ça m'avait hanté pendant des mois... mais bien entendu, mon père l'ignorait.

Mon père avait cru que je serais heureux de m'asseoir dans la cabine de ce vieux camion; il avait remarqué de quelle manière je le regardais à chaque fois que nous passions devant, prenant je suppose ma terreur pour de l'admiration.

Je me souviens des gerbes d'or, dont le jaune éclatant était terni par le froid d'octobre. Je me souviens de la grisaille de l'air, un peu amer, un peu âpre, et de l'allure argentée de l'herbe morte; je me souviens du *whisssh-whisssh* de nos pas. Mais ce dont je me souviens le mieux c'est du camion dressé devant nous, de plus en plus gros, des dents menaçantes de son radiateur, du rouge sang de sa peinture, du regard trouble de son pare-brise. Je me souviens de la peur qui m'envahit en une vague plus froide et plus grise que le goût de l'air lorsque mon père, me saisissant sous les bras, me hissa jusqu'à la cabine et me dit : « Conduis-le jusqu'à Portland, Quentin… vas-y ! » Je me souviens du souffle d'air sur mon visage au fur et à mesure que je montais, et puis de cette sensation fraîche, à laquelle s'était substituée l'odeur de vieille huile Diamond Gem, de cuir déchiré, de crottes de souris et… je le jure… de sang. Je me rappelle avoir désespérément essayé de ne pas pleurer pendant que mon père me souriait, convaincu qu'il m'offrait une sacrée émotion (et c'était vrai, mais pas dans le sens où il le pensait). J'eus alors la certitude qu'il allait m'abandonner là, ou tout au moins tourner le dos et que ce camion allait me manger, me dévorer tout vif. Et que ce qu'il recracherait aurait l'air mâchonné et cassé et… et éclaté. Comme une citrouille écrabouillée par la roue d'un tracteur.

Je fondis en larmes et mon père qui était le meilleur des hommes me redescendit, me consola et me ramena à la voiture.

Il me porta dans ses bras et je regardai par-dessus son épaule le camion qui disparaissait dans le lointain, là au milieu du champ, son énorme radiateur menaçant, le trou sombre où s'enfonçait la manivelle ressemblant à l'orbite d'un œil horriblement placé, et j'avais envie de lui dire que j'avais senti l'odeur du sang et que c'était pour ça que j'avais pleuré. Je ne savais pas comment le lui expliquer. Je pense que de toute façon il ne m'aurait pas cru.

Comme un petit garçon de cinq ans qui croit encore au Père Noël, à la petite souris et au père Fouettard, je croyais aussi que l'affreuse sensation d'effroi qui m'avait submergé quand mon père m'avait hissé dans la cabine du camion venait du camion *lui-même*. Il me fallut vingt-deux ans pour décider que ce n'était pas le Cresswell qui avait assassiné George McCutcheon; que c'était mon oncle Otto.

Le Cresswell était un point de repère dans ma vie, mais il appartenait aussi à l'inconscient collectif de toute la région. Si vous expliquiez à quelqu'un comment se rendre de Brighton à Castle Rock, vous lui disiez qu'il était sur la bonne route si à environ cinq kilomètres après l'embranchement avec la route 11 il apercevait un vieux camion rouge à gauche dans un pré herbeux. Des touristes se garaient souvent sur le bord de la route (ils restaient parfois embourbés là, ce qui nous offrait une bonne occasion de rire) pour prendre des photos des White Mountains avec le camion d'oncle Otto au premier plan pour la note pittoresque – pendant longtemps mon père appela le Cresswell « le haut lieu touristique de Trinity Hill » mais au bout d'un moment il arrêta. L'obsession d'oncle Otto était devenue trop forte pour que ce soit encore drôle.

Voilà pour l'origine. Et maintenant passons au secret. Qu'il ait tué McCutcheon, j'en suis absolument certain. « Écrabouillé comme une citrouille », avaient dit les sages du salon de coiffure. L'un d'entre eux avait ajouté : « J'parie qu'il était à g'noux d'vant c'camion, en train d'prier comm' un d'ces Arab' graisseux priant Arlah. J'peux vraiment m' l'imaginer com'ça. Y z'étaient cinglés, tous les deux, vous savez. Si vous m' croyez pas, r'gardez comment qu'il a fini Otto Schenck. Just' de l'aut' côté d'la dans c'te p'tit' maison qu'y voulait donner à la ville pour faire une école, et aussi fou qu'un rat dans une chiotte. »

Tout ceci accueilli par des signes d'approbation et des regards entendus, parce que tous pensaient *alors* qu'oncle Otto était assez bizarre – ouh là là ! – mais pas un de ces sages du salon de coiffure n'avait été fichu de réaliser que cette vision – McCutcheon à genoux devant le camion « comme un d' ces Arab' priant Arlah » était aussi douteuse qu'extravagante.

Les ragots vont toujours bon train dans les petits villages; voleurs, adultères, braconniers, escrocs, autant de qualificatifs décernés sur la foi du plus mince témoignage ou des déductions les plus farfelues. La plupart du temps, d'après moi, ces racontars n'ont pas d'autre origine qu'un profond ennui. Ce qui leur évite de tomber dans la vraie méchanceté – telle qu'on la rencontre chez la plupart des romanciers qui ont dépeint les petites villes, depuis Nathaniel Hawthorne jusqu'à Grace Metalious – c'est que la plupart de ces commérages, au téléphone, à l'épicerie ou chez le coiffeur, sont d'une naïveté singulière – comme si les gens pouvaient bien imaginer la méchanceté et la bêtise chez les autres mais étaient incapables de voir le mal délibéré quand il flottait juste devant leurs yeux comme le tapis magique sorti du conte d'un de ces Arab' graisseux.

Comment est-ce que je peux savoir qu'il l'a fait ? vous demandez-vous. Uniquement parce qu'il était avec McCutcheon ce jour-là ? Non. À cause du camion. Le Cresswell. Quand son obsession a commencé à l'envahir tout à fait, mon oncle s'est installé en face, dans cette minuscule maison... même si les dernières années de sa vie, il avait une peur atroce de ce camion échoué de l'autre côté de la rue.

Je pense qu'oncle Otto attira McCutcheon dans le pré où le camion reposait sur ses cales sous prétexte de le faire parler de sa future maison et de sa retraite toute proche. Une société beaucoup plus importante que la leur leur avait fait une excellente offre d'achat – je ne vous dirai pas son nom, mais si je vous le disais, il est certain que vous la connaîtriez – et McCutcheon voulait accepter. Oncle Otto n'était pas d'accord. Une lutte pacifique avait lieu entre eux depuis le printemps. Je pense que c'est ce différend qui décida oncle Otto à se débarrasser de son associé.

Il avait dû préparer son coup de deux façons : d'abord en déséquilibrant les cales sur lesquelles reposait le camion, ensuite en posant quelque chose sur le sol ou peut-être en le fichant dans le sol, juste devant le camion, là où McCutcheon ne pourrait manquer de le voir.

Quelle sorte de chose ? Je l'ignore. Un objet brillant. Un diamant ? Un simple morceau de verre brisé ? Ça n'a pas d'importance. Il clignote et étincelle sous le soleil. McCutcheon le voit peut-être. Sinon, vous pouvez être certain qu'oncle Otto le lui montre. *Qu'est-ce que c'est qu' ce truc ?* demande-t-il. *J'sais pas,* répond McCutcheon en se précipitant.

McCutcheon tombe à genoux devant le Cresswell, exactement comme l'un de ces Arab' priant Arlah, il essaie de dégager l'objet du sol pendant que mon oncle contourne discrètement l'arrière du camion. Une bonne poussée et voilà l'engin qui s'effondre en écrasant l'associé de mon oncle. En l'écrabouillant comme une citrouille.

Je pense qu'il était trop filou pour mourir sur le coup. Je l'imagine allongé sous le mufle incliné du Cresswell, du sang coulant à flots de son nez, de sa bouche et de ses oreilles, le visage aussi blanc qu'une feuille de papier, les yeux ténébreux, plaidant auprès de mon oncle pour obtenir de l'aide, pour obtenir de l'aide très rapidement. Plaidant... puis suppliant... et finalement couvrant mon oncle de malédictions, lui promettant qu'il l'aurait, qu'il le tuerait, qu'il l'achèverait... pendant que mon oncle reste là, à regarder, mains dans les poches, jusqu'à ce que tout soit terminé.

C'est peu après la mort de McCutcheon que mon oncle se mit à agir d'une façon que les sages du salon de coiffure qualifièrent de curieuse... puis de singulière... et enfin de « foutrement bizarre ». Des bizarreries qui lui valurent finalement d'être déclaré, dans l'argot imagé du salon de coiffure, « aussi fou qu'un rat dans une chiotte » apparurent au fil du temps – mais tout le monde s'accorde à dire qu'elles commencèrent peu après la mort de McCutcheon.

En 1965, oncle Otto fit construire une petite maison d'une seule pièce en face du terrain sur lequel se trouvait le camion. Tout le monde se demanda ce que le vieil Otto Schenck pouvait bien avoir l'intention de faire sur la Black Henry près de Trinity Hill, mais la surprise fut totale quand oncle Otto donna la touche finale à son bâtiment en demandant à Chuckie Barger de le couvrir d'une couche de peinture rouge puis annonça qu'il en faisait cadeau à la ville – une belle école neuve, expliqua-t-il, et tout ce qu'il demandait c'était qu'on lui donnât le nom de son associé décédé.

Les notables de Castle Rock en furent abasourdis. Tous les autres aussi. Presque tout le monde dans la petite bourgade avait fréquenté une école à classe unique (ou pensait qu'il en avait été ainsi, ce qui revient pratiquement au même). Mais, en 1965, il n'y avait plus aucune école à classe unique à Castle Rock. La dernière, celle de Castle Ridge, avait été fermée l'année précédente. Elle abrite désormais la

« Pizzaville » de Steve là-bas sur la route 117. La ville avait alors une nouvelle école en verre et parpaing sur le terrain communal et un beau lycée tout neuf rue Carbine. Cette offre excentrique fit passer d'un seul coup oncle Otto du qualificatif de « curieux » à celui de « foutrement bizarre ».

Les notables lui envoyèrent une lettre (aucun d'entre eux n'eut vraiment le courage d'aller le voir en personne) dans laquelle ils le remerciaient gentiment en espérant qu'il penserait de nouveau à la ville dans le futur, mais refusaient la petite école en expliquant que les besoins éducatifs des enfants étaient déjà amplement satisfaits. Oncle Otto entra dans une colère noire. Ne pas oublier la ville dans le futur ? tonna-t-il devant mon père. Il allait vraiment se souvenir d'eux, mais pas comme ils le souhaitaient. *Lui,* il n'était pas né de la dernière pluie. Il appelait un chat un chat et les gens de cette ville, de sinistres crétins. Et s'ils voulaient jouer à qui pisserait le plus loin, il leur montrerait qu'il pouvait pisser comme un putois qui vient de boire un tonneau de bière.

– Et à présent, que vas-tu faire ? lui demanda mon père.

Ils étaient assis à la maison autour de la table de la cuisine. Ma mère était allée coudre au premier. Elle disait qu'elle n'aimait pas oncle Otto; qu'à le sentir on avait l'impression – que ce soit vrai ou non – qu'il ne se baignait qu'une fois par mois – « et il est riche ! » ajoutait-elle en se pinçant les narines. Je pense que son odeur la gênait vraiment mais qu'elle avait surtout peur de lui. Dès 1965, oncle Otto avait commencé à adopter une apparence aussi foutrement bizarre que son comportement. Il se baladait vêtu d'un pantalon de travail vert retenu par des bretelles, d'une chemise de corps en thermolactyl et de grosses chaussures de chantier jaunes. Ses yeux roulaient dans leurs orbites lorsqu'il parlait.

– Hein ?

– Alors, qu'est-ce que tu vas en faire ?

– M'installer dans c'te putain d' baraque, s'écria oncle Otto sur un ton brusque.

Et c'est ce qu'il fit.

L'histoire de ses dernières années est vite résumée. Il souffrit de ce genre de folie effrayante dont les journaux à sensation nous offrent régulièrement l'illustration. *Le millionnaire meurt de malnutrition dans son taudis. La vieille mendiante était riche, révèle la banque. Un ancien magnat de la banque s'éteint abandonné de tous.*

Il emménagea dans la petite maison rouge – dont la couleur au fil des années passa et se changea en un rose terne – dès la semaine suivante. Aucun des arguments de mon père ne parvint à l'en dissuader. Un an plus tard il vendit l'affaire qui l'avait, je crois, poussé au meurtre. Ses excentricités s'étaient multipliées mais son sens du commerce ne l'avait pas abandonné et il réalisa un joli profit – un profit stupéfiant devrais-je plutôt dire.

Ainsi, mon oncle, dont la fortune s'élevait certainement à plus de sept millions de dollars, vivait-il dans cette petite construction sur la Black Henry Road. La maison qu'il possédait en ville était fermée à clé, volets clos. Il était alors passé de « foutrement bizarre » à « fou comme un rat dans une chiotte ». L'étape suivante est d'ordinaire marquée par une expression plus plate, moins colorée, mais nettement plus inquiétante : « dangereux, peut-être ». Elle est souvent suivie d'un internement.

À sa façon, bien que je doute qu'aucun touriste ait jamais voulu prendre sa photo, oncle Otto fit partie du paysage tout comme le camion échoué de l'autre côté de la route. Il s'était laissé pousser une barbe qui tirait sur le jaune comme si elle avait été contaminée par la nicotine de ses cigarettes. Il avait énormément grossi. Ses bajoues pendouillaient en deux fanons ridés incrustés de crasse. On pouvait souvent le voir debout sur le seuil de sa drôle de petite maison, immobile, observant la route et l'autre côté.

Observant le camion – *son* camion.

Quand oncle Otto cessa de se rendre en ville, mon père se chargea de son ravitaillement pour l'empêcher de mourir de faim. Il lui apportait chaque semaine des vivres qu'il payait de sa propre poche, car oncle Otto ne lui remboursait jamais rien – cette idée ne l'effleurait même pas, je suppose. Papa mourut deux ans avant oncle Otto dont tout l'argent fut finalement légué au département Forêt de l'université du Maine. D'après ce que je sais ils furent enchantés. Avec une telle somme, c'était bien le moins.

Quand j'eus obtenu mon permis, en 1972, je lui portai souvent son ravitaillement hebdomadaire. Au début, il me dévisageait avec une méfiance bornée, mais au bout d'un moment il se dégela. C'est trois ans plus tard, en 1975, qu'il me confia pour la première fois que le camion rampait vers la maison.

Cette année-là je fréquentais l'université du Maine, mais j'étais revenu à la maison pour l'été et j'avais repris l'habitude de porter chaque semaine ses provisions à oncle Otto. Il restait assis à sa table, une cigarette à la bouche, me regardait ranger les boîtes de conserve et écoutait mon bavardage. J'avais l'impression qu'il avait peut-être oublié qui j'étais... ou du moins faisait semblant. Une fois, alors que je m'avançais vers la maison, il m'avait glacé jusqu'au sang en s'écriant par la fenêtre :

– C'est toi, George ?

Un certain jour de juillet 1975 il interrompit mon bavardage insignifiant et me demanda avec une âpre brusquerie :

– Qu'est-ce que tu penses de ce camion là-bas, Quentin ?

Cette brutalité fit jaillir une réponse honnête :

– Quand j'avais cinq ans, j'ai mouillé mon pantalon dans sa cabine, répondis-je. Je crois que j'en ferais autant si j'y remontais aujourd'hui.

Oncle Otto éclata d'un rire bruyant et interminable. Je me tournai vers lui et le regardai avec étonnement. Je ne me souvenais pas de l'avoir déjà entendu rire. Il fut interrompu par une longue quinte de toux qui le fit virer au rouge écarlate. Alors il me dévisagea, les yeux étincelants.

– De plus en plus proche, Quent, me dit-il.

– Quoi, oncle Otto ? demandai-je.

Je pensais qu'il avait fait un de ses fameux coq-à-l'âne – peut-être voulait-il parler de Noël, du prochain millénaire ou du retour du Christ-Roi.

– Ce camion sournois, répondit-il en me regardant avec un air de confidence calme et borné que je n'aimais guère. L'est de plus en plus proche chaque année.

– Vraiment ? demandai-je avec circonspection, pensant qu'il s'agissait là d'une nouvelle idée particulièrement déplaisante.

Je jetai un coup d'œil de l'autre côté de la route au Cresswell qui émergeait des hautes herbes sur fond de White Mountains... L'espace d'une fraction de seconde je crus devenir fou : il me parut vraiment plus proche. Je clignai des yeux et l'illusion s'évanouit. Le camion se trouvait exactement là où il avait toujours été.

– Oh, ouais, dit-il. L'est de plus en plus proche chaque année.

– Ben mince, peut-être as-tu besoin de lunettes. Je ne peux pas voir la moindre différence, oncle Otto.

– Bien sûr que tu peux pas ! s'écria-t-il brusquement. Tu peux pas voir non plus la grosse aiguille de ta montre avancer, n'est-ce pas ? Les êtres sournois avancent toujours trop lentement pour qu'on puisse les voir... à moins qu'on ne les quitte pas des yeux. Exactement comme je le fais avec le camion.

Il m'adressa un clin d'œil qui me fit frissonner.

– Pourquoi avancerait-il ? demandai-je.

– Y veut ma peau, voilà pourquoi, répondit-il. Y m'a dans la tête, ouais, c'est ça qu'il a. Un d'ces jours y va débouler ici, et ça s'ra la fin. Y m'écras'ra comme Mac, et ça s'ra la fin.

Tout ceci m'effraya pas mal – ce qui m'effraya le plus c'était je crois le ton raisonnable sur lequel il avait parlé. Les jeunes répondent en général à la peur en prodiguant de sages conseils ou en feignant la désinvolture.

– Faut retourner habiter en ville, si ça vous inquiète, oncle Otto, lui dis-je, et vous n'auriez jamais soupçonné au timbre de ma voix que mon dos était couvert de chair de poule.

Il tourna les yeux vers moi... puis vers le camion, de l'autre côté de la route.

– J' peux pas, Quentin, répondit-il. Un homme doit parfois rester là où il est, à attendre ce qui doit se produire.

– Attendre quoi, oncle Otto ? demandai-je tout en sachant qu'il voulait sans doute parler du camion.

– Le destin, dit-il avec un nouveau clin d'œil... mais il avait l'air effrayé.

En 1979, mon père attrapa une maladie des reins qui après le court intermède d'un apparent répit l'emporta finalement. Pendant les nombreuses visites que je lui rendis cet automne-là à l'hôpital, nous parlâmes souvent d'oncle Otto. Il avait quelques doutes sur ce qui s'était vraiment passé en 1955 – de légers soupçons qui furent à l'origine des soupçons sérieux que je nourris par la suite. Mon père ignorait à quel point l'obsession d'oncle Otto pour le camion s'était aggravée. Moi, non. Le vieil homme restait presque toute la journée sur le seuil à observer l'engin. À l'observer comme un homme regarderait sa montre pour voir avancer la grande aiguille.

Dès 1981, oncle Otto avait perdu ses derniers boulons. Plus pauvre que lui aurait été interné depuis longtemps, mais, dans une petite ville, des millions en banque peuvent faire pardonner une grande folie – surtout si bon nombre de gens pensent qu'il y a peut-être quelque chose pour la municipalité dans le testament du pauvre fou. Malgré tout, en 1981, on commençait à parler sérieusement de faire interner oncle Otto pour son propre bien. L'expression plate et implacable « dangereux, peut-être » avait commencé à supplanter « fou comme un rat dans une chiotte ». Il s'était mis à uriner sur le bord de la route au lieu d'aller derrière la maison dans les bois où se trouvaient ses cabinets. Tout en se soulageant, il brandissait parfois le poing en direction du Cresswell et nombreux furent ceux qui, passant par là en voiture, pensèrent que les menaces d'oncle Otto s'adressaient à *eux*.

Le camion sur fond des pittoresques White Mountains, c'était une chose; oncle Otto pissant sur le bord de la route avec ses bretelles qui pendaient sur ses genoux, c'en était une autre. Ça n'avait rien de très attrayant pour les touristes.

À cette époque, lorsque je livrais à oncle Otto ses provisions hebdomadaires, je portais plus souvent un complet-veston que le blue-jean qui avait été ma seule tenue tout au long de mes études à l'université – cependant, je le livrais toujours. J'essayai de le convaincre qu'il devait cesser de se soulager sur le bord de la route, tout au moins pendant l'été, quand tous ceux du Michigan, du Missouri ou de Floride qui passaient par là pouvaient le voir.

Je n'y parvins jamais. Il ne pouvait en aucun cas se soucier de choses aussi insignifiantes quand il avait à s'occuper du camion. Son inquiétude au sujet de l'engin était devenue une véritable manie. Il prétendait à présent que celui-ci s'était installé de son côté de la route – au beau milieu de son jardin, en fait.

– La nuit dernière je me suis réveillé aux environs de 3 heures et il était là, juste derrière la fenêtre, Quentin, me raconta-t-il un jour. J' l'ai vu là, avec le clair de lune qui brillait sur son pare-brise, à moins de deux mètres de l'endroit où j'étais couché, et mon cœur s'est presque arrêté de battre. Il s'est presque *arrêté,* Quentin.

Je le conduisis dehors et lui montrai du doigt le Cresswell, là où il avait toujours été, de l'autre côté de la route, dans le pré où McCutcheon avait prévu de bâtir une maison. Ça ne changea rien.

– C'est *ta* perception des choses, mon garçon, répliqua-t-il avec un mépris farouche et total; une cigarette tremblait dans sa main, ses yeux roulaient dans leurs orbites. C'est *ta* perception des choses.

– Oncle Otto, répondis-je en tentant de faire de l'esprit, ma perception devient la chose elle-même.

On aurait dit qu'il n'avait pas entendu.

– Il a failli avoir ma peau, le copain, murmura-t-il.

Je frissonnai. Il n'avait pas l'air fou. Pitoyable, oui, et terrifié, certainement... mais pas fou. Je me souvins alors de mon père me hissant dans la cabine de ce camion. Je me souvins de l'odeur d'huile, de cuir... et de sang.

– Il a failli avoir ma peau, répéta-t-il.

C'est exactement ce qui arriva trois semaines plus tard.

C'est moi qui le retrouvai. C'était un mercredi soir et comme presque tous les mercredis soir, je m'étais rendu là-bas avec deux sacs de vivres sur le siège arrière. Il faisait chaud et lourd. De temps à autre le tonnerre grondait au loin. Au volant de ma Pontiac sur la Black Henry Road, je me rappelle m'être senti nerveux et avoir été sûr que d'une façon ou d'une autre quelque chose allait se produire, mais j'essayai de me convaincre qu'il ne s'agissait que des effets des basses pressions atmosphériques.

Je pris le dernier virage et, au moment où j'aperçus la petite maison de mon oncle, j'eus la plus étrange des hallucinations – pendant un instant je crus que ce damné camion *était* vraiment sur le seuil, énorme et lourdaud avec sa peinture rouge et ses ridelles pourries. Je voulus freiner, mais avant même que mon pied se fût posé sur la pédale, je clignai des yeux et l'illusion disparut. Mais je savais qu'oncle Otto était mort. Pas de trompettes, pas de signal lumineux; une simple certitude, comme savoir où se trouve un meuble dans une pièce familière.

Je me garai en hâte, sortis de la voiture et me précipitai vers la maison sans me donner la peine de décharger le ravitaillement.

La porte était ouverte – il ne la fermait jamais à clé. Un jour je lui avais demandé pourquoi et il m'avait expliqué, patiemment, comme on expliquerait à un niais un fait d'une totale évidence, que fermer la porte à clé n'aurait pas empêché le Cresswell d'entrer.

Il était allongé sur son lit qui se trouvait sur la gauche de l'unique pièce – le coin-cuisine étant à droite. Il gisait là, dans son pantalon vert et sa chemise de corps en thermolactyl, les yeux ouverts et vitreux. Je ne pense pas que sa mort ait remonté à plus de deux heures. Il n'y avait ni mouches ni odeur alors qu'il régnait une chaleur torride.

– Oncle Otto ? dis-je doucement sans attendre de réponse – on ne gît pas sans raison sur un lit, les yeux ouverts et exorbités comme ça.

Si j'éprouvai un quelconque sentiment, c'était du soulagement. C'était fini.

– Oncle Otto ? demandai-je encore en m'approchant de lui. Oncle...

Je m'arrêtai en remarquant combien le bas de son visage était étrangement déformé – combien il était enflé et tordu. Ses yeux n'étaient pas simplement fixes, mais ils *lançaient des éclairs* dans leurs orbites. Ils ne regardaient pas vers la porte ou vers le plafond. Ils étaient renversés vers la petite fenêtre au-dessus du lit.

Je me suis éveillé la nuit dernière vers 3 heures et il était là, juste devant ma fenêtre, Quentin. Il a failli avoir ma peau.

Écrabouillé comme une citrouille, avais-je entendu dire aux sages du salon de coiffure pendant que je faisais semblant de lire *Life Magazine* au milieu des odeurs de crèmes Vitalis et Wildroot.

Il a failli avoir ma peau, Quentin.

Il régnait une forte odeur dans la pièce – pas une odeur de salon de coiffure, et pas seulement la puanteur d'un vieillard sale.

Il y avait une odeur d'huile, comme dans un garage.

– Oncle Otto ? murmurai-je, et au fur et à mesure que je m'approchais du lit sur lequel il gisait j'eus l'impression de diminuer, pas seulement en taille, mais en âge... j'avais à nouveau vingt ans, quinze, dix, huit, six... et finalement cinq.

Je vis ma menotte tremblante s'approcher de son visage bouffi. Au moment où je pris son visage dans le creux de ma main, je levai les yeux et vis le pare-brise éblouissant du Cresswell qui occupait toute la fenêtre – et quoique ce ne fût que pour un instant, je jurerais sur la Bible qu'il ne s'agissait pas d'une hallucination. Le Cresswell était là, à la fenêtre, à moins de deux mètres de moi.

J'avais placé mes doigts sur l'une des joues d'oncle Otto, mon pouce sur l'autre, pour examiner, je pense, cette étrange boursouflure. Lorsque je vis le camion à la fenêtre, je crispai la main et tentai de fermer le poing, oubliant que je tenais le bas du visage du cadavre.

À cet instant, le camion disparut de la fenêtre comme de la fumée – ou comme le fantôme qu'il était sans doute. Au même instant, j'entendis un horrible *giclement*. Un liquide chaud me remplit la main. Je baissai les yeux, sentant non seulement de la chair molle et de l'humidité, mais quelque chose de dur et angulaire. Je baissai les yeux et vis, et c'est alors que je commençai à hurler. De l'huile coulait à flots de la bouche et du nez d'oncle Otto. De l'huile suintait du coin de ses yeux comme des larmes. De l'huile Diamond Gem – ce truc recyclé qu'on achète par bidons de plastique de vingt litres, le truc que McCutcheon avait toujours mis dans le Cresswell.

Mais il n'y avait pas *que* de l'huile; quelque chose dépassait de sa bouche.

Je continuai à hurler mais pendant un moment je fus incapable de bouger, incapable de détacher ma main pleine d'huile de son visage, incapable de détourner les yeux de cet énorme objet graisseux qui dépassait de sa bouche – l'objet qui déformait tant son visage.

Finalement, je m'arrachai à ma paralysie et m'enfuis de la maison sans cesser de hurler. Je franchis la porte du jardin et courus jusqu'à ma Pontiac, je me jetai dedans et continuai à hurler. Les provisions destinées à l'oncle Otto tombèrent du siège arrière et s'écrasèrent sur le plancher. Les œufs se cassèrent.

Il est assez miraculeux que je ne me sois pas tué pendant les premiers kilomètres – je jetai les yeux sur le compteur et vis que je roulais à plus de cent vingt. Je m'arrêtai et respirai profondément jusqu'à ce que j'aie retrouvé un minimum de contrôle de moi-même. Je commençais à réaliser que je ne pouvais pas laisser oncle Otto comme je l'avais trouvé; cela susciterait trop de questions. Il allait falloir que j'y retourne.

De plus, je dois l'avouer, une sorte de curiosité morbide m'avait envahi. Si seulement je ne l'avais pas éprouvée, ou si je lui avais résisté; en fait, aujourd'hui, je voudrais bien les avoir laissés poser leurs questions. Mais *j'y suis retourné*. Je suis resté sur le seuil cinq bonnes minutes durant – à peu près dans la même position qu'oncle Otto et presque à l'endroit où il s'était si souvent et si longtemps tenu pour observer le camion. Je suis resté là et en suis arrivé à la conclusion suivante : le camion de l'autre côté de la rue avait changé de position, d'une façon presque imperceptible.

Puis je suis rentré.

Les premières mouches tournoyaient et vrombissaient autour de son visage. Je vis des empreintes huileuses sur ses joues : pouce sur la gauche, trois doigts sur la droite. Je jetai un coup d'œil nerveux à la fenêtre où j'avais vu se dresser, menaçant, le

Cresswell… et me dirigeai vers le lit. Je sortis mon mouchoir et effaçai mes empreintes. Puis j'ouvris la bouche d'oncle Otto.

Il en sortit une bougie Champion – un de ces vieux modèles pour usage intensif, presque aussi grosse que le poing d'un lutteur de foire.

Je l'ai emportée. À présent j'aimerais bien ne pas l'avoir fait, mais j'étais en état de choc. Tout aurait été plus facile si je n'avais pas eu l'objet ici, dans mon bureau où je peux le regarder, le prendre en main et le soupeser si je le désire – la bougie des années 1920 qui tomba de la bouche d'oncle Otto.

Si elle n'était pas ici, si je ne l'avais pas emportée lorsque je me suis enfui pour la deuxième fois de sa petite maison d'une seule pièce, je pourrais peut-être commencer à me persuader que tout cela – pas seulement au sortir du dernier virage, la vision du Cresswell pressé contre le flanc de la petite maison comme un énorme renard rouge, mais *tout* le reste aussi – n'était qu'une hallucination. Mais elle est là; elle capte la lumière. Elle est réelle. Elle pèse un certain poids. *Le camion se rapproche chaque année,* avait-il dit, et il semble à présent qu'il ait eu raison… mais oncle Otto lui-même ignorait à quel point le camion pouvait s'approcher.

Le verdict de la ville fut qu'oncle Otto s'était suicidé en avalant de l'huile et pendant neuf jours on se posa bien des questions à Castle Rock. Carl Durkin, l'entrepreneur des pompes funèbres de la ville, un homme peu économe de ses paroles, racontait que lorsque les médecins l'avaient ouvert pour l'autopsie, ils avaient trouvé plus de trois litres d'huile dans son corps… et pas seulement dans son estomac. Elle avait envahi son organisme tout entier. Une question intriguait tout le monde : qu'avait-il fait du bidon en plastique ? Car on n'en avait retrouvé aucun.

Comme je l'ai dit, la plupart de vous qui lirez ce mémoire ne me croiront pas… en tout cas pas à moins qu'une chose semblable ne leur soit arrivée. Mais le camion est toujours là-bas dans son pré… et quel qu'en soit le sens, tout cela a bien eu lieu.

Livraisons matinales
(laitier n° 1)

L'aube prenait lentement possession de Culver Street.

Pour ceux qui étaient éveillés chez eux, la nuit paraissait encore noire, mais depuis déjà presque une demi-heure l'aurore progressait sur la pointe des pieds. Juché sur le gros érable au carrefour de Culver Street et Balfour Avenue, un écureuil roux cligna des yeux et tourna son regard d'insomniaque vers les maisons endormies. Plus loin, dans la vasque à oiseaux des Mackenzies, un moineau frétillait de joie et s'aspergeait de gouttes perlées. Une fourmi qui allait son petit bonhomme de chemin dans le caniveau trouva au creux d'un papier de bonbon jeté là une minuscule miette de chocolat. La brise nocturne qui avait fait bruire les feuilles et gonfler les rideaux s'apaisa. Au carrefour, l'érable murmura une dernière fois en frissonnant et s'immobilisa dans l'attente de l'ouverture qui suivrait ce prologue paisible.

À l'orient, une traînée de lumière pâle colora le ciel. Le sombre engoulevent se retira et les mésanges lancèrent quelques trilles encore timides, comme si elles avaient peur de célébrer seules la venue du jour.

L'écureuil disparut dans un faux pli, à la fourche de l'érable.

Le moineau voleta jusqu'au bord de la vasque et resta posé là.

La fourmi aussi se figea devant son trésor comme un bibliothécaire en arrêt sur une édition rare.

Culver Street frémissait silencieusement sur le bord éclairé de la planète – que les astronomes dans leur langage rigoureux nomment la ligne terminatrice.

Un bruit se détacha insensiblement du silence, s'enfla imperceptiblement jusqu'à sembler avoir toujours été là, tapi derrière les sons plus puissants de la nuit si proche encore. Il grossit, se fit plus distinct, et s'affirma comme celui du moteur convenablement assourdi du camion du laitier.

Débouchant de Balfour Avenue, celui-ci s'engagea sur Culver Street. C'était un beau camion beige portant des inscriptions rouges sur les côtés. L'écureuil surgit comme une langue de la bouche plissée de son trou et observa le véhicule, puis il repéra quelque chose qui ferait bien l'affaire pour tapisser son nid. Tête la première, il se précipita au bas du tronc pour s'en emparer. Le moineau s'envola. La fourmi se chargea d'autant de chocolat qu'elle le pouvait et se dirigea vers sa fourmilière.

Les mésanges se mirent à gazouiller plus fort.

Une rue plus loin, un chien aboya.

En lettres rouges sur les côtés du camion on pouvait lire : LAITERIE CRAMER. Sous le dessin d'une bouteille de lait était écrit : SPÉCIALISTE DE LA LIVRAISON MATINALE !

Le laitier portait un uniforme bleu-gris et un calot. Sur sa poche un nom était brodé au fil d'or : SPIKE. Il couvrait de son sifflotement le cliquetis des bouteilles qui s'entrechoquaient doucement derrière lui dans la glace.

Il se gara le long du trottoir devant la maison des Mackenzies, prit sur le plancher à côté de lui son casier à bouteilles et sauta d'un bond sur le trottoir. Il s'arrêta un instant pour humer l'air frais et infiniment mystérieux puis il s'avança à grands pas dans l'allée qui menait à la porte.

Un petit carré de papier blanc était fixé à la boîte aux lettres par un aimant en forme de tomate. Spike lut lentement et attentivement ce qui y était écrit comme on déchiffrerait un message trouvé dans une vieille bouteille couverte de sel.

1 l de lait
1 crème écon
1 jus orange
Merci

Nella M.

Le laitier Spike regarda son casier d'un air pensif, le posa par terre et en sortit le lait et la crème. Il examina à nouveau la feuille de papier, souleva l'aimant pour s'assurer qu'il n'avait pas oublié un point, une virgule ou un tiret qui auraient pu changer la couleur des choses, hocha la tête, replaça l'aimant, souleva son casier et repartit vers son camion.

L'arrière du véhicule était humide, sombre et froid. L'air y était chargé d'une lourde odeur d'insecte qui se mêlait difficilement à celle des produits laitiers. Le jus d'orange se trouvait derrière la belladone. Le laitier sortit un carton de la glace, hocha à nouveau la tête et remonta encore une fois l'allée. Il posa le carton de jus d'orange avec la crème et le lait et s'en retourna au camion.

Non loin de là, à la blanchisserie industrielle où travaillait Rocky, le vieil ami de Spike, le coup de sifflet de cinq heures retentit. Il pensa à Rocky en train de mettre en marche ses machines dans la vapeur chaude et étouffante et sourit. Peut-être le verrait-il un peu plus tard. Peut-être ce soir... quand il aurait terminé ses livraisons.

Spike démarra et continua sa journée. Un petit poste de radio à transistor était suspendu par une lanière en similicuir au croc de boucher taché de sang qui pendait du plafond de la cabine. Il alluma et, alors qu'il se dirigeait vers la maison McCarthy, une musique douce vint apporter un contrepoint au bruit du moteur.

Le mot de Mme McCarthy était à l'endroit habituel, coincé dans la fente de la boîte aux lettres. Il était bref et sans fioritures :

Chocolat

Spike sortit son stylo, griffonna *Livraison effectuée* en travers, et glissa le papier dans la boîte aux lettres. Puis il retourna au camion. Le lait chocolaté était rangé tout au fond dans deux glacières très accessibles près des portes arrière, car il se vendait bien au mois de juin. Le laitier jeta un coup d'œil aux glacières, se pencha et prit à l'intérieur l'un des cartons de lait chocolaté vides qu'il gardait dans un coin. Le carton était marron, bien sûr, et un enfant joyeux gambadait au-dessus d'inscriptions informant le consommateur qu'il s'agissait de la BOISSON LACTÉE CRAMER SAINE ET DÉLICIEUSE À BOIRE CHAUDE OU FROIDE LES ENFANTS L'ADORENT !

Il posa le carton vide sur un casier à bouteilles. Puis il écarta les glaçons pour chercher le pot de mayonnaise. Il le prit et regarda à l'intérieur. La tarentule remua un peu, lentement. Le froid l'avait engourdie. Spike dévissa le couvercle du pot et retourna celui-ci au-dessus du carton vide. La tarentule tenta vainement de remonter le long du pot de verre :

il n'offrait aucune prise. Elle tomba dans le carton de lait chocolaté vide avec un *floc* sourd. Le laitier referma soigneusement le carton, le posa dans son panier et avança en hâte le long de l'allée des McCarthy. Les araignées étaient ses *préférées* et, en toute objectivité, c'était vraiment ce qu'il avait de mieux. Les jours où il livrait des araignées Spike était heureux.

Pendant qu'il progressait ainsi lentement le long de Culver Street, la symphonie de l'aube se poursuivait. À l'est, la traînée de lumière opalescente céda la place à une lueur rose plus intense qui, à peine visible tout d'abord, s'intensifia rapidement pour se changer en un éclat flamboyant qui vira presque immédiatement au bleu de l'été. Aussi jolis que s'ils avaient été dessinés dans un cahier d'enfant à l'école du dimanche, les premiers rayons du soleil attendaient à présent dans les coulisses.

Chez les Webber, Spike laissa une bouteille de crème fraîche remplie d'un gel acide. Chez les Jenner, il déposa cinq litres de lait. Il y avait là des garçons en pleine croissance. Il ne les avait jamais vus, mais il avait aperçu une cabane dans un des arbres sur l'arrière de la maison et des vélos et des battes de base-ball traînaient parfois dans le jardin. Pour les Collin, deux litres de lait et un carton de yaourt. Chez Mlle Ordway, un carton de lait de poule dans lequel il avait injecté de la belladone.

En bas de la rue, une porte claqua. M. Webber, qui se rendait au centre ville, ouvrit la porte à lamelles du garage et entra en balançant sa mallette. Le laitier attendit le bourdonnement que faisait la petite Saab en démarrant et sourit lorsqu'il l'entendit. *La variété c'est le piment de la vie,* aimait à répéter la mère de Spike – Dieu ait son âme ! –, *mais nous sommes irlandais et les Irlandais préfèrent manger leurs pommes de terre nature. Mène une vie ordinaire, Spike, et tu seras heureux.* Il s'était rendu compte, en roulant sur le chemin de la vie dansson beau camion laitier beige, qu'elle avait parfaitement raison.

Il ne restait plus que trois maisons.

Chez les Kincaid il trouva un mot sur lequel il lut « Rien aujourd'hui, merci »; il déposa une bouteille de lait bouchée qui avait l'air vide mais contenait un gaz mortel à base de cyanure. Chez les Walker il livra deux litres de lait et un demi-litre de crème fraîche.

Lorsqu'il atteignit la maison des Merton, au bout de la rue, les rayons du soleil brillaient à travers les arbres et mouchetaient le tracé à demi effacé d'un jeu de marelle dessiné sur le trottoir devant leur jardin.

Spike se pencha, ramassa une pierre qui lui parut pouvoir faire un sacré bon palet – bien plate sur une face – et la lança. Le caillou atterrit sur une ligne. Il hocha la tête, sourit et monta l'allée en sifflotant.

La brise légère lui apporta l'odeur de savon de la blanchisserie industrielle et il pensa à Rocky. Il était de plus en plus sûr qu'il le verrait. Le soir même.

Chez les Merton, le message était fixé au porte-journaux.

Annulé

Spike ouvrit la porte et entra.

Il régnait dans la maison un froid de crypte et il n'y avait plus le moindre meuble. Entièrement vide, dépouillée. Même la cuisinière avait disparu; un petit carré de linoléum plus brillant rappelait l'emplacement qu'elle avait occupé.

On avait arraché des murs de la salle de séjour jusqu'aux plus petits morceaux de papier peint. Le globe du plafonnier avait disparu. L'ampoule noircie était grillée. Une énorme éclaboussure de sang séché couvrait l'un des murs. On aurait dit la tache d'encre d'un Rorschach. En son centre on avait creusé dans le plâtre un cratère profond. On apercevait dans celui-ci une touffe de cheveux emmêlés et quelques fragments d'os.

Le laitier hocha la tête, ressortit et resta un instant debout sous le porche. Ce serait une belle journée; le ciel était déjà plus bleu que les yeux d'un bébé et tacheté de petits nuages candides, annonciateurs de beau temps... ces nuages que les joueurs de base-ball appellent « anges ».

Il retira le mot du porte-journaux et en fit une boulette. Il la glissa dans la poche avant gauche de son pantalon blanc de laitier.

Il retourna à son camion et au passage donna un coup de pied à la pierre du jeu de marelle. Elle roula dans le caniveau. Le camion du laitier tourna le coin de la rue en bringuebalant et disparut.

Le jour brillait d'un vif éclat.

Un garçonnet sortit d'une maison en claquant la porte derrière lui, adressa au ciel un sourire et rentra la bouteille de lait.

Grandes roues : où l'on lave son linge sale en famille (laitier nº 2)

Rocky et Léo, tous deux saouls comme des barriques, descendirent lentement Culver Street puis Balfour Avenue vers Crescent. Ils étaient vautrés au creux des sièges de la Chrysler 1957 de Rocky. Entre eux, jeté avec un soin d'ivrogne sur la bosse monstrueuse de l'arbre d'entraînement de la Chrysler, se trouvait un pack de bière Iron City. C'était leur second pack de la soirée – la soirée avait en fait commencé à 4 heures de l'après-midi, heure du pointage de la sortie à la blanchisserie.

– Merde en bâton ! s'écria Rocky, en s'arrêtant au feu rouge clignotant suspendu au-dessus de l'intersection de Balfour Avenue et de la voie 99.

Il ne regarda ni d'un côté ni de l'autre mais jeta un coup d'œil furtif derrière eux. Une boîte d'IC à moitié pleine, ornée du portrait coloré de Terry Bradshaw, était coincée entre ses jambes. Il en but une lampée et tourna à gauche sur la 99. Quand il démarra en seconde, le joint universel émit un lourd grognement. La première vitesse de la Chrysler s'était cassée environ deux mois plus tôt.

– File-moi un bâton et je chie dessus, lança complaisamment Léo.

– Quelle heure est-il ?

Léo leva sa montre à toucher presque le bout de sa cigarette et aspira de profondes bouffées jusqu'à ce qu'il réussisse à lire :

– Presque 8 heures.

– Merde en paquet !

– Personne ici n'accordera le contrôle technique à ce fleuron de Detroit, dit Léo. Personne d'un peu sensé en tout cas.

Rocky passa la troisième avec difficulté. Le joint universel gémit et la Chrysler fut prise de l'équivalent automobile d'une crise d'épilepsie petit mal. Le spasme finit par s'apaiser et l'aiguille du compteur de vitesse poussa avec difficulté jusqu'à soixante. Elle resta là à osciller, indécise.

Lorsqu'ils atteignirent l'intersection de la voie 99 et de Devon Stream Road (la rivière Devon traçait la frontière entre les communes de Crescent et de Devon sur une quinzaine de kilomètres), Rocky s'engagea sur cette dernière presque par caprice – encore qu'à ce moment-là déjà une bribe de souvenir du vieux Jus-d'chaussettes ait peut-être commencé à surgir au plus profond de ce qui lui tenait lieu d'inconscient.

Léo et lui erraient plus ou moins au hasard depuis qu'ils étaient sortis du travail. C'était le dernier jour de juin et le matin suivant, à zéro heure zéro une exactement, l'autocollant du contrôle technique de la Chrysler de Rocky serait périmé. Dans quatre heures. Dans moins de quatre heures. Rocky trouvait presque insupportable d'envisager cette éventualité et Léo s'en foutait. Ce n'était pas sa voiture. En plus, il avait bu assez d'Iron City pour sombrer dans un état de paralysie cérébrale profonde.

Devon Road serpentait à travers la seule région

fortement boisée de Crescent. De gros massifs d'ormes et de chênes se pressaient des deux côtés de la route, luxuriants, vivants, peuplés d'ombres mouvantes dans la nuit qui commençait à s'étendre sur la Pennsylvanie du Sud-Ouest. La région était connue, en fait, sous le nom de forêt du Devon. Elle était devenue très célèbre en 1968 à la suite du meurtre sadique d'une jeune fille et de son petit ami. Ils s'étaient garés par là et on les avait retrouvés dans la Mercury 1959 du petit ami. La Merc avait des sièges en vrai cuir et une grande figurine chromée à l'avant du capot. On avait retrouvé les occupants sur le siège arrière. Sur le siège avant, dans le coffre et dans la boîte à gants également. L'assassin, lui, n'avait jamais été retrouvé.

– Vaudrait mieux pas qu' c'te vieille caisse rende l'âme ici, lança Rocky. Y a pas un chat à cent cinquante kilomètres à la ronde.

– Foutaises. (Cet intéressant vocable s'était récemment classé au Top 50 du vocabulaire de Léo.) Y a une ville par là-bas.

Rocky soupira et avala une lampée de bière. La lueur n'était pas vraiment celle d'une ville mais le gamin était suffisamment près de la vérité pour que toute discussion soit inutile. C'était le nouveau centre commercial. Les lampes au sodium de forte puissance émettaient une lumière sacrément violente. En regardant dans cette direction, Rocky fit un écart sur la gauche; il redressa brusquement, plongea presque dans le fossé de droite et revint finalement sur sa file.

– Ooouh ! s'écria-t-il.

Léo rota et gloussa.

Ils travaillaient ensemble à la blanchisserie New Adams depuis septembre, époque à laquelle Léo avait été embauché pour aider Rocky. Léo était un jeune homme de vingt-deux ans, au faciès de rongeur, dont on se disait qu'il avait sans doute pas mal d'années de prison devant lui. Il prétendait épargner vingt dollars par semaine sur sa paye afin de s'acheter une Kawasaki d'occasion. Il disait qu'il partirait vers l'Ouest sur sa moto lorsque le froid viendrait. Léo était parvenu au score impressionnant de vingt boulots depuis que, d'un commun accord, l'univers scolaire et lui avaient rompu, sitôt qu'il avait atteint l'âge minimal légal de seize ans. Il aimait bien la blanchisserie. Rocky l'initiait aux différents cycles de lavage et Léo pensait développer enfin une compétence qui lui serait bien utile lorsqu'il atteindrait Flagstaff.

Rocky, plus âgé, était manœuvre à la New Adams depuis quatorze ans. Ses mains sur le volant, fantomatiques et décolorées par l'eau de Javel, en portaient témoignage. Il avait fait quatre mois pour port d'arme prohibée en 1970. Sa femme, alors enceinte jusqu'aux yeux de leur troisième enfant, venait de lui annoncer : 1. que cet enfant n'était pas le sien, à lui Rocky, mais celui du *laitier*; et 2. qu'elle voulait divorcer pour cruauté mentale.

Deux choses là-dedans avaient poussé Rocky à ce port d'arme prohibée : 1. il avait été fait cocu; et 2. il avait été fait cocu par ce sacré nom de Dieu de *laitier,* cet avorton aux yeux de truite et aux cheveux longs nommé Spike Milligan. Spike conduisait le camion de la laiterie Cramer.

Par tous les saints, le laitier ! *Tu pourrais pas crever ? Tu pourrais pas tout simplement te casser la gueule dans le caniveau et crever ?* Même pour Rocky qui n'était jamais allé au-delà de la lecture des dessins humoristiques qu'on trouvait sur les emballages du chewing-gum qu'il mâchonnait infatigablement au boulot, la situation avait des relents d'un classicisme évident.

En conséquence, il avait dûment informé sa femme de deux choses : 1. pas de divorce; et 2. il allait faire en sorte qu'un gros rai de lumière traverse Spike Milligan de part en part. Environ dix ans auparavant il avait acheté un P.32 qu'il utilisait à l'occasion pour tirer sur des bouteilles, des boîtes de conserve et des petits chiens. Ce matin-là, il avait quitté sa maison d'Oak Street et avait pris la direction de la laiterie, dans l'espoir de surprendre Spike à la fin de ses livraisons matinales.

Il s'était arrêté en chemin à la Four Corners Tavern pour boire quelques bières – six, huit, peut-être vingt. Il n'en gardait qu'un vague souvenir. Pendant qu'il buvait, sa femme avait appelé les flics. Ils l'attendaient à l'intersection d'Oak Street et de Balfour. On avait fouillé Rocky et l'un des flics lui avait arraché son P.32 de la ceinture. « Je pense que vous allez disparaître quelque temps, mon ami », lui avait dit le flic qui avait trouvé le pistolet et c'est exactement ce qu'avait fait Rocky. Il avait passé les quatre mois suivants à laver des draps et des taies d'oreiller pour l'État de Pennsylvanie. Pendant ce temps sa femme avait obtenu le divorce au Nevada et, quand Rocky était sorti de tôle, elle vivait avec Spike Milligan dans un appartement d'une maison de Dakin Street dotée d'un flamant rose sur la pelouse. En plus de ses deux aînés (Rocky supposait encore plus ou moins qu'ils étaient de lui), le couple était désormais nanti d'un nouveau-né aux yeux de truite exactement semblables à ceux de son papa. Il était également nanti d'une pension alimentaire de quinze dollars par semaine.

– Rocky, je crois que j'ai mal au cœur, dit Léo. On pourrait pas simplement s'arrêter et boire ?

– Faut que je foute un autocollant sur mon engin à roues, répondit Rocky. C'est important. Un homme ne vaut rien sans ses roues.

– Y' a pas un mec un peu sain d'esprit qui t'accordera le contrôle technique... j't'le dis. Y a pas d' clignotants.

– Ils s'éteignent si j'appuie sur le frein en même temps et si on freine pas avant de tourner on est sûrs de faire un tonneau.

– La vitre est fêlée de ce côté.

– Je la baisserai.

– Et si le contrôleur te demande de la relever pour l'inspecter ?

– Je trouverai une solution le moment venu, répliqua Rocky avec assurance.

Il jeta sa boîte de bière dehors et en prit une autre. Celle-ci était décorée d'un portrait de Franco Harris. Apparemment, cet été-là, la société Iron City mettait en images toutes les célébrités de l'équipe des Cuirassés. Il arracha la capsule. La bière gicla.

– J'aimerais bien avoir une femme, dit Léo les yeux fixés sur l'obscurité.

Il avait un drôle de sourire.

– Si t'avais une femme, c'en serait fini de ton départ vers l'Ouest. C'que fait une bonne femme, c'est qu'elle empêche un homme de partir plus loin vers l'Ouest. C'est comme ça qu'elles font. Elles sont faites pour ça. Tu n' m'as pas dit qu' tu voulais partir vers l'Ouest ?

– Ouais, et c'est bien c'que j'vais faire.

– T'iras jamais, lança Rocky. Bientôt t'auras une femme. Ensuite les emmerdements. *Pension alimentaire*. Enfin tu vois. Les bonnes femmes ça t'amène toujours à la pension alimentaire. Les voitures c'est bien mieux. Tiens-t'en aux voitures.

– Pas facile de baiser une voiture.

– Tu s'rais surpris, dit Rocky, et il éclata de rire.

La forêt avait commencé à s'éclaircir autour de nouveaux lotissements. Des lumières scintillaient sur la gauche et Rocky enfonça brusquement la pédale de frein. Les feux de freinage et les clignotants se mirent en marche en même temps; c'était du bricolage maison. Léo fut projeté en avant et répandit de la bière sur le siège.

– Qu'est-ce qu'y a ? qu'est-ce qu'y a ?

– Regarde, répondit Rocky. J'pense que j'connais c' type.

Du côté gauche de la route se trouvait l'excroissance d'une station-service Citgo délabrée. Devant, sur la pancarte, on pouvait lire :

CHEZ BOB, ESSENCE ET RÉPARATIONS
PROP. BOB DRISCOLL
SPÉCIALISTE DE L'ÉQUILIBRAGE DES ROUES
DÉFENDEZ VOTRE DROIT SACRÉ AU PORT D'ARME !

Et, tout en bas :

CONTRÔLE TECHNIQUE OFFICIEL N° 72

– Y a pas un mec sensé... recommença Léo.

– C'est Bobby Driscoll ! cria Rocky. Moi et Bobby Driscoll on a été en classe ensemble ! Voilà notre affaire ! Qu'est'-c'que tu paries ?

Il s'arrêta maladroitement, illuminant la porte ouverte du garage avec ses phares. Il fit sauter l'embrayage et fonça, moteur rugissant. Un homme aux épaules voûtées, vêtu d'une salopette verte, se précipita dehors, gesticulant frénétiquement pour qu'il s'arrête.

– C'eeest Bob ! hurla Rocky avec une joie triomphante. Héee ! Jus-d'chaussettes !

Ils enfoncèrent le côté du garage. La Chrysler fut saisie d'une nouvelle crise, grand mal cette fois-ci. Une petite flamme jaune apparut à l'extrémité du pot d'échappement affaissé, suivie d'une bouffée de fumée bleue. La voiture cala avec reconnaissance. Léo fut projeté en avant et renversa encore un peu de bière. Rocky redémarra et recula pour une nouvelle tentative.

Bob Driscoll se précipita vers eux, des bordées d'injures hautes en couleur s'échappant à flots de sa bouche. Il agitait les bras.

– ... *Qu'est-c'que tu fous, espèce de nom de Dieu de fils de pu...*

– Bobby ! cria Rocky avec un enchantement quasi orgasmique. Hé, Jus-d'chaussettes ! Qu'est-c'que t'en dis, mon poteau ?

Bob scruta l'intérieur de la voiture par la fenêtre de Rocky. Son visage tordu, fatigué, était presque entièrement dissimulé par l'ombre que projetait la visière de sa casquette.

– Qui c'est qui m'a appelé Jus-d'chaussettes ?

– *Moi !* s'écria honnêtement Rocky. C'est *moi*, espèce de vieux peloteur ! C'est ton vieux pote !

– Par tous les diables, qui...

– Johnny Rockwell ! T'es d'venu aveugle et idiot ?

Avec circonspection :

– Rocky ?

– Ouais,'spèce d' fils d' put ?

– Doux Jésus ! (Lentement, à contrecœur, une expression de plaisir se répandit sur le visage de Bob.) J' t'ai pas r'vu depuis... euh... depuis le match des Catamounts, en tout cas...

– Waooouh ! C'était t'y pas quèqu' chose ?

Rocky se frappa les cuisses, ce qui projeta une giclée de bière. Léo rota.

– Pour sûr. La seule fois qu'on a gagné dans notre catégorie. Même alors on n'arrivait pas à remporter le championnat. Eh dis, t'as sacrément arrangé le mur de mon garage, Rocky. Tu...

– Ouais, toujours le même ce vieux Jus-d'chaussettes. Toujours le même vieux pote. T'as pas changé d'un poil.

Rocky, un peu tard, inspecta aussi loin qu'il le put sous la visière de la casquette de base-ball en espérant que ce fût vrai. Il s'avéra cependant que ce vieux Jus-d'chaussettes était devenu presque, si ce n'est complètement, chauve.

– Seigneur ! C'est'y pas quèqu' chose de t' rencontrer com' ça ! Est-ce que t'as fini par épouser Marcy Drew ?

– Pour sûr, sacré nom d'un chien. En 70. T'étais où ?

– En prison, très probablement. Écoute, tête d'œuf, tu peux faire passer le contrôle technique à cette poupette ?

Circonspection à nouveau :

– Tu veux dire ta voiture ?

Rocky fit entendre un rire saccadé.

– Non... ma vieille bite. *Bien sûr*, ma voiture ! T'peux ?

Bob ouvrit la bouche pour dire non.

– Voici un de mes vieux potes. Léo Edwards. Léo voulait rencontrer le seul joueur de basket-ball du lycée de Crescent à n'avoir pas changé de chaussettes pendant quatre ans.

– 'chanté d' fair' vot' connaissance, dit Léo exactement comme lui avait appris sa mère l'une des rares fois où cette dame n'avait pas été ivre.

– T'veux un' bière, Jus-d'chaussettes ? reprit Rocky avec un petit rire cassé.

Bob ouvrit la bouche pour dire non.

– *Voici* le petit chasseur de crabes ! s'exclama Rocky.

Il ouvrit la boîte. La bière, secouée par son élan impétueux contre le mur du garage de Bob Driscoll, déborda en moussant de la boîte et se répandit sur le poignet de Rocky. Rocky la fourra dans la main de Bob. Celui-ci but à petites gorgées rapides afin que sa propre main ne soit pas mouillée.

– Rocky, on ferme à...

– Une seconde, une seconde, laisse-moi reculer. J'ai quelque chose d'insensé.

Rocky tira le levier de vitesse jusqu'en haut en marche arrière, relâcha l'embrayage, rasa une pompe à essence et fit entrer en cahotant la Chrysler à l'intérieur. En une minute il était dehors et comme un politicien serrait la main restée libre de Bob. Bob avait l'air hébété. Léo était resté dans la voiture et avalait une nouvelle bière. Il pétait aussi. Une grande quantité de bière le faisait toujours péter.

– Hé ! s'écria Rocky en contournant d'un pas titubant un tas d'enjoliveurs rouillés. Tu t'souviens d' Diana Rucklehouse ?

– Pour sûr, répondit Bob. (Un sourire involontaire se dessina sur ses lèvres.) C'était celle avec les...

Il plaça ses deux mains arrondies devant sa poitrine.

Rocky se mit à hurler.

– C't'*elle* ! Tu y es, crâne de piaf ! Elle vit toujours ici ?

– Je pense qu'elle est partie pour...

– M'en doute, interrompit Rocky. Celles qui restent pas partent toujours. Tu peux mettre un autocollant sur c'te saloperie, s'pas ?

– Euh, ma femme m'a dit qu'elle m'attendrait pour dîner et on ferme à...

– Seigneur, ça m'tirerait une sacrée épine du pied si t'pouvais. J't'en s'rais vach'ment r'connaissant. J' pourrais faire un blanchissage tout ce qu'il y a de personnalisé pour ta femme. C'est mon boulot. J'lave. Chez New Adams.

– Et moi j'apprends, dit Léo, et il péta derechef.

– Laver ses p'tits d'sous, tout c' que tu voudras. Qu'es' t'en dis, Bobby ?

– Ben, j's'pose que j'pourrais y j'ter un coup d'œil.

– Bien sûr, s'écria Rocky en assenant à Bob une bonne bourrade dans le dos et en adressant un clin d'œil à Léo. L'a pas changé c' bon vieux Jus-d'chaussettes. Quel mec !

– Ouais, dit Bob en soupirant.

Il ingurgita sa bière, ses doigts graisseux cachant la plus grande partie du visage de Mean Joe Green.

– T'as sacrément arrangé ton pare-chocs, Rocky.

– Ça lui donne de la classe; c'te foutue voiture a *besoin* d'une touche de classe. Mais c't'un sacré nom de Dieu d'engin à roues, t'vois c'que j'veux dire ?

– Ouais, sans doute...

– Hé ! J' veux qu' tu fasses connaissance avec le gars avec qui j' travaille ! Léo, voilà le seul joueur de basket du...

– Tu nous as déjà présentés, interrompit Bob avec un doux sourire désespéré.

– Howdy doody[1], dit Léo.

Il farfouilla à la recherche d'une nouvelle boîte d'Iron City. Des lignes argentées semblables à des rails de chemin de fer aperçus au soleil de midi par un jour chaud et clair commençaient à traverser son champ de vision.

– ... lycée de Crescent à n'avoir pas changé de...

– Tu veux bien me montrer tes phares, Rocky ? demanda Bob.

– Bien sûr. Excellents phares. Halogènes ou oxygènes ou quèqu'chose d'autre en *gèn*. Y z'ont d' la classe. Ouvr'-moi ces foutus p'tits pièges à hérissons, Léo.

Léo mit les essuie-glace en mouvement.

– C'est bon, dit patiemment Bob. (Il avala une grande lampée de bière.) À présent, les phares.

Léo alluma les codes.

– Les phares longs ?

Léo chercha à tâtons l'interrupteur avec son pied droit. Il était presque certain que c'était par là en

1. Scie verbale d'un show télévisé. *(N.d.T.)*.

bas, et il finit par trouver. Les phares exposèrent Rocky et Bob en pleine lumière crue, comme des suspects assemblés par la police.

– Foutus phares à azote, qu'est-c'que j't'avais dit ? s'écria Rocky, puis il ajouta avec un petit rire saccadé : Nom de Dieu, Bobby ! T'revoir c'est bien mieux que d'recevoir un chèque par la poste !

– Et les clignotants ? demanda Bob.

Léo lança à Bob un sourire incertain et ne bougea pas.

– Vaut mieux qu' j' le fasse moi-même, dit Rocky. (Il se cogna la tête un bon coup en se mettant au volant.) Le môme ne s' sent pas très bien, j' crois.

Il enfonça le frein en même temps qu'il levait le clignotant.

– C'est bon, dit Bob, mais est-ce qu'ils marchent sans le frein ?

– Est-ce qu'il est dit où que ce soit dans le manuel d'inspection des véhicules à moteur qu'il le *fô* ? demanda artificieusement Rocky.

Bob soupira. Sa femme l'attendait pour dîner. Sa femme avait de grands seins flasques et des cheveux blonds aux racines noires. Sa femme avait un faible pour les doughnuts[1] à la douzaine, vendus à la succursale du magasin l'Aigle Géant de la ville. Quand sa femme venait le jeudi soir au garage chercher de l'argent pour ses parties de bingo, ses cheveux étaient en général enroulés sur de gros bigoudis verts sous un foulard de mousseline verte. Sa tête ressemblait ainsi à une radio AM/FM futuriste. Une fois, vers 3 heures du matin, il s'était réveillé et avait contemplé son visage de papier mâché dans la lumière sans âme de cimetière que jetait le réverbère placé devant la fenêtre de leur chambre. Il avait pensé à quel point ce serait facile… juste la frapper

1. Sorte de beignets.

d'un bon coup de couteau, simplement lui enfoncer un genou dans l'estomac afin qu'elle suffoque et ne puisse pas crier, simplement serrer les deux mains autour de son cou. Puis la mettre dans la baignoire, la débiter en morceaux de premier choix et l'expédier quelque part à Robert Driscoll, c/o Poste Restante. N'importe où. Lima, Indiana. North Pole, New Hampshire. Intercourse, Pennsylvanie. Kunkle, Iowa. N'importe où. C'était possible de le faire. Dieu sait que ça avait déjà été fait par le passé.

– Non, répondit-il à Rocky, je suppose qu'il n'est précisé nulle part dans le règlement qu'ils doivent nécessairement fonctionner de manière autonome. Comme ça précisément. Avec ce nombre exact de mots.

Il souleva sa boîte et ingurgita le reste de sa bière à grands glouglous. Il faisait chaud dans le garage et il n'avait pas dîné. Il sentit la bière lui monter directement au cerveau.

– Hé, Jus-d'chaussettes vient juste de faire cul sec, s'écria Rocky. File-lui une bière, Léo.

– Non, Rocky, vraiment je...

Léo qui n'y voyait plus très bien finit par trouver une boîte.

– J' te fais une passe ? demanda-t-il, et il lança la boîte à Rocky.

Rocky la tendit à Bob, dont les hésitations s'évanouirent en sentant dans sa main la froide réalité de la boîte. Le visage souriant de Lynn Swann éclatait dessus. Il ouvrit la boîte. Léo péta en toute simplicité pour conclure l'affaire.

Pendant quelques instants ils burent tous en se prenant pour des footballeurs.

– Le klaxon marche ? demanda finalement Bob en brisant le silence avec l'air de s'excuser.

– Bien sûr. (Rocky enfonça le volant avec son coude. Il émit un faible *couic*.) La batterie est un peu déchargée, cependant.

Ils burent en silence.

– Ce foutu rat était aussi gros qu'un cocker ! s'exclama Léo.

– Le môme est sacrément bourré, expliqua Rocky.

Bob réfléchit un peu à ce qu'il venait de dire.

– Ouah, dit-il.

Ça chatouilla la plante des pieds de Rocky et il rit, la bouche pleine de bière; un peu de liquide lui remonta par le nez et cela fit rire Bob. Rocky fut content de l'entendre, car il avait l'air bien sinistre quand ils étaient arrivés.

Ils burent encore un peu, en silence.

– Diana Rucklehouse, dit Bob d'un air pensif.

Rocky ricana.

Bob gloussa et plaça ses deux mains devant sa poitrine.

Rocky éclata de rire et fit un geste plus ample encore.

Bob pouffa.

– T'r'appelles c'te photo d'Ursula Andress que Tinker Johnson avait collée sur le tableau d'affichage de la vieille Lady Freemantle ? (Rocky se mit à rire à gorge déployée.) Et il avait dessiné dessus ses deux énormes vieux nichons... elle avait presque fait une crise cardiaque...

– Tous les deux, vous pouvez rire, dit Léo d'un air morose et il péta.

– Hein ? dit Bob en clignant des paupières.

– Rire, continua Léo. J'ai dit que *vous* deux vous pouvez *rire*. Aucun de vous n'a un *trou* dans le dos.

– L'écoute pas, lança Rocky (un rien mal à l'aise). L'môme est plein comme une outre.

– T'as un trou dans l' dos ? demanda Bob à Léo.

– Tu vois, répondit Léo en souriant, à la blanchisserie on a ces grosses machines. Sauf qu'on les appelle roues. C'est des roues à blanchir. C'est *pour ça* qu'on les appelle roues. J'les charge, j'les décharge, j'les charge à nouveau. J'mets d'dans tout c'merdier sale, je r'sors tout c' merdier propre. C'est ça mon boulot et j'le fais avec classe. (Il regardait Bob avec l'assurance d'un fou.) Mais j'ai attrapé un trou dans l' dos à faire ça.

– Ah ouais ?

Bob regardait Léo d'un air fasciné. Rocky, mal à l'aise, changea de place.

– Y a un trou dans le *toit,* reprit Léo. Juste au-dessus de la troisième roue. Elles sont rondes, tu comprends, c'est pour ça qu'on les appelle des roues. Quand il pleut, l'eau s'écoule. *Plic-plic-plic.* Chaque goutte me frappe... *vlam !...* dans le dos. Maintenant j'ai un trou là. (D'une main il esquissa une forme incurvée.) Tu veux voir ?

– Y veut pas voir une *difformité* comme ça ! hurla Rocky. On est en train d' parler du bon vieux temps et puis il existe pas c' putain d' trou dans ton dos *d' toute façon* !

– J' veux l' voir, dit Bob.

– Elles sont rondes c'est pour ça qu'on les appelle blanchisseries, continua Léo.

Rocky sourit et frappa Léo sur l'épaule.

– Arrête ton char ou bien tu vas rentrer à pied à la maison, mon p'tit pote. Pourquoi tu m' passes pas plutôt mon homonyme s'il en reste un ?

Léo baissa la tête et chercha dans le pack de bières; au bout d'un moment il lui tendit une boîte ornée du portrait de Rocky Blier.

– Ça c'est la belle vie, dit Rocky, à nouveau joyeux.

Une heure plus tard le pack était vide et Rocky envoya Léo titubant en acheter un autre à la supérette de Pauline. À présent les yeux de Léo étaient rouges comme ceux d'une fouine et sa chemise était sortie de son pantalon. Il tentait avec une concentration de myope d'extraire ses Camel de la manche roulée de sa chemise. Bob était aux toilettes; il urinait et fredonnait une chanson d'école.

– Veux pas marcher jusqu'à là-bas, marmonna Léo.

– Ouais mais t'es bien trop bourré pour conduire.

Léo effectua un demi-cercle d'ivrogne en essayant toujours de sortir ses cigarettes de sa manche de chemise.

– Leueu noir. Et frisquet.

– Tu veux qu'on ait un autocollant sur cette voiture ou pas ? lui lança Rocky d'une voix sifflante.

Il avait commencé à voir de drôles de choses aux limites de son champ de vision. La plus persistante était, dans le coin le plus éloigné, un énorme insecte enveloppé dans de la soie d'araignée.

Léo le regarda de ses yeux rouges.

– C'est pas ma voiture, lança-t-il, satisfait de sa feinte.

– Et tu monteras plus jamais d'dans si tu vas pas chercher c'te bière, répliqua Rocky. (Il jeta un coup d'œil craintif dans le coin, à l'insecte mort.) Essaie si tu veux, tu verras si j' plaisante.

– D'ac, répondit Léo d'un ton geignard. D'ac, t'as pas besoin d' te mettre en rogne.

Il sortit deux fois de la route en se rendant au magasin et une fois en revenant. Quand il regagna enfin la chaleur et la lumière du garage, les deux autres chantaient l'hymne du lycée. Bob était parvenu, d'une manière ou d'une autre, à hisser la Chrysler sur le pont. Il tournait en dessous, examinant le pot d'échappement rouillé.

– Y a quèqu' trous dans ton tuyau d'échap'ment, annonça-t-il.

– Y a pas d' tuyau d'échap'ment là-d'sous, répondit Rocky.

Ils trouvèrent tous deux cela drôle à se rouler par terre.

– V'là la bière ! annonça Léo.

Il posa le pack par terre, s'assit sur la jante d'une roue et sombra immédiatement dans une semi-somnolence; il avait ingurgité trois bières en chemin pour alléger la charge.

Rocky en tendit une à Bob et s'en prit une pour lui.

– Le premier qu'a fini, comme au bon vieux temps ?

– D'accord, répondit Bob.

Il sourit d'un air entendu. Il s'imaginait sur le siège du conducteur d'une formule un surbaissée, une main posée avec suffisance sur le volant dans l'attente du moment où s'abaisserait le drapeau, l'autre touchant son porte-bonheur, l'ornement du capot d'une Mercury 1959. Il avait oublié le pot d'échappement de Rocky et sa mollassonne de femme avec ses bigoudis transistorisés.

Ils décapsulèrent leurs bières et les burent cul sec. C'était un coup pour rien; ils jetèrent tous deux leur boîte sur le ciment craquelé et dressèrent leur majeur au même moment. Leurs rots résonnèrent ensemble contre les murs comme des coups de fusil.

– Tout comme au bon vieux temps, dit Bob d'une voix désespérée; *rien* n'est plus comme au bon vieux temps, Rocky.

– Je sais, acquiesça Rocky. (Il tenta désespérément de trouver une pensée profonde et lumineuse et y parvint.) On devient plus vieux tous les jours, vieux Jus.

Bob soupira et rota derechef. Léo péta dans son coin et commença à fredonner « Get Off My Cloud ».

– On essaie encore ? demanda Rocky en tendant à Bob une nouvelle bière.

– Pourquoi pas, dit Bob; pourquoi pas, Rocky, m' garçon.

À minuit, le pack qu'avait ramené Léo était terminé et le nouvel autocollant était placé, légèrement de guingois, sur le côté gauche du pare-brise de Rocky. Celui-ci avait recopié lui-même le renseignement nécessaire avant d'apposer l'autocollant du plat de la main, s'appliquant soigneusement à reproduire les chiffres de la feuille d'enregistrement du véhicule, en loques et toute graisseuse, qu'il avait finalement trouvée dans la boîte à gants. Il *avait dû* beaucoup s'appliquer car il y voyait triple. Bob était assis en tailleur sur le sol comme un yogi, une boîte d'IC à demi vide devant lui. Il fixait obstinément le néant.

– Ben, tu m'as vraiment sauvé la vie, déclara Rocky.

Il décocha à Léo un bon coup de pied dans les côtes pour le réveiller. Léo grogna, la respiration coupée. Il battit un peu des paupières, les referma puis les ouvrit toutes grandes lorsque Rocky lui assena un deuxième coup de pied.

– On est d'jà rendus, Rocky ? On...

– Continue à bien la ramoner, Bobby, s'écria joyeusement Rocky.

Il plaça ses doigts en crochet sous les aisselles de Léo et tira d'un coup sec. Léo se retrouva sur pied, hurlant. Rocky lui fit faire le tour de la Chrysler en le portant à demi et le fourra sur le siège du passager.

– On r'viendra s'occuper d'elle un d'ces jours.

– C'était l' bon temps, dit Bob. (Il avait les yeux humides.) Depuis, tout n'a fait qu'aller de mal en pis, tu sais.

– Je sais, répondit Rocky. Tout a été changé et

salopé. Mais perds pas courage et ne fais rien que je ne ferais moi-m...

– J'ai pas baisé avec ma femme d'puis un an et d'mi, continua Bob, mais ses paroles furent étouffées par les ratés hoquetants du moteur de Rocky.

Il se releva et regarda la Chrysler qui reculait en arrachant un peu de bois au côté gauche de la porte.

Léo se pencha à la fenêtre en souriant comme un saint idiot :

– Un d' ces jours passe à la blanchisserie, écorcheur. J' te montrerai l' trou qu'y a dans mon dos. J' te montrerai mes roues ! J' te montr'...

Le bras de Rocky se tendit soudain comme pour un coup de poing de vaudeville et il ramena Léo dans l'ombre.

– Salut, vieux frère ! hurla Rocky.

La Chrysler effectua un slalom ivre autour des trois pompes à essence et disparut dans la nuit en cahotant. Bob les regarda s'éloigner jusqu'à ce que les feux arrière ne soient plus que des points tremblotants, puis il rentra dans son garage avec précaution. Sur son établi encombré se trouvait l'ornement chromé d'une vieille voiture. Il se mit à jouer avec, et bientôt commença à verser des larmes faciles sur le bon vieux temps. Plus tard, vers trois heures du matin, il étrangla sa femme et fit brûler la maison pour que ça ait l'air d'un accident.

– Seigneur, dit Rocky à Léo alors que le garage de Bob n'était plus qu'un point de lumière blanche derrière eux. Qu'est-que tu dis d'ça ? Bon vieux Jus-d'chaussettes.

Rocky avait atteint ce stade de l'ivresse où chaque partie de lui-même s'était désagrégée à l'exception d'une minuscule braise incandescente, quelque part au cœur de son cerveau.

Léo ne répondit rien. Dans la lumière vert pâle du tableau de bord il ressemblait au loir de la tea-party d'Alice.

– Il en avait un sacré coup dans l'aile, continua Rocky. (Il conduisit du côté gauche de la route pendant un moment puis la Chrysler revint du bon côté.) Heureusement pour toi... y s'souviendra sûr'ment pas de c' que tu lui as dit. Une aut' fois ça s'ra p'têt' différent. Combien d' fois faut que j' t' le dise ? Faut la fermer sur c'te foutue histoire de trou dans ton dos.

– Tu sais bien qu' j'ai un trou dans l' dos.

– Bon, et après ?

– C'est mon trou, v'là c' qu'y a après. Et j' parl'rai d' mon trou quand j'... (Il se retourna brusquement.) Y a un camion derrière nous. Y vient just' de sortir de c' chemin latéral. Aucun phare.

Rocky leva les yeux vers le rétroviseur. Oui, le camion était là, et sa silhouette était caractéristique. C'était un camion laitier. Il n'avait pas besoin non plus de lire LAITERIE CRAMER sur le côté pour savoir à qui il appartenait.

– C'est Spike, s'écria Rocky avec frayeur. C'est Spike Milligan ! Seigneur, je croyais qu'il ne livrait que le *matin*.

– Qui ?

Rocky ne répondit pas. Un petit sourire crispé gagna le bas de son visage. Il ne toucha pas ses yeux qui étaient à présent immenses et rouges, comme des lampes à alcool.

Il écrasa soudain le champignon de la Chrysler qui cracha des vapeurs d'huile bleues et réussit de mauvaise grâce à monter en grinçant jusqu'à cent kilomètres-heure.

– Hé, t'es trop bourré pour aller aussi vite que ça ! t'es...

Léo laissa s'effilocher sa phrase comme s'il perdait le fil de son message. Les arbres et les maisons défilaient de chaque côté, flou vague dans le cimetière de minuit et quart. Ils grillèrent un stop et décollèrent sur un dos-d'âne, abandonnant quelques instants la surface de la route. Quand ils atterrirent, le pot d'échappement pendouillant fit jaillir une étincelle sur l'asphalte. À l'arrière les boîtes tintaient et cliquetaient. Les visages des Cuirassés[1] de Pittsburgh roulaient d'avant en arrière, parfois dans la lumière, parfois dans l'ombre.

– C'était une *blague* ! s'écria éperdument Léo. Y a pas d' camion !

– C'est lui et c'est un tueur, hurla Rocky. J'ai vu son insecte dans le garage ! *Nom de Dieu !*

Ils grimpèrent Southern Hill du mauvais côté de la route. Une familiale qui arrivait face à eux fit pour les éviter une folle embardée sur les gravillons du bas-côté et tomba dans le fossé. Léo regarda derrière lui. La route était vide.

– Rocky...

– *Attrape-moi donc Spike !* hurla Rocky. *Allez, vas-y, attrape-moi !*

La Chrysler venait de monter à cent vingt kilomètres-heure, vitesse que Rocky un peu moins ivre n'aurait pas crue possible. Ils prirent le virage qui menait à la Johnson Flat Road, de la fumée jaillissant des pneus lisses de Rocky. La Chrysler hurlait dans la nuit comme un fantôme, ses phares scrutant la route vide devant elle.

Tout à coup une Mercury 1959 vrombit devant eux dans le noir, à cheval sur la ligne médiane. Rocky hurla et se couvrit le visage des deux mains. Avant que ne se produise l'accident, Léo eut juste le temps de voir que la Mercury avait perdu l'ornement de son capot.

1. Nom de l'équipe de football américain de Pittsburgh. *(N.d.T.)*

Huit cents mètres plus loin, à l'intersection avec une route transversale, des clignotants entrèrent en action et un camion laitier sur le côté duquel était inscrit LAITERIE CRAMER déboîta et s'avança vers la colonne de flammes et la carcasse tordue et noircie qui occupaient le centre de la route. Il avançait lentement. Le transistor qui dansait au bout de sa lanière sur le croc de boucher diffusait du rhythm and blues.

– Voilà, dit Spike. À présent, chez Bob Driscoll. Il croit avoir de l'essence dans son garage, mais je ne suis pas sûr qu'il en ait. Quelle longue journée, n'est-ce pas ?

Mais quand il se retourna, l'arrière du camion était vide. Même l'insecte avait disparu.

Mémé

La mère de George approcha de la porte, hésita sur le seuil, revint et ébouriffa les cheveux de son fils :

– Je ne veux pas que tu t'inquiètes. Ça va très bien se passer, pour toi, et pour mémé aussi.

– Bien sûr, ça ira très bien. Dis à Buddy de garder son sang au frigo.

– Pardon ?

George sourit.

– De garder son sang-froid.

– Ah, très amusant.

Elle lui sourit en retour, d'un sourire préoccupé, qui partait dans six directions à la fois.

– George, tu es sûr...

– Ça ira très bien.

Tu es sûr de quoi ? Tu es sûr de ne pas avoir peur de rester seul avec mémé ? C'est ça qu'elle allait lui demander ?

Si tel était le cas, la réponse était non, il n'avait pas peur. Voyons, il n'avait plus six ans, on n'était plus à l'époque où ils étaient venus dans le Maine pour s'occuper de mémé et où il criait de terreur chaque fois qu'elle tendait vers lui ses gros bras du fond de ce siège de vinyle blanc qui sentait toujours les œufs pochés qu'elle mangeait et le talc doux que la maman de George frottait sur la peau molle et ridée; elle tendait ses bras d'éléphant blanc, elle voulait qu'il vienne près d'elle pour le presser contre son lourd et énorme corps de vieil éléphant blanc. Buddy s'était approché d'elle, il avait été enveloppé dans l'étreinte aveugle de mémé et il en était revenu vivant... mais Buddy avait deux ans de plus.

Maintenant Buddy s'était cassé une jambe et était à l'hôpital des Compagnons-de-l'Ordre-de-Saint-Michel-et-Saint-George à Lewiston.

– Tu as le numéro du docteur au cas où il se passerait quelque chose. Mais il ne se passera rien. Pas vrai ?

– Bien sûr, dit-il et il avala quelque chose de sec dans sa gorge.

Il sourit. Est-ce que son sourire passait bien ? Oui, oui, bien sûr. Il n'avait plus peur de mémé. Après tout, il n'avait plus six ans. Maman allait voir Buddy à l'hôpital et il allait simplement rester là, garder son sang au frigo. Passer un moment avec mémé. Aucun problème.

Maman retourna à la porte, hésita de nouveau et revint une nouvelle fois, avec son sourire distrait, qui partait dans six directions à la fois.

– Si elle se réveille et demande son thé...

– Je sais, dit George, qui voyait combien elle était effrayée et inquiète sous ce sourire distrait.

Elle était inquiète pour Buddy, Buddy et son championnat idiot; l'entraîneur avait appelé pour dire que Buddy avait été blessé pendant une partie et George l'avait compris (il venait juste de rentrer de l'école et il était attablé devant des biscuits et un verre de Nesquik) quand sa mère avait fait un drôle de bruit avec sa bouche et dit : « Blessé ? Buddy ? C'est grave ? »

– Je sais tout ça, maman. Je me le suis bien fourré dans le crâne. Te cogne pas pour ça. Vas-y maintenant.

– Tu es un brave garçon, George. N'aie pas peur. Tu n'as plus peur de mémé, n'est-ce pas ?

– Meu non.

Il sourit. Le sourire semblait très bien, c'était celui d'un type qui gardait son sang au frigo et se cognait pas pour ça, le sourire d'un type qui s'était bien fourré tout ça dans le crâne, le sourire d'un type qui n'avait plus six ans, définitivement. Il déglutit. C'était un sourire superbe, mais derrière, dans l'ombre derrière ce sourire, il y avait une gorge très sèche. On aurait dit qu'elle était doublée de laine tricotée.

– Dis à Buddy que je suis désolé qu'il se soit cassé la jambe.

– Je lui dirai, acquiesça-t-elle et elle revint à la porte.

Les fenêtres laissaient passer la lumière oblique de 4 heures de l'après-midi.

– Remercie le Seigneur que nous ayons une assurance pour les activités sportives, Georgie. Je ne sais pas comment nous nous en sortirions autrement.

– Dis-lui que j'espère qu'il a démoli l'abruti qui lui a fait ça.

– Et n'oublie pas, le Dr Arlinder...

– Non, non, tu ferais mieux d'y aller, sinon sa jambe sera guérie avant que tu y sois.

– Mémé va probablement dormir tout le temps. Je t'adore, Georgie, tu es un brave garçon.

Sur ces mots, elle referma la porte.

George gagna la fenêtre pour la regarder se précipiter en fouillant son sac à la recherche des clés, vers la vieille Dodge 69 qui brûlait trop d'essence. Maintenant qu'elle était sortie de la maison, inconsciente du regard de George, le sourire soucieux s'effaçait et elle n'avait plus l'air que préoccupée – et malade d'inquiétude au sujet de Buddy. George était triste pour elle. Il ne gaspillait pas des sentiments similaires pour son frère, qui aimait le jeter par terre et s'asseoir sur lui en lui coinçant les épaules avec les genoux pour lui tapoter le milieu du front avec une cuillère jusqu'à le rendre à moitié dingue (Buddy appelait cela la Torture de la Cuillère du Barbare chinetoque et riait comme un fou et continuait parfois jusqu'à ce que George éclate en sanglots), Buddy qui parfois lui infligeait le Pinçon Indien avec tant de vigueur que le sang affleurait sur l'avant-bras de George, perlant sur les pores comme la rosée sur les brins d'herbe au point du jour, Buddy qui lui avait prêté une oreille si attentive le soir où il lui avait chuchoté dans le noir qu'Heather MacArdle lui plaisait et qui le lendemain matin avait foncé à travers la cour de l'école comme une voiture de pompiers en criant : OH-LES-AMOUREU-EUX ! OH-LES-AMOUREU-EUX ! GEORGE ET HEATHER Y VONT SE MARIER-ER ! Y VONT SE MARIER ET Y ZAURONT UN BÉBÉ-É ! Une jambe cassée, ça ne calme pas très longtemps un frère aîné comme Buddy, mais George préférait songer au long moment de tranquillité qui l'attendait. *Allez, Buddy, fais-moi donc la Torture de la Cuillère du Barbare chinetoque, avec ta jambe dans le plâtre. Bien sûr, mon vieux... vas-y, quand tu veux.*

La Dodge sortit de l'allée et s'arrêta le temps que sa mère jette un coup d'œil des deux côtés, bien qu'aucun véhicule ne soit en vue. Il n'y en avait jamais. Sa mère avait trois kilomètres de tôle ondulée et d'ornières à franchir avant de trouver l'asphalte et après, c'étaient trente kilomètres jusqu'à Lewiston.

Elle s'engagea sur la piste et s'éloigna. Un moment la poussière resta suspendue dans l'atmosphère de cet après-midi d'octobre, et puis elle commença à retomber.

Il était seul dans la maison.

Avec mémé.

Il déglutit.

Eh ! Te cogne pas pour ça ! Contente-toi de garder ton sang au frigo, d'ac ?

– D'ac, dit George à voix haute et il traversa la petite cuisine baignée de soleil.

Le cheveux blond cendré, les joues et le nez criblés de taches de rousseur, c'était un bel enfant, avec une étincelle de gaieté dans ses yeux gris clair.

L'accident de Buddy était arrivé ce 5 octobre pendant le championnat des cadets. Deux semaines plus tôt, l'équipe de George, les Tigres, avait été éliminée dès le premier jour du championnat des poussins (« Quelle bande de bébés ! s'était écrié Buddy, exultant, pendant que George quittait en larmes le terrain. Quelle bande de trouillards ! »)... et maintenant Buddy s'était cassé la jambe. Si maman n'avait été si inquiète et effrayée, George aurait été presque heureux.

Il y avait un téléphone au mur, et tout à côté un bloc-notes et un crayon gras qui pendaient tout près.

En haut du bloc-notes, on voyait une gentille grand-mère campagnarde aux joues roses, ses cheveux blancs relevés en chignon; une mémé de BD qui montrait du doigt le bloc-notes. Dans le phylactère qui sortait de la bouche de la gentille mémé campagnarde était écrit : N'OUBLIE PAS ÇA, FISTON ! Sur le bloc sa mère avait gribouillé : *Dr Arlinder 681-4330.* Maman n'avait pas écrit le numéro aujourd'hui; cela faisait presque trois semaines maintenant qu'elle l'avait noté parce que mémé avait eu un nouvel « accès malin ».

George souleva le combiné et prêta l'oreille.

« ... alors je lui ai dit : bon, Mabel, s'il te menace de cette façon... »

Il raccrocha. Henrietta Dodd. Henrietta était toujours pendue au téléphone, et l'après-midi on entendait toujours à l'arrière-plan les feuilletons télé pour ménagères. Un soir, après avoir pris un verre de vin avec mémé (depuis que ses « accès malins » l'avaient reprise, le Dr Arlinder avait défendu à mémé de boire du vin au souper, aussi maman s'en abstenait-elle aussi – au grand regret de George, le vin rendant maman d'humeur folâtre, et l'incitant à raconter des histoires de sa jeunesse), maman avait dit que chaque fois qu'Henrietta Dodd ouvrait la bouche, tous ses boyaux en dégoulinaient. Buddy et George s'étaient esclaffés bruyamment et maman s'était plaqué une main sur la bouche puis leur avait lancé : « Ne dites JAMAIS à personne ce que j'ai dit », et ensuite elle s'était mise à rire elle aussi; tous trois riaient autour de la table du souper, et à la fin le vacarme avait réveillé mémé, qui dormait de plus en plus, et elle s'était mise à crier : « Ruth ! Ruth ! Ruuuuuth ! » de cette voix grêle et geignarde qu'elle avait, et maman s'était arrêtée de rire et était allée dans sa chambre.

Aujourd'hui Henrietta Dodd pouvait parler tout son saoul, George s'en moquait bien. Tout ce qu'il voulait, c'était s'assurer que le téléphone marchait. Quinze jours plus tôt, il y avait eu un gros orage et depuis lors l'installation flanchait parfois.

Il se surprit à revenir contempler la charmante mémé de BD et se demanda quel effet ça faisait d'en avoir une pareille. Sa mémé à lui était énorme et grasse et aveugle; l'hypertension la rendait aussi sénile. Parfois, quand elle avait ses « accès malins », elle se conduisait (disait maman) « comme une mégère », appelant des gens qui n'étaient pas là, tenant des conversations d'un vide total, marmonnant des mots étranges qui n'avaient aucun sens. Une fois qu'elle agissait ainsi, maman avait blêmi et lui avait dit : « Ferme-la, ferme-la, *ferme-la !* » George se souvenait très bien de cette fois-là, non seulement parce que c'était la seule fois où maman avait hurlé contre mémé, mais encore parce que c'était le lendemain que quelqu'un avait découvert que le cimetière Birches sur la route du Sirop-d'Érable avait été saccagé – les pierres tombales renversées, les vieilles portes du XIXe siècle jetées par terre et une ou deux des tombes bel et bien retournées, pillées ou autre chose. Profanées, c'était le mot qu'avait employé M. Burdon, le principal, quand il avait convoqué le lendemain les huit classes en assemblée pour faire un discours à l'école tout entière sur le Mal malicieux et le fait qu'il y avait des choses-qui-n'étaient-pas-drôles. En rentrant à la maison ce soir-là, George avait demandé à Buddy ce que ça voulait dire, profaner, et ce dernier avait répondu que cela signifiait retourner les tombes et pisser sur les cercueils, mais George ne l'avait pas cru... jusqu'à une heure tardive. Jusqu'à ce qu'il fît noir.

Mémé était bruyante quand elle avait ses « accès malins » mais la plupart du temps elle gisait sur le lit où elle s'était installée trois ans plus tôt comme une grosse limace portant des couches et une culotte de caoutchouc sous sa chemise de nuit de flanelle, le visage raviné de rides et de gerçures, les yeux vides et aveugles – l'iris d'un bleu usé flottant sur la cornée jaune.

Au début, mémé n'était pas tout à fait aveugle. Mais elle l'était devenue, et il lui avait fallu deux personnes, une à chaque coude, pour la soutenir pendant qu'elle trottinait de son siège de vinyle blanc qui sentait l'œuf et le talc de bébé jusqu'à son lit ou aux toilettes. À cette époque, il y a cinq ans, mémé pesait plus de cent kilos.

Elle tendait les bras et Buddy, qui avait alors huit ans, s'approchait d'elle. George restait en arrière. Et pleurait.

Mais je n'ai pas peur maintenant, se dit-il, en traversant la cuisine. *Pas du tout. Ce n'est qu'une vieille dame qui a de temps en temps des « accès malins ».*

Remplissant une bouilloire à thé d'eau, il la posa sur un brûleur éteint. Dans une tasse, il mit une pincée de la tisane spéciale de mémé. Au cas où elle se réveillerait et en réclamerait une tasse. Il espérait de toutes ses forces qu'elle ne le ferait pas, parce qu'il lui faudrait alors lui redresser son lit d'hôpital et s'asseoir à côté d'elle pour lui faire boire sa tisane à petites gorgées, les yeux fixés sur la bouche édentée qui se collait au bord de la tasse, et écouter les bruits de succion qu'elle émettait en aspirant la tisane dans ses boyaux agonisants, humides et froids. Parfois elle glissait sur le côté du lit et il fallait la tirer, la ramener sur la couche et sa chair était molle, pour ainsi dire branlante, comme si elle était pleine d'eau brûlante, et ses yeux aveugles vous fixaient...

George se passa la langue sur les lèvres et retourna à la table de la cuisine. Son dernier biscuit et un demi-verre de Nesquik s'y trouvaient toujours, mais il n'en voulait plus. Sans enthousiasme, il considéra ses livres de classe, recouverts d'un papier montrant les Couguars de Castle Rock.

Il devrait lui jeter un coup d'œil.

Il n'en avait pas envie.

Il déglutit et il avait toujours l'impression que sa gorge était en laine tricotée.

Je n'ai pas peur de mémé, se dit-il. *Si elle tendait les bras, je m'approcherais d'elle sans hésiter et je la laisserais m'embrasser parce que ce n'est qu'une vieille dame. Elle est sénile et c'est pour ça qu'elle a des « accès malins ». C'est tout. La laisser serrer et ne pas crier. Comme Buddy.*

Il traversa le petit couloir pour gagner la chambre de mémé, le visage fermé comme s'il allait prendre un mauvais remède, les lèvres pressées si fort qu'elles blanchissaient. Il regarda à l'intérieur et mémé gisait là, ses cheveux d'un blanc jaunâtre répandus en couronne autour de sa tête; elle dormait, la bouche édentée béante, la poitrine sous le dessus-de-lit bougeant de manière presque imperceptible, si lentement qu'il fallait la regarder un moment pour être sûr qu'elle n'était pas morte.

Ô mon Dieu, et si elle mourait pendant que maman est à l'hôpital ?

Non, elle mourra pas. Elle mourra pas.

Ouais, mais si elle mourait ?

Elle mourra pas, alors arrête d'avoir la trouille.

L'une des mains jaunes, l'une de ses mains qui paraissaient se dissoudre, bougea doucement sur le couvre-lit : les ongles longs traînèrent sur le drap et produisirent un bruit infime de grattage. George se rejeta brusquement en arrière, le cœur battant.

Elle est tranquille comme une vache, abruti, tu vois bien. Garde ton sang au frigo.

Il retourna à la cuisine pour le cas où sa mère serait partie pour une heure seulement, ou peut-être une heure et demie. Si cette dernière éventualité était la bonne, alors il pourrait raisonnablement commencer à attendre son retour. En levant les yeux sur l'horloge, il fut étonné de voir qu'il ne s'était pas même écoulé vingt minutes. Maman n'était sans doute pas même encore arrivée en ville – sans parler de son retour ! Il resta immobile, écoutant le silence. Il entendait à peine le ronronnement du réfrigérateur et le tic-tac de l'horloge électrique, et la brise nasillarde de l'après-midi qui tournait autour de la petite maison. Et puis, à la limite de l'audible, le chuchotis râpeux de la peau frottant le tissu... la main ridée et suiffeuse de mémé bougeant sur le couvre-lit.

Il pria dans un souffle, en rafale mentale :

S'il-vous-plaît-mon-Dieu-ne-la-laissez-pas-se-réveil-

ler-jusqu'à-ce-que-maman-rentre-à-la-maison-pour-l'amour-du-ciel-amen.

Il s'assit pour finir son biscuit et boire son Nesquik. Il pensa à allumer la télé pour regarder quelque chose mais il avait peur que le bruit ne réveille mémé et que sa voix grêle, geignarde, inéluctable ne commence à appeler : « Ruuth ! RuUUTH ! APPORTE-MOI MA TISANE ! MA TISANE ! RUUUUUUUUUTH ! »

Il passa une langue sèche sur ses lèvres encore plus sèches et se dit de ne pas être aussi trouillard. C'était une vieille dame clouée au lit, ce n'était pas comme si elle pouvait se lever et lui faire du mal, et elle avait quatre-vingt-trois ans, elle n'allait pas mourir cet après-midi.

George alla au téléphone et le décrocha.

« ...le même jour ! Et elle savait bien qu'il était marié. Gory, je déteste ces petites traînées de rien du tout qui se croient si fortes ! Alors j'ai dit à Grange... »

George devina qu'Henrietta téléphonait à Cora Simard. Presque tous les après-midi Henrietta était pendue au téléphone avec en fond sonore *L'Espoir de Ryan,* et puis *Une seule vie à vivre,* puis *Tous mes enfants,* puis *Ainsi va le monde* et puis *Quête pour demain* et puis Dieu sait quoi encore, et Cora Simard était l'une de ses plus fidèles interlocutrices téléphoniques, l'essentiel de leurs conversations portant sur : 1. qui allait faire une réunion Tupperware et quels rafraîchissements il conviendrait de servir; 2. les petites traînées de rien du tout; 3. ce qu'elles avaient dit à différentes personnes; 3 a. Grange; 3 b. la kermesse mensuelle de l'église; 3 c. le bingo de la maison des Chevaliers de Pythias.

« ... que si je la revoyais jamais se conduire de cette façon, je crois que je saurai être une bonne citoyenne et appeler... »

Il reposa le combiné sur la fourche. Buddy et lui, comme tous les autres gosses, se moquaient de Cora quand ils passaient devant sa maison – elle était grosse, molle et cancanière et ils chantonnaient : *Cora-Cora de Bora-Bora, elle a mangé de la crotte de chien, une autre part elle voudrait bien !* et si elle avait appris ça, maman les aurait tués tous les deux, mais maintenant George était heureux de savoir qu'Henrietta Dodd et elle bavardaient au téléphone. En ce qui le concernait, elles pouvaient bien bavarder tout l'après-midi. De toute façon, il n'avait rien contre Cora. Un jour qu'il était tombé devant chez elle et qu'il s'était écorché le genou – Buddy lui courait après – Cora lui avait mis un sparadrap et leur avait donné à chacun un biscuit en parlant sans arrêt. George avait eu honte pour toutes les fois où il avait chanté la comptine sur la crotte de chien et le reste.

George alla prendre son livre de lecture sur le buffet. Il le tint dans sa main un moment, puis le reposa. Il avait déjà lu toutes les histoires qu'il contenait, bien que l'école n'eût commencé que depuis un mois. Il lisait mieux que Buddy, et Buddy était meilleur en sport. *Pendant un moment, il ne sera pas le meilleur,* songea-t-il avec un plaisir éphémère, *pas avec une jambe cassée.*

Prenant son livre d'histoire, il s'assit à la table de la cuisine et se mit à lire le chapitre où Cornwallis rendait son épée devant Yorktown. Ses pensées dérivaient. Il se leva, retraversa le couloir. La main jaunâtre était immobile. Mémé dormait, l'ovale gris de son flasque visage sur l'oreiller, soleil mourant entouré par la couronne désordonnée et jaunâtre de ses cheveux. Aux yeux de George, elle ne correspondait pas à l'image que devaient offrir les gens qui vieillissent et s'apprêtent à mourir. Elle n'avait rien d'un paisible coucher de soleil. Elle avait l'air folle et…

(et dangereuse)

...oui, d'accord, et dangereuse – comme une ourse décrépite qui conserverait dans les pattes assez d'énergie pour quelques bons coups de griffe.

George ne risquait pas d'oublier qu'ils étaient venus à Castle Rock pour s'occuper de mémé après la mort de pépé. Avant, maman était employée à la blanchisserie Stratford, à Stratford, dans le Connecticut. Pépé avait trois ou quatre ans de moins que mémé. Charpentier, il avait travaillé jusqu'au jour de sa mort. Une crise cardiaque.

Dès lors mémé était devenue sénile, et avait eu ses « accès malins ». Elle avait toujours été une charge pour sa famille. C'était une femme volcanique qui avait enseigné pendant quinze ans, entre ses grossesses successives et ses disputes avec l'Église congréganiste que pépé, mémé et leurs neuf enfants fréquentaient. Maman disait que pépé et mémé avaient quitté l'Église congréganiste de Scarborough en même temps que mémé démissionnait de son poste d'enseignante, mais un jour, il y avait environ un an, quand ils habitaient encore à Salt Lake City, tante Flo était venue leur rendre visite; George et Buddy avaient écouté par la grille du chauffage la conversation de maman et de sa sœur qui étaient restées tard à bavarder, et ils avaient entendu une version différente. Pépé et mémé avaient été virés de l'Église èt mémé avait perdu son boulot parce qu'elle avait fait quelque chose de mal. Ça tournait autour d'une histoire de livres. Pourquoi et comment pouvait-on virer quelqu'un de son boulot et le mettre à la porte d'une Église pour une simple question de livres, George ne le comprenait pas, et quand Buddy et lui retournèrent en rampant dans leurs lits jumeaux sous les combles, George avait interrogé son frère.

« Il y a livres et livres, hé ! banane », avait chuchoté Buddy.

« Ouais, mais quels livres c'était ? »

« Comment tu veux que je sache ? Va dormir ! »

Silence, George réfléchissait.

« Buddy ? »

« Quoi ? »

Un soupir irrité.

« Pourquoi est-ce que maman nous a dit que mémé a démissionné de l'Église et de son boulot ? »

« Parce que mémé a un squelette dans son placard, voilà pourquoi ! Maintenant, dors ! »

Mais il n'avait pas dormi, pas avant un long moment. Ses yeux ne cessaient de s'égarer du côté de la porte du placard, que la lumière de la lune détachait faiblement de l'obscurité, et il se demandait sans cesse quel effet ça lui ferait si la porte s'ouvrait brusquement, révélant un squelette à l'intérieur du placard, un squelette souriant de toutes ses dents de pierres tombales, avec le puits béant de ses orbites et la cage à perroquet de son thorax; la lumière blanche de la lune glissant, délirante et presque bleue, sur des os encore plus blancs. Est-ce qu'il crierait ? Qu'est-ce que Buddy avait voulu dire : un squelette dans le placard ? Qu'est-ce que les squelettes ont à voir avec les livres ? À la fin, il avait sombré dans le sommeil sans même s'en rendre compte et rêvé qu'il avait de nouveau six ans et mémé tendait les bras vers lui, ses yeux aveugles le cherchaient; la voix ténue et grêle de mémé disait : *Où est le petit, Ruth ? Pourquoi pleure-t-il ? Je veux seulement le mettre dans le placard... avec le squelette.*

George avait tourné et retourné ces questions pendant longtemps et finalement, près d'un mois après le départ de tante Flo, il était allé dire à sa mère qu'il avait entendu sa conversation avec la tante. Il savait désormais ce que signifiait un squelette dans le placard, parce qu'il l'avait demandé à Mme Redenbacher à l'école. Elle disait que cela signifiait avoir un scandale dans la famille et un scandale, c'était quelque chose dont tout le monde parlait beaucoup. « Parler beaucoup, comme Cora Simard ? » avait demandé George, et le visage de Mme Redenbacher avait eu des crispations bizarres et ses lèvres tremblaient et elle avait dit : « Ce n'est pas gentil, George mais... oui, quelque chose comme ça. »

Quand il avait demandé à maman, son visage s'était figé et ses mains s'étaient immobilisées au-dessus des cartes qu'elle avait disposées en cercle.

« Tu crois que c'est bien de faire ça, Georgie ? Ton frère et toi vous avez l'habitude d'écouter les conversations à travers la grille du chauffage ? »

George, qui n'avait alors que neuf ans, avait baissé la tête.

« Nous aimons bien tante Flo, maman. Nous voulions écouter encore un petit moment. »

C'était la vérité.

« C'était une idée de Buddy ? »

Tel était le cas, mais George n'allait pas avouer une chose pareille. Il ne voulait pas être traîné la tête en arrière, ce qui pourrait arriver si Buddy découvrait qu'il avait cafté.

« Non, une idée à moi. »

Maman garda le silence un long moment et puis lentement, elle se remit à étaler ses cartes. « Il est peut-être temps pour toi de savoir, avait-elle dit. Mentir est pire qu'écouter aux portes, je suppose, et nous mentons tous à nos enfants au sujet de mémé. Et je suppose aussi que nous nous mentons tous à nous-mêmes. La plupart du temps en tout cas. » Et puis elle avait parlé avec une amertume soudaine et malsaine, qui jaillissait d'elle comme un acide giclant d'entre ses dents de devant – il lui sembla que ses paroles étaient si virulentes qu'elles lui auraient brûlé le visage s'il ne s'était reculé. « Sauf en ce qui me concerne. Je dois vivre avec elle, et je ne peux plus m'offrir le luxe de mentir. »

Alors maman lui avait raconté qu'après leur mariage, pépé et mémé avaient eu un bébé mort-né et puis un an après un autre bébé, mort-né lui aussi, et le médecin avait dit à mémé qu'elle ne pourrait jamais porter un enfant à terme et que tout ce qu'elle pouvait faire, c'était continuer à avoir des bébés mort-nés ou des bébés qui mourraient dès qu'ils respireraient à l'air libre. Cela continuerait, disait-il, jusqu'à ce que l'un d'entre eux meure en elle et reste trop longtemps dans son corps, y pourrisse et qu'elle meure aussi.

Voilà ce que le docteur lui avait dit.

Peu de temps après, *les livres* ont commencé.

« Des livres sur la façon d'avoir des enfants ? »

Mais maman ne lui avait pas expliqué – ou n'avait pas voulu lui expliquer – de quelle sorte de livres il s'agissait, ni où mémé les avait trouvés, ni comment elle savait où les trouver. Mémé avait été de nouveau enceinte et cette fois le bébé n'était pas mort-né et il n'était pas mort après deux ou trois inspirations; cette fois le bébé était en excellente forme, et c'était l'oncle Larson. Et après cela, mémé avait continué d'être enceinte et d'avoir des enfants. Un jour pépé avait essayé d'obtenir qu'elle se débarrasse des livres pour voir s'ils auraient des enfants sans eux (ou même s'ils ne pouvaient en avoir, pépé estimait peut-être qu'ils avaient assez de marmaille désormais, alors peu importait) et mémé n'avait pas voulu. George demanda à sa mère pourquoi et elle répondit :

« Je crois que la possession de ces livres était

devenue aussi importante pour elle que d'avoir des enfants. »

« Je comprends pas », dit George.

« Hum, fit sa mère, je ne suis pas sûre de comprendre moi non plus, si... j'étais très petite, n'oublie pas. Tout ce que je sais avec certitude c'est que ces livres ont acquis un pouvoir sur elle. Elle a dit qu'on ne reviendrait pas là-dessus et on n'y est pas revenu. Parce que c'était mémé qui portait la culotte dans la famille. »

George referma d'un coup sec son livre d'histoire. Il vit à la pendule qu'il était près de 5 heures. Son estomac gargouillait doucement. Tout à coup, avec un sentiment bien proche de l'horreur, il se rendit compte que si maman n'était pas à la maison vers 6 heures, mémé se réveillerait et braillerait pour avoir son souper. Maman avait oublié de lui donner des instructions à ce sujet, sans doute parce qu'elle était si inquiète pour la jambe de Buddy. Il pensait être capable de préparer pour mémé un de ces dîners surgelés spéciaux. C'étaient des repas spéciaux parce que mémé suivait un régime sans sel. Elle prenait aussi un bon millier de cachets de différentes sortes.

Et pour lui-même, il pouvait se réchauffer le reste de macaronis au fromage de la veille. En les inondant de ketchup, ce serait exquis.

Il sortit les pâtes du frigo, les fit glisser avec une cuillère dans une casserole qu'il plaça sur le brûleur près de la bouilloire à thé, toujours en place au cas où mémé se réveillerait et voudrait ce qu'elle appelait parfois « un petit coup de remontant ». George commença à se verser un verre de lait, s'interrompit et décrocha de nouveau le téléphone.

« ...et vraiment, je n'en ai pas cru mes yeux quand... »

La voix d'Henrietta Dodd mourut et puis elle reprit, sur un ton suraigu :

« J'aimerais bien savoir qui est-ce qui nous écoute sans arrêt sur cette ligne ! »

George reposa précipitamment le combiné, le visage brûlant de honte.

Elle ne sait pas que c'est toi, crétin ! Il y a six postes sur cette ligne !

De toute façon, ce n'est pas bien d'écouter les conversations, même si c'est seulement pour entendre une voix quand tu es seul à la maison, seul avec mémé, une grosse chose endormie dans le lit médical dans la pièce voisine; même s'il te semble presque nécessaire d'entendre une autre voix humaine parce que maman est à Lewiston et qu'il va bientôt faire noir et que mémé est dans l'autre chambre et que mémé ressemble...

(oui oh oui, elle y ressemble)

à une ourse qui pourrait bien avoir dans ses vieilles pattes figées l'énergie de flanquer un bon coup de griffe.

George retourna à son verre de lait.

Quant à maman, elle était née en 1930, puis il y avait eu tante Flo en 1932 et oncle Franklin en 1934. Ce dernier était mort en 1948, d'une péritonite aiguë, et maman parfois en avait encore les larmes aux yeux et elle gardait sa photo. Frank avait été son préféré parmi tous ses frères et sœurs, et elle disait qu'il n'aurait pas dû mourir ainsi, d'une péritonite. Elle disait que Dieu leur avait joué un sale tour en prenant la vie de Frank.

George jeta un coup d'œil par la fenêtre au-dessus de l'évier. La lumière prenait maintenant des teintes dorées, au ras de la colline. L'ombre de la remise derrière la maison couvrait toute la pelouse. Si Buddy ne s'était pas cassé sa fichue jambe, maman serait là en ce moment, en train de faire du chili ou autre chose (plus le dîner sans sel de mémé), et ils parleraient et riraient tous ensemble et peut-être qu'après ils joueraient au gin-rummy.

George alluma la lampe de la cuisine, bien qu'en réalité il ne fît pas encore assez noir pour cela. Puis il mit le feu des macaronis au minimum. Ses pensées revenaient sans cesse à mémé, assise dans son siège de vinyle blanc comme un grand gros ver en robe, sa couronne de cheveux emmêlés tombant sur les épaules de sa robe de rayonne rose, tendant les bras pour le faire venir près d'elle, lui qui se recroquevillait contre sa maman en braillant.

« Envoie-le-moi, Ruth. Je veux l'embrasser. »

« Il a un peu peur, mamie. Il viendra tout à l'heure. »

Mais sa mère elle-même paraissait effrayée.

Effrayée, maman ?

George s'arrêta sur cette idée. Était-ce vrai ? Buddy disait que la mémoire pouvait jouer des tours. Avait-elle réellement l'air effrayée ?

Oui.

La voix de mémé s'élevait, péremptoire :

« Ne dorlote pas ce gamin, Ruth ! Envoie-le tout de suite ici, je veux le serrer dans mes bras. »

« Non. Il pleure. »

Et quand mémé avait baissé ses lourds bras d'où pendait la chair en gros paquets mous comme de la pâte à pain, un sourire rusé, sénile lui avait envahi le visage et elle avait dit :

« Il ressemble vraiment à Franklin, Ruth ? Je me souviens que Franklin était ton chouchou. »

Doucement, George tournait les macaronis, le fromage et le ketchup. Il ne s'était jamais rappelé l'incident aussi clairement jusque-là. Peut-être était-ce le silence qui réveillait les souvenirs. Le silence, et d'être seul avec mémé.

Ainsi mémé avait eu des bébés et avait enseigné et les médecins étaient proprement stupéfaits, et pépé faisait le charpentier et en gros, il ne cessa de prospérer, trouvant même du travail au cœur de la dépression, et finalement, expliqua maman, les gens se sont mis à parler.

« Qu'est-ce qu'ils disaient ? » demanda George.

« Rien d'important, répondit maman, mais d'un geste brusque, elle ramassa les cartes. Ils disaient que mémé et pépé avaient trop de chance pour des gens ordinaires. Et c'est peu après que les livres ont été découverts. »

Maman ne voulut pas en dire davantage, sauf que la direction de l'école en avait découvert et qu'un homme embauché pour cela en avait trouvé d'autres. Il y avait eu un grand scandale. Pépé et mémé avaient déménagé à Buxton et il était retombé.

Les enfants avaient grandi et avaient eux-mêmes eu des enfants, se transformant mutuellement en oncles et tantes; maman s'était mariée et était allée vivre à New York avec papa (dont George ne se souvenait pas). Buddy était né, et puis ils avaient déménagé à Stratford et en 1969, George était né, et papa avait été renversé et tué par une voiture conduite par l'homme-saoul-qui-aurait-dû-aller-en-prison.

Quand pépé avait eu sa crise cardiaque il y avait eu un important échange de lettres entre les tantes et les oncles. Ils ne voulaient pas mettre la vieille dame dans un asile de vieillards. Et elle ne voulait pas y aller. Quand mémé ne voulait pas quelque chose, il valait mieux ne pas aller contre sa volonté.

La vieille dame voulait aller chez l'un d'entre eux pour y vivre jusqu'à la fin de ses jours. Mais ils étaient tous mariés et aucun d'entre eux n'avait de conjoint désireux de partager sa maison avec une vieille dame sénile et souvent déplaisante. Tous étaient mariés sauf, en fait, Ruth.

L'échange de lettres se poursuivit, et à la fin la mère de George céda. Elle abandonna son travail et vint dans le Maine s'occuper de la vieille dame. Les autres s'étaient cotisés pour acheter une petite maison près de Castle View, où le prix du terrain était bas. Tous les mois ils lui envoyaient un chèque pour qu'elle puisse s'en sortir, avec la vieille dame et les garçons.

Ce qui s'est passé, c'est que mes frères et sœurs m'ont transformée en paysanne miséreuse, avait-elle dit un jour. George s'en souvenait et, s'il n'était pas très sûr de savoir ce qu'elle voulait dire, elle avait l'air amère quand elle avait prononcé cette phrase, comme si c'était une plaisanterie qui ne pouvait sortir en douceur de ses lèvres et lui restait comme un os coincé dans la gorge. George savait (Buddy le lui avait dit) que maman avait fini par céder parce que tout un chacun dans la grande famille aux nombreuses ramifications lui avait assuré que mémé n'en avait pas pour longtemps. Elle avait trop de choses qui n'allaient pas – hypertension, urémie, obésité, palpitations cardiaques – pour durer. C'était une affaire de huit mois, assuraient tante Flo, tante Stéphanie et oncle George (dont George avait pris le prénom), d'une année tout au plus. Mais cela faisait maintenant cinq ans, et George trouvait le temps drôlement long.

Elle durait longtemps, c'est vrai. Comme une ourse en hibernation, qui attend... quoi ?

(C'est toi Ruth qui sais comment faire avec elle, tu sais comment lui clouer le bec.)

George, qui allait vérifier dans le frigo les consignes de préparation d'un repas surgelé de mémé, s'arrêta net dans son mouvement. D'où cela venait-il ? Cette voix qui parlait dans sa tête ?

Brusquement, il eut la chair de poule sur le ventre et la poitrine. Glissant une main à l'intérieur de sa chemise, il toucha le bout d'un de ses seins. C'était comme un petit caillou, et il retira vivement sa main.

L'oncle George, l'oncle-qui-lui-avait-donné-son-nom, qui travaillait chez Sperry-Rand à New York. C'était sa voix. Il avait dit cela quand sa famille et lui étaient venus pour Noël, il y avait de cela deux – non, trois ans.

Elle est plus dangereuse maintenant qu'elle est sénile.

George, tais-toi. Les garçons ne sont pas loin.

George restait debout près du réfrigérateur, une main sur la froide poignée de chrome, il réfléchissait, il se souvenait, il fouillait du regard l'obscurité montante. Ce jour-là, Buddy était loin, en fait, Buddy était déjà dehors parce qu'il avait voulu prendre la bonne luge, voilà pourquoi, ils allaient faire de la luge sur la côte de Joe Camber et l'autre traîneau avait un patin tordu. Alors Buddy était dehors et George était là, en train de fouiller dans la boîte à chaussures et chaussettes dans l'entrée, à la recherche de deux grosses chaussettes qui fassent la paire, et était-ce sa faute à lui, si sa mère et oncle George bavardaient dans la cuisine ? George ne le croyait pas. Comme sa mère l'avait déclaré en plusieurs occasions (en général après avoir bu un ou deux verres de vin), Dieu parfois s'amusait à jouer de vilains tours.

« Tu sais ce que je veux dire », disait oncle George.

Sa femme et ses trois filles étaient parties à Gates Falls pour faire quelques achats de Noël de dernière minute et oncle George avait un bon coup dans le nez, tout comme l'homme-saoul-qui-aurait-dû-aller-en-prison. George s'en rendait compte en entendant l'élocution embrouillée de son oncle.

« Tu te souviens de ce qui est arrivé à Franklin quand il l'a contrariée. »

« George, tais-toi, ou je vide le reste de ta bière dans l'évier. »

« Bon, elle ne voulait pas vraiment faire ça. Ses paroles ont dépassé sa pensée. Une péritonite… »

« George, ferme-la ! »

George se souvint d'avoir pensé vaguement : *Peut-être Dieu n'est-il pas le seul à jouer de vilains tours.*

Il brisa enfin l'étreinte de ces vieux souvenirs et jetant un coup d'œil dans le congélateur, il en tira un des dîners spéciaux de mémé. Du veau. Avec des pois en garniture. Préchauffer le four et cuire ensuite vingt minutes à trois cents degrés. Facile. Il était fin prêt. Le thé attendait sur le fourneau pour le cas où mémé en voudrait. Il était en mesure de faire du thé ou de préparer le dîner dans les meilleurs délais si mémé se réveillait et réclamait l'un ou l'autre. Thé ou dîner, il avait son fusil à deux coups. Le numéro du Dr Arlinder était sur le bloc-notes, en cas d'urgence. Tout était calme. Alors pourquoi s'inquiétait-il ?

Il n'était jamais resté seul avec mémé, voilà pourquoi il s'inquiétait.

Envoie-moi le gamin, Ruth. Envoie-le-moi ici.

Non, il pleure.

Elle est plus dangereuse maintenant... tu sais ce que je veux dire.

Nous mentons tous à nos enfants au sujet de mémé.

Ni lui ni Buddy. Aucun des deux garçons n'avait jamais été laissé seul avec mémé. Jusqu'à ce jour.

D'un coup, la bouche de George s'assécha, il alla à l'évier prendre un verre d'eau. Il se sentait... drôle. Ces pensées. Ces souvenirs. Pourquoi son cerveau les tirait-il de l'ombre aujourd'hui ?

Il lui semblait que quelqu'un avait jeté toutes les pièces d'un puzzle devant lui et qu'il n'arrivait pas tout à fait à les réunir, parce que l'image finale risquerait d'être, hum, une espèce de diablerie. Ça risquerait...

De la pièce où mémé vivait nuit et jour, un son étouffé, mélange de râle et de gargouillis, monta soudain.

En avalant une goulée d'air, George émit un bruit sifflant. Il se tourna vers la chambre de mémé et découvrit qu'il avait les pieds solidement cloués au sol. Son cœur était en barbelés dans sa poitrine. Ses yeux écarquillés, exorbités. *Vas-y maintenant,* disait son cerveau à ses pieds et ses pieds répondaient : *Pas question, mon commandant !*

Mémé n'avait jamais fait un bruit pareil jusque-là.

Jamais, jamais mémé n'avait fait un bruit pareil.

Il se fit de nouveau entendre, un son étouffé, bas et puis descendant encore plus bas, se transformant en bourdonnement d'insecte avant de mourir tout à fait. Enfin George réussit à bouger. Il marcha jusqu'au couloir séparant la cuisine de la chambre de mémé. Il le traversa et plongea son regard dans la chambre, son cœur battant la chamade. Maintenant sa gorge était bourrée de laine tricotée, il n'arriverait pas à déglutir.

Mémé dormait toujours et tout allait bien, pensa-t-il d'abord. Après tout, c'était seulement un bruit inquiétant qu'il y avait eu; peut-être en faisait-elle constamment de semblables quand Buddy et lui étaient à l'école. Rien qu'un ronflement. Mémé allait très bien. Elle dormait.

Ce fut sa première pensée. Puis il remarqua que la main jaunâtre qui avait été sur le couvre-lit pendait maintenant mollement sur le côté du lit, les longs ongles effleurant le parquet. Et sa bouche béait, ridée et sans contour comme un orifice creusé dans un fruit pourri.

Timidement George approcha d'une démarche hésitante.

Il resta à son côté un long moment, les yeux baissés sur elle, sans oser la toucher. L'imperceptible mouvement du couvre-lit montant et descendant avait apparemment cessé.

Apparemment.

C'était le mot clé. *Apparemment.*

Mais tu as la berlue, c'est tout, George. Tu es simplement en train de te faire bananer, comme dit Buddy – c'est un jeu. Ton cerveau joue des tours à tes yeux, elle respire très bien, elle...

– Mémé ? dit-il mais ce n'était qu'un chuchotis qui passait ses lèvres.

Il s'éclaircit la gorge et se rejeta en arrière, effrayé par le son. Mais sa voix était un petit peu plus forte.

– Mémé ? Tu veux ta tisane maintenant ? Mémé ?

Rien.

Les yeux étaient clos.

La bouche ouverte.

La main pendait.

Au-dehors, l'or rouge du soleil couchant luisait derrière les arbres.

Il la vit alors dans une plénitude positive; il la vit avec cet œil puéril d'une perspicacité sans garde-fou qui est le propre d'une réflexion immature et non formée; il la vit non pas là, maintenant, dans son lit, mais assise sur le siège de vinyle blanc, tendant les bras, le visage en même temps triomphant et stupide. Il se retrouva en proie aux souvenirs des « accès malins », quand mémé se mettait à crier des mots qui paraissaient appartenir à des langues étrangères... *Gyaagin ! Gyaagin ! Hastur degryon Yossoth-oth !* – et maman les avait envoyés dehors, avait hurlé : « SORS, je te dis ! » à l'adresse de Buddy lorsqu'il s'était arrêté devant la boîte près de l'entrée pour y chercher ses gants, et Buddy avait regardé par-dessus son épaule, écarquillant les yeux de terreur, car leur mère ne hurlait jamais, et ils étaient sortis tous les deux et avaient attendu dans l'allée, sans rien dire, mains enfoncées dans les poches pour se réchauffer, en se demandant ce qui se passait.

Plus tard, maman les avait appelés pour le souper comme si de rien n'était.

(C'est toi Ruth qui sais comment faire avec elle, tu sais comment lui clouer le bec.)

Depuis ce jour, George n'avait plus repensé à cet « accès malin » en particulier. Mais aujourd'hui, tandis qu'il observait mémé dormant d'un sommeil si étrange dans son lit médical articulé, il lui vint à l'esprit, avec un sentiment d'horreur naissante, que c'était arrivé la veille du jour où il avait appris que Mme Harham, qui vivait plus haut sur la route et rendait parfois visite à mémé, était morte dans son sommeil durant la nuit.

Les « accès malins » de mémé.

Malins.

C'étaient les sorcières qui étaient censées savoir invoquer le Malin. N'était-ce pas ce qui faisait d'elles des sorcières ? Des pommes empoisonnées. Des princes changés en crapauds. Des maisons de pain d'épice. Abracadabra. Presto-chango. Le Malin. Les maléfices.

Les pièces éparpillées d'un puzzle inconnu se rassemblèrent prestement dans l'esprit de George, comme par magie.

Magie : le mot le frappa et il gémit.

Quelle image apparaissait donc ? Mémé, bien sûr. Mémé et ses fameux livres, mémé qui avait été chassée de la ville, qui ne pouvait avoir d'enfants et puis qui avait pu, mémé qui avait été chassée de l'Église en même temps que de la ville. L'image qui apparaissait était celle de mémé, jaune et grasse et ridée et molle comme une limace, sa bouche édentée tordue dans un sourire sinistre, ses yeux éteints, aveugles et d'une certaine façon rusés et sournois; et sur sa tête se dressait un chapeau noir, conique, piqueté d'étoiles d'argent et de croissants babyloniens étincelants; à ses pieds glissaient, furtifs, des chats noirs aux yeux d'un jaune d'urine et cela sentait le porc et la cécité, le porc et la brûlure, les étoiles anciennes et les bougies noires comme la terre qui enserre les cercueils; il entendit des mots lus dans d'anciens livres, et chaque mot était comme une pierre et chaque phrase comme une crypte au fond de quelque puant champ d'ossements et chaque paragraphe comme une caravane cauchemardesque de victimes de la peste qu'on portait au bûcher; les yeux de George étaient ceux d'un enfant et en cet instant, ils s'écarquillaient dans leur découverte éberluée des ténèbres.

Mémé avait été une sorcière, exactement comme la Sorcière Méchante du *Magicien d'Oz*. Et maintenant elle était morte. Ce gargouillis, se disait George avec une horreur croissante, ce ronflement, c'était un... un... « râle d'agonie ».

– Mémé ? chuchota-t-il, et follement, il songea : *Ding-dong, la méchante sorcière est morte.*

Pas de réponse. Il plaça une main pliée en forme de coupe devant la bouche de mémé. Nulle brise n'émanait de mémé. C'était le calme plat, les voiles étaient flasques et derrière la coque nul sillage ne s'élargissait. Un peu de sa peur commençait de refluer et George s'efforça de réfléchir. Il se rappela qu'oncle Fred lui avait montré comment mouiller un doigt pour repérer d'où vient le vent et il se lécha donc la paume tout entière avant de la mettre devant la bouche de mémé.

Toujours rien.

Il fit un mouvement pour aller téléphoner au Dr Arlinder et puis s'immobilisa. Et s'il appelait le médecin et qu'elle ne soit pas vraiment morte ? Ça irait mal pour lui, certainement.

Prends-lui le pouls.

Arrêté au seuil de la chambre, il considérait d'un air dubitatif la main qui pendait. La manche de la chemise de nuit de mémé avait remonté, découvrant le poignet. Mais ce n'était pas le bon moyen. Un jour, après une visite chez le médecin, au cours de laquelle l'infirmière avait pressé un doigt contre son poignet pour lui prendre le pouls, George avait essayé de l'imiter et n'avait rien senti. S'il avait fallu en croire ses doigts inexpérimentés, il était mort.

En outre, il ne voulait pas vraiment... hum... toucher mémé. Même si elle était morte. Surtout si elle était morte.

George restait planté sur le seuil, son regard allait de la forme gisante et calme de mémé au téléphone mural à côté duquel était inscrit le numéro du Dr Arlinder, avant de revenir à mémé. Il n'avait qu'à téléphoner... Il n'avait qu'à...

... prendre un miroir !

Bien sûr ! Quand on souffle sur un miroir, il se trouble. Une fois, il avait vu dans un film un médecin examiner de cette façon une personne inconsciente. La chambre de mémé possédait une salle de bains et maintenant George se précipitait pour prendre la glace de toilette de mémé. D'un côté elle était normale, de l'autre elle grossissait, pour qu'on puisse s'arracher des poils ou des trucs de ce genre.

George revint auprès du lit et tint l'un des côtés du miroir tout près de la bouche béante de mémé, presque à la toucher. Il compta jusqu'à soixante en surveillant la vieille dame. Rien ne bougea. Il était sûr qu'elle était morte avant même d'avoir ramené le miroir à lui pour en observer la surface, parfaitement claire, sans la moindre trace de buée.

Mémé est morte.

Avec soulagement et un peu de surprise George s'aperçut que maintenant, il pouvait être navré pour elle. Peut-être avait-elle été une sorcière. Peut-être pas. Peut-être croyait-elle seulement l'être. Quoi qu'elle eût été, à présent elle n'était plus là. Avec une compréhension d'adulte, il se rendit compte que la question des réalités concrètes ne perdait pas toute importance, mais qu'elle était moins vitale quand on l'envisageait face au silence inerte d'une dépouille mortelle. Il comprit cela comme un adulte et l'accepta avec un soulagement d'adulte. C'était une marque de pas, une empreinte de pied dans son esprit. Ainsi sont toutes les impressions adultes des enfants; ce n'est que bien des années plus tard que l'enfant découvre qu'il a été *fabriqué*, *formé*, structuré par des expériences de hasard; tout ce qui demeure *dans l'instant* au-delà de l'empreinte de pas, c'est cette âcre odeur de poudre qui signale la mise à feu d'une idée au-delà des années d'enfance.

Il ramena le miroir dans la salle de bains puis retraversa la chambre en jetant un coup d'œil au passage sur le corps. Le soleil couchant avait peint la vieille face morte de teintes barbares, rouge-orange, et George détourna promptement le regard.

Passant du couloir à la cuisine, il s'avança vers

le téléphone, déterminé à agir au mieux. Dans son esprit il avait déjà acquis un certain avantage sur Buddy; chaque fois qu'il commencerait à le taquiner, il lui dirait simplement : *J'étais tout seul à la maison quand mémé est morte et j'ai fait tout ce qu'il fallait.*

Appeler le Dr Arlinder, dans un premier temps. L'appeler et lui dire : « Ma mémé vient de mourir. Pouvez-vous me dire ce que je dois faire ? La recouvrir ou bien quoi ? »

Non.

« Je *crois* que ma mémé vient de mourir. »

Oui. Oui, c'était mieux. Personne ne croit qu'un petit garçon sait vraiment de quoi il parle, alors c'était mieux.

Et pourquoi pas :

« *Je suis tout à fait sûr que ma mémé vient de mourir…* »

Exactement ! C'était encore mieux.

Et parle-lui du miroir et du râle d'agonie et tout. Et le docteur viendrait tout de suite et quand il aurait examiné mémé, il dirait : « *Je vous déclare morte, mémé* », et puis il dirait à George : « *Tu as gardé ton sang extrêmement froid dans une situation difficile, George. Je tiens à te féliciter.* » Et George ferait une réponse d'une modestie appropriée.

George lut le numéro du Dr Arlinder et prit une ou deux inspirations profondes avant de saisir le combiné. Son cœur battait à toute vitesse, mais ce douloureux grondement barbelé avait maintenant disparu. Mémé était morte. Le pire était arrivé et en fait ce n'était pas aussi pénible que d'attendre qu'elle se mette à beugler pour que maman lui apporte sa tisane.

La ligne était coupée.

Il écouta le néant, la bouche encore prête à articuler les mots : « Excusez-moi, m'dame Dodd, mais ici c'est George Bruckner et je dois téléphoner au docteur pour ma mémé. » Pas de voix. Pas de tonalité. Le néant de la mort. Semblable au néant de la mort dans le lit à côté.

Mémé garde...

... garde...

(oh oui elle garde)

son sang très froid.

De nouveau la chair de poule, douloureuse, glaçante. Les yeux fixés sur la bouilloire de Pyrex sur le fourneau, la tasse sur le comptoir avec le sachet de tisane. Plus de tisane pour mémé. Plus jamais.

(si froid)

George frissonna.

Il tapota la fourche du téléphone mais la ligne était morte. Tout aussi morte que...

(tout aussi froide)

Comme il reposait brutalement le combiné, la sonnerie émit un faible tintement et il le resouleva précipitamment pour voir si ce bruit signifiait que la tonalité était magiquement de retour. Mais il n'y avait rien, et cette fois, il raccrocha doucement.

Son cœur s'était remis à battre plus fort.

Je suis seul dans cette maison avec un cadavre.

Il traversa lentement la cuisine, s'arrêta une minute devant la table, puis alluma. Il commençait à faire sombre dans la maison. Bientôt le soleil aurait disparu; la nuit serait là.

Attendre. C'est tout ce que j'ai à faire. Attendre jusqu'à ce que maman soit de retour. C'est mieux ainsi, en fait. Si le téléphone est cassé, il vaut mieux qu'elle soit simplement morte plutôt que d'avoir une attaque quelconque, avec de l'écume à la bouche, elle serait peut-être tombée du lit...

Ah, ça c'était le sale coup. Il s'en serait si bien sorti sans cette connerie.

C'est comme d'être seul dans le noir et de penser aux choses mortes qui vivent encore... de voir des formes dans les ombres sur les murs et de penser à la mort, aux morts, à ces choses, à leur puanteur et à leur mouvement vers toi dans le noir; penser ceci; penser cela; penser aux insectes s'attaquant à la chair, creusant la chair; des yeux qui bougeaient dans le noir. Ouais. Tout ça, quoi. Penser à des yeux qui bougeaient dans l'ombre et au craquement du parquet quand quelque chose s'avance à travers la pièce et les zébrures que la lumière extérieure fait dans l'ombre. Ouais.

Dans l'obscurité les idées forment un cercle parfait et peu importe ce à quoi tu essayais de penser – aux fleurs, ou à Jésus ou au base-ball ou à gagner la médaille d'or au 400 mètres olympique – tu aboutiras d'une manière ou d'une autre à la forme dans l'ombre, avec ses griffes et ses yeux qui ne clignent jamais.

Tu chies dans ton froc ! siffla-t-il et brusquement il se gifla. Durement. Il se faisait des émotions tout seul, il était temps que cela passe. Il n'avait plus six ans. Elle était morte, c'était tout, morte. À présent, il n'y avait pas plus de pensée en elle que dans un morceau de marbre ou un plancher ou une poignée de porte ou le cardan de la radio ou...

Et une puissante voix étrangère, inattendue, peut-être simplement la voix impitoyable et sans entrave du seul besoin de survivre cria en lui : *Ferme-la, Georgie, et fais ton boulot, bon Dieu !*

Ouais, d'accord. D'accord, mais...

Il retourna à la porte pour vérifier.

Là gisait mémé, une main hors du lit et la bouche béante. Désormais elle faisait partie du mobilier. On pouvait ramener sa main sur le lit ou lui tirer les cheveux, lui verser un verre d'eau dans la bouche ou lui mettre des écouteurs sur les oreilles et lui passer du Chuck Berry à plein tube, ça ne lui ferait ni chaud ni froid. Mémé était, comme Buddy disait parfois, hors du coup. Mémé avait fait son temps.

Brusquement un battement sourd et rythmique se fit entendre, non loin de George sur sa gauche, et il sursauta en laissant échapper un petit cri. C'était la porte-tempête, que Buddy avait posée la semaine précédente. Seulement la porte-tempête dont le loquet n'était pas fermé et qui allait et venait dans la brise fraîchissante.

George ouvrit la porte intérieure, se pencha et attrapa la porte-tempête à l'instant où elle revenait. Le vent – ce n'était plus une brise – s'empara de ses cheveux et les ébouriffa. Il fixa fermement le loquet en se demandant d'où venait tout à coup ce vent. Quand maman était partie, c'était quasiment le calme plat. Mais quand maman était partie, le jour brillait et maintenant le crépuscule était là.

De nouveau George jeta un coup d'œil sur mémé et puis revint au téléphone. Toujours coupé. Il s'assit, se releva et arpenta la cuisine en essayant de réfléchir.

Une heure plus tard, il faisait nuit noire.

Le téléphone était toujours coupé, George supposait que le vent, qui n'était pas loin à présent de souffler en tempête, avait abattu certaines lignes, notamment près de la frontière du Castor, où les arbres poussaient partout dans un fouillis de troncs morts et d'eau croupie. De temps à autre, le téléphone émettait un cliquetis fantomatique et lointain mais la ligne restait morte. Au-dehors, le vent gémissait sous l'avant-toit de la petite maison et George reconnut qu'il aurait une histoire à raconter au prochain rassemblement scout, c'était très bien... lui assis dans la maison avec une mémé morte et le téléphone coupé et le vent poussant des trains de nuages dans le ciel, des nuages noirs sur le dessus et au-dessous, couleur de suif pourri, comme les mains griffues de mémé.

C'était, comme Buddy disait aussi parfois, un *classique*.

Il aurait aimé en être déjà à le lui raconter, la réalité de la chose derrière lui pour sa sécurité. Il était assis à la table de la cuisine, le livre d'histoire posé devant lui, sautant en l'air à chaque bruit... et maintenant que le vent était levé, il y avait toutes sortes de sons, la maison craquait dans toutes ses secrètes jointures oubliées et non huilées.

Elle sera de retour très bientôt. Elle va rentrer et puis tout ira bien. Tout

(tu ne l'as jamais couverte)

ira très b

(jamais couvert son visage)

George bondit comme si quelqu'un avait parlé à voix haute et fixa, l'œil écarquillé, le téléphone inutile de l'autre côté de la cuisine. On était censé tirer le drap sur le visage des personnes mortes. C'était dans tous les films.

Je m'en fous ! Je ne vais pas aller là-bas !

Non ! Et aucune raison de se sentir obligé de le faire ! Maman saurait s'en occuper quand elle reviendrait ! Ou bien le Dr Arlinder ! Ou *le croque-mort* !

Quelqu'un, n'importe qui mais pas lui.

Aucune raison pour qu'il soit obligé de le faire.

Ce n'était pas pour lui, et ce n'était rien pour mémé.

La voix de Buddy dans sa tête :

Si t'avais pas peur, alors comment ça se fait que tu ne lui as pas couvert le visage ?

Ce n'était pas à moi de le faire.

Poule mouillée !

Ce n'était rien pour mémé.

TROUILLARD, poule mouillée !

Assis à la table devant le livre d'histoire qu'il ne lisait pas, en considérant les choses, George se dit que s'il ne tirait pas la courtepointe sur le visage de mémé, il ne pourrait prétendre avoir tout fait au mieux, et ainsi tout ce qu'il raconterait à Buddy, ça lui ferait une belle jambe (même si elle était plâtrée).

Maintenant il se voyait raconter la sombre histoire de la mort de mémé devant le feu de camp scout à la veillée, et à l'instant où il arrivait à la réconfortante conclusion où les phares de la voiture maternelle balayaient l'allée du jardin – à la réapparition des adultes qui rétablissaient et reconfirmaient le concept d'Ordre – tout à coup, dans l'ombre, une sombre silhouette se levait, et une pomme de pin explosait dans les flammes et George pouvait voir que c'était Buddy qui se tenait là dans l'ombre, Buddy qui disait : *Si tu as été si courageux, comment se fait-il, espèce de poule mouillée, que tu n'aies pas osé lui couvrir LE VISAGE ?*

George se leva, en se souvenant que mémé était hors du coup, qu'elle était hors d'usage, qu'elle avait le sang très froid. Il pouvait lui remettre la main sur le lit, lui fourrer un sachet de tisane dans le nez, lui coller des écouteurs jouant Chuck Berry à plein tube, etc., et rien de tout cela n'aurait le moindre effet sur mémé parce que c'était ça, être mort, il n'y avait pas moyen d'embêter une personne morte, une personne morte était tout ce qu'il y avait de plus tranquille dans son coin et le reste n'était que songes, rêves fiévreux, apocalyptiques et inéluctables, peuplés de portes de placard qui s'ouvraient brusquement sur la bouche béante de la nuit, rien que des rêves sur la lumière de la lune mettant un bleu délirant sur les os d'un squelette exhumé, rien...

Il chuchota : « Arrête, tu veux. Arrête d'être aussi... »

(grossier)

Il s'arma de courage. Il irait là-bas lui couvrir le visage et Buddy ne pourrait plus prétendre que ça lui faisait une belle jambe. Il exécuterait les quelques petits rituels simples de la mort de mémé à la perfection. Il lui couvrirait le visage et puis – son visage s'éclaira devant le symbolisme de la chose – il enlèverait le sachet de tisane et la tasse inutilisés. Oui.

Il entra et chaque pas était un acte conscient. La chambre de mémé était obscure, son corps formait une vague bosse sur le lit, et il tâtonna frénétiquement à la recherche de l'interrupteur, ne le trouvant pas pendant ce qui lui parut une éternité. Enfin, il alluma, emplissant la pièce de la faible lumière jaune émanant du lustre de verre biseauté.

Mémé gisait là, main pendante, bouche ouverte. George la regarda, à peine conscient des minuscules gouttes de sueur qui perlaient à présent sur son front et se demanda s'il entrait aussi dans ses responsabilités de prendre cette main qui se refroidissait et de la remettre dans le lit avec le reste de mémé. Il décida que non. La main pouvait être tombée à n'importe quel moment. C'était trop. Il ne pouvait la toucher. Tout ce qu'on voulait, mais pas ça.

Doucement, comme s'il se déplaçait non dans de l'air mais dans un fluide épais, George approcha de mémé. Il se tint debout au-dessus d'elle, en l'examinant. Mémé était jaune. C'était en partie dû à la lumière que filtrait le vieux lustre, mais en partie seulement.

En respirant par la bouche, le souffle bruyant, George saisit le couvre-lit et le tira sur le visage de mémé. Comme il le lâchait, il glissa un peu, révélant la limite des cheveux et le front de parchemin jaune plissé. S'armant de courage, il ressaisit le bord du couvre-lit, les mains bien éloignées de part et d'autre de la tête pour ne pas avoir à la toucher même à travers le tissu, et il le retendit. Cette fois ça tenait. C'était satisfaisant. Un peu de sa peur disparut. Il l'avait enterrée. Oui, c'est pour cela qu'on couvrait les personnes mortes, et pour cela qu'il fallait le faire : c'était comme de les enterrer. Une déclaration.

Baissant les yeux sur la main qui pendait, non encore enterrée, il découvrit qu'il pouvait la toucher, la replier et l'enterrer avec le reste de mémé.

Il se pencha, saisit la main froide et la souleva.

La main se tordit dans la sienne et lui saisit le poignet.

George hurla. Il se rejeta en chancelant en arrière, hurlant dans la maison vide, hurlant contre le vent qui errait sous l'avant-toit, hurlant par-dessus le bruit des jointures craquantes de la maison. Il recula, tirant le corps de mémé et le laissant de travers sous le couvre-lit, et la main se balançait, en se tordant, se tournant, agrippant le vide... et, se détendant de nouveau, redevint inerte.

Je vais très bien, ce n'était rien, rien qu'un réflexe.

George hochait la tête avec beaucoup de conviction, et puis il se souvint de la main qui tournait et l'agrippait et il poussa un cri perçant. Ses yeux s'exorbitèrent. Ses cheveux se dressèrent, parfaitement droits, en cône. Son cœur était une presse d'imprimerie tournant à plein régime dans sa poitrine. Le monde vacilla follement, reprit son assiette et puis se remit à bouger, penchant dans l'autre sens. Chaque fois qu'une pensée rationnelle commençait à pointer, la panique l'anéantissait. Il pivota, ne désirant plus que quitter la chambre pour aller dans une autre pièce – ou peut-être à quatre ou cinq kilomètres sur la route, s'il le fallait –, là où il pourrait retrouver la maîtrise de tout cela. Donc il pivota et fonça droit dans le mur, manquant la porte ouverte d'un bon mètre.

Il rebondit et chut sur le sol, la tête résonnant d'une douleur aiguë, coupante, qui perça profondément à travers la panique. Il se toucha le nez et ramena une main sanglante. Des gouttes fraîches tachèrent sa chemise verte. Il se mit à quatre pattes puis se releva et jeta autour de lui un regard affolé.

La main pendait près du plancher comme auparavant, mais le corps de mémé n'était plus de travers; il avait lui aussi repris sa position initiale.

Il avait tout imaginé. Il était entré dans la chambre, et pour tout le reste, il s'était fait du cinéma.

Non.

Mais la douleur lui avait éclairci les idées. Les gens morts ne vous agrippent pas le poignet. La mort était la mort. Quand on est mort, on peut se servir de vous comme d'un portemanteau ou vous fourrer dans un pneu de tracteur et vous faire rouler jusqu'au bas de la côte, et cætera... Quand vous êtes mort, on peut agir sur vous (comme, par exemple, les petits garçons qui essaient de remettre dans le lit la main du mort qui pend) mais l'époque où vous pouviez agir sur quelqu'un – pour ainsi dire – est terminée.

À moins d'être une sorcière. À moins de choisir son moment pour mourir de manière à ce qu'il ne reste plus dans le coin qu'un enfant, parce que c'est mieux ainsi, pour pouvoir...

Pouvoir quoi ?

Rien. C'était stupide. Il avait imaginé tout cela parce qu'il avait peur et voilà tout. Il s'essuya le nez de l'avant-bras et se crispa sous la douleur. Il y avait une traînée sanglante à l'intérieur de son avant-bras.

Il ne s'approcherait plus d'elle, c'était tout. Réalité

ou hallucination, il ne se mêlerait plus de ce qui concernait mémé. Il lui fallait un chiffon humide pour son nez et brusquement il eut l'impression qu'il allait vomir. Courant jusqu'à l'évier en quête d'eau froide, il se pencha et prit un chiffon sous l'évier – un bout de vieille couche de mémé – et le mit sous l'eau froide du robinet en reniflant du sang. Il laissa le vieux morceau carré de coton mou s'imbiber d'eau jusqu'à ce que sa main s'engourdisse puis ferma le robinet et tordit le tissu.

Il se le mettait contre le nez quand la voix lui parvint de la chambre.

« Viens ici, mon garçon, appelait mémé d'une voix ronflante et morte. Viens ici, *mémé veut te serrer dans ses bras.* »

George essaya de hurler et aucun son ne sortit. Pas le moindre son. Mais il y avait des bruits dans l'autre pièce. Les bruits qu'il entendait quand maman était avec mémé et qu'elle lui faisait sa toilette, la soulevant comme un paquet, la laissant retomber, la retournant, la laissant de nouveau retomber.

Sauf que ces bruits maintenant semblaient avoir une signification légèrement différente et néanmoins extrêmement spéciale – c'était comme si mémé essayait de... de sortir du lit.

« Allons, gamin ! Viens ici ! Tout de suite ! IMMÉDIATEMENT ! Approche ! »

Horrifié, il vit que ses pieds répondaient à cet ordre. Il leur dit de s'arrêter ils continuèrent sans faiblir, pied gauche, pied droit, une-deux, une-deux, sur le linoléum; son cerveau était le prisonnier terrifié de son corps – otage dans une tour.

C'est VRAIMENT une sorcière. C'est une sorcière et elle a un de ses « accès malins », oh oui, c'est exactement ça, elle m'envoûte, et c'est malin, c'est RÉELLEMENT malin. Ô mon Dieu. Ô Seigneur Jésus, aidez-moi, aidez-moi, aidez-moi...

George traversa la cuisine et le couloir et entra dans la chambre de mémé et oui, elle ne s'était pas contentée d'essayer de sortir du lit, elle l'avait bel et bien quitté, elle était assise dans le siège de vinyle blanc où elle ne s'était plus mise depuis quatre ans, depuis qu'elle était devenue trop lourde pour marcher et trop sénile pour savoir où il se trouvait de toute façon.

Mais mémé ne paraissait plus du tout sénile maintenant.

Son visage était flasque et terreux mais la sénilité avait disparu... si elle y avait jamais été, si elle n'avait pas été un simple masque qu'elle portait pour abuser les petits gamins stupides et les femmes seules épuisées. Maintenant le visage de mémé brillait d'une intelligence intacte – il luisait comme une vieille bougie de cire puante. Ses yeux étaient baissés, ternes et morts. Sa poitrine ne bougeait pas. Sa chemise de nuit s'était relevée, exposant ses cuisses éléphantesques. Le couvre-lit de son lit de mort était rejeté en arrière.

Mémé tendit ses énormes bras vers lui.

« Je veux t'embrasser, Georgie, dit cette voix de morte ronflante et sans intonation. Ne fais pas ton grand bébé pleurnicheur. Laisse ta mémé te serrer dans ses bras. »

George se crispa, essayant de résister à cette traction presque irrésistible. Au-dehors, le vent hurlait et grondait. Le visage de George s'allongeait, tordu par l'exacerbation de sa peur : c'était un visage de gravure sur bois enserrée dans un livre ancien.

George marcha vers elle. Il ne pouvait s'en empêcher. Un pas traînant après l'autre, toujours plus près de ces bras tendus. Il montrerait à Buddy qu'il n'avait pas peur de mémé, non plus. Il s'approcherait de mémé pour qu'elle le serre dans ses bras parce qu'il n'était pas une poule mouillée et un pleurnicheur. Il allait vers mémé maintenant.

Il était presque à l'intérieur du cercle de ses bras quand la fenêtre à sa gauche s'ouvrit brutalement et tout à coup, poussée par le vent, une branche où subsistaient quelques feuilles d'automne fut dans la pièce avec eux. Le fleuve du vent se déversa dans la pièce, emportant les photos de mémé, fouettant sa chemise de nuit et ses cheveux.

Alors George put hurler. En trébuchant il se rejeta en arrière, hors de portée de son étreinte, et mémé laissa échapper un petit sifflement agacé, les lèvres tirées à l'intérieur sur ses vieilles gencives molles; ses mains épaisses et ridées se rejoignirent vainement dans l'air mouvant.

George s'emmêla les pieds et tomba. Mémé commença à se lever de son siège de vinyle blanc, masse titubante de chair; d'un pas chancelant elle marcha sur lui. George s'aperçut qu'il ne pouvait se relever; la force avait déserté ses jambes. Il se mit à ramper en arrière, en geignant. Mémé s'approchait, lentement mais inexorablement, morte et pourtant vivante, et soudain George comprit ce que signifierait son étreinte; le puzzle était achevé dans son esprit et il parvint, il ne sut comment, à se redresser à l'instant où la main de mémé se refermait sur sa chemise. Elle la déchira sur le côté, un instant il sentit sur sa peau la chair froide puis il s'enfuit de nouveau dans la cuisine.

Il courrait dans la nuit. N'importe quoi plutôt que d'être étreint par la sorcière, sa mémé. Parce que quand sa mère reviendrait elle trouverait mémé morte et George vivant, oh oui... mais George se serait mis tout à coup à raffoler de tisane.

Jetant un coup d'œil par-dessus son épaule, il vit l'ombre grotesque et déformée de mémé se dresser sur le mur pendant qu'elle traversait le couloir.

Et à cet instant, le téléphone sonna, perçant et strident.

George s'empara du combiné sans même y penser et hurla, hurla qu'on vienne, s'il vous plaît, que quelqu'un vienne. Il hurla ces choses en silence; pas un son ne s'échappa de sa gorge nouée.

En chancelant, mémé entra dans la cuisine, vêtue de sa chemise de nuit rouge vif. De sa chevelure en bataille, d'un blanc jaunâtre, qui lui encadrait le visage, l'un de ses peignes de corne avait glissé dans son cou ridé.

Mémé souriait largement.

« Ruth ? »

C'était la voix de tante Flo, presque perdue dans le tunnel de vent sifflant d'une mauvaise communication à longue distance.

« Ruth, c'est toi ? »

Tante Flo dans le Minnesota, à quelque trois mille kilomètres de là.

« Au secours ! » hurla George dans le téléphone et ce qui sortit de sa bouche fut un infime son sifflant, comme s'il avait soufflé dans un harmonica aux anches bouchées.

Mémé marchait d'un pas trébuchant sur le linoléum, tendant les bras vers lui. Ses mains s'ouvraient, se refermaient, s'ouvraient encore. Mémé voulait l'étreindre; elle attendait cette étreinte depuis cinq ans.

« Ruth, tu m'entends ? Il y a une tempête ici qui vient de commencer et... je... j'ai eu peur. Ruth, je t'entends pas. »

« Mémé », gémit George dans le téléphone.

« George ? »

La voix de tante Flo monta brusquement dans les aigus. C'était presque un cri.

« George, c'est bien toi ? »

Il commença à reculer devant mémé, et tout à coup s'aperçut qu'il s'était stupidement éloigné de la porte et se rapprochait du coin formé par les placards et l'évier. L'horreur était achevée. Comme l'ombre s'abattait sur lui, la paralysie céda et il hurla, encore et encore dans le téléphone : « *Mémé ! Mémé ! Mémé !* »

Les mains glacées de mémé touchèrent sa gorge. Les yeux de boue ancienne s'attachèrent à lui, aspirant toute sa volonté.

Faiblement, imperceptiblement, comme si la voix lui parvenait à travers des années innombrables aussi bien qu'à travers d'innombrables kilomètres, il entendit tante Flo : « Dis-lui de se coucher, George. Dis-lui de se coucher et de rester tranquille. Dis-lui qu'elle doit le faire en ton nom et au nom de son père. Son père adoptif s'appelait *Hastur*. Son nom a du pouvoir sur elle. George... dis-lui : *Couche-toi au nom d'Hastur – dis-lui...* »

La vieille main ridée arracha le téléphone de l'étreinte inerte de George. Il y eut un craquement sec quand le fil fut arraché. George s'effondra dans le coin et mémé se pencha, énorme tas de chair au-dessus de lui qui lui dissimulait la lumière.

George hurla :

« *Couche-toi ! Reste tranquille ! Au nom d'Hastur ! Hastur ! Couche-toi ! Reste tranquille !* »

Les mains se refermèrent sur son cou...

« Tu dois le faire ! Tante Flo dit que tu l'as fait ! En mon nom ! Au nom de ton père ! Couche-toi ! Reste tran... »

...et serrèrent.

Quand enfin une heure plus tard la lueur des phares éclaboussa l'allée, George était assis à la table devant le livre d'histoire qu'il n'avait pas lu. Il se leva, gagna la porte de derrière et l'ouvrit. À sa gauche, le téléphone était raccroché et le fil inutile enroulé autour du combiné.

Sa mère entra, une feuille collée au col de son manteau.

– Quel vent ! Est-ce que tout s'est... George ? George, *qu'est-ce qui s'est passé ?*

Le visage de maman se vida de tout son sang, se transformant en horrible face de clown blanc.

– Mémé, dit-il. Mémé est morte. Mémé est morte, maman.

Et il éclata en sanglots.

Elle le serra dans ses bras et puis vacilla en arrière, s'appuyant au mur comme si de l'avoir étreint avait épuisé ses dernières forces.

– Il... il s'est passé quelque chose ? George, *est-ce qu'il s'est passé quelque chose d'autre ?*

– Le vent a balancé une branche d'arbre à travers sa vitre.

Elle l'écarta pour considérer son visage choqué, affaissé pendant un moment et puis elle alla, d'une démarche vacillante, jusqu'à la chambre de mémé. Elle y demeura peut-être quatre ou cinq minutes. Quand elle revint, elle tenait un bout de tissu rouge. C'était un morceau de la chemise de George.

– Je lui ai enlevé ça de la main, chuchota maman.

– Je n'ai pas envie d'en parler. Appelle tante Flo si tu veux. Je suis fatigué. Je veux aller me coucher.

Elle fit un geste pour l'arrêter, mais s'en abstint. Il monta à la chambre qu'il partageait avec Buddy et ouvrit la grille du chauffage pour écouter ce que sa mère allait faire. Elle ne parlerait pas à tante Flo, pas cette nuit, puisque le fil du téléphone était arraché; elle ne le ferait pas non plus le lendemain parce que peu avant le retour de sa mère, George avait prononcé quelques courtes suites de mots, certains en latin abâtardi, d'autres de simples grognements prédruidiques, et à plus de deux mille kilomètres de là, tante Flo était tombée raide morte victime d'une massive hémorragie cérébrale. C'était étonnant comme ces mots revenaient. Comme tout revenait.

George se déshabilla et se coucha nu dans son lit. Les mains derrière la tête, il fixa l'obscurité au-dessus de lui. Peu à peu, tout doucement, un sourire sombre et plutôt horrible apparut sur son visage.

De ce jour, les choses allaient changer.

Beaucoup changer.

Buddy, par exemple, George attendait avec impatience le moment où il reviendrait de l'hôpital, où il lui referait le coup de la Torture de la Cuillère du Barbare chinetoque ou celui du Pinçon Indien ou n'importe quoi de ce genre. George supposait qu'il lui faudrait le laisser faire – du moins tant qu'il ferait jour – mais quand viendrait la nuit et qu'ils seraient seuls dans la chambre, dans le noir, porte close...

George éclata d'un rire silencieux.

Ainsi que Buddy disait toujours, ça s'annonçait comme un grand *classique*.

La Ballade de la balle élastique

Le barbecue était terminé. On s'était régalé; des boissons, des côtes de bœuf saignantes cuites au feu de bois, une salade verte assaisonnée comme Meg savait le faire. Ils avaient commencé à 5 heures. Maintenant il était 8 heures et demie et la nuit était sur le point de tomber. C'est à ce moment qu'une grande soirée commence à s'animer. Mais ce n'était pas une grande soirée. Ils étaient seulement cinq; l'agent et sa femme, le jeune écrivain adulé et la sienne, et l'éditeur du magazine; il avait une petite soixantaine mais paraissait plus vieux. L'éditeur restait fidèle au Fresca. Il avait eu des problèmes d'alcoolisme, avait confié l'agent au jeune écrivain, avant son arrivée. C'était du passé maintenant, mais son couple aussi... c'est pour cela qu'ils étaient cinq et non six.

Tandis que l'obscurité envahissait le jardin situé à l'arrière de la maison du jeune écrivain, en bordure du lac, au lieu de s'animer, ils basculèrent dans l'introspection. Le premier roman du jeune écrivain avait été accueilli favorablement par la critique et s'était bien vendu. C'était un jeune homme chanceux et il le reconnaissait volontiers.

La conversation avait glissé avec une sorte de gaieté macabre de l'évocation du succès précoce du jeune écrivain aux auteurs qui avaient fait leurs preuves de bonne heure puis s'étaient suicidés. On évoqua Ross Lockridge et Tom Hagen. La femme de l'agent mentionna Sylvia Plath et Anne Sexton et le jeune écrivain déclara qu'à son avis Plath ne pouvait être considérée comme un *auteur à succès*. D'après lui, elle ne s'était pas suicidée parce qu'elle était célèbre : elle était devenue célèbre parce qu'elle s'était suicidée. L'agent sourit.

– S'il vous plaît, est-ce que nous ne pourrions pas changer de sujet ? demanda la femme du jeune écrivain avec une certaine nervosité.

– Et la folie, poursuivit l'agent sans tenir compte de son intervention. Il y a eu ceux que le succès a rendus fous.

Son intonation était douce et néanmoins théâtrale comme celle que garde un comédien une fois la scène quittée. Lorsque l'éditeur prit la parole, la femme de l'écrivain allait à nouveau protester – elle savait que son mari n'aimait pas seulement ces questions afin de pouvoir en plaisanter mais qu'il voulait en plaisanter parce qu'elles l'obsédaient. Ce qu'il dit était tellement étrange qu'elle en oublia de réagir.

– La folie est une balle élastique.

La femme de l'agent eut l'air interloquée. Le jeune écrivain se pencha, moqueur.

– J'ai déjà entendu cela quelque part.

– Bien sûr, répliqua l'éditeur, cette expression, l'image de la « balle élastique », est de Marianne Moore. Elle l'utilise quelque part pour décrire une voiture. J'ai toujours pensé que c'était une excellente définition de la folie. La folie est une sorte de suicide mental. Les médecins n'affirment-ils pas que la mort de son cerveau est le seul critère qui permette de diagnostiquer la mort d'un individu ? La folie est une sorte de balle élastique qui atteint le cerveau.

La femme du jeune écrivain se dressa d'un bond.

– Y a-t-il un candidat pour un autre verre ?

Personne.

– Eh bien, moi, je vais en prendre un si nous continuons à parler de cela.

Et elle s'éloigna pour se servir.

– À l'époque où je travaillais au *Logan's,* on m'avait un jour soumis un récit, poursuivit l'éditeur. Évidemment ce journal a connu le même sort que le *Collier's* et le *Saturday Evening Post,* mais il a tenu plus longtemps qu'eux. (Il nota cela avec une pointe d'orgueil.) Nous publiions trente-six nouvelles par an, au moins, et chaque année quatre ou cinq d'entre elles étaient sélectionnées pour figurer dans un recueil des meilleures nouvelles de l'année. Et les gens les *lisaient.* Quoi qu'il en soit, celle-ci s'intitulait « La Ballade de la balle élastique »; l'auteur en était un certain Reg Thorpe. Il avait à peu près l'âge de ce jeune homme et était à peu près aussi célèbre.

– Il a écrit *Les Mafiosi,* n'est-ce pas ? demanda la femme de l'agent.

– Oui. Étonnant témoignage pour un premier roman. Excellentes critiques, ventes non négligeables, tant en collection reliée qu'en édition de poche, le Club du Livre et tout. Même le film fut assez réussi, un peu moins toutefois que le livre. Nettement moins même.

– J'ai adoré ce livre, dit la femme de l'auteur, reprise par la conversation malgré elle.

Elle avait l'air agréablement surpris de quelqu'un qui vient juste de se rappeler quelque chose qui lui était sorti de l'esprit depuis longtemps.

– A-t-il écrit autre chose depuis ? J'ai lu *Les Ma-*

fiosi du temps où j'étais à l'université et c'était... bien, mais c'est trop lointain pour que j'en garde un souvenir précis.

– Vous n'avez pas pris une ride depuis, s'écria la femme de l'agent avec chaleur, bien qu'au fond d'elle-même elle pensât que la femme du jeune écrivain portait un bain-de-soleil étriqué et un short trop moulant.

– Non, il n'a rien écrit depuis, continua l'éditeur, si ce n'est la nouvelle dont je vous ai parlé. Il s'est suicidé. Il est devenu fou et s'est suicidé.

– Oh, dit la femme du jeune écrivain d'une voix chavirée. On *y* revient.

– Est-ce qu'elle a été publiée ? s'enquit le jeune écrivain.

– Non, mais pas parce que l'auteur était devenu fou et s'était suicidé. Elle ne l'a pas été parce que l'*éditeur* est devenu fou et *a failli* se suicider.

L'agent se leva soudain pour remplir son verre qui, pourtant, n'avait guère besoin de l'être. Il savait que l'éditeur avait fait une dépression nerveuse durant l'été 1969, peu avant que le *Logan's* ne sombrât dans un océan d'encre rouge.

– L'éditeur, c'était moi, précisa l'éditeur aux autres. D'une certaine façon nous sommes devenus fous ensemble, Reg Thorpe et moi, bien que je fusse à New York et lui à Omaha et que nous ne nous fussions même jamais rencontrés. Son livre était sorti depuis six mois quand il est parti là-bas pour se « remettre la tête en place », comme il disait à l'époque. Je connais ce versant de l'histoire par sa femme que je vois de temps en temps lorsqu'elle séjourne à New York. Elle peint, pas mal du tout ma foi. Elle a eu de la chance. Il a failli l'emporter avec lui dans la mort.

L'agent regagna sa place et s'assit.

– Ça me rappelle quelque chose maintenant, dit-il. Pas seulement sa femme, n'est-ce pas ? Il a tiré sur deux autres personnes dont un enfant.

– C'est exact, répondit l'éditeur. C'est justement l'enfant qui a été à l'origine du drame.

– L'*enfant* à l'origine du drame ? demanda la femme de l'agent. Que voulez-vous dire ?

Mais la physionomie de l'éditeur signifiait qu'on ne lui tirerait pas les vers du nez. Il parlerait mais n'accepterait aucune question.

– Je connais mon versant de l'histoire car j'en ai été l'acteur, dit l'éditeur. J'ai eu de la chance moi aussi. Beaucoup de chance. Il y a quelque chose d'intéressant dans le fait d'essayer de se tuer en se pointant un pistolet contre la tempe et en appuyant sur la gâchette. Vous pensez sans doute à ce moment-là que c'est une méthode infaillible, plus efficace que d'avaler des comprimés ou de s'entailler les veines, mais ce n'est pas vrai. Quand vous vous tirez une balle dans la tête, vous ne pouvez jamais être sûr de ce qui va se produire. La salope peut ricocher sur le crâne et tuer quelqu'un d'autre. Elle peut faire tout le tour du crâne et ressortir de l'autre côté. Elle peut se loger dans le cerveau, faire de vous un aveugle mais vous laisser en vie. On peut très bien se tirer dans la tête avec un P 38 et se réveiller à l'hôpital. On peut aussi se tirer dans la tête avec un calibre 22 et se réveiller en enfer... s'il existe. J'ai tendance à croire qu'il se trouve ici, sur terre, peut-être dans le New Jersey.

La femme de l'écrivain eut un rire aigu.

– La seule méthode infaillible pour se tuer consiste à sauter d'un immeuble très haut et celle-là, seuls les plus extraordinairement déterminés l'utilisent. Ça dégueulasse tout, n'est-ce pas ? Mais je veux simplement en venir à ceci : quand vous essayez de vous suicider avec une balle élastique, vous ne savez pas vraiment ce qui va en résulter. En ce qui me concerne j'ai sauté d'un pont et je me suis réveillé sur un quai jonché de détritus avec un camionneur qui me tapait dans le dos, me levait et baissait les bras comme s'il n'avait que vingt-quatre heures pour se mettre en forme, comme s'il me prenait pour une machine à ramer. Pour Reg, la balle fut mortelle... Il... Mais je vous raconte cette histoire sans savoir si vous avez envie de l'écouter.

Dans l'obscurité naissante il leur jeta tour à tour un coup d'œil interrogateur. L'agent et sa femme échangèrent un regard hésitant et la femme de l'écrivain était sur le point de dire qu'à son avis leur conversation avait déjà été suffisamment morbide jusque-là lorsque son mari répondit :

– J'aimerais bien l'entendre. Si des raisons personnelles ne vous empêchent pas de nous en faire part, bien sûr.

– Je ne l'ai jamais racontée, répondit l'éditeur, mais ce n'est pas pour des raisons personnelles; peut-être n'ai-je jamais eu l'auditoire ad hoc.

– Alors allez-y, dit l'écrivain.

– Paul, intervint sa femme en posant une main sur son épaule, ne crois-tu pas...

– Je t'en prie, Meg.

– La nouvelle, commença l'éditeur, échoua dans la boîte aux lettres, à l'époque où *Logan's* ne lisait plus les manuscrits envoyés spontanément. Quand ils arrivaient, une jeune fille se contentait de les glisser dans l'enveloppe-réponse avec ces lignes : « À cause de l'augmentation des coûts et de l'augmentation des difficultés rencontrées par la rédaction face à l'augmentation incessante du nombre de manuscrits qui lui parviennent, le *Logan's* ne peut plus lire ceux qui lui sont envoyés spontanément. Nous espérons que votre travail sera accepté ailleurs. » Quel joli baratin, n'est-ce pas ? Il n'est pas facile d'employer trois fois dans la même phrase le mot augmentation, mais ils y étaient arrivés.

– Et s'il n'y avait pas d'enveloppe-réponse l'œuvre finissait à la poubelle, n'est-ce pas ? dit l'écrivain.

– Oh, bien sûr. La pitié n'existe pas dans la jungle de la ville.

Une curieuse expression de malaise flotta un instant sur le visage de l'écrivain : l'expression de quelqu'un qui se retrouve dans un piège à tigres où des douzaines d'hommes plus vaillants que lui ont déjà été mis en pièces. Il n'a pas vu encore un seul fauve mais il sait qu'ils sont là et que leurs griffes sont toujours acérées.

– Quoi qu'il en soit, continua l'éditeur en sortant son étui à cigarettes, la nouvelle arriva et la fille responsable du courrier la sortit de l'enveloppe, agrafa le formulaire de refus à la première page et elle s'apprêtait à la glisser dans l'enveloppe-réponse lorsqu'elle jeta un coup d'œil sur le nom de l'auteur. Oui, elle avait lu *Les Mafiosi*. Cet automne-là, tout le monde l'avait lu, était en train de le lire, était sur la liste d'attente de la bibliothèque ou en cherchait la version en édition de poche sur les rayons du drugstore.

La femme de l'écrivain avait remarqué sur le visage de son mari un malaise passager; elle lui prit la main. Il lui sourit. L'éditeur alluma sa cigarette avec un Ronson en or et dans l'obscurité grandissante tous purent voir son air hagard – les poches flasques sous les yeux, écailleuses comme de la peau de crocodile, les joues crevassées, le menton du vieil homme se détachant de ce visage sur le retour telle la proue d'un navire. Ce bateau, pensa l'écrivain, s'appelle la vieillesse. Personne ne veut s'embarquer dessus, mais ses cabines sont pleines. Et ses coursives aussi.

Le briquet s'éteignit et l'éditeur tira sur sa cigarette d'un air pensif.

– La jeune fille du courrier qui a lu cette nouvelle et l'a fait circuler au lieu de la réexpédier est maintenant rédactrice à part entière chez Putman's Sons. Son nom n'a pas d'importance; ce qui compte c'est que sur le grand graphique de la vie son vecteur a croisé celui de Reg Thorpe dans la salle du courrier du magazine *Logan's*. Sa courbe était ascendante alors que celle de Thorpe descendait. Elle a fait lire la nouvelle à son patron qui me l'a envoyée. Je l'ai lue et aimée. Elle était vraiment trop longue, mais j'ai vu que l'on pourrait la dégraisser de cinq cents mots sans effort. Et ce serait parfait.

– De quoi parlait-elle ? demanda l'écrivain.

– Vous ne devriez même pas avoir besoin de le demander, répondit l'éditeur, tout cela s'insère parfaitement dans le contexte.

– Il s'agissait de la folie ?

– Oui, absolument. Quelle est la première chose qu'on vous apprend lors du premier cours de création littéraire à l'université ? Écrivez sur ce que vous connaissez. Reg Thorpe, parce qu'il s'y était engagé, en connaissait un bout sur les chemins de la folie. La nouvelle m'a probablement plu parce que je m'y étais moi aussi engagé. Maintenant vous pourriez objecter – si vous étiez éditeur – que la seule chose que les lecteurs américains n'ont pas besoin qu'on leur refile c'est une histoire de plus sur le thème : « Comment devenir fou avec classe en Amérique ? » Grand A : « On ne se parle plus. » Thème populaire de la littérature du XXe siècle. Tous les grands s'y sont essayés et tous les mauvais l'ont massacré. Mais cette histoire était drôle. Elle était même vraiment tordante. Je n'avais jamais rien lu de semblable auparavant et n'ai plus jamais rien lu de pareil. Ce qui s'en rapprocherait le plus, ce seraient quelques nouvelles de F. Scott Fitzgerald... et *Gatsby*. Dans le récit de Thorpe, le type devenait fou mais il le faisait d'une façon amusante. Vous ne pouviez vous empêcher de sourire et à certains passages de l'histoire – le meilleur c'est quand le héros verse la gelée de citron vert sur la tête de la grosse fille – vous riiez même à gorge déployée. Mais d'un rire nerveux, vous voyez. Vous riiez et puis vous aviez envie de regarder par-dessus votre épaule pour voir si on vous avait entendu. Le jeu des émotions contradictoires suscitées par cette œuvre était tout à fait extraordinaire. Plus vous riiez, plus vous deveniez nerveux. Et plus vous deveniez nerveux, plus vous riiez... jusqu'au moment où le héros rentre d'une soirée donnée en son honneur et tue sa femme et sa petite fille.

– Quelle est l'intrigue ?

– Ça n'a aucune importance, dit l'éditeur. C'était seulement l'histoire d'un jeune homme qui petit à petit devient incapable d'affronter la célébrité. Restons-en à ces grandes lignes. Un synopsis détaillé ne pourrait être qu'ennuyeux. Ils le sont toujours. Quoi qu'il en soit, je lui ai écrit une lettre qui disait à peu près ceci : « Cher Reg Thorpe, j'achève la lecture de "La Ballade de la balle élastique" et je suis emballé. Je voudrais, si c'est possible, la publier dans le *Logan's* au début de l'année prochaine. Est-ce que huit cents dollars vous conviennent ? Paiement à la signature. Approximativement. » Fin du paragraphe. (L'éditeur troua l'air du soir avec sa cigarette.) « La nouvelle est un peu longue et si ça vous paraît possible j'aimerais que vous la raccourcissiez de cinq cents mots environ. Deux cents minimum. Nous pouvons toujours supprimer un dessin humoristique. » À la ligne. « Appelez-moi si vous le désirez. » Signature. Et la lettre est partie pour Omaha.

– Et vous vous en souvenez mot pour mot, comme ça ? demanda la femme de l'écrivain.

– J'ai gardé toute la correspondance dans un dossier spécial, répondit l'éditeur, ses lettres, les doubles des miennes. Il y en avait un bon paquet à la fin, y compris trois ou quatre courriers de Jane Thorpe, sa femme. Je me suis souvent replongé dans ce dossier depuis. Ce n'est pas bon évidemment. Tenter de comprendre la balle élastique, c'est comme tenter de comprendre pourquoi le ruban de Mœbius ne peut avoir qu'une face. Ainsi sont les choses dans le meilleur des mondes possibles. Oui, je connais tout cela, mot pour mot, ou presque. Certains sont bien capables de réciter la déclaration d'Indépendance par cœur.

– Je parie qu'il vous a rappelé le lendemain, dit l'agent avec un sourire. En PCV.

– Non, il n'a pas appelé. Peu de temps après *Les Mafiosi,* Thorpe avait totalement abandonné l'usage du téléphone. C'est sa femme qui me l'a dit. Quand ils ont quitté New York pour Omaha, ils ne l'ont même pas fait installer dans leur nouvelle maison. Il avait, voyez-vous, décidé que le téléphone ne fonctionnait pas en fait à l'électricité mais au radium. Il pensait que c'était l'un des deux ou trois secrets les mieux gardés de l'histoire du monde moderne. Il affirmait à sa femme que c'était le radium qui était responsable de l'augmentation du nombre des cancers et non pas les cigarettes, les gaz d'échappement ou la pollution industrielle. Dans le combiné de tous les téléphones, il y avait un petit cristal de radium et chaque fois que vous vous en serviez vous preniez des radiations en pleine tête.

– Ah, il était vraiment cinglé, dit l'écrivain, et tout le monde rit.

– Alors, il m'a écrit, reprit l'éditeur en pointant sa cigarette dans la direction du lac. Sa lettre disait ceci : « Cher Henry Wilson (Henry si je peux me le permettre), votre lettre était à la fois stimulante et gratifiante. Ma femme s'est montrée plus ravie encore que moi, si c'est possible. La somme que vous proposez est correcte... bien qu'en toute honnêteté, je doive avouer que la simple idée d'être publié dans le *Logan's* me semble une rétribution plus que suffisante (mais je l'accepterai néanmoins, je l'accepterai). J'ai examiné les coupures que vous proposez et elles me semblent judicieuses. À mon avis, elles amélioreront le texte tout en laissant de la place pour les dessins humoristiques. Avec mes meilleurs sentiments. Reg Thorpe. » Sous la signature il y avait un curieux petit dessin... plutôt un gribouillage. Un œil dans une pyramide, comme celui qui figure au verso du billet d'un dollar. Mais au lieu du *Novus Ordo Seclorum* sur la bannière dessinée dessous, il y avait ces mots : *Fornit some Fornus*.

– C'est soit du latin soit du Groucho Marx, commenta la femme de l'agent.

– Une simple manifestation de l'excentricité croissante de Reg Thorpe, continua l'éditeur. Sa femme m'a raconté que Reg en était arrivé à croire en l'existence de petites créatures, du genre elfes ou fées. Les Fornits. Ce sont des génies qui portent chance et d'après lui, l'un d'eux avait élu domicile dans sa machine à écrire.

– Seigneur ! s'exclama la femme de l'écrivain.

– Selon Thorpe, chaque Fornit a un petit truc, comme un pistolet plein de poussière porte-bonheur, il me semble qu'on peut l'appeler ainsi. Et cette poussière porte-bonheur...

– … S'appelle fornus, compléta l'écrivain avec un large sourire.

– Oui. Et sa femme trouvait cela assez amusant elle aussi. Au début. En fait, elle pensait au début – Thorpe avait donné vie aux Fornits deux ans auparavant lorsqu'il écrivait *Les Mafiosi* – que Reg voulait seulement la mener en bateau. C'était peut-être son intention au départ. Il semble que cette idée fantasque se soit peu à peu changée en une superstition puis en une croyance solidement ancrée. C'était devenu pesant à la fin. Très pesant.

Ils demeuraient tous silencieux. Les sourires avaient disparu.

– Les Fornits avaient aussi leur aspect drôle, poursuivit l'éditeur. À la fin de leur période new-yorkaise, la machine à écrire de Thorpe se mit à séjourner fréquemment dans l'atelier du réparateur et ces séjours se multiplièrent lorsqu'ils vinrent habiter Omaha. On lui en avait prêté une autre la première fois qu'il l'avait fait réparer. Le gérant du magasin avait appelé Reg quelques jours après qu'il eut récupéré sa propre machine pour lui dire qu'il allait lui facturer le nettoyage de la machine prêtée en même temps que celui de sa machine personnelle.

– Que s'était-il passé ? demanda la femme de l'agent.

– Je crois le deviner, répondit la femme de l'écrivain.

– Elle était pleine de nourriture, expliqua l'éditeur. Des miettes de gâteau et de biscuit. Les touches étaient couvertes de beurre de cacahuètes. Reg nourrissait le Fornit qui logeait dans sa machine à écrire. Il avait aussi déposé de la nourriture sur celle qu'on lui avait prêtée, au cas où le Fornit s'y serait réfugié.

– Bon sang ! s'écria l'écrivain.

– À l'époque, j'ignorais tout cela, voyez-vous. En

l'occurrence je lui ai répondu pour lui exprimer ma satisfaction. Ma secrétaire a tapé la lettre et me l'a apportée pour la signature, puis elle a dû s'absenter pour une raison ou une autre. J'ai signé; elle ne revenait toujours pas. Et alors – sans trop savoir pourquoi – j'ai fait le même gribouillage que lui sous mon nom. Pyramide, œil. Et « Fornit some Fornus ». C'était dément. La secrétaire l'a vu et m'a demandé si je voulais envoyer ce courrier tel quel. J'ai haussé les épaules et lui ai demandé de le faire.

Deux jours après, Jane Thorpe m'a appelé. Elle m'a dit que ma lettre avait plongé Thorpe dans un grand état d'excitation. Reg pensait avoir trouvé une âme sœur... quelqu'un qui connaissait l'existence des Fornits. Vous voyez dans quel processus délirant je m'engageais ? Pour autant que je l'aie su à ce moment-là, un Fornit pouvait être aussi bien une clé anglaise pour gaucher qu'un couteau à viande polonais. Idem pour le fornus. J'ai expliqué à Jane que j'avais simplement copié le dessin de Reg. Elle a voulu savoir pourquoi. J'ai éludé la question; si j'avais été honnête j'aurais dû répondre que j'étais parfaitement ivre lorsque j'avais signé la lettre.

Il se tut et un silence lourd tomba sur la pelouse. Chacun regardait le ciel, le lac, les arbres, bien qu'ils ne fussent pas plus intéressants à ce moment qu'ils ne l'étaient une ou deux minutes auparavant.

– Je buvais depuis que j'étais adulte et je suis incapable de dire quand j'ai commencé à perdre le contrôle. Je pouvais commencer à boire au déjeuner et rentrer au bureau *el blotto*. Là je pouvais cependant accomplir parfaitement les tâches qui m'incombaient. C'étaient les verres après le travail – d'abord dans le train, puis à la maison – qui me faisaient perdre les pédales.

Ma femme et moi avions des problèmes tout à fait indépendants de mon alcoolisme, mais celui-ci a contribué à aggraver les choses. Elle s'était préparée depuis longtemps à la séparation et, une semaine avant l'arrivée de la nouvelle de Thorpe, elle est partie.

J'essayais d'affronter du mieux possible cette situation lorsque j'ai reçu le texte de Thorpe. Je buvais beaucoup trop. Et pour couronner le tout, je traversais... euh... ce qu'il est convenu d'appeler aujourd'hui la crise de l'âge mûr. Tout ce que je savais à cette époque, c'était que j'étais aussi déprimé sur le plan professionnel que sur le plan personnel. Je faisais face – ou essayais de faire face – au sentiment envahissant qu'éditer des nouvelles qui échoueraient entre les mains de patients nerveux dans l'antichambre du dentiste, de ménagères à l'heure du déjeuner et, de temps à autre, de quelque étudiant mort d'ennui n'était pas vraiment une tâche exaltante. Je faisais face – tout du moins, je le précise à nouveau, j'essayais de faire face – comme nous tous au *Logan's* à cette époque, à l'idée que dans six, dix ou quatorze mois il n'y aurait peut-être plus de *Logan's*.

Dans le paysage terne et automnal de la maturité inquiète, arrive un excellent récit écrit par un excellent auteur; un regard drôle, dynamique, sur le processus qui mène à la folie. Ça a été comme un éblouissant rayon de soleil. Je sais que ça peut paraître étrange de dire cela à propos d'une histoire dont le héros finit par assassiner sa femme et son nouveau-né, mais vous pouvez demander à n'importe quel éditeur ce qu'est vraiment le bonheur et il vous répondra que c'est une bonne nouvelle ou un beau roman que vous n'attendiez pas et qui atterrit sur votre bureau tel un cadeau de Noël. Tenez, vous connaissez tous cette nouvelle de Shirley Jackson, « La Loterie ». Elle se termine sur la note la plus sombre que vous puissiez imaginer. Rappelez-vous, ils font sortir une femme adorable et la tuent à coups de pierres. Son fils et sa fille participent au meurtre, nom de Dieu ! C'est pourtant un excellent récit et je parie que l'éditeur du *New Yorker* qui l'a lu le premier est rentré ce soir-là chez lui en sifflotant.

Ce que j'essaie de dire c'est que la nouvelle de Thorpe était la meilleure chose dans ma vie à ce moment-là. La seule bonne chose. Et d'après ce que sa femme m'a dit au téléphone ce jour-là, le fait que j'eusse accepté son récit était la seule bonne chose qui fût arrivée à Thorpe à cette époque. La relation auteur-éditeur est toujours une sorte de parasitisme mutuel, mais dans le cas de Reg et moi, ce parasitisme s'était élevé jusqu'à un degré tout à fait hors des normes.

– Revenons à Jane Thorpe, dit la femme de l'écrivain.

– Oui, je l'ai laissée sur une voie de garage en quelque sorte, n'est-ce pas ? Elle était en colère à propos de l'histoire des Fornits. Au début. Je lui ai dit que j'avais simplement gribouillé le symbole de la pyramide et de l'œil en dessous de ma signature sans comprendre ce qu'il signifiait et que je m'excusais si j'avais commis un impair.

Elle a oublié sa colère et m'a tout raconté. De plus en plus inquiète, elle n'avait absolument personne à qui se confier. Ses parents étaient morts et tous ses amis vivaient à New York. Reg ne tolérait personne dans la maison. C'étaient tous des contrôleurs des impôts, disait-il, des agents du FBI ou de la CIA. Peu de temps après leur arrivée à Omaha, une petite fille s'était présentée à la porte pour vendre des biscuits au bénéfice des girl-scouts. Reg lui avait crié de déguerpir, qu'il savait pourquoi elle était là, et ainsi de suite. Jane avait essayé de le raisonner. Elle lui avait fait remarquer que la fillette n'avait qu'une dizaine d'années. Reg lui avait rétorqué que les contrôleurs d'impôts étaient des êtres dénués d'âme et de conscience. De plus, avait-il ajouté, la petite fille était peut-être un androïde. Les androïdes ne sont pas soumis à la législation relative au travail des enfants. Les contrôleurs d'impôts n'auraient pas été incapables d'envoyer une petite scout androïde bourrée de cristaux de radium pour s'assurer qu'il ne cachait aucun secret... et pour le bombarder, par la même occasion, de rayons cancérigènes.

– Seigneur ! s'écria la femme de l'agent.

– Elle avait longtemps espéré entendre une voix amie et la mienne était la première à lui parvenir. J'ai donc appris l'histoire de la girl-scout, celle des soins et de la nourriture prodigués aux Fornits, l'existence du fornus et le fait que Reg refusait d'utiliser le téléphone. Elle m'appelait d'une cabine située dans un drugstore, à quelques pâtés de maisons de chez elle. Elle m'a avoué qu'elle craignait que Reg n'ait pas vraiment peur des contrôleurs des impôts, des agents du FBI ou de la CIA. À son avis, il avait vraiment peur qu'*ils* – groupe anonyme et puissant qui haïssait Reg, jalousait Reg, ne reculerait devant rien pour détruire Reg – aient découvert l'existence de son Fornit et ne veuillent le tuer. Si le Fornit mourait il n'y aurait plus de romans, plus de nouvelles, plus rien. Vous voyez le topo ? L'essence même de la folie. *Ils* étaient à ses trousses. À la fin, même l'IRS, qui l'avait pourtant persécuté à propos des dividendes qu'il tirait des ventes des *Mafiosi*, ne lui servait plus de tête de Turc. Il n'y avait plus qu'*ils*. Le délire paranoïaque parfait. *Ils* voulaient tuer son Fornit.

– Seigneur ! Que lui avez-vous dit ? demanda l'agent.

– J'ai essayé de la rassurer, expliqua l'éditeur. Vous m'imaginez, à peine rentré d'un déjeuner arrosé de cinq Martini, parlant à cette femme terrifiée qui m'appelait de la cabine téléphonique d'un drugstore d'Omaha et essayant de la persuader que tout allait bien, qu'il ne fallait pas s'inquiéter si son mari croyait que les téléphones étaient bourrés de cristaux de radium et s'imaginait qu'une bande d'individus anonymes lui envoyaient des girl-scouts androïdes pour lui faire la peau, qu'elle ne devait pas s'inquiéter que son mari ait à ce point déconnecté son talent de son activité intellectuelle qu'il croyait qu'un elfe avait élu domicile dans sa machine à écrire.

Je crains de ne pas avoir été très convaincant.

Elle me demanda – ou plutôt me supplia – de travailler avec Reg sur le texte, de m'assurer qu'il serait publié. Elle en a beaucoup fait, mais n'a jamais pu se résoudre à avouer que « La Balle élastique » était le dernier contact de Reg avec ce que nous nommons en riant « la réalité ».

Je lui ai demandé comment je devais réagir si Reg mentionnait à nouveau les Fornits.

« Rentrez dans son jeu », a-t-elle répondu. Ce sont ses mots exacts : « Rentrez dans son jeu. » Puis elle a raccroché.

Le lendemain il y avait une lettre de Reg au courrier, cinq pages dactylographiées, en simple interligne. Le premier paragraphe concernait la nouvelle. La seconde épreuve était sur la bonne voie, selon lui. Il pensait pouvoir couper sept cents mots sur les dix mille cinq cents mots de la version originale, la ramenant ainsi à neuf mille huit cents mots.

Le reste de la lettre concernait les Fornits et le fornus. Ses propres observations et des questions.

– Ses observations ? demanda l'écrivain en se penchant en avant. Il les voyait donc pour de bon à ce moment déjà ?

– Non, dit l'éditeur, pas au sens propre du terme, mais d'une certaine manière... je suppose qu'il les voyait. Vous savez, les astronomes connaissaient l'existence de Pluton bien longtemps avant de disposer d'un télescope suffisamment puissant pour pouvoir l'observer. Ils savaient tout à son sujet en étudiant l'orbite de la planète Neptune. Reg observait les Fornits de cette façon-là; ils aimaient manger la nuit, disait-il, l'avais-je remarqué ? Il les nourrissait à toute heure du jour mais il avait constaté que la majeure partie de la nourriture disparaissait après 8 heures du soir.

– Hallucination ? demanda l'écrivain.

– Non, répondit l'éditeur. Sa femme enlevait de la machine à écrire autant de nourriture qu'elle le pouvait lorsque Reg sortait pour sa promenade du soir. Il sortait tous les soirs à 9 heures.

– Elle avait du culot de s'en prendre à vous, il me semble, grommela l'agent en bougeant sa lourde masse sur la chaise de jardin. Elle nourrissait elle-même le délire de son mari.

– Vous ne comprenez pas pourquoi elle a appelé et pourquoi elle était si contrariée, répliqua calmement l'éditeur. (Il se tourna vers la femme de l'écrivain.) Mais je parierais que vous, vous comprenez, Meg.

– Peut-être, dit-elle mal à l'aise en jetant un regard

en coin à son mari. Elle n'était pas irritée parce que vous nourrissiez son délire. Elle craignait que vous ne le troubliez.

– Bravo. (L'éditeur alluma une nouvelle cigarette.) Et elle enlevait les aliments pour la même raison. S'ils avaient continué à s'accumuler dans la machine, Reg en aurait tiré la conclusion logique qui découlait directement de ces prémisses incontestablement absurdes. À savoir que son Fornit était mort ou parti. Donc plus de fornus. Donc plus de création. Donc...

L'éditeur laissa ce mot dériver sur la fumée de sa cigarette puis il reprit :

– Il pensait que les Fornits étaient probablement des êtres nocturnes. Ils n'aimaient pas le vacarme – il avait remarqué qu'il était incapable d'écrire les lendemains de soirées bruyantes –, ils détestaient la TV, détestaient l'électricité, détestaient le radium. Reg avait bradé son téléviseur dans un dépôt-vente pour vingt dollars, disait-il, et s'était débarrassé depuis longtemps de sa montre à cadran fluorescent. Puis venaient les questions. Comment avais-je appris l'existence des Fornits ? Se pouvait-il que j'en aie un à demeure ? Si oui, que pensais-je sur tel et tel sujet ? Il m'est inutile d'être plus précis, il me semble. Si vous avez jamais possédé un chien de race et pouvez vous souvenir de toutes les questions que vous avez posées à propos des soins et de la nourriture qui lui étaient nécessaires, vous imaginerez facilement la plupart de celles que Reg m'a posées. Un petit gribouillage sous ma signature avait suffi à ouvrir la boîte de Pandore.

– Que lui avez-vous écrit en retour ?

– C'est là que les ennuis ont vraiment commencé,

répondit lentement l'éditeur. Pour tous les deux. Jane avait dit : « Rentrez dans son jeu. » C'est ce que j'ai fait. Malheureusement, j'en ai fait un peu trop. J'ai répondu à sa lettre de chez moi alors que j'étais complètement ivre. L'appartement semblait très vide. Il y régnait une odeur de renfermé – fumée de cigarette, aération insuffisante. Tout s'en allait à vau-l'eau depuis le départ de Sandra. La couverture du canapé toute fripée, la vaisselle sale dans l'évier, et tout à l'avenant. L'homme mûr qui n'est pas préparé aux tâches domestiques.

J'étais assis devant la feuille de papier à en-tête glissée sur le rouleau de la machine à écrire et j'ai pensé : *J'ai besoin d'un Fornit. En fait j'ai besoin d'une douzaine d'entre eux pour qu'ils saupoudrent cette foutue maison vide de fornus de la cave au grenier.* À cet instant-là, j'étais assez saoul pour envier à Reg Thorpe ses illusions.

J'ai écrit que j'avais un Fornit, évidemment. J'ai dit à Reg que les caractéristiques du mien étaient étrangement similaires à celles du sien. Nocturne. Détestant le vacarme mais aimant, semblait-il, Bach et Brahms... J'ai ajouté que ce que j'écrivais de meilleur, je l'écrivais après les avoir écoutés. J'avais découvert que mon Fornit avait un faible pour la mortadelle de Kirschner... Reg avait-il déjà essayé cela ? j'en laissais simplement de petits morceaux près du Scrito que j'avais toujours avec moi – mon stylo bleu éditorial, si vous préférez – et, le plus souvent, le lendemain il n'en restait plus rien. À moins, comme le disait Reg, qu'il n'y ait eu beaucoup de bruit la nuit précédente. Je lui ai dit que j'étais très heureux d'être mis au courant pour le radium, même si je n'avais pas de montre fluorescente. Je lui ai raconté que mon Fornit m'accompagnait depuis l'université. Je me suis tellement laissé emporter par mon invention que j'ai couvert presque six pages. À la fin, j'ai ajouté un paragraphe purement formel sur la nouvelle, et j'ai signé.

– Et sous votre signature ? demanda la femme de l'agent.

– Évidemment. *Fornit some Fornus.* (Il s'arrêta.) Vous ne pouvez le voir dans l'obscurité mais je rougis. J'étais tellement saoul, tellement *béat*... J'aurais sans doute réfléchi à deux fois à la froide lumière de l'aube, mais c'était déjà trop tard.

– Vous l'avez postée dans la nuit ? murmura l'écrivain.

– Oui, c'est ce que j'ai fait. Et alors, pendant une semaine et demie, j'ai retenu mon souffle et attendu. Un jour, le manuscrit est arrivé; aucune lettre ne l'accompagnait. Les coupures étaient telles que nous en étions convenus, et j'ai pensé que l'œuvre était parfaite mais le manuscrit était... euh... Je l'ai glissé dans ma serviette, l'ai emporté à la maison et l'ai retapé moi-même. Il était couvert d'étranges taches jaunes. J'ai pensé...

– De l'urine ? demanda la femme de l'agent.

– Oui, c'est ce que j'ai pensé. Mais ce n'en était pas. Et quand je suis arrivé à la maison, une lettre de Reg m'attendait dans la boîte. Dix pages cette fois. Dans la lettre, j'ai eu l'explication des taches jaunes. Il n'avait pas pu trouver de la mortadelle de Kirschner, alors il avait essayé celle de Jordan. Il dit qu'ils avaient adoré. Surtout avec de la moutarde. J'avais été assez sobre ce jour-là. Mais sa lettre, ajoutée à ces pitoyables taches de moutarde incrustées dans les pages de son manuscrit, m'a expédié directement dans mon coffret à liqueurs. Ne passez pas par la case départ, ne ramassez pas deux cents dollars. Allez immédiatement vous saouler.

– Que disait-il d'autre dans cette lettre ? demanda la femme de l'agent.

Elle était de plus en plus fascinée par l'histoire et se penchait maintenant au-dessus de son ventre non négligeable dans une position qui rappelait à la femme de l'écrivain celle de Snoopy juché sur sa niche et prétendant être un vautour.

– Deux lignes seulement concernaient la nouvelle cette fois. Il en décernait tout le crédit au Fornit... et à moi... L'idée de la mortadelle avait vraiment été fantastique. Rackne avait adoré et grâce à elle...

– Rackne ? demanda l'auteur.

– C'était le nom du Fornit, expliqua l'éditeur. Rackne. À cause de la mortadelle, Rackne avait vraiment pris du retard pour le rewriting. Le reste de la lettre était une litanie paranoïaque. Vous n'avez jamais rien lu de tel dans votre vie.

– Reg et Rackne... un mariage scellé au paradis, dit la femme de l'écrivain, prise d'un rire nerveux.

– Oh ! pas du tout, dit l'éditeur. Il s'agissait d'une relation de travail. Et Rackne était un mâle.

– Allez, dites-nous ce qu'il y avait dans la lettre !

– Celle-là, je ne la connais pas par cœur. C'est aussi bien pour vous. Même les excentricités sont fatigantes au bout d'un moment. Le facteur était de la CIA. Le livreur de journaux était du FBI; Reg avait aperçu un revolver muni d'un silencieux dans sa sacoche de journaux. Les voisins étaient des espions; ils avaient du matériel de surveillance dans leur camionnette. Il n'osait plus faire ses courses dans la boutique du coin car le propriétaire était un androïde. Il le soupçonnait déjà depuis un moment mais maintenant, disait-il, il en était sûr. Il avait vu un réseau de fils métalliques sous le cuir chevelu de l'homme, là où commençait sa calvitie. Et le taux de radium chez lui était très élevé; la nuit, il pouvait voir une lueur faible et verdâtre dans les pièces.

Sa lettre se terminait ainsi : « J'espère que vous me répondrez et me tiendrez au courant de votre situation (et de celle de votre Fornit) face à vos *ennemis*, Henry. Je crois que notre rencontre est un événement qui dépasse la simple coïncidence. J'appellerais cela une bouée de sauvetage lancée – par Dieu ? la Providence ? le Destin ? choisissez le terme qui vous convient – au tout dernier moment.

Un homme n'est pas capable de résister longtemps tout seul à des milliers d'*ennemis*. Et découvrir à la fin, que l'on n'est *pas* seul... est-ce trop dire que la similarité de notre expérience s'interpose entre moi-même et la destruction totale ? Peut-être pas. Il faut que je sache : les *ennemis* essaient-ils d'avoir votre Fornit comme ils essaient d'avoir Rackne ? Si oui, comment faites-vous face ? Sinon, savez-vous *pourquoi ?* Je le répète, *je dois savoir*. »

La lettre portait le petit gribouillage *Fornit some Fornus* sous la signature. Il y avait un P.-S. Juste une phrase. Mais mortelle. Le P.-S. disait : « Quelquefois, je me pose des questions à propos de ma femme. »

J'ai relu trois fois la lettre tout en ingurgitant une bouteille entière de Black Velvet. J'ai commencé à envisager les différentes façons d'y répondre. C'était l'appel au secours d'un homme en train de se noyer, c'était tout à fait évident. Écrire la nouvelle lui avait évité l'effondrement pendant un moment, mais maintenant le travail était terminé. Dorénavant c'était à moi de le garder sur pied. Ce qui était parfaitement logique, vu que c'était moi qui avais mis tout cela en branle.

J'ai arpenté la maison du haut en bas à travers les pièces vides. Et j'ai commencé à tout débrancher.

J'étais complètement ivre, rappelez-vous, et l'ivresse ouvre la porte à des impulsions tout à fait inattendues. C'est la raison pour laquelle les éditeurs et les avocats sont capables d'ingurgiter trois verres pendant un déjeuner avant de parler contrat.

L'agent éclata d'un rire tonitruant, mais l'ambiance demeurait tendue, lourde de malaise.

– Ne perdez pas de vue que Reg Thorpe était un sacrément bon écrivain. Il était absolument convaincu de ce qu'il disait. FBI. CIA. IRS. *Ils. Les ennemis.* Quelques écrivains sont dotés du talent extrêmement rare de traduire dans une écriture très contrôlée des sentiments brûlants. C'était le cas de Steinbeck, d'Hemingway aussi, comme celui de Reg Thorpe. Quand vous entriez dans son univers, tout semblait très logique. Une fois acceptée l'existence du Fornit, vous vous mettiez à trouver tout à fait vraisemblable que le vendeur de journaux cache *réellement* un P. 38 muni d'un silencieux dans sa sacoche, que les étudiants à la camionnette de la maison d'à côté soient en effet des agents du KGB avec des capsules mortelles dissimulées dans leurs fausses molaires, chargés de la mission-suicide de capturer ou d'assassiner Rackne.

Bien entendu je n'acceptais pas ces prémisses. Mais il me paraissait si difficile de réfléchir. Et j'ai tout débranché. D'abord la télé couleurs, car chacun sait bien qu'elles émettent des radiations. Au *Logan's,* nous avions publié l'article d'un scientifique à la réputation irréprochable qui suggérait que les radiations produites par un téléviseur couleurs domestique interrompaient les ondes du cerveau humain juste assez pour les altérer d'une manière imperceptible mais permanente. Ce scientifique émettait l'hypothèse que cela expliquait peut-être la baisse des résultats obtenus à l'université, celle des tests de connaissance et celle des performances en arithmétique dans les collèges. Après tout, qui s'assied plus près du téléviseur qu'un môme ?

Alors, j'ai débranché ma télé, et j'ai vraiment eu l'impression d'avoir les idées plus claires. En fait ça allait tellement mieux que j'ai débranché la radio, le grille-pain, la machine à laver, le sèche-linge. Puis je me suis souvenu du four à micro-ondes et je l'ai débranché lui aussi. J'ai ressenti un réel soulagement lorsque la prise de ce foutu machin a été retirée. C'était un des tout premiers, presque aussi gros qu'une maison, et il était probablement *très* dangereux. De nos jours on se protège mieux de ces choses-là.

Je me suis alors rendu compte du nombre d'objets qui sont branchés dans le mur d'une maison petite-bourgeoise très ordinaire. J'ai perçu tout à coup l'image d'une horrible pieuvre électrique dont les tentacules étaient des câbles qui serpentaient tous à l'intérieur des murs, tous connectés à l'extérieur par des gaines, toutes ces dernières menant aux centrales contrôlées par le gouvernement.

Il s'opérait un curieux dédoublement en moi pendant que je faisais tout cela, continua l'éditeur après s'être arrêté un instant pour siroter son Fresca. Je répondais fondamentalement à une impulsion superstitieuse. Il y a des tas de gens qui ne passent pas sous les échelles ou qui n'ouvrent pas de parapluie dans une maison. Il y a des joueurs de basket-ball qui se signent avant de tirer un penalty et des joueurs de base-ball qui changent de chaussettes lorsqu'ils se trouvent dans une mauvaise passe. Il s'agit d'après moi d'une mauvaise synchronisation dans notre stéréo mentale entre le jeu de notre part rationnelle et celui de notre subconscient irrationnel. Si je devais définir le « subconscient irrationnel », je dirais que c'est une petite chambre capitonnée à l'intérieur de chacun d'entre nous; elle renferme un seul meuble : une table de bridge, et sur celle-ci est posé un unique objet : un revolver chargé de balles élastiques.

Quand vous faites un détour sur le trottoir pour éviter une échelle ou lorsque vous sortez de votre appartement sous la pluie avec votre parapluie fermé, votre moi se dédouble et une part de vous-même pénètre dans la chambre pour prendre le pistolet sur la table. Vous pouvez être agité par deux pensées contradictoires : *marcher sous une échelle n'est pas dangereux* et *ne pas marcher sous une échelle n'est pas non plus dangereux*. Mais une fois que vous avez dépassé l'échelle – ou dès que votre parapluie est ouvert – vous vous réunifiez.

– C'est très intéressant, dit l'écrivain, poursuivez votre raisonnement un peu plus loin, si ça ne vous ennuie pas. Quand donc la part irrationnelle s'arrête-t-elle en fait de jouer avec le pistolet pour le retourner contre elle-même ?

– Quand la personne en question se met à écrire des lettres au courrier des lecteurs des journaux pour demander que toutes les échelles soient retirées parce qu'il est dangereux de passer dessous, répondit l'éditeur.

Quelqu'un rit.

– Puisque nous sommes allés aussi loin, je suppose que nous devons pousser jusqu'au bout. La part irrationnelle a déjà tiré la balle élastique dans le cerveau lorsque la personne commence à déambuler en ville, renversant les échelles et injuriant ceux qui travaillent dessus. Il n'y a rien de répréhensible à contourner les échelles plutôt que de passer en dessous. Il n'y a rien de répréhensible à écrire des lettres au journal pour dire que la ville de New York est ruinée à cause de tous les gens qui passent sans faire attention sous les échelles des ouvriers. Mais il est répréhensible de se mettre à renverser les échelles.

– Parce que c'est un délit manifeste, marmonna l'écrivain.

– Vous savez, dit l'agent, vous avez mis le doigt sur quelque chose de juste, Henry. Je n'allume jamais trois cigarettes avec la même allumette. Je ne sais d'où ça m'est venu, mais c'est ainsi. J'ai lu quelque part que cette habitude datait de la bataille des tranchées pendant la Première Guerre mondiale. Les tireurs d'élite allemands attendaient, semble-t-il, que les Tommies commencent à s'allumer mutuellement leurs cigarettes. À la première lueur, ils les repéraient. À la deuxième, ils prenaient la direction du vent. Et à la troisième, ils faisaient voler en éclats la tête du gars. Mais d'avoir appris cela n'a rien changé à mon comportement. Je ne peux toujours pas allumer trois cigarettes avec une seule allumette. Une part de moi-même proteste que ça n'a aucune importance que j'allume une douzaine de cigarettes avec la même allumette. Mais l'autre part – cette voix intérieure très inquiétante à la Boris Karloff – menace : *Ooooh, si tu faaaais ça...*

– Mais toute folie n'est-elle pas superstition, n'est-ce pas ? demanda timidement la femme de l'écrivain.

– Croyez-vous ? interrogea l'éditeur. Jeanne d'Arc entendait des voix venues du ciel. Certains pensent être possédés par les démons. D'autres voient des génies malfaisants... ou des diables... ou bien des Fornits. Les termes que nous utilisons pour désigner la folie suggèrent tous d'une manière ou d'une autre la superstition. Maniaque... bizarre... irrationnel... lunatique... insensé. Pour un fou, la réalité a basculé. Petit à petit, la personnalité ne parvient plus à se réunifier si ce n'est dans la petite chambre du pistolet.

En ce qui me concerne, ce qu'il y avait de rationnel en moi était encore très présent. Blessé, meurtri, indigné et plutôt effrayé, mais encore tout à fait à l'œuvre. Disant ceci : « Oh, t'en fais pas. Demain quand tu auras dessaoulé, tu pourras tout rebrancher, Dieu merci. Amuse-toi si ça t'est nécessaire. Mais pas plus que ça. Ne va pas plus loin que ça. »

Cette voix de la raison était, à juste titre, effrayée. Il y a en nous quelque chose qui est vraiment attiré par la folie. Quiconque se penche du sommet d'un immeuble élevé ressent au moins une envie diffuse et morbide de sauter. Et quiconque a jamais posé contre sa tempe un pistolet chargé...

– Oh, arrêtez, supplia la femme de l'écrivain, s'il vous plaît.

– D'accord, dit l'éditeur, je veux seulement en venir à ceci : même la personne la plus équilibrée retient sa raison par une corde glissante. J'en suis persuadé. Dans l'animal humain, les circuits rationnels sont extrêmement fragiles.

Une fois les prises débranchées, je me suis rendu dans mon bureau. J'ai écrit une lettre à Reg Thorpe, l'ai glissée dans une enveloppe, ai timbré celle-ci, suis sorti avec, puis l'ai postée. À vrai dire je ne me rappelle pas réellement avoir fait tout cela. J'étais trop ivre. Mais j'en conclus que je l'ai fait car lorsque je me suis levé le lendemain matin, la feuille de papier carbone était encore près de la machine à écrire, avec les timbres et la boîte d'enveloppes. La lettre était à peu près celle que vous attendriez d'un poivrot. Elle revenait à peu près à ceci : les ennemis étaient attirés par l'électricité aussi bien que par les Fornits eux-mêmes. Délivrez-vous de l'électricité et vous serez du même coup débarrassé des ennemis. À la fin j'avais écrit : « L'électricité fout en l'air votre capacité à raisonner sur tout cela, Reg. Il y a des interférences avec les ondes du cerveau. Est-ce que votre femme possède un mixer ? »

– En fait vous aviez commencé à écrire des lettres au journal, commenta l'écrivain.

– Oui. J'ai écrit cette lettre un vendredi soir. Le samedi matin, je me suis levé vers 11 heures, avec la gueule de bois, vaguement conscient du genre de méfait que j'avais commis la nuit précédente. Alors que je rebranchais tout, j'étais sous le coup de la honte. La honte – et la peur – a été plus forte encore lorsque j'ai vu ce que j'avais écrit à Reg. J'ai mis la maison sens dessus dessous pour retrouver l'original de la lettre, espérant désespérément ne pas l'avoir envoyée. Mais en vain. Et je n'ai pu supporter cette journée qu'en prenant la résolution de me conduire en homme et de m'accrocher. Comme si j'allais la suivre...

Le mercredi suivant, il y avait une lettre de Reg. Une page manuscrite. *Fornit some Fornus* gribouillé partout. Au centre, juste ces mots : « Vous aviez raison. Merci, merci, merci. Reg. Vous aviez raison. Tout va bien à présent. Reg. Merci beaucoup. Reg. Fornit va bien. Reg. Merci. Reg. »

– Ô mon Dieu ! s'exclama la femme de l'écrivain. Je parie que sa femme était furieuse.

– Non, pas du tout. Parce que ça avait marché.

– Qu'est-ce qui avait marché ? demanda l'agent.

– Il avait reçu ma lettre le lundi par le courrier du matin. Le lundi après-midi, il s'était rendu au bureau de l'agence locale de l'électricité pour leur demander de suspendre son abonnement. Jane Thorpe, bien sûr, était devenue hystérique. Sa cuisinière marchait à l'électricité, elle avait bien entendu un mixer, une machine à coudre, une machine à laver et un sèche-linge. Enfin vous voyez. Le lundi soir, je suis sûr qu'elle était prête à servir ma tête sur une assiette.

Mais le comportement de Reg lui a fait décider que j'étais un faiseur de miracles plutôt qu'un cinglé. Il l'avait invitée à s'asseoir dans la salle de séjour et s'était mis à lui parler d'une façon assez sensée. Il lui avait dit qu'il avait conscience d'avoir agi d'une façon bizarre. Il savait qu'elle s'était fait du souci. Il lui avait déclaré qu'il se sentait beaucoup mieux sans électricité et qu'il serait heureux de pouvoir l'aider pour tous les dérangements que cela pourrait occasionner. Et puis il avait proposé d'aller saluer les voisins.

– Pas les agents du KGB dont la camionnette était bourrée de radium ? demanda l'écrivain.

– Si, justement. Jane avait été complètement déconcertée. Elle avait accepté de l'accompagner mais elle m'a raconté qu'elle s'était attendue à une horrible scène. Accusations, menaces, hystérie. Elle avait commencé à envisager de quitter Reg s'il ne se décidait pas à se faire aider pour régler son problème. Elle m'a dit ce mercredi matin-là au téléphone qu'elle s'était fait une promesse : l'électricité serait l'avant-dernière goutte. Encore une histoire de ce genre et elle rentrerait à New York. Elle commençait à avoir peur, voyez-vous. La situation s'était aggravée de façon si graduelle que ç'avait été presque imperceptible; elle l'aimait, pourtant, elle ne pourrait pas supporter que ça empire. Elle avait décidé que si Reg disait un mot déplacé aux étudiants d'à côté, elle cesserait de s'occuper du ménage. J'ai découvert longtemps après qu'elle s'était déjà enquise très prudemment des procédures en vigueur dans le Nebraska pour un placement d'office en hôpital psychiatrique.

– Pauvre femme, murmura la femme de l'écrivain.

– Mais, poursuivit l'éditeur, la soirée a été un succès éclatant. Reg s'est montré des plus charmants... et selon Jane tout a été parfaitement agréable. Elle ne l'avait pas vu aussi normal depuis trois ans. L'humeur maussade et renfermée avait disparu. Les tics nerveux. Les sursauts involontaires et cette façon de regarder par-dessus son épaule chaque fois qu'une porte s'ouvrait. Il avait bu une bière et avait abordé tous les sujets courants à cette époque morne et sans vie : la guerre, les possibilités d'une armée de volontaires, les émeutes dans les villes, les lois anti-drogue.

Le fait qu'il avait écrit *Les Mafiosi* avait été mentionné dans la conversation et ils avaient été... « sous le charme de l'auteur », selon l'expression de Jane. Sur les quatre jeunes gens, trois l'avaient lu et il y avait fort à parier que le quatrième ne tarderait pas à prendre le chemin de la bibliothèque.

L'écrivain rit en hochant la tête. Cette situation lui était familière.

– Ainsi, poursuivit l'éditeur, quittons-nous pour un petit moment Reg Thorpe et sa femme, sans électricité mais plus heureux qu'ils ne l'avaient été depuis longtemps...

– Heureusement qu'il n'utilisait pas une machine à écrire IBM, ironisa l'agent.

– ... et revenons-nous à l'éditeur, votre serviteur. Deux semaines se sont écoulées. L'été touche à sa fin. L'éditeur, votre serviteur, a enfreint évidemment plusieurs fois la règle de l'abstinence mais s'est arrangé pour avoir dans l'ensemble une conduite relativement respectable. Les jours vont leur train-train quotidien. À Cap Kennedy on s'apprête à envoyer un homme sur la lune. Le nouveau numéro du *Logan's,* avec John Lindsay en couverture, est dans les kiosques et se vend comme d'habitude très mal. J'avais émis un ordre d'achat pour une nouvelle intitulée « La Ballade de la balle élastique », par Reg Thorpe. Publication prévue, janvier 1970, prix d'achat proposé, huit cents dollars, ce qui à l'époque était le tarif courant pour la principale nouvelle du numéro.

J'ai reçu un appel de mon supérieur, Jim Dohegan. Pouvais-je monter le voir ? Je me suis dirigé vers son bureau au pas de gymnastique, j'étais en pleine forme. Je ne me suis rendu compte que plus tard que Janey Morrisson, sa secrétaire, avait l'air d'assister à une veillée funèbre.

Je me suis assis et j'ai demandé à Jim ce que je pouvais faire pour lui, ou vice versa. Je ne dirais pas que le nom de Reg Thorpe ne m'était pas venu à l'esprit; avoir dégoté la nouvelle était un fameux coup pour le *Logan's,* et je m'attendais à recevoir quelques félicitations. Alors, vous pouvez imaginer à quel point j'ai été abasourdi quand il a poussé vers moi, en travers du bureau, deux ordres d'achat. La nouvelle de Reg Thorpe et un roman très court de John Updike que nous avions programmé pour le numéro de février. Tous deux étaient barrés d'un coup de tampon RETOUR.

J'ai regardé les ordres d'achat annulés. J'ai regardé Jimmy. Je n'y comprenais rien. Je ne parvenais vraiment pas à faire fonctionner mon cerveau pour essayer de comprendre ce que tout cela signifiait. Ça bloquait quelque part. J'ai jeté un coup d'œil autour de moi et j'ai vu sa plaque chauffante. Janey la sortait pour lui chaque matin lorsqu'elle arrivait au bureau et la branchait pour qu'il puisse boire du café chaud quand il le désirait. C'était devenu une institution au *Logan's* depuis trois ans ou plus. Ce matin-là, la seule chose à laquelle je pouvais penser, c'était : *Si cette chose était débranchée, je pourrais réfléchir. Je sais que si cette chose était débranchée je parviendrais à comprendre.*

« Qu'est-ce que ça veut dire ? » ai-je demandé.

« Je suis vraiment désolé d'avoir à t'annoncer ça, Henry, a-t-il répondu. Le *Logan's* ne publiera plus aucune fiction à partir de janvier 1970. »

L'éditeur s'arrêta pour prendre une cigarette, mais son paquet était vide.

– Est-ce que quelqu'un a une cigarette ?

La femme de l'écrivain lui offrit une Salem.

– Merci, Meg.

Il l'alluma, éteignit l'allumette et tira une profonde bouffée. Le bout incandescent rougeoya doucement dans l'obscurité.

– Eh bien, reprit-il, je suis sûr que Jim a pensé que j'étais fou. Je lui ai dit : « Tu permets ? » et je me suis penché pour débrancher sa plaque chauffante.

Il en est resté bouche bée et m'a répondu : « Henry, qu'est-ce qui te prend ? »

« J'ai du mal à réfléchir quand ce genre d'engin fonctionne », ai-je répondu. J'ai ajouté : « Interférences. » Et il semblait que c'était vrai, car une fois la prise enlevée, j'ai été capable de saisir bien plus clairement la situation. « Est-ce que ça veut dire que je suis viré ? » lui ai-je demandé.

« Je ne sais pas, a-t-il répondu. C'est à Sam et

au conseil d'administration de décider. Je ne sais vraiment pas, Henry. »

J'aurais pu dire des tas de choses. J'imagine que Jimmy s'attendait à ce que je me lance dans un plaidoyer passionné pour défendre mon emploi. Vous connaissez l'expression : « Le sol se dérobait sous ses pieds » ?... Je prétends que vous ne pouvez en comprendre le sens à moins que vous ne soyez à la tête d'un département qui soudain n'existe plus.

Mais je n'ai pas plaidé ma cause ou celle de la fiction au *Logan's*. J'ai plaidé pour la nouvelle de Reg Thorpe. J'ai d'abord dit que nous pourrions en avancer la parution avant la date fatale... la publier dans le numéro de décembre.

« Allons, Henry, a répondu Jimmy, le canard de décembre est bouclé. Tu le sais bien. Et il s'agit de dix mille mots. »

« Neuf mille huit cents », ai-je précisé.

« Et une pleine page d'illustrations, a-t-il complété. Laisse tomber. »

« Eh bien, on n'a qu'à sucrer les dessins, ai-je dit. Écoute, Jimmy, cette nouvelle est excellente, peut-être la meilleure fiction que nous ayons eue ces cinq dernières années. »

« Je l'ai lue, Henry, a répondu Jimmy. Je sais qu'elle est extraordinaire. Mais ça n'est pas possible. Pas en décembre. C'est Noël, nom de Dieu, et tu veux glisser sous le sapin des Américains l'histoire d'un type qui tue sa femme et son môme ! Tu dois être... »

Il s'est soudain arrêté, mais je l'ai vu jeter un coup d'œil à sa plaque électrique. Il aurait pu tout aussi bien le dire à haute voix, vous croyez pas ?

L'écrivain acquiesça lentement, les yeux rivés sur l'ombre confuse qui tenait lieu de visage à l'éditeur.

– J'ai commencé à avoir mal à la tête. Très légèrement au début. Il devenait à nouveau difficile de réfléchir. Je me suis rappelé que Janey Morrisson avait un taille-crayon électrique sur son bureau. Il y avait tous ces tubes fluorescents dans le bureau de Jim. Les radiateurs. Les distributeurs automatiques dans le local situé au bout du couloir. Quand vous preniez le temps de réfléchir, tout ce foutu immeuble marchait à l'électricité; c'était incroyable que quiconque réussisse à faire quoi que ce soit. C'est alors qu'une idée a commencé à faire son chemin, je pense. L'idée que le *Logan's* courait à sa perte parce que personne ne pouvait penser juste. Et personne ne pouvait penser juste parce que nous étions enfermés dans ce gratte-ciel où tout marchait à l'électricité. Les ondes de nos cerveaux étaient complètement perturbées. Je me souviens avoir pensé que si on avait pu faire venir un médecin avec un de ces appareils pour encéphalogrammes, il aurait obtenu de bien étranges graphiques. Pleins de ces énormes ondes alpha à forte amplitude qui caractérisent les tumeurs malignes situées à l'avant du cerveau.

Le fait d'y penser avait suffi à aggraver mon mal de tête. Mais j'ai fait une ultime tentative. J'ai demandé à Jim s'il consentait au moins à demander à Sam Vadar, le rédacteur en chef, de laisser paraître la nouvelle dans le numéro de janvier. Qu'elle soit un adieu du *Logan's* à la fiction, si besoin était. La dernière nouvelle du *Logan's*.

Jimmy jouait avec son crayon et hochait la tête.

« J'en parlerai, a-t-il dit, mais tu sais bien que ça ne marchera pas. Nous avons sur les bras la nouvelle d'un écrivain qui n'a écrit qu'un seul roman et celle de John Updike qui est aussi bonne... peut-être meilleure... et... »

« *La nouvelle d'Updike n'est pas meilleure !* » me suis-je écrié.

« Nom de Dieu, Henry, tu n'as pas besoin de hurler comme ça... »

« *Je ne hurle pas !* » ai-je hurlé.

Il m'a observé un long moment. Mon mal de tête devenait insupportable. Je pouvais entendre le bourdonnement des tubes fluorescents. Ça ressemblait au bruit produit par une nuée de mouches prisonnières d'une bouteille. C'était vraiment un bruit détestable. Et j'ai cru entendre marcher le taille-crayon électrique de Janey. *Ils le font exprès,* ai-je pensé. *Ils veulent me faire perdre les pédales. Ils savent que je ne peux pas penser correctement quand tous ces engins fonctionnent, alors... alors...*

Jim était en train de dire quelque chose à propos du fait qu'il soulèverait la question lors du prochain comité de rédaction et suggérerait qu'au lieu de fixer une date arbitraire, ils publient toutes les nouvelles pour lesquelles je m'étais engagé verbalement... quoique...

Je me suis dressé d'un bond, j'ai traversé la pièce et j'ai éteint toutes les lumières.

« Qu'est-ce qui te prend ? » a demandé Jimmy.

« Tu sais parfaitement ce qui me prend, ai-je répondu. Il faut que tu sortes d'ici, Jimmy, avant qu'il ne reste plus rien de toi. »

Il s'est levé et s'est approché de moi.

« Je pense que tu devrais t'arrêter pour le restant de la journée, Henry, a-t-il dit. Rentre chez toi. Repose-toi. Je sais que tu as subi un choc récemment. Je veux que tu saches que je ferai tout ce qui est en mon pouvoir à propos de cette affaire. Je suis aussi convaincu que toi... disons presque aussi convaincu. Mais tu devrais vraiment rentrer chez toi, poser tes pieds sur la table et regarder la télé. »

« La télé ! » me suis-je exclamé et j'ai éclaté de rire. C'était la chose la plus drôle que j'aie jamais entendue.

« Jimmy, ai-je dit, tu diras encore autre chose de ma part à Sam Vadar. »

« Quoi donc, Henry ? »

« Dis-lui qu'il a besoin d'un Fornit. De toute la panoplie. Un Fornit ? Que dis-je ? Une douzaine d'entre eux plutôt. »

« Un Fornit, dit-il en hochant la tête. D'accord, Henry. Je ne manquerai pas de lui en parler. » J'avais très mal à la tête. J'y voyais à peine. Quelque part au fond de moi, je me demandais déjà comment j'allais annoncer cette nouvelle à Reg et comment il allait prendre les choses.

« Je ferai moi-même le bon d'achat, si je sais à qui je peux l'envoyer, ai-je dit. Reg aura peut-être quelques idées. Une douzaine de Fornits. Il faudra les persuader de répandre de la poudre de fornus un peu partout. Il faut couper le courant. Sans faire aucune exception. »

J'arpentais son bureau et Jimmy me dévisageait, bouche bée.

« Il faut couper tout le courant, Jimmy, n'oublie pas de le leur dire. Dis-le à Sam. Personne ne peut penser avec toutes ces interférences électriques, n'est-ce pas ? »

« Tu as raison, Henry. À cent pour cent. Rentre tranquillement chez toi et repose-toi bien, d'accord ? Fais une sieste ou quelque chose comme ça. »

« Et les Fornits. Ils n'aiment pas toutes ces interférences. Radium, électricité, tout ça c'est pareil. Nourrissez-les avec de la mortadelle. Du gâteau.

Du beurre de cacahuètes. Pouvons-nous passer une commande de ces denrées ? »

Mon mal de tête s'était changé en une boule noire douloureuse derrière les yeux. Je voyais Jimmy en double, tout en double. Soudain, j'ai eu soif. S'il n'y avait pas de fornus – et la part rationnelle de mon esprit m'assurait qu'il n'y en avait pas – alors un verre était la seule chose au monde qui puisse me soulager.

« Bien sûr, on peut passer une commande », a-t-il répondu.

« Tu ne crois pas un mot de tout cela, n'est-ce pas Jimmy ? » ai-je demandé.

« Bien sûr que si. Tout va bien. Tu as seulement besoin de rentrer chez toi et de te reposer un peu. »

« Tu n'y crois pas pour l'instant, ai-je continué, mais peut-être que tu y croiras quand ce torchon devra déposer son bilan. Comment, au nom du ciel, peux-tu croire que tu prends des décisions rationnelles lorsque tu es assis à moins de quinze mètres de distributeurs de Coca-Cola, de distributeurs de bonbons, de distributeurs de sandwiches ? »

Puis j'ai été traversé par une pensée horrible.

« *Et un four à micro-ondes !* lui ai-je crié. *Ils ont un four à micro-ondes pour réchauffer les sandwiches !* »

Il a commencé à dire quelque chose, mais je n'y ai prêté aucune attention. Je me suis rué dehors. Ce four à micro-ondes expliquait tout. Il fallait que je m'en éloigne. C'est pour ça que j'avais si mal à la tête. Je me souviens avoir vu Janey et Kate Younger du service des petites annonces et Merl Strong de celui de la publicité dans le bureau d'à côté; ils me regardaient tous fixement. Ils avaient dû m'entendre crier.

Mon bureau se trouvait à l'étage en dessous. J'y

suis descendu par l'escalier. J'ai éteint toutes les lumières et ai attrapé ma mallette. J'ai pris l'ascenseur jusqu'au hall d'entrée, mais j'ai déposé ma mallette entre mes pieds et me suis bouché les oreilles avec les doigts. Je me souviens aussi que les trois ou quatre personnes qui se trouvaient dans l'ascenseur m'ont regardé d'un air plutôt étrange.

L'éditeur eut un petit rire étouffé.

– Ils avaient peur. Il faut le dire. Enfermés dans une petite boîte mobile avec un type visiblement fou, vous auriez eu peur aussi.

– Oh, sûrement, c'est assez impressionnant, dit la femme de l'agent.

– Pas du tout. Il faut bien que la folie commence *quelque part*. Si cette histoire a une quelconque signification – si on peut jamais dire que les événements de sa propre vie ont une quelconque signification – alors ceci est l'histoire de la genèse de la folie. Il faut bien que la folie commence quelque part et qu'elle aboutisse quelque part. Comme une route. Ou comme une balle glissée dans le canon d'un pistolet. J'étais encore à des kilomètres derrière Reg Thorpe, mais j'avais pris le départ. Aucun doute là-dessus.

Il fallait bien que j'aille quelque part, alors, je me suis rendu au Four Fathers, un bar de la 49e Rue. Je me souviens l'avoir choisi car il n'y avait ni juke-box ni télé couleurs et peu de lumière électrique. Je me souviens avoir commandé un premier verre. Ensuite, j'ai tout oublié jusqu'à mon réveil le lendemain dans mon lit, chez moi. Il y avait du vomi sur le sol et une large brûlure de cigarette sur le drap qui me recouvrait. Apparemment, dans mon hébétude, j'avais échappé à deux types de morts tout à fait horribles... étouffer ou brûler vif. Ce n'est pas que j'aurais senti grand-chose d'ailleurs...

– Seigneur ! s'écria l'agent presque respectueusement.

– C'était le trou noir, continua l'éditeur; le premier vrai trou noir de ma vie – mais ils sont toujours signe que la fin approche et il n'y en a jamais beaucoup. D'une façon ou d'une autre, il n'y en a jamais beaucoup. Mais tout alcoolique vous dira qu'un trou noir n'est pas comparable à un évanouissement. Ça serait tellement plus simple si ça l'était. Non, quand un alcoolo a un trou noir, il continue à *agir*. Un alcoolo dans un trou noir est un petit diable très actif. Une sorte de Fornit malveillant. Il appellera son ex-femme et l'injuriera au téléphone ou engagera sa voiture en sens interdit sur l'échangeur et emboutira une voiture pleine de gamins. Il quittera son emploi, dévalisera un magasin, se débarrassera de son alliance. Des petits diables très actifs.

Ce que *moi* j'avais fait, apparemment, c'était rentrer chez moi et écrire une lettre. Sauf que celle-ci n'était pas adressée à Reg. Elle m'était adressée. Et ce n'était pas *moi* qui l'avais écrite – du moins d'après la lettre ce n'était pas *moi*.

– Qui alors ? demanda la femme de l'écrivain.

– Bellis.

– Qui est Bellis ?

– Son Fornit, dit l'écrivain d'un air absent. (Ses yeux étaient vagues et lointains.)

– Oui, c'est bien ça, dit l'éditeur, sans paraître le moins du monde surpris. (Il réécrivit la lettre pour eux dans la douceur de l'air du soir, en marquant les temps forts de son doigt.) « Bien le bonjour de Bellis. Tes problèmes m'affectent beaucoup, cher ami, mais je voudrais te faire remarquer tout de suite que tu n'es pas le seul à en avoir. La tâche n'est pas facile pour moi. Je peux saupoudrer de fornus ta foutue machine jusqu'à la fin des temps mais faire bouger les TOUCHES, c'est ton affaire. Voilà POURQUOI Dieu a créé les humains. Ainsi je partage tes soucis, mais c'est tout ce que je peux faire.

« Je comprends ton inquiétude pour Reg Thorpe. Je ne m'inquiète pas pour Thorpe mais pour mon frère Rackne. Thorpe s'inquiète de ce qui va lui arriver si Rackne s'en va, mais seulement parce qu'il est égoïste. La malédiction quand on est au service des écrivains c'est qu'ils sont *tous* égoïstes. Thorpe ne s'inquiète pas de savoir ce qui va arriver à Rackne si LUI s'en va. Ou devient *el bonzo seco*. Ces pensées n'ont apparemment jamais effleuré son âme oh-si-sensible. Mais, heureusement pour nous, tous nos malheureux problèmes trouvent toujours la même solution à court terme, alors j'éreinte mes bras et mon corps minuscule pour te l'offrir, ami ivrogne. Tu te demandes sans doute quelles sont les solutions à long terme; je t'assure qu'il n'y en a pas. Toutes les blessures sont mortelles. Prends ce qu'on t'offre. S'il y a quelquefois du mou dans la corde elle a cependant toujours une extrémité. Et après ? Réjouis-toi de l'existence du mou et ne gaspille pas ton énergie à maudire l'extrémité. Un cœur reconnaissant sait qu'à la fin nous nous balançons tous.

« Il faut que tu le paies toi-même pour la nouvelle. Mais pas avec un chèque personnel. Les problèmes mentaux de Thorpe sont sérieux et peut-être dangereux, mais ils ne signifient en aucune façon la stupidité. »

L'éditeur s'arrêta ici et épela : *s-t-u-p-pi-d-i-t-é*. Puis il continua.

– « Si tu lui donnes un chèque personnel, il ne

lui faudra pas plus de neuf secondes pour comprendre.

« Retire huit cents et quelques dollars de ton compte personnel et fais ouvrir un nouveau compte au nom des Arvin Publishing Inc. Assure-toi qu'ils te fourniront des chèques qui font sérieux... pas avec de mignons petits chiens ou des vues de cányons. Trouve un ami, quelqu'un en qui tu puisses avoir confiance et fais-en le cotitulaire du compte. Quand les chèques arriveront, émets-en un de huit cents dollars et fais-le signer par ton associé. Envoie le chèque à Reg Thorpe. Dans l'immédiat, ça réglera le problème. » C'est tout. C'était signé : « Bellis. » Pas à la main. À la machine.

– Ouaaah ! s'exclama l'écrivain.

– Quand je me suis levé, la première chose que j'ai remarquée, ç'a été la machine à écrire. On aurait dit que quelqu'un l'avait transformée en machine à écrire fantôme d'un film de troisième catégorie. La veille, c'était une vieille Underwood noire. Lorsque je me suis levé – avec une tête aussi grosse que le Dakota du Nord – elle était plutôt grisâtre. Les dernières phrases de la lettre étaient serrées les unes contre les autres et décolorées. J'ai jeté un coup d'œil et j'ai pensé que ma vieille et fidèle Underwood était probablement au bout du rouleau. J'ai passé le doigt dessus, l'ai léché et me suis rendu à la cuisine. Il y avait un sac de sucre glace entamé sur le comptoir. Une mesure était plongée dedans. Du sucre glace était répandu partout entre la cuisine et le petit bureau où je travaillais à cette époque.

– Pour nourrir votre Fornit, dit l'écrivain. Bellis était gourmand. En tout cas c'est ce que vous pensiez.

– Oui, mais malgré ma nausée et ma gueule de bois, je savais parfaitement bien qui était le Fornit. (Il énuméra en comptant sur ses doigts.) Premièrement, Bellis était le nom de jeune fille de ma mère. Deuxièmement, cette expression *el bonzo seco* était celle que nous utilisions mon frère et moi pour dire « fou ». Du temps où nous étions gamins. Troisièmement, et c'est certainement le plus exaspérant, il y avait l'orthographe du mot « stupidité ». C'est l'un des mots dont j'estropie en général l'orthographe. J'ai connu un écrivain des plus cultivés qui écrivait toujours « réfrigérateur » avec deux *f* – reffrigérateur – bien que les correcteurs lui aient signalé cette faute maintes fois. Et pour ce type, docteur de l'université de Princeton, « affreux » devenait toujours « afreux ».

La femme de l'écrivain laissa échapper un rire soudain, à la fois gêné et joyeux.

– Je fais la même chose.

– Ce que je veux dire, c'est que les fautes d'orthographe d'un homme ou d'une femme sont ses empreintes digitales littéraires. Posez la question à n'importe quel correcteur qui a travaillé un certain nombre de fois sur les textes du même écrivain.

Non, Bellis c'était moi et j'étais Bellis. Et pourtant le conseil était sacrément bon. En fait j'ai pensé que c'était un *excellent* conseil. Mais il y a autre chose : si le subconscient laisse ses empreintes, il y a également un étranger, là, au fond. Un sacré drôle de type qui en sait sacrément long. Je n'avais jamais de ma vie vu ce mot « cotitulaire », tout au moins à ma connaissance... mais il était là, et il sonnait juste et j'ai découvert quelque temps plus tard que c'est en fait celui qu'utilisent les banques.

J'ai décroché le téléphone pour appeler un ami

et – incroyable ! – une décharge douloureuse m'a vrillé la tête. J'ai pensé à Reg Thorpe et à son histoire de radium et j'ai raccroché sans attendre. Je me suis déplacé pour voir mon ami après avoir pris une douche, m'être rasé et avoir vérifié neuf fois devant le miroir que mon apparence était approximativement celle qu'on attend d'un être humain normal. Pourtant, il m'a posé des tas de questions et m'a inspecté de très près. Alors, j'imagine qu'il devait rester des signes qu'une douche, un rasage et une bonne dose de Listérine[1] ne pouvaient cacher. Il n'était pas de la profession et cela facilitait les choses. Les nouvelles vont vite, vous savez, dans le métier. Façon de parler. Ainsi, s'il avait été dans la profession, il aurait su que les éditions Arvin étaient responsables du *Logan's* et il se serait demandé quel genre de combine j'étais en train de mettre sur pied. Mais il ne l'était pas, il ne s'est posé aucune question et j'ai pu lui raconter que j'avais envie de me lancer dans l'édition puisque le *Logan's* avait décidé de liquider le service des fictions.

– Vous a-t-il demandé pourquoi vous aviez choisi le nom d'Arvin ? demanda l'écrivain.

– Oui.

– Que lui avez-vous répondu ?

– Je lui ai dit qu'Arvin était le nom de jeune fille de ma mère, répliqua l'éditeur avec un sourire las.

Après un temps de silence il reprit; il parla presque sans interruption jusqu'à la fin.

– Tout d'abord j'ai attendu que les chèques soient

1. Lotion buccale désinfectante. *(N.d.T.)*

imprimés; en fait il ne m'en fallait qu'un. J'ai fait de l'exercice pour passer le temps. Vous voyez le genre : prendre un verre, plier le coude, vider le verre, plier le coude de nouveau. Je n'ai pas eu que ces activités, mais ce sont les seules qui m'aient réellement occupé l'esprit : attendre et plier le coude. Autant que je m'en souvienne. Je le précise à nouveau car j'étais presque toujours saoul et pour chaque chose dont je me souviens, il y en a probablement cinquante ou soixante que j'ai oubliées.

J'ai abandonné mon boulot... au grand soulagement de tous, sans aucun doute. En ce qui les concernait, parce qu'ils n'avaient pas à accomplir l'acte existentiel qui consistait à me virer pour folie d'un service qui n'existait plus. Pour moi, parce que je ne pensais pas pouvoir me retrouver une fois de plus dans cet immeuble... l'ascenseur, les tubes fluorescents, les téléphones, l'idée de toute cette électricité aux aguets.

Pendant ces trois semaines, j'ai écrit à Reg Thorpe et à sa femme, quelques lettres à chacun. Je me souviens de l'avoir fait pour elle mais pas pour lui – comme la lettre de Bellis; j'ai écrit les siennes pendant des périodes de trou noir. Mais j'ai conservé mes vieilles habitudes de travail quand j'étais bourré, comme j'ai conservé mes bonnes vieilles fautes d'orthographe. Je n'ai jamais manqué d'utiliser un carbone... et quand je revenais à moi le lendemain matin, les carbones étaient restés éparpillés. C'était comme si je lisais les lettres d'un étranger.

Ce n'est pas que ces lettres aient été délirantes. Pas du tout. Celle terminée par le post-scriptum à propos du mixer était bien pire. Ces lettres semblaient... presque sensées.

Il s'arrêta et secoua lentement la tête, l'air fatigué.

– Pauvre Jane Thorpe. Non pas que la situation *parût* si mauvaise à la fin. Il devait lui sembler que l'éditeur de son mari déployait beaucoup d'habileté et d'intelligence pour tirer celui-ci d'une dépression qui empirait. Est-ce ou non une bonne idée de ménager quelqu'un qui entretient toutes sortes de délires paranoïaques – au point d'en arriver presque, une fois, à agresser une petite fille –, la question l'avait probablement effleurée. Pour sa part elle avait choisi d'en ignorer les aspects négatifs car elle aussi le ménageait. Je ne l'en ai jamais blâmée moi non plus; il ne représentait pas seulement l'assurance du pain quotidien, il n'était pas un cheval qu'on soigne et bichonne jusqu'à l'abattoir final. Elle l'aimait ce gars-là. À sa manière, Jane Thorpe était une grande dame. Après avoir vécu avec Reg le temps de la rencontre, puis celui de l'épanouissement et enfin celui de la folie, elle aurait, à mon avis, été d'accord avec Bellis : il fallait profiter du sursis que lui laissait le mou et non s'épuiser à maudire la chute. Évidemment, plus il y a de mou, plus la secousse est brutale lorsque vous arrivez au bout de la corde... mais cette brutalité même peut être vécue comme un bienfait, je suppose, car qui souhaite s'étrangler ?

J'ai reçu leurs réponses à tous deux pendant cette courte période, des lettres très ensoleillées... bien que ce soleil ait eu quelque chose d'étrange, quelque chose d'apocalyptique. On aurait dit que... non, foin de philosophie à bon marché. Si j'arrive à préciser un peu mes idées, je m'expliquerai. Continuons.

Il jouait tous les soirs avec les enfants des voisins; et lorsque les feuilles ont commencé à tomber, ils en étaient presque à voir en Reg Thorpe une réincarnation de Dieu. Quand ils ne jouaient pas aux cartes ou au frisbee, ils parlaient littérature et Reg se moquait gentiment d'eux. Il avait été chercher un petit chien à la fourrière du coin, le promenait matin et soir et, comme quiconque promène son cabot, rencontrait d'autres gens du quartier. Ceux qui pensaient que les Thorpe étaient vraiment bizarres se mirent à changer d'avis. Quand Jane a suggéré qu'à défaut d'appareils électriques elle avait besoin d'un petit peu d'aide ménagère, Reg a tout de suite été d'accord. Elle a été émerveillée par la bonne humeur avec laquelle il avait accepté cette idée. Le problème n'était pas financier – *Les Mafiosi* leur avaient permis de mettre du beurre dans les épinards – mais, selon Jane, *ils* risquaient de poser problème. D'après Reg, *ils* étaient partout, et quel meilleur agent pouvaient-*ils* avoir qu'une femme de ménage qui allait partout dans la maison, regardait sous les lits, dans les placards et peut-être dans les tiroirs du bureau, s'ils n'étaient pas fermés à clé et cloués par-dessus le marché ?

Mais il lui a donné son accord, lui a dit qu'il n'était qu'un goujat sans cœur de n'y avoir pas pensé plus tôt, même s'il accomplissait lui-même – et elle était fière de me le raconter – les travaux les plus pénibles comme le lavage à la main. Il demanda seulement une petite faveur : que l'entrée de son bureau soit interdite à cette femme. Le meilleur signe, le plus encourageant pour Jane, c'était que Reg s'était remis au travail, avait attaqué un nouveau roman. Elle avait lu les trois premiers chapitres et les trouvait merveilleux. Tout cela, disait-elle, avait commencé lorsque j'avais accepté « La Ballade de la balle élastique » pour le *Logan's* – la période précédente avait vraiment marqué le creux de la vague. Et elle me bénissait pour cela.

Je suis sûr qu'elle était sincère, mais sa bénédiction était dénuée de réelle chaleur et l'éclat de sa lettre était quelque peu assombri – *nous y revoilà*. Le soleil de sa lettre était semblable à celui d'une journée où le ciel est couvert de nuages pommelés annonciateurs d'une imminente pluie diluvienne.

Toutes ces bonnes nouvelles – les parties de cartes, le chien, la femme de ménage et le nouveau roman – et pourtant, elle était trop intelligente pour croire vraiment qu'il allait mieux... du moins c'est ce que j'ai cru comprendre du fond de mon brouillard. Reg avait présenté des symptômes de psychose. La psychose ressemble d'une certaine manière au cancer du poumon; aucune des deux maladies ne disparaît comme par enchantement bien que les cancéreux comme les fous puissent avoir leurs bons jours. Chère amie, puis-je vous emprunter une autre cigarette?

La femme de l'écrivain lui en offrit une.

– Après tout, reprit-il en sortant son Ronson, elle était cernée par les indices de son *idée fixe*[1]. Pas de téléphone, pas d'électricité. Il avait scotché tous les commutateurs. Il mettait de la nourriture dans sa machine à écrire aussi régulièrement qu'il en mettait dans le plat du nouveau petit chien. Les étudiants d'à côté pensaient que c'était un type extra, mais les étudiants d'à côté ne l'avaient pas vu enfiler des gants de caoutchouc pour saisir le journal sur le seuil, le matin, par crainte des radiations. Ils ne l'entendaient pas gémir dans son sommeil, n'avaient pas eu à le calmer lorsqu'il se réveillait en hurlant à cause d'horribles cauchemars dont il ne gardait aucun souvenir.

1. En français dans le texte. *(N.d.T.)*

Vous, ma chère, dit-il en se tournant vers la femme de l'écrivain, vous vous êtes demandé pourquoi elle est restée avec lui. Bien que vous n'en ayez rien dit, vous vous l'êtes demandé. N'est-ce pas ?

Elle acquiesça.

– Oui. Mais je ne vais pas épiloguer interminablement sur la raison des choses. Ce qui est bien avec les histoires vraies, c'est qu'il vous suffit de dire : *voici ce qui s'est passé* en laissant aux gens le soin de s'interroger sur le pourquoi. En général, personne ne sait pourquoi les choses arrivent, de toute façon... surtout pas ceux qui prétendent le savoir.

Mais selon la perception sélective de Jane Thorpe, les choses *s'étaient* sacrément améliorées. Pour le ménage, elle s'était entendue avec une Noire d'âge mûr et était parvenue à parler aussi franchement que possible des manies de son mari. La femme, qui s'appelait Gertrude Rulin, avait éclaté de rire puis déclaré qu'elle avait travaillé pour des gens beaucoup plus bizarres encore. Jane avait vécu cette première semaine de travail de Mme Rulin de la même manière qu'elle avait vécu la première visite aux voisins... toujours prête à un quelconque éclat délirant. Mais Reg avait charmé Mme Rulin comme il avait charmé les jeunes voisins, parlant avec elle de ses activités à l'église, de son mari et de son plus jeune fils, Jimmy, à côté duquel, selon Gertrude, Denis la Menace aurait fait figure d'enfant de chœur. Elle avait eu onze enfants en tout, mais il y avait une différence de neuf ans entre Jimmy et celui qui le précédait. Il lui menait la vie dure.

Reg semblait aller mieux... du moins, si vous regardiez les choses sous un certain angle, il allait mieux. Mais il était plus fou que jamais bien sûr, et moi aussi. La folie est peut-être une sorte de balle élastique mais n'importe quel expert en balistique digne de ce nom vous dira qu'il n'existe pas deux balles parfaitement identiques. Dans une de ses lettres, Reg, après m'avoir touché deux mots de son nouveau roman, était passé sans transition à un développement sur les Fornits. Les Fornits en général, Rackne en particulier. Il se demandait s'*ils* voulaient vraiment tuer les Fornits ou bien – ce qui était plus probable à son avis – les capturer vivants pour les étudier. Il terminait par ces mots : « Henry, mon appétit et ma façon de voir la vie se sont beaucoup améliorés depuis que nous avons commencé à correspondre. En suis très heureux. Affectueusement vôtre, Reg. » Un peu plus bas, un P.-S. me demandait si on avait choisi un illustrateur pour sa nouvelle. Ça a provoqué chez moi un accès de culpabilité ou deux et une visite immédiate au coffret à liqueurs.

Reg était dans les Fornits, moi, dans les fils électriques.

Ma réponse se contentait d'effleurer le sujet des Fornits; je ne le contredisais alors pas, du moins sur ce sujet. Un elfe affublé du nom de jeune fille de ma mère et affligé des fautes d'orthographe qui m'étaient propres ne m'intéressait pas beaucoup.

Ce qui m'intéressait de plus en plus, c'était l'électricité et les micro-ondes et les ondes hertziennes et les interférences des ondes hertziennes causées par les petits appareils et les radiations de faible amplitude et Dieu sait quoi encore. Je suis allé à la bibliothèque et j'ai emprunté des livres sur le sujet. J'ai fait l'acquisition de livres sur le sujet. Ils étaient pleins de trucs effrayants... c'était exactement le genre de trucs qui m'attiraient.

J'avais fait suspendre ma ligne téléphonique et couper le courant. Ça m'avait soulagé quelque temps, mais une nuit, alors que je titubais ivre devant la porte, une bouteille de Black Velvet dans une main et une autre dans la poche de mon pardessus, je vis au plafond un petit œil rouge qui me regardait fixement. Seigneur, pendant une minute, j'ai cru que j'allais avoir une crise cardiaque. Au premier coup d'œil, vu d'en bas, ça ressemblait à un insecte... un grand et gros insecte noir avec un œil unique, rougeoyant.

J'avais une lampe à gaz Coleman; je l'ai allumée. Tout de suite j'ai vu ce que c'était. Seulement, au lieu d'être soulagé, je me suis senti plus mal encore. Dès que je l'ai eu regardé, j'ai senti des irradiations qui se propageaient dans ma tête... telles des ondes de radio. Pendant un moment, ça a été comme si mes yeux s'étaient retournés dans leurs orbites et que je pouvais observer mon propre cerveau et y voir les cellules fumer, noircir, mourir. C'était un détecteur de fumée... un gadget plus nouveau encore en 1969 que les fours à micro-ondes.

Je suis sorti en trombe de l'appartement, je suis descendu – j'habitais au quatrième mais à l'époque je n'empruntais plus que les escaliers – et j'ai martelé la porte du gardien. Je lui ai dit que je voulais qu'on m'enlève ce truc, que je voulais qu'on l'enlève *sur-le-champ*, que je voulais qu'on l'enlève *le soir même*, que je voulais qu'on l'enlève *dans l'heure qui suivait*. Il m'a regardé comme si j'étais devenu complètement – pardonnez-moi l'expression – *bonzo seco*, et je comprends parfaitement sa réaction à présent. Ce détecteur de fumée était censé me *rassurer*, me *protéger*. Aujourd'hui, bien sûr, ils sont obligatoires, mais à l'époque, c'était un grand-pas-en-avant, payé par l'association des locataires de l'immeuble.

Il l'a enlevé – ça n'a pas traîné – mais sans jamais

me quitter des yeux, et, d'une certaine façon, j'étais capable de comprendre ce qu'il ressentait. J'étais mal rasé, je puais le whisky, mes cheveux étaient hirsutes, mon pardessus sale. Il savait certainement que je ne travaillais plus; que j'avais fait enlever ma télévision; que ma ligne téléphonique et mon abonnement électrique avaient été volontairement suspendus. Il pensait que j'étais fou.

J'étais peut-être fou mais – comme Reg – je n'étais pas stupide. J'ai déployé tout mon charme. Les éditeurs doivent en posséder une certaine dose, vous savez. Et j'ai graissé les rouages avec un billet de dix dollars. J'ai finalement réussi à apaiser les choses, mais j'ai compris à la façon dont on me dévisagea durant les deux semaines suivantes – mes deux dernières semaines dans l'immeuble – que l'histoire avait fait son chemin. Qu'aucun membre de l'association des locataires ne soit intervenu avec vacarme et fureur pour me reprocher mon ingratitude était particulièrement significatif. Je suppose qu'ils pensaient que je risquais de les attaquer avec un couteau de boucher.

Ce soir-là cependant, tout cela n'était que très secondaire dans l'ordre de mes pensées. Je suis resté assis dans le halo de ma lampe Coleman, seule source lumineuse dans mes trois pièces si l'on exceptait les lumières électriques de Manhattan qui rentraient à flots par les fenêtres. Je suis resté assis, une bouteille dans une main, une cigarette dans l'autre, les yeux fixés sur la plaque du plafond, là où le détecteur de fumée et son unique œil rouge se trouvaient auparavant – un œil si discret pendant la journée que je ne l'avais pas remarqué plus tôt. Je ressassais l'indiscutable constat que, alors que j'avais fait couper l'électricité chez moi, cet accessoire vivant avait continué à fonctionner... et s'il y en avait un, il se pouvait très bien qu'il y en ait d'autres.

Même s'il n'y en avait pas, l'immeuble tout entier était pourri de fils électriques – il était infesté de fils électriques de la même façon qu'un homme qui va mourir du cancer est infesté de cellules diaboliques et d'organes en décomposition. Fermant les yeux je pouvais voir tous ces fils dans l'ombre de leurs gaines, émettant une sorte de lumière verte infernale. Et au-delà d'eux, la ville tout entière. Un fil, presque inoffensif par lui-même, courant vers un boîtier de dérivation... le fil sortant un peu plus épais du boîtier, descendant par une gaine à la cave où il rejoignait un fil plus gros encore... celui-ci plongeant sous la rue pour s'unir à un groupe de fils, sauf que ceux-ci étaient si épais qu'ils formaient en fait des câbles.

Quand j'ai reçu la lettre dans laquelle Jane Thorpe mentionnait la feuille de papier d'aluminium, une part de mon cerveau a bien perçu qu'elle y voyait une manifestation de la folie de Reg et cette part savait qu'il me faudrait lui répondre comme si mon cerveau *tout entier* reconnaissait qu'elle avait raison. L'autre part – de loin la plus importante à ce moment-là – a pensé : *Quelle excellente idée !* et dès le lendemain j'ai recouvert mes propres interrupteurs de la même façon. J'étais, souvenez-vous, celui qui était censé aider Reg Thorpe. Si l'on est cynique, c'est en fait assez drôle.

J'ai décidé ce soir-là de quitter Manhattan. Je pouvais occuper une vieille maison de famille dans les Adirondacks et ça m'a semblé parfait. La seule chose qui me retenait en ville c'était la nouvelle de Reg Thorpe. Si « La Ballade de la balle élastique » était la bouée de sauvetage de Reg dans un océan de folie, c'était aussi la mienne – je voulais la faire accepter par un bon magazine. Cela fait je pourrais me tirer.

Voilà où en était la correspondance Wilson-Thorpe, restée peu connue des annales, juste avant que la merde éclabousse tout. Nous étions comme un couple de drogués à l'agonie en train de comparer les mérites respectifs de l'héroïne et du Mandrax. Reg avait des Fornits dans sa machine à écrire, j'avais des Fornits dans les murs, et nous avions tous deux des Fornits dans la tête.

Et il y avait *ils*. N'oubliez pas *ils*. Je n'ai pas eu besoin de me balader bien longtemps avec la nouvelle pour décider qu'*ils* incluaient tous les éditeurs de fiction de New York sans exception... non qu'il en restât beaucoup à l'automne 1969 : si vous les aviez rassemblés, vous auriez pu les tuer tous d'une seule balle, et très vite je me suis mis à penser que ce serait une sacrément bonne idée.

Il m'a fallu environ cinq ans avant de pouvoir comprendre leur point de vue. Voilà un gars dont je venais de gâcher le dîner et qui se retrouvait en face d'un dingue alors qu'il n'avait qu'une préoccupation : ses étrennes de Noël. Les autres mecs... eh bien, l'ironie de l'affaire, c'est qu'un grand nombre d'entre eux *étaient vraiment* mes amis. Ainsi par exemple, Jared Baker, assistant à cette époque à la rubrique fiction d'*Esquire*; eh bien, Jared et moi avions combattu dans la même section de tirailleurs pendant la Seconde Guerre mondiale. Ces types ne se sont pas simplement montrés mal à l'aise devant ce nouvel avatar d'Henry Wilson. Ils ont été horrifiés. Si je m'étais contenté d'envoyer la nouvelle avec une lettre aimable pour expliquer la situation – ma version des faits en tout cas – j'aurais sans doute vendu très rapidement le récit de Thorpe. Mais oh non, ça n'était pas suffisant. Pas pour cette nouvelle. J'allais veiller à ce que ce récit reçoive un *traitement personnalisé*. J'ai donc fait du porte-à-porte, moi, l'ex-éditeur malodorant, aux cheveux grisonnants, aux mains tremblotantes et aux yeux rouges, avec un énorme hématome jaunissant sur la joue gauche, trace d'une rencontre, dans l'obscurité, avec la porte de la salle de bains, deux nuits auparavant, sur le chemin des gogues. J'aurais pu tout aussi bien arborer une pancarte précisant ATTENDU À CHARENTON.

Je n'ai pas voulu non plus parler à ces mecs dans leurs bureaux. En fait, ça m'était impossible. Il y avait bien longtemps que je ne pouvais plus pénétrer dans un ascenseur et monter quarante étages. Je les ai donc rencontrés comme les revendeurs d'héroïne rencontrent les junkies... dans des parcs, sur des marches d'escalier, ou, comme pour Jared Baker, dans un Burger Heaven de la 49e Rue. Jared aurait au moins aimé m'offrir un repas décent, mais on n'en était plus au temps où tout maître d'hôtel digne de ce nom m'aurait laissé rentrer dans un restaurant fréquenté par les hommes d'affaires.

L'agent cligna de l'œil.

– On me promettait vaguement que la nouvelle serait lue, puis on m'interrogeait avec inquiétude sur ma santé, sur la quantité d'alcool que j'ingurgitais. Je me souviens – vaguement – avoir tenté d'expliquer à certains d'entre eux que les fuites d'électricité et de radiations foutaient en l'air la pensée de chacun, et quand Andy Rivers, le responsable de la fiction pour l'*American Crossings*, m'a suggéré de me faire aider, je lui ai rétorqué que c'était *lui* qui avait besoin d'aide.

« Vous voyez tous ces gens là-bas dans la rue ? »

lui ai-je demandé. Nous nous trouvions au Washington Square Park. « La moitié d'entre eux, peut-être même les trois quarts, ont une tumeur au cerveau. Je ne vous vendrai pour rien au monde la nouvelle de Thorpe, Andy. Pour sûr, dans cette ville, vous n'y comprendriez rien. Votre cerveau est sur la chaise électrique et vous ne vous en rendez même pas compte. »

J'avais à la main un exemplaire de la nouvelle, roulé comme un journal. Je l'ai frappé sur le nez avec, comme on frappe un chien qui vient de faire pipi dans un coin. Puis je me suis éloigné. Je me souviens qu'il m'a crié de revenir, qu'il a proposé de prendre une tasse de café pour rediscuter encore un peu de tout cela, et puis je suis passé devant un magasin de disques à prix réduit avec sur le trottoir des haut-parleurs crachant du heavy-metal et des rampes de lumière fluorescentes d'un blanc glacé à l'intérieur, et sa voix s'est perdue dans une sorte de bourdonnement sourd et profond à l'intérieur de mon crâne. Je me souviens avoir pensé deux choses : il fallait absolument que je quitte vite la ville, très vite, ou j'allais, moi aussi, attraper une tumeur au cerveau, et il me fallait immédiatement boire un verre.

Cette nuit-là, quand je suis rentré chez moi, j'ai trouvé un message sous la porte. Il disait : « *On veut que vous fichiez le camp d'ici, espèce de toqué.* » Je l'ai jeté sans lui accorder ne serait-ce qu'une seconde de réflexion. Nous les toqués vétérans avons bien d'autres chats à fouetter que les lettres anonymes des autres locataires.

Je repensais à ce que j'avais dit à Andy Rivers à propos de la nouvelle de Reg. Plus j'y pensais – et plus j'ingurgitais d'alcool – et plus je comprenais que « La Balle élastique » était drôle, et au premier degré, facile à appréhender... mais, sous les apparences, c'était incroyablement compliqué. Est-ce que je pensais vraiment qu'un autre éditeur de la ville pouvait comprendre la nouvelle dans toute sa complexité ? Auparavant peut-être, mais le croyais-je encore à présent que mes yeux s'étaient dessillés ? Pensais-je vraiment qu'il y avait place pour l'estime et la compréhension dans un endroit bourré de fils électriques comme une bombe de terroriste ? Seigneur, les volts en liberté s'échappaient de toutes parts.

J'ai lu le journal pendant qu'il y avait encore assez de lumière, essayant d'oublier pour un instant tout ce foutu monde pourri, et là, à la une du *Times,* se trouvait un article expliquant qu'il disparaissait sans arrêt des produits radioactifs des centrales atomiques... L'article se lançait ensuite dans des théories selon lesquelles une quantité suffisante de ce truc tombant entre certaines mains pourrait assez facilement être utilisée pour la fabrication d'une arme nucléaire vraiment dévastatrice.

Je suis resté là, assis à la table de la cuisine, pendant que le soleil descendait, et, avec mes yeux de l'intérieur, je *les* voyais laver à la batée, à la recherche de plutonium, comme les chercheurs d'or en 1849. Sauf qu'*ils* ne voulaient pas l'utiliser pour faire sauter la ville, oh non. *Ils* voulaient simplement le répandre partout et foutre en l'air le cerveau de tous. *Ils* étaient les mauvais Fornits, et toute cette poudre radioactive était du fornus porte-malheur. Le pire fornus porte-malheur de tous les temps.

J'ai décidé que je ne voulais pas vendre la nouvelle de Reg après tout – tout au moins pas à New York. J'allais quitter la ville dès que les chèques commandés seraient arrivés. Une fois monté vers le Nord, je l'enverrais aux magazines littéraires de province. J'ai pensé que ce ne serait pas mal de commencer par la *Sewanee Review* ou peut-être l'*Iowa Review*. J'expliquerais tout à Reg plus tard. Reg comprendrait. Tout avait l'air résolu ainsi, alors j'ai bu un verre pour fêter ça. Puis le verre a bu un verre. Et puis le verre a bu l'homme. Pour ainsi dire. Je suis tombé dans le trou noir. J'allais me rendre compte que je ne disposais plus que d'un seul autre trou noir sur mon compte.

J'ai reçu le lendemain mes chèques au nom de la Arvin Company. J'en ai rempli un et me suis rendu chez mon ami, le cotitulaire. J'ai eu droit à un nouveau contre-examen, mais j'ai gardé cette fois tout mon sang-froid. Je voulais cette signature. J'ai fini par l'obtenir. Je suis allé dans un magasin de fournitures de bureau et leur ai fait faire sur-le-champ un tampon pour la Arvin Company. J'ai tamponné une adresse de retour sur une enveloppe commerciale, ai tapé l'adresse de Reg (il n'y avait plus de sucre glace dans ma machine, mais les touches avaient encore tendance à être poisseuses) et y ai griffonné un petit mot qui disait qu'aucun autre chèque envoyé à un auteur ne m'avait autant fait plaisir… et c'était vrai. Ça l'est toujours. Il m'a fallu presque une heure avant de me décider à le poster… Je ne parvenais pas à me lasser d'admirer son allure *officielle*. Vous n'auriez jamais deviné qu'un ivrogne malodorant qui n'avait pas changé de sous-vêtements depuis près de dix jours avait pu mettre au point *ce courrier*.

Il s'arrêta, écrasa sa cigarette, consulta sa montre. Puis, sur le ton étrange d'un conducteur annonçant l'arrivée d'un train dans une grande ville quelconque, il déclara :

– Nous avons atteint l'inexplicable. Voici le point de mon histoire qui a le plus intéressé les deux psychiatres et les différentes assistantes sociales avec qui j'ai été en relation pendant les trente mois qui ont suivi. C'était le seul fait qu'ils désiraient vraiment que je renie, comme gage de mon rétablissement. Ainsi que me l'a dit l'un d'entre eux, « c'est la seule partie de votre histoire qui ne peut avoir comme explication un raisonnement faussé... une fois, bien sûr, que votre sens de la logique aura été rétabli ». Je l'*ai* finalement renié, parce que je savais – meme si eux ne le savaient pas – que j'allais mieux et que j'étais foutrement pressé de sortir de l'asile. Je savais que si je n'en sortais pas assez vite, je redeviendrais fou. Alors, j'ai abjuré – Galilée aussi, quand on a approché ses pieds du feu – mais dans ma tête je n'ai jamais abjuré. Je ne prétends pas que ce que je m'apprête à vous raconter se soit vraiment produit; je dis simplement que *je crois toujours* que cela a eu lieu. Il y a là une petite différence mais, pour moi, elle est essentielle.

Et maintenant, mes amis, voici l'inexplicable.

J'ai consacré les deux jours suivants aux préparatifs de mon départ vers le Nord. Paradoxalement, l'idée de conduire la voiture ne me gênait pas du tout. J'avais, dans mon enfance, lu que l'intérieur d'une voiture est un des endroits les plus sûrs quand la foudre tombe car les pneus de caoutchouc constituent une isolation quasi parfaite. J'étais en fait impatient de m'installer dans ma bonne vieille Chevrolet, de monter soigneusement les vitres et de quitter la ville que j'avais commencé à percevoir comme un entonnoir à foudre. Néanmoins, toute une partie de mes préparatifs a consisté à retirer l'ampoule du plafonnier, à scotcher la douille et à tourner à fond, sur la gauche, le bouton de commande des lumières du tableau de bord pour les supprimer.

Quand je suis rentré chez moi pour passer ma dernière nuit dans l'appartement, celui-ci était vide à l'exception de la table de cuisine, du lit et de ma machine à écrire dans le bureau. Elle était posée par terre. Je n'avais nullement l'intention de l'emporter – elle évoquait trop de mauvais souvenirs et en outre les touches étaient maintenant définitivement collantes. *Que le prochain locataire en hérite,* ai-je pensé... *et de Bellis aussi par la même occasion.*

C'était le crépuscule et les couleurs étaient étonnantes. J'étais pas mal ivre et j'avais une autre bouteille dans mon pardessus, contre les insomnies. J'ai commencé à traverser le bureau, avec l'intention, je suppose, de me rendre dans la chambre. Là, je pourrais m'asseoir sur le lit et penser aux câbles, à l'électricité, aux radiations en liberté et boire jusqu'à ce que je sois assez saoul pour m'endormir.

Ce que je nommais le bureau était en fait la salle de séjour. J'en avais fait mon coin-travail parce que c'était la pièce la plus lumineuse de tout l'appartement avec sa grande fenêtre exposée plein ouest qui offrait une vue très large sur l'horizon. C'est, dans un appartement situé au quatrième étage d'une rue de Manhattan, un miracle du même ordre que celui de la multiplication des pains, mais de fait, la perspective était dégagée. Je ne m'en étonnais pas, je me contentais d'en profiter. Cette pièce était baignée d'une délicieuse clarté même par temps de pluie.

Mais, ce soir-là, la qualité de la lumière était étrange. Le coucher de soleil avait empli la pièce d'un éclat rouge. Comme dans une fournaise. Vide, la pièce semblait trop grande. Mes talons renvoyaient un écho mat sur le plancher.

La machine à écrire trônait au milieu de la pièce et j'étais juste en train de la contourner quand j'ai aperçu un petit morceau de papier tout déchiré, coincé dans le rouleau... Ça m'a fait sursauter car je savais qu'il n'y avait pas de papier dans la machine la dernière fois que j'étais sorti m'acheter une nouvelle bouteille. J'ai balayé la pièce du regard en me demandant s'il n'y avait pas quelqu'un – un quelconque intrus – dans l'appartement avec moi. Sauf qu'il ne s'agissait pas vraiment des intrus, voleurs ou drogués, auxquels je pensais... mais de fantômes.

J'ai remarqué qu'il y avait un espace déchiqueté dans la tapisserie à gauche de la porte de la chambre. Au moins je comprenais d'où venait le papier coincé dans la machine à écrire. Quelqu'un avait tout simplement arraché un lambeau de vieux papier peint. Mes yeux étaient toujours rivés là-dessus quand j'ai entendu un petit bruit bien distinct – *clac* – derrière moi. J'ai sursauté et fait volte-face, le cœur battant la chamade. J'étais épouvanté mais je savais pourtant très bien ce qu'était ce bruit... il n'y avait aucun doute là-dessus. Quand vous avez travaillé toute votre vie avec les mots vous reconnaissez le bruit que produit une touche de machine à écrire quand elle frappe le papier, même à la tombée de la nuit dans une pièce vide où il n'y a personne pour appuyer sur la touche.

Muets, légèrement serrés les uns contre les autres à présent, ils le fixaient tous dans l'obscurité, leurs visages formant des cercles blancs aux contours vagues. La femme de l'écrivain étreignait convulsivement l'une des mains de son mari dans les siennes.

– Je me suis senti... extérieur à moi-même. Irréel. Peut-être est-ce la sensation que l'on ressent toujours quand on touche à l'inexplicable. Je me suis approché lentement de la machine. Mon cœur battait à tout rompre. Mais je gardais la tête froide… glacée même.

Clac ! Une nouvelle tige s'est élevée. Je l'ai vue cette fois-ci; la touche était au troisième rang, en partant du haut, sur la gauche. Je me suis mis à genoux, très lentement, et alors tous les muscles de mes jambes ont semblé se relâcher et je me suis affaissé sur le sol, jusqu'à ce que je sois assis là, face à la machine à écrire, mon pardessus London Fog crasseux étalé tout autour de moi comme la jupe d'une jeune fille qui vient d'exécuter sa révérence la plus plongeante. La machine a claqué deux fois encore, rapidement, s'est arrêtée, puis a claqué de nouveau. Chaque *clac* produisait le même écho mat que tout à l'heure mes pas sur le plancher.

Le papier peint avait été roulé dans la machine de façon que le côté couvert de colle sèche fût tourné vers l'extérieur. Les lettres étaient déformées par les creux et les bosses mais j'ai réussi à les déchiffrer : *rackn,* formaient-elles. Puis il y a eu un nouveau claquement et le mot est devenu *rackne*.

Puis… (Il s'éclaircit la gorge et grimaça un petit sourire.)… Même après tant d'années c'est difficile à raconter… à formuler tout simplement. Bon. Les faits nus, sans la moindre fioriture, sont les suivants. J'ai vu une main sortir de la machine à écrire. Une main incroyablement menue. Elle est sortie d'entre les touches B et N, sur le rang du bas, s'est arrondie en un poing et a frappé sur la barre d'espacement. La machine a sauté un blanc – très vite, comme un hoquet – et la main a replongé à l'intérieur.

La femme de l'agent émit un petit rire nerveux.

– Boucle-la, Marscha, murmura l'agent, et elle obtempéra.

– Les *clac* ont commencé à s'accélérer, continua l'éditeur, et au bout d'un moment j'ai entendu haleter la créature qui soulevait les bras des touches comme on le fait quand on travaille dur, à la limite de l'épuisement physique. Au bout d'un moment la machine n'a presque plus imprimé; de plus, la plupart des touches étaient couvertes de ce vieux truc collant mais j'ai réussi à lire ce qui était écrit. Petit à petit s'est inscrit *rackne va m...* , mais ensuite, la touche *O* n'a pas pu se dégager de la colle. J'ai observé un moment et puis j'ai avancé un doigt et l'ai libérée. Je ne sais pas s'il – Bellis – aurait réussi à y parvenir seul. Je ne pense pas. Mais je ne voulais pas voir ça... le voir s'y essayer. La seule vue de son poing avait suffi à me faire vaciller sur mes cannes. Si j'avais vu l'elfe tout entier, façon de parler, je pense que j'aurais vraiment sombré dans la folie. Et il n'était pas question que je puisse me relever pour m'enfuir en courant. Je n'avais plus aucune force dans les jambes.

Clac-clac-clac, ces petits grognements et ces halètements d'effort, et après chaque mot, ce poing strié d'encre pâlie et de saleté qui sortait d'entre les lettres B et N pour venir frapper la barre d'espacement. Je ne sais exactement combien de temps ça a duré. Sept minutes peut-être. Peut-être dix. Ou peut-être une éternité.

Finalement les *clac* ont cessé et je me suis aperçu que je n'entendais plus sa respiration. Peut-être s'était-il évanoui... Peut-être avait-il simplement abandonné et était-il parti... ou peut-être était-il mort. Il avait eu une crise cardiaque ou quelque chose comme ça. Tout ce dont je suis sûr c'est que le message n'était pas achevé. On pouvait lire, en minuscules : *rackne va mourir c'est le petit garçon jimmy thorpe ne le sait pas préviens thorpe rackne va mourir le petit garçon jimmy est en train de tuer rackne bel...* et c'était tout.

J'ai alors trouvé assez d'énergie pour me redresser et je suis sorti de la pièce. J'ai marché sur la pointe des pieds, à grandes enjambées, comme si je pensais qu'il s'était endormi et que si je faisais à nouveau entendre l'un de ces bruits de pas mats sur le plancher, il se réveillerait et la frappe recommencerait... Et je pensais que s'il recommençait, au premier *clac* je me mettrais à hurler et que cette fois je n'arrêterais pas jusqu'à ce que mon cœur et ma tête éclatent.

Ma Chevrolet était garée sur le parking en bas de la rue. J'avais fait le plein, elle était chargée, prête à démarrer. Je me suis mis au volant et me suis souvenu de la bouteille glissée dans la poche de mon pardessus. Mes mains tremblaient tant que je l'ai laissée tomber mais elle a atterri sur le siège et ne s'est pas brisée.

Je me suis rappelé les trous noirs et, mes amis, à ce moment précis, c'est exactement ce que j'appelais de mes vœux et c'est exactement ce qui s'est passé. Je me souviens de la première gorgée bue au goulot et de la seconde. Je me souviens avoir tourné le bouton de la radio et avoir entendu Frank Sinatra chanter « That Old Black Magic ». Ça semblait assez à propos. Dans ces circonstances. Façon de parler. Je me souviens d'avoir fredonné en même temps que lui et d'avoir bu encore quelques gorgées. J'étais tout au fond du parking et d'où j'étais je voyais le feu du carrefour changer successivement de couleur. Je ne pouvais oublier les claquements mats dans la pièce déserte et la lumière rouge qui déclinait dans le bureau. Je ne pouvais oublier cette respiration haletante, comme celle d'un elfe qui ferait de la musculation et aurait accroché des plombs de pêche aux extrémités d'un Q-Tip et s'entraînerait aux poids et haltères dans ma vieille machine à écrire. Je ne pouvais oublier la surface rugueuse de l'envers de ce morceau de tapisserie arraché. Mon esprit ne cessait de s'interroger sur ce qui s'était passé avant mon retour chez moi... ne cessait de vouloir le voir – lui – Bellis – sautant, agrippant le coin décollé du papier peint près de la porte de la chambre, parce que c'était la seule chose qui restât dans la chambre rappelant le papier, s'y suspendant, réussissant enfin à l'arracher et le portant jusqu'à la machine sur *sa* tête comme une feuille de palmier. Je ne pouvais m'empêcher de me demander comment il – ça – avait bien pu faire pour le glisser sous le rouleau de la machine. Et je ne parvenais pas à tirer le rideau sur tout cela. Alors j'ai continué à boire et Frank Sinatra a cessé de chanter et il y a eu une publicité pour Crazy Eddie's puis Sarah Vaughan s'est mise à chanter « I Am Gonna Sit Right Down and Write Myself a Letter[1] » et là encore je pouvais me sentir concerné puisque c'est ce que j'avais *cru* avoir fait jusqu'à ce soir où quelque chose s'était produit qui m'avait amené à revoir ma position sur ce sujet, façon de parler, et j'ai fredonné avec cette bonne vieille Sarah-Soul et c'est à ce moment-là que j'ai inconsciemment appuyé sur le champignon parce que au milieu du second couplet et sans qu'il y ait eu le moindre à-coup, j'étais en train de cracher tripes et boyaux tandis que quelqu'un me frappait tout d'abord dans le dos avec le plat de la main puis soulevait mes coudes et les baissait pour me taper à nouveau le dos. C'était un routier. Chaque fois qu'il frappait, je sentais un grand jet épais monter dans ma gorge et s'apprêter à redescendre sauf qu'à ce moment-là il

1. « Je vais m'asseoir et m'écrire à moi-même une lettre. » *(N.d.T.)*

me soulevait les coudes et qu'à chaque fois qu'il me soulevait les coudes je vomissais une nouvelle fois et la plus grande partie de ce que je rejetais n'était même pas du Black Velvet mais de l'eau de la rivière. Quand j'ai enfin été capable de redresser la tête pour regarder autour de moi il était 6 heures du soir trois jours plus tard et je gisais sur la rive de la Jackson River, en Pennsylvanie de l'Ouest, à environ quatre-vingt-dix kilomètres au nord de Pittsburgh. Ma Chevrolet émergeait de la rivière, l'arrière dressé vers le ciel. On pouvait encore voir l'autocollant pro-McCarthy sur le pare-chocs.

Y aurait-il encore du Fresca, ma chérie ? J'ai la gorge sacrément sèche.

La femme de l'écrivain lui tendit en silence un verre et au moment où elle le lui donnait, elle se pencha impulsivement et déposa un baiser sur sa joue crevassée d'alligator, il sourit et ses yeux étincelèrent dans la pénombre. C'était, malgré tout, une femme bonne et gentille et l'étincelle ne la trompa nullement. La gaieté ne faisait jamais briller ainsi les yeux.

– Merci, Meg.

Il avala une profonde gorgée, toussa, repoussa du geste une cigarette qu'on lui offrait.

– Ça suffit pour ce soir. Je vais complètement m'arrêter. Dans une prochaine vie. Façon de parler.

Le reste de mon récit n'a pas vraiment besoin d'être raconté. Il aurait contre lui le seul péché dont puisse vraiment être coupable un récit – son caractère prévisible. Ils ont retiré de ma voiture quelque chose comme quarante bouteilles de Black Velvet, dont un grand nombre étaient vides. Je tenais des propos incohérents sur les elfes et l'électricité et les Fornits et les chercheurs de plutonium et le fornus; je leur ai paru complètement piqué et bien sûr c'est exactement ce que j'étais.

À présent, voici ce qui s'était passé à Omaha pendant que j'errais – d'après les doubles des reçus de l'essence payée avec ma carte de crédit retrouvés dans la boîte à gants de ma Chevrolet – à travers cinq États du Nord-Est. Tout cela, vous l'avez compris, m'a été rapporté par Jane Thorpe au fil d'une longue et douloureuse correspondance qui s'est achevée par une entrevue à New Haven où elle vit à présent, peu après que j'eus été libéré de la maison de santé, contrepartie du fait que je m'étais finalement rétracté. Au terme de cette rencontre nous avons pleuré dans les bras l'un de l'autre et c'est à ce moment-là que j'ai commencé à croire qu'il m'était possible de retrouver une vraie vie – peut-être même le bonheur – à nouveau.

Ce jour-là, aux environs de 3 heures de l'après-midi, on avait frappé chez les Thorpe. C'était le télégraphiste. Le télégramme était de moi : le dernier échange de notre correspondance malheureuse. Il disait ceci : REG AI INFORMATION DIGNE DE FOI QUE RACKNE VA MOURIR D'APRÈS BELLIS C'EST LE PETIT GARÇON BELLIS QUI DIT QUE LE NOM DU GARÇON EST JIMMY *FORNIT SOME FORNUS* HENRY.

Au cas où la merveilleuse question d'Howard Backer : *Que savait-il et quand l'avait-il appris ?* vous aurait traversé l'esprit, je peux vous dire que je savais que Jane avait embauché une femme de ménage; j'ignorais – si ce n'est grâce à Bellis – qu'elle avait un petit diablotin de fils prénommé Jimmy. Je suppose qu'il vous faudra me croire sur parole, quoique en toute honnêteté je doive avouer que les psy qui ont travaillé sur mon cas les deux années qui ont suivi ne m'ont jamais cru.

Quand le télégramme est arrivé, Jane était à

l'épicerie. Elle l'a retrouvé, après la mort de Reg, dans l'une de ses poches arrière. L'heure d'expédition et celle de réception étaient toutes deux notées dessus; il portait la mention : *Pas par téléphone/ Remettre l'original.* Jane m'a raconté que le télégramme, quoique vieux d'une journée seulement, avait été tellement manipulé qu'on aurait dit que Reg l'avait reçu un mois plus tôt. Dans une certaine mesure, ce télégramme, ces vingt-six mots, c'était ça la balle élastique, et, de Paterson, New Jersey, j'avais fait feu en plein dans le cerveau de Reg Thorpe, et j'étais si foutrement bourré que je ne me souviens même pas l'avoir fait.

Pendant les deux dernières semaines de sa vie, Reg avait adopté un rythme de vie qui apparaissait comme un modèle de normalité. Il se levait à 6 heures, préparait le petit déjeuner pour sa femme et pour lui, puis écrivait pendant une heure. Aux alentours de 8 heures, il fermait son bureau à clé et partait avec le chien pour une longue flânerie à travers le quartier. Pendant ces promenades, il se montrait très sociable, s'arrêtait pour bavarder avec quiconque voulait bien bavarder avec lui, attachait le cabot devant un bistrot du coin pour prendre un café, puis reprenait son vagabondage. Il était rarement de retour avant midi. Le plus souvent à midi et demi ou 1 heure. Ça s'expliquait en partie par une volonté d'échapper à la babillarde Gertrude Rulin, pensait Jane, car ce rituel avait commencé à se mettre en place quelques jours après qu'elle eut commencé à travailler chez eux.

Il déjeunait légèrement, s'allongeait près d'une heure puis se levait pour écrire deux ou trois heures. Le soir, il allait parfois rendre visite aux jeunes gens d'à côté, seul ou en compagnie de Jane; quelquefois il allait au cinéma avec elle, sinon il restait à lire dans la salle de séjour. Ils se couchaient de bonne heure, Reg le plus souvent le premier. Elle m'a confié dans ses lettres qu'ils faisaient rarement l'amour et que quand c'était le cas, ils en restaient l'un et l'autre insatisfaits. « Mais la sexualité ne tient pas une grande place dans la vie de bien des femmes, ajoutait-elle, et Reg travaille à nouveau pleinement; c'est pour lui un substitut raisonnable. Je dirais que, vu les circonstances, ces deux dernières semaines ont été les meilleures que nous ayons vécues durant ces cinq dernières années. » J'ai presque éclaté en sanglots quand j'ai lu ça.

J'ignorais tout de Jimmy; pas Reg. Reg savait tout sauf le plus important : Jimmy avait commencé à accompagner sa mère au travail.

Comme il a dû être furieux quand il a reçu mon télégramme et qu'il a commencé à réaliser ! Alors, *ils* étaient là, finalement. Et apparemment sa propre femme était l'un d'entre *eux*, parce qu'*elle* était à la maison quand Gertrude et Jimmy s'y trouvaient et elle n'avait jamais rien dit de la présence de Jimmy à Reg. Qu'est-ce qu'il m'avait dit déjà dans une de ses premières lettres ? « Quelquefois je me pose des questions sur ma femme. »

Quand elle est rentrée à la maison le jour de l'arrivée du télégramme, Reg n'était pas là. Il y avait un petit mot sur la table de la cuisine : « Ma chérie, je suis allé faire un tour à la librairie. Serai de retour pour le dîner. » Ça a semblé parfait à Jane... mais, si elle avait été au courant pour mon télégramme, l'extrême normalité de ce petit mot l'aurait sacrément effrayée, je pense. Elle aurait compris que Reg croyait qu'elle avait changé de camp.

Reg n'était nullement allé chez le libraire. Il s'était rendu dans le centre ville chez Littlejohn's Gun

Emporium. Il avait acheté un P 45 automatique et deux mille balles. Il aurait pris un AK-70 si Littlejohn's avait été autorisé à en vendre. Il était bien décidé à défendre son Fornit, voyez-vous. Contre Jimmy, contre Gertrude, contre Jane. Contre *eux*.

Le lendemain matin il ne modifia en rien ses habitudes. Elle se souvenait de s'être fait la réflexion qu'il portait un pull terriblement épais pour un jour d'automne aussi chaud, mais c'est tout. Le pull, bien sûr, c'était pour le flingue. Il était sorti promener le chien, son P 45 glissé dans la ceinture de son pantalon en twill.

Sauf qu'il n'était pas allé plus loin que le restaurant où il avait coutume de prendre son café du matin, et il s'y était rendu directement sans traîner ni bavarder en chemin. Il avait conduit le petit chien dans la zone de livraison derrière le restaurant, avait attaché sa laisse à une grille et s'en était retourné chez lui en empruntant le chemin qui longeait les jardins sur l'arrière.

Il connaissait parfaitement l'emploi du temps des jeunes d'à côté et savait qu'ils seraient tous sortis. Il savait où ils cachaient leur clé. Il est entré, est monté à l'étage et s'est mis à surveiller sa maison.

À huit heures et demie il a vu arriver Gertrude Rulin. Et Gertrude Rulin n'était pas seule. Il y avait bien un petit garçon avec elle. Le comportement exubérant de Jimmy Rulin en première année d'école primaire avait convaincu dès les premiers jours son instituteur et le conseiller d'éducation qu'il aurait été dans l'intérêt de tous (sauf bien sûr de sa mère qui avait bien besoin d'être un peu libérée de Jimmy) qu'il attende une année de plus. Jimmy était retourné pour une année encore au jardin d'enfants et seulement l'après-midi pendant le premier semestre. Les deux haltes-garderies du secteur étaient surchargées et Gertrude ne pouvait aller chez les Thorpe l'après-midi, car elle faisait le ménage de deux à quatre à l'autre bout de la ville.

Pour conclure l'affaire, Jane avait accepté à contrecœur qu'elle amène Jimmy avec elle tant qu'elle n'aurait pas trouvé d'autre solution. Ou, ce qui ne manquerait pas d'arriver, jusqu'à ce que Reg s'en aperçoive.

Elle pensait qu'il était *possible* que cela ne lui pose aucun problème. Il s'était montré si adorablement raisonnable ces derniers temps. Mais il était possible qu'il pique une crise. Si c'était le cas, il *faudrait* trouver une autre formule. Gertrude disait qu'elle comprenait. Et, au nom du ciel, avait ajouté Jane, qu'à aucun prix le garçon ne touche à ce qui appartenait à Reg. Gertrude s'en était portée garante; la porte du bureau de Monsieur était fermée à clé et le resterait.

Thorpe avait dû se glisser d'un jardin à l'autre comme un tireur d'élite traversant un no man's land. Il avait vu Gertrude et Jane en train de laver des draps, à la cuisine. Il n'avait pas vu le garçon. Il s'était avancé le long du mur de la maison. Personne dans la salle à manger. Personne dans la chambre. Et puis, dans le bureau, là où Reg, morbidement, s'attendait à le trouver, il avait vu Jimmy. Le visage du gamin était rouge d'excitation et Reg avait certainement pensé qu'il avait enfin pour de bon devant lui un de *leurs* agents. Le garçon tenait à la main, pointé vers la table de travail, une sorte de rayon de la mort… et, venu des entrailles de la machine, Reg avait entendu le hurlement de Rackne.

Vous pensez peut-être que je prête à un homme mort aujourd'hui des perceptions très subjectives… ou plus crûment que je fabule. Pas du tout. De la cuisine, Jane et Gertrude avaient entendu la mélodie très reconnaissable du désintégrateur en plastique de Jimmy – il tirait avec dans toute la maison depuis le premier jour où il était venu avec sa mère et Jane souhaitait chaque jour que les piles s'usent au plus vite. On ne pouvait pas se tromper sur ce bruit. On ne pouvait pas non plus douter de l'endroit d'où il provenait – le bureau de Reg.

Cet enfant était *vraiment* de la graine de Denis la Menace, vous savez; s'il y avait dans la maison une pièce qui lui était interdite, c'est justement dans celle-ci qu'il *fallait* qu'il pénètre sous peine de mourir de curiosité. Il ne lui avait pas fallu non plus bien longtemps pour découvrir que Jane rangeait une clé du bureau de Reg sur le manteau de la cheminée, dans la salle à manger. Était-ce la première fois qu'il y entrait ? Je ne pense pas. Jane m'a raconté qu'elle se souvenait avoir donné une orange au garçon trois ou quatre jours avant et avoir ensuite, en faisant le ménage, trouvé des peaux d'orange sous le petit divan, dans cette pièce. Reg ne mangeait jamais d'oranges – il prétendait y être allergique.

Jane avait laissé retomber dans l'évier le drap qu'elle lavait et s'était précipitée dans la chambre. Elle avait entendu le *wah-wah-wah* sonore du désintégrateur et elle avait entendu Jimmy glapir : « *Je vais te faire la peau ! Tu peux pas m'échapper ! Je te vois à travers le* VERRE *!* » Et… elle m'a dit… elle m'a dit qu'elle avait entendu quelque chose hurler. Un cri aigu et désespéré, m'a-t-elle dit, si chargé de souffrance qu'il en était presque insupportable.

« Quand j'ai entendu ça, m'a-t-elle expliqué, j'ai compris qu'il me faudrait quitter Reg *quoi* qu'il arrive, car toutes les vieilles histoires de bonne femme étaient vraies, la folie était contagieuse. Parce que c'était bien Rackne que j'entendais; d'une façon ou d'une autre, cette pourriture de môme était en train de tuer Rackne, de le tuer avec une arme de l'espace à deux dollars de chez Kresge's.

« La porte du bureau était ouverte, la clé dans la serrure. Plus tard ce jour-là, j'ai vu qu'une des chaises de la salle à manger avait été tirée près de la cheminée et que le siège était couvert des empreintes des mocassins de Jimmy. Il était penché sur la table où se trouvait la machine à écrire de Reg. Il – Reg – possédait un vieux modèle, comme ceux que l'on utilisait autrefois dans les bureaux avec des garnitures de verre sur les côtés. Jimmy avait placé le canon de son désintégrateur contre l'une d'elles et tirait dans la machine – *wah-wah-wah-wah* – et des éclats de lumière pourpre jaillissaient de la machine à écrire et tout à coup j'ai compris tout ce que Reg m'avait répété à propos de l'électricité, car bien que cet objet ne soit alimenté que par d'inoffensives vieilles piles C ou D, on aurait vraiment dit qu'il en sortait des ondes empoisonnées qui se répandaient dans ma tête et me grillaient le cerveau. *J' te vois là-d'dans !* hurlait Jimmy et son visage était éclairé par une joie enfantine... c'était un spectacle à la fois beau et quelque peu inquiétant. *Tu ne peux pas échapper au capitaine Futur ! Tu vas mourir, étranger !*

« Et ce cri... de plus en plus faible... ténu... *Jimmy, ça suffit !* ai-je ordonné.

« Il a sursauté. Je lui avais fait peur. Il a fait volte-face... m'a défiée du regard... a tiré la langue... puis il a replacé le désintégrateur contre le panneau de verre et s'est remis à tirer – *wah-wah-wah,* et cette foutue lumière pourpre.

« Gertrude était en train de traverser le hall, lui hurlant d'arrêter, de sortir de là, qu'il allait recevoir la raclée de sa vie... quand la porte d'entrée s'est brusquement ouverte et Reg a traversé le vestibule en braillant. Je l'ai regardé attentivement et j'ai compris qu'il était fou. Il avait le revolver à la main. *Tirez pas sur mon petit !* s'est écriée Gertrude quand elle l'a vu et elle s'est jetée en avant pour le saisir à bras-le-corps. Reg l'a envoyée valser d'un geste.

« Jimmy n'avait même pas semblé s'apercevoir de ce qui se passait; il venait juste de se remettre à tirer dans la machine à écrire avec son désintégrateur. Je pouvais voir le rayon pourpre jaillir de l'ombre, entre les touches, tel l'un de ces arcs électriques que l'on vous recommande de ne pas regarder sans vous être muni de lunettes spéciales sous peine de vous brûler la rétine et de vous rendre aveugle.

« Reg est entré dans le bureau, m'a donné au passage un grand coup qui m'a renversée. *RACKNE !* a-t-il vociféré. *TU ES EN TRAIN DE TUER RACKNE !*

« Et tandis que Reg se ruait à travers la pièce, dans l'intention évidente de tuer cet enfant, m'a dit Jane, j'ai pris le temps de me demander combien de fois exactement il avait *pénétré* dans cette chambre et avait tiré avec cette arme dans la machine pendant que sa mère et moi étions peut-être à l'étage en train de faire les lits ou dans le jardin à suspendre du linge et que nous ne pouvions pas entendre ce *wah-wah-wah*... que nous ne pouvions pas l'entendre... le Fornit... à l'intérieur, qui hurlait.

« Jimmy ne s'est pas interrompu, même quand Reg est entré en trombe... il a continué à tirer dans la machine comme s'il savait que c'était sa dernière chance, et depuis je me suis demandé si Reg n'avait pas raison après tout à leur sujet, aussi... à cela près qu'*ils* sont dans l'air tout autour de nous et que de temps à autre *ils* plongent dans la tête de quelqu'un comme on fonce vers la victoire à travers une piscine et *ils* font faire le sale boulot à cette personne puis *ils* repartent comme *ils* étaient venus et le type qu'*ils* avaient envahi balbutie : *Quoi ? Moi ? J'ai fait quoi ?*

« Dans la seconde qui avait précédé l'entrée de Reg, la plainte qui s'échappait des entrailles de la machine à écrire s'était changée en un cri bref et perçant… et j'ai vu du sang éclabousser la paroi intérieure des incrustations de verre comme si ce qui était à l'intérieur, quoi que ce fût, avait fini par être déchiqueté, de la même manière qu'on dit qu'un animal vivant est déchiqueté si on le met dans un four à micro-ondes. Je sais que ça peut paraître complètement fou, mais je l'ai *vu* ce sang… il a giclé sur la vitre puis s'est mis à couler. *J' l'ai eu,* a déclaré Jimmy, ravi. *J' l'ai…*

« Alors Reg l'a balancé à travers la pièce. Il a heurté le mur. Le pistolet lui a échappé des mains, est tombé par terre et s'est cassé. Ce n'était rien d'autre qu'un morceau de plastique et des piles Eveready, bien entendu.

« Reg a regardé dans la machine à écrire, et s'est mis à crier. Ce n'était pas un cri de douleur ou de colère, même s'il exprimait une certaine colère… c'était surtout un cri de désespoir. Il s'est alors tourné vers l'enfant. Jimmy était affalé sur le sol et, quoi qu'il ait bien pu *avoir été* – s'il avait jamais *été* autre chose qu'un gamin facétieux – il n'était à présent qu'un petit garçon de six ans en proie à la terreur. Reg a pointé son revolver sur lui, et mes souvenirs s'arrêtent là. »

L'éditeur termina sa boîte de soda et la posa soigneusement à côté de lui.

– Les souvenirs de Gertrude et Jimmy Rulin permettent de compléter le récit, reprit-il. Jane est intervenue : « *Reg, NON !* » et quand il s'est tourné vers elle, elle s'est remise sur pied et s'est accrochée à lui. Il lui a tiré dessus et lui a fracassé le coude gauche, mais elle n'a pas lâché prise. Pendant qu'elle continuait à s'agripper à lui, Gertrude a appelé son fils et Jimmy a couru vers elle.

Reg a repoussé Jane et lui a tiré dessus une nouvelle fois. La balle a effleuré tout le côté gauche de son crâne. Un millimètre de plus sur la droite et il la tuait. Il y a peu de doute là-dessus et encore moins sur le fait que, sans l'intervention de Jane Thorpe, il aurait certainement tué Jimmy Rulin et peut-être même aussi la mère de celui-ci.

Il *a* en fait tiré sur le garçon au moment où celui-ci se jetait dans les bras de sa mère qui se tenait sur le seuil. La balle a pénétré dans sa fesse gauche, suivant une trajectoire descendante. Elle est ressortie en haut de sa cuisse gauche sans avoir touché l'os et a traversé le menton de Gertrude Rulin. Il y avait beaucoup de sang mais pas de dommage majeur.

Gertrude a claqué derrière elle la porte du bureau et elle a couru dans le couloir jusqu'à la porte d'entrée, son enfant hurlant et ensanglanté dans les bras.

L'éditeur marqua une nouvelle pause, pensif.

– À ce moment-là, soit Jane avait perdu connaissance, soit elle avait délibérément choisi de ne pas garder souvenir de ce qui allait se passer. Reg s'est assis dans son fauteuil de bureau et a placé le canon de son P 45 en plein milieu de son front. Il a appuyé sur la gâchette. La balle ne lui a pas traversé le cerveau, le réduisant à l'état de légume; elle n'a pas non plus décrit un arc de cercle le long de son crâne pour ressortir sans dommage de l'autre côté.

Son univers intérieur était élastique, mais la balle finale était aussi dure que possible. Il est tombé en avant sur la machine à écrire, mort.

Quand la police a débarqué, c'est ainsi qu'elle l'a trouvé; Jane était assise dans un coin, de l'autre côté de la pièce, à demi inconsciente.

La machine à écrire était couverte de sang, sans doute aussi remplie de sang; les blessures à la tête sont vraiment, vraiment malpropres.

Tout le sang répandu était du groupe O.

Le groupe de Reg Thorpe.

C'est ici, mesdames et messieurs, que s'achève mon histoire; je ne peux en dire plus.

En effet, la voix de l'éditeur avait baissé pour n'être guère plus qu'un murmure rauque.

Il n'y eut aucun des habituels bavardages de fin de soirée ni même une de ces conversations artificiellement brillantes qui viennent parfois couvrir, au cours d'un cocktail, l'impair d'un instant, ou du moins masquer le fait que les choses sont devenues, à un moment donné, beaucoup plus sérieuses qu'elles ne doivent l'être au cours d'un dîner élégant.

Mais, quand l'écrivain raccompagna l'éditeur à sa voiture, il ne put s'empêcher de lui poser une dernière question :

– La nouvelle ? demanda-t-il, qu'est devenue la nouvelle ?

– Vous voulez dire le récit de…

– Oui, « La Ballade de la balle élastique ». L'histoire qui se trouve à l'origine de tout ça. C'était *ça* la vraie balle élastique… pour vous en tout cas, si ce n'est pour lui. Bon Dieu, qu'est devenue cette nouvelle si géniale ?

L'éditeur ouvrit la porte de sa voiture; c'était

une petite Chevette bleue; sur son pare-chocs arrière un autocollant conseillait : UN AMI VÉRITABLE NE LAISSE PAS UN AMI EN ÉTAT D'IVRESSE PRENDRE LE VOLANT.

– Elle n'a jamais été publiée. Si Reg en a jamais possédé un double au carbone, il a dû le détruire après avoir reçu mon accord pour la publication du récit... vu son obsession paranoïaque à *leur* sujet, ça serait tout à fait dans la logique de son personnage. J'avais avec moi l'original et trois exemplaires photocopiés quand j'ai plongé dans la Jackson River. Tous les quatre dans une boîte en carton. Si j'avais placé celle-ci dans le coffre, j'aurais encore la nouvelle aujourd'hui car l'arrière de ma voiture n'a pas été immergé... et même si ça avait été le cas on aurait pu faire sécher les pages. Mais je voulais la garder près de moi alors je l'avais placée au-dessus du tableau de bord, côté conducteur. Les fenêtres étaient ouvertes quand j'ai fait le plongeon. Les pages... je suppose qu'elles sont tout simplement parties à la dérive et ont été emportées jusqu'à la mer. Je préfère penser cela plutôt que d'imaginer qu'elles ont pourri au fond de la rivière avec d'autres détritus ou qu'elles ont été avalées par un poisson-chat, ou quelque chose d'encore moins agréable sur le plan esthétique. Penser qu'elles ont été emportées vers la mer est plus poétique et un peu plus romanesque, mais pour ce qui est de ce que je décide de croire, je me suis rendu compte que je peux encore faire preuve d'élasticité. Façon de parler.

L'éditeur monta dans sa petite voiture et s'éloigna. L'écrivain le suivit du regard jusqu'à ce que les feux arrière aient disparu, puis se retourna. Meg était là, dans l'ombre, au bout de l'allée; elle lui souriait timidement. Bien que la nuit fût chaude elle serrait étroitement ses bras croisés contre sa poitrine.

– Il n'y a plus que nous deux, dit-elle. On rentre ?

– D'accord.

À mi-chemin elle s'arrêta et demanda :

– Il n'y a pas de Fornits dans ta machine à écrire, n'est-ce pas, Paul ?

Et l'écrivain, qui s'était parfois – souvent – demandé d'où *exactement* venaient les mots, répondit crânement :

– Bien sûr que non.

Ils rentrèrent, bras dessus, bras dessous, et fermèrent leur porte contre la nuit.

Le Chenal

– Le Chenal était plus large à l'époque, dit Stella Flanders à ses arrière-petits-enfants durant le dernier été de sa vie, le dernier été avant qu'elle ne voie des fantômes.

Les enfants l'observaient avec de grands yeux silencieux et son fils, Alden, se tourna sur son siège sous la véranda où il était en train de tailler un bâton. C'était un dimanche et Alden ne sortirait pas le bateau un dimanche, si cher que se vendît le homard.

– Que veux-tu dire, grand-mère ? demanda Tommy, mais la vieille femme ne répondit pas, impassible dans son fauteuil à bascule près du poêle froid, ses chaussons claquant placidement le parquet.

Tommy demanda à sa mère :

– Qu'est-ce qu'elle veut dire ?

Loïs se contenta de secouer la tête, sourit et les envoya dehors munis de pots pour cueillir des mûres.

Stella pensa : Elle a oublié. À moins qu'elle n'ait jamais su ?

Le Chenal était plus large à l'époque. Si quelqu'un était susceptible de le savoir, c'était bien Stella Flanders. Née en 1884, elle était la plus ancienne résidente de l'île de la Chèvre, et de sa vie elle n'avait jamais mis les pieds sur le continent.

Aimes-tu ? Cette question avait commencé de la tracasser et elle ne savait même pas ce que ça voulait dire.

L'automne arriva, un froid automne sans les pluies nécessaires pour mettre des couleurs vraiment belles sur les arbres; que ce fût sur La Chèvre ou à la Tête-du-Raton-Laveur, de l'autre côté du Chenal. Cet automne-là, le vent sifflait de longues notes froides et chaque note résonnait dans le cœur de Stella.

Le 19 novembre, quand les premières rafales de neige descendirent en tourbillonnant d'un ciel de chrome blanc, Stella fêta son anniversaire. Presque tout le village s'assembla. Il vint Hattie Stoddard, dont la mère était morte de pleurésie en 1954 et dont le père avait disparu avec le *Dancer* en 1941. Richard et Mary Dodge vinrent, Richard qui se déplaçait lentement sur le sentier en s'appuyant sur sa canne, l'arthrite le chevauchant comme une invisible cavalière, Sarah Havelock vint, bien entendu; la mère de Sarah, Annabelle, avait été la meilleure amie de Stella. Elles étaient allées ensemble à l'école de l'île jusqu'en quatrième, et Annabelle avait épousé Tommy Frane, qui lui tirait les cheveux au cours moyen et la faisait pleurer, tout comme Stella s'était mariée à Bill Flanders, qui lui avait un jour fait tomber tous ses livres d'école dans la boue (mais elle avait réussi à ne pas pleurer). Maintenant Annabelle et Tommy n'étaient plus et Sarah était le seul de leurs sept enfants qui fût demeuré sur l'île. Son époux à elle, George Havelock, que tout le monde appelait le Grand George, était mort d'une vilaine manière sur le continent en 1967, l'année où il n'y avait pas de poisson. Une hache avait échappé des mains du Grand George, il y avait eu du sang – trop ! – et des funérailles dans l'île trois jours plus tard. Et quand Sarah arriva à la fête de Stella et cria : « Joyeux anniversaire, grand-maman ! » Stella la serra fort et ferma les yeux

(Aimes aimes-tu ?)

mais ne pleura pas.

Il y avait un prodigieux gâteau d'anniversaire, Hattie l'avait confectionné avec l'aide de sa meilleure amie, Vera Spruce. L'assemblée brailla « Joyeux anniversaire ! » d'une seule voix assez puissante pour étouffer le bruit du vent... un petit moment en tout cas. Même Alden chantait, lui qui dans le cours normal des choses chantait seulement « En avant soldats du Christ » et l'hymne doxologique à l'église et pour le reste des paroles, il bougea les lèvres, tête baissée, ses vieilles larges oreilles rouges comme des tomates. Sur le gâteau de Stella, il y avait quatre-vingt-quinze bougies et en dépit du chant, elle entendait le vent, même si son ouïe n'était plus ce qu'elle avait été.

Elle pensa que le vent l'appelait par son nom.

« Je n'étais pas la seule, aurait-elle dit aux enfants de Loïs si elle avait pu. De mon temps, il y avait beaucoup de gens qui vivaient et mouraient sur l'île. Il n'existait pas de bateau-courrier à l'époque; Bull Symes apportait le courrier quand il y en avait. Pas de bac, non plus. Si tu avais à faire à La Tête, ton homme te prenait dans son homardier. À ma connaissance, il n'y a pas eu de cabinets avec chasse d'eau avant 1946. Le premier à en avoir introduit dans l'île, ce fut le gars Harold, l'année où une crise cardiaque a emporté Bull alors qu'il était sorti relever les casiers. Je me souviens de les avoir vus ramener Bull chez lui. Je me souviens qu'ils le transportaient

enveloppé dans un prélart, et qu'une de ses bottes vertes dépassait. Je me souviens... »

Et ils auraient dit : « Quoi, grand-mère, de quoi vous souvenez-vous ? »

Comment leur répondre ? Qu'y aurait-il eu de plus à dire ?

Le premier jour de l'hiver, un mois environ après la fête d'anniversaire, Stella ouvrit la porte de derrière pour prendre du bois de chauffage et découvrit un moineau mort sous la véranda. Elle se baissa précautionneusement, le prit par une patte et l'examina. « Gelé », annonça-t-elle, et quelque chose en elle prononça un autre mot.

Il y avait quarante ans qu'elle n'avait pas vu un oiseau gelé – c'était en 1938. L'année où le Chenal aussi avait gelé.

Frissonnante, resserrant son manteau, elle jeta le moineau dans le vieil incinérateur rouillé en passant à sa hauteur. La journée était froide, le ciel clair, d'un bleu profond. Le soir de son anniversaire, il était tombé quinze centimètres de neige, qui avaient fondu, et il n'en était plus venu depuis. « Ça va pas tarder », avait dit prudemment Larry McKeen au magasin de l'île de la Chèvre, comme pour mettre l'hiver au défi de ne pas venir.

Parvenue à la pile de bois, Stella se remplit les bras de bûches et les ramena à la maison. Son ombre vive et nette la suivait.

Comme elle atteignait la porte de la maison, où le moineau gelé était tombé, Bill lui parla – mais le cancer avait emporté Bill depuis douze ans. « Stella », dit Bill et elle vit son ombre à lui à côté de la sienne, plus longue et tout aussi nettement découpée, la visière d'ombre de sa casquette d'ombre inclinée sur le côté avec sa désinvolture coutumière, Stella sentit dans sa gorge un cri se bloquer, trop vaste pour franchir ses lèvres. « Stella, répéta-t-il, quand viendras-tu de l'autre côté sur le continent ? On prendra la vieille Ford à Norm Jolley et on descendra chez Bean à Freeport juste histoire de rigoler. Qu'en dis-tu ? »

Elle pivota, manquant laisser échapper le bois et il n'y avait personne. Rien que l'arrière-cour en pente douce sur la colline, puis les herbes folles et au-delà, en bordure de tout, nettement découpé et d'une certaine manière agrandi, le Chenal… et le continent au-delà.

« Grand-maman, qu'est-ce que c'est que le Chenal ? » aurait pu demander Lona… même si elle ne l'avait jamais fait. Et elle leur aurait donné la réponse que tout pêcheur savait par cœur : un chenal est une étendue d'eau entre deux étendues de terre, ouverte aux deux extrémités. La vieille blague des pêcheurs de homard : Sachez lire votre compas quand la brume arrive, les gars; entre Jonesport et Londres il y a un chenal sacrément long.

« Le Chenal c'est l'eau entre l'île et le continent », aurait-elle pu expliquer encore, en leur donnant des biscuits à la mélasse et du thé additionné de sucre. « Je le connais par cœur. Je le connais aussi bien que le nom de mon mari… et sa façon de porter la casquette. »

« Grand-maman ? dirait Lona, comment se fait-il que vous n'ayez jamais traversé le Chenal ? »

« Ma chérie, répondrait-elle, je n'ai jamais trouvé de raison de partir. »

En janvier, deux mois après la fête d'anniversaire, le Chenal gela pour la première fois depuis 1938. La radio avertit les habitants de l'île aussi bien que ceux du continent de ne pas se fier à la solidité de la glace mais Stewie McClelland et Russel Bowie sortirent le traîneau Bombardier de Stewie après avoir passé un long après-midi à boire du vin Apple Zapple et comme il se devait, le traîneau s'enfonça dans le Chenal. Stewie réussit à s'en sortir en rampant (mais il perdit un pied gelé). Le Chenal prit Russel Bowie et l'emporta.

Ce 25 janvier, il y avait un service religieux à la mémoire de Russel. Stella sortit au bras de son fils Alden et il bougea les lèvres pour les paroles des hymnes et brailla la doxologie de sa grande voix discordante avant la bénédiction. Après quoi Stella s'assit en compagnie de Sarah Havelock, d'Hattie Stoddard et de Vera Spuce dans la lueur d'un feu de bois à l'entresol de la mairie. On donnait une réception dédiée à la mémoire de Russel, avec du punch Za-Rex et de charmants petits sandwiches à la crème de fromage découpés en triangle. Bien entendu, les hommes ne cessaient de sortir pour aller boire la goutte ou quelque chose de plus fort que le Za-Rex. La veuve de Russel Bowie était assise, les yeux rouges et fixes à côté d'Ewel McCracken, le ministre du culte. Elle était enceinte de sept mois – ce serait son cinquième – et Stella, somnolente dans la chaleur du poêle à bois, songeait : *Elle tardera pas à traverser le Chenal, il me semble. Elle déménagera à Freeport ou à Lewiston et cherchera une servante, je crois.*

Elle se tourna vers Vera et Hattie pour savoir sur quoi portait la discussion.

– Non, je n'ai pas entendu, annonçait Hattie. Qu'est-ce que Freddy a dit ?

Elles parlaient de Freddy Dinsmore, le plus vieil homme de l'île (mais il a deux ans de moins que moi, songea Stella avec une certaine satisfaction), qui avait vendu son magasin à Larry McKeen en 1960 et était maintenant à la retraite.

– Il a dit qu'il n'avait jamais vu un hiver pareil, assura Vera en sortant son tricot. Il dit que ça va rendre les gens malades.

Sarah Havelock tourna son regard vers Stella et lui demanda si elle avait jamais vu pareil hiver. Il n'y avait pas eu de neige depuis ces quelques premiers flocons; le sol était craquant, nu et brun. La veille, Stella avait fait trente pas dans le champ de derrière, tenant la main droite à hauteur de la cuisse et l'herbe sur son chemin se cassait avec un bruit de verre brisé, formant une rangée bien nette.

– Non, dit Stella. Le Chenal a gelé en 38 mais il y avait de la neige cette année-là. Tu te souviens de Bull Symes, Hattie ?

Hattie éclata de rire.

– Je crois que j'ai encore le bleu qu'il m'a fait au derrière à la fête du nouvel an en 53. Il pinçait très très fort. Qu'est-ce que tu voulais dire sur lui ?

– Bull et mon homme ont traversé jusqu'au continent cette année-là, expliqua Stella. Au mois de février 1938. Ils avaient mis des raquettes et ils ont traversé jusqu'à la taverne de Dorrit. À La Tête, ils ont bu un coup de whisky et sont rentrés. Ils m'avaient proposé de venir. Ils étaient comme deux petits garçons partis faire de la luge avec leur traîneau entre eux.

Elles la regardaient, impressionnées par le prodige. Même Vera la regardait les yeux écarquillés et pourtant Vera avait certainement déjà entendu cette histoire. À ce qu'on racontait Bull et Vera avaient autrefois fricoté ensemble mais il était difficile aujourd'hui, en contemplant Vera, de croire qu'elle eût jamais été si jeune.

– Et vous n'y êtes pas allée ? demanda Sarah, qui voyait peut-être en pensée l'étendue du Chenal, si blanche qu'elle était presque bleue dans la lumière sans chaleur d'un soleil d'hiver, et les cristaux de neige étincelants, le continent qui se rapprochait tandis qu'on traversait, oui qu'on traversait l'océan tout comme Jésus sortant de la barque, qu'on quittait l'île à pied pour la seule et unique fois de sa vie.

– Non, répondit Stella.

Tout à coup, elle aurait voulu avoir elle aussi apporté son tricot.

– Je ne suis pas allée avec eux.

– Pourquoi ? interrogea Hattie, presque indignée.

– C'était jour de lessive, répliqua Stella d'une voix sèche et puis Mme Bowie, veuve de Russel, éclata en bruyants, braillants sanglots.

Stella leva les yeux et Bill Flanders était assis, avec sa veste rouge et noir, la casquette inclinée sur le côté; il fumait une Herbert Tareyton, une autre coincée derrière l'oreille pour plus tard. Elle sentit son cœur bondir dans sa poitrine et gonfler entre deux battements.

Elle émit un bruit mais à cet instant précis une pomme de pin éclata dans le poêle et aucune de ces dames ne l'entendit.

– La pauvre, dit Sarah, d'une voix presque roucoulante.

– C'est une bonne chose d'être débarrassée de ce bon à rien, grogna Hattie.

Elle chercha dans les abysses sinistres de la vérité ce qui concernait feu Russel Bowie et trouva :

– Il gagnait à peine plus qu'un clochard. C'est tant mieux qu'elle soit plus attelée à cette carriole.

Stella entendait à peine. Bill était assis là, assez près du révérend McCracken pour lui tordre le nez si ça lui chantait; il ne faisait pas plus de quarante ans, les pattes-d'oie au coin des yeux qui devaient par la suite se creuser si profondément étaient très peu visibles, il portait son pantalon de flanelle et ses bottes de caoutchouc avec les chaussettes de laine grise proprement rabattues sur le bord.

– Nous t'attendons, Stel, dit-il. Traverse, viens voir le continent. Tu n'auras pas besoin de raquettes cette année.

Ainsi était-il assis à l'entresol de la mairie, aussi grand que ce sacré Bill l'était, et puis une autre pomme de pin explosa dans le poêle et il disparut. Et le révérend McCracken s'approcha de Mme Bowie pour la réconforter comme si de rien n'était.

Ce soir-là, Vera appela Annie Philips au téléphone et dans le cours de la conversation, elle raconta à Annie que Stella Flanders n'avait pas l'air bien, pas bien du tout.

– Alden aurait du mal à l'enlever de l'île si elle tombait malade, dit Annie.

Annie aimait bien Alden parce que son fils à elle, Toby, lui avait dit qu'Alden ne buvait jamais rien de plus fort que de la bière. Annie était quant à elle d'une tempérance très stricte.

– On ne la bougera que si elle est dans le coma, dit Vera en prononçant ce mot à la mode de l'Est profond : *comer*. Quand Stella dit *grenouille*, Alden saute, Alden n'a pas vraiment inventé la poudre, tu sais. Stella le mène par le bout du nez.

– Ah bon ? dit Annie.

À cet instant précis, il y eut un craquement métallique sur la ligne. Vera perçut encore un moment non les paroles mais la voix d'Annie Philips derrière les craquements, et puis il n'y eut plus rien. Les rafales de vent s'étaient faites plus violentes et les lignes de téléphone étaient abattues, peut-être dans l'étang de Godlin ou dans la baie de Borrow, d'où elles traversaient le Chenal, enveloppées dans une gaine, par la voie sous-marine. Il n'était pas impossible qu'elles aient été abattues de l'autre côté, à La Tête… et certains devaient dire (en ne plaisantant qu'à moitié) que Russel Bowie avait d'une main glacée arraché le câble, simplement pour faire le mal.

À moins de deux kilomètres de là, Stella Flanders, couchée sous sa courtepointe en patchwork, écoutait la douteuse mélodie des ronflements d'Alden dans la pièce voisine. Elle écoutait Alden pour ne pas écouter le vent… mais elle l'entendait tout de même, oh oui, elle l'entendait venir des étendues glacées du Chenal, deux kilomètres et demi d'eau maintenant recouverte de glace, avec dans les profondeurs en dessous les homards et les mérous et peut-être le corps tordu et dansant de Russel Bowie, qui venait régulièrement en avril lui labourer le jardin avec son vieux Rototiller.

Qui me retournera la terre en avril prochain ? se demandait-elle, recroquevillée de froid sous la courtepointe. Et comme un rêve dans un rêve, sa propre voix répondit à sa voix : *Aimes-tu ?* Le vent soufflait en rafales, secouant les fenêtres antitempête. Il lui sembla que celles-ci lui parlaient mais elle détourna le visage pour ne pas entendre leurs paroles. Et elle ne pleura pas.

– Mais grand-maman, insistait Lona (elle n'abandonnait jamais, pas elle, qui ressemblait à sa mère et à sa grand-mère aussi), vous ne nous avez toujours pas dit pourquoi vous n'avez jamais traversé.

– Ma foi, mon enfant, j'ai toujours eu tout ce dont j'avais besoin ici même, à La Chèvre.

– Mais c'est si petit, nous, nous vivons à Portland. Là il y a des bus, grand-maman !

– J'en vois assez à la télé sur ce qui se passe dans les villes. Je crois que je resterai où je suis.

Hal était plus jeune, mais avait plus d'intuition; il n'insistait pas comme sa sœur, mais sa question allait plus au cœur du problème :

– Vous n'avez jamais eu envie de traverser, grand-maman ? Jamais ?

Et elle se penchait vers lui, lui prenait ses petites mains et lui racontait comment sa mère et son père à elle étaient venus dans l'île peu après leur mariage, et comment le grand-père de Bull Symes avait pris le père de Stella comme apprenti sur son bateau. Elle lui racontait que sa mère avait été quatre fois enceinte mais qu'elle avait fait une fausse couche et qu'un des bébés était mort une semaine après sa naissance… Ils auraient quitté l'île si l'on avait pu le sauver à l'hôpital du continent mais bien sûr ce fut terminé avant qu'elle ait eu le temps d'y songer.

Elle leur racontait que Bill avait assisté Jane, leur grand-mère, mais non pas que, lorsque ce fut fini, il était allé dans la salle de bains, avait commencé par vomir puis avait fondu en larmes comme une femme hystérique qui a des règles particulièrement douloureuses. Bien entendu, Jane avait quitté l'île à quatorze ans pour aller au lycée; les filles ne se mariaient plus à quatorze ans et quand Stella la vit partir sur le bateau de Bradley Maxwell dont le boulot était ce mois-là de faire la navette pour les enfants, elle sut au fond de son cœur que Jane était partie pour de bon, même si elle reviendrait un moment. Elle leur racontait qu'Alden était venu dix ans plus tard, après qu'ils eurent abandonné et, comme pour effacer son retard, Alden était resté, il était toujours là, en vieux garçon, et d'une certaine manière Stella s'en réjouissait parce qu'il n'était pas d'une intelligence très brillante et qu'il y avait tant de femmes prêtes à exploiter un homme au cerveau lent et au bon cœur (mais elle s'abstenait aussi de ces considérations-là devant les enfants).

Elle disait :

- Louis et Margaret Collins engendrèrent Stella Godlin, qui devint Stella Flanders; Bill et Stella Flanders engendrèrent Jane et Alden Flanders et Jane Flanders devint Jane Wakefield; Richard et Jane Wakefield engendrèrent Loïs Wakefield qui devint Loïs Perrault; David et Loïs Perrault engendrèrent Lona et Hal. Tels sont vos noms, les enfants : vous êtes des Godlin-Flanders-Wakefield-Perrault. Votre sang vient des pierres de cette île et je reste ici parce que le continent est trop loin à atteindre. Oui, j'aime; j'ai aimé, en tout cas, ou du moins ai-je essayé d'aimer, mais le souvenir est si large et si profond et je ne peux pas traverser. Godlin-Flanders-Wakefield-Perrault...

C'était le mois de février le plus froid depuis que la météorologie nationale avait commencé à tenir ses registres, et vers le milieu du mois la glace couvrant le Chenal devint sûre. Des motoneiges bourdonnaient et gémissaient et parfois se retournaient quand elles abordaient mal les reliefs de glace. Les enfants tentèrent de faire du patin, trouvèrent la glace trop bosselée pour que ce soit amusant et retournèrent à l'étang de Godlin de l'autre côté de la colline, mais avant cela Justin McCraken, le fils du pasteur, coinça un patin dans une fissure et se brisa une cheville. On l'emmena à l'hôpital du continent où un médecin qui possédait une Corvette lui déclara :

– Fiston, tu vas avoir une cheville comme neuve.

Freddy Dinsmore mourut sans crier gare trois jours après que Justin McCraken se fut brisé la cheville. Fin janvier, il attrapa la grippe, ne voulut pas faire venir le médecin, raconta à tout le monde que ce n'était « qu'un rhume qu'il avait attrapé en allant prendre le courrier sans son écharpe », s'alita et mourut avant que quiconque ait pu le transporter sur le continent et le brancher sur toute la machinerie qui attendait des gens comme Freddy. Son fils George, pochard invétéré, même à présent qu'il avait atteint l'âge avancé (pour un pochard, du moins) de soixante-huit ans, trouva Freddy tenant d'une main un exemplaire du *Bangor Daily News,* tandis que non loin de l'autre était posée sa Remington non chargée. Il songeait apparemment à la nettoyer quand il était mort. George Dinsmore se lança dans une beuverie de trois semaines, ladite beuverie étant financée par ceux qui savaient que George allait toucher l'argent de l'assurance de son père. Hattie Stoddard se répandit partout en disant à qui voulait l'entendre que le vieux George Dinsmore n'était qu'un pécheur déshonoré et qu'il ne gagnait pas plus qu'un clochard.

Il y eut beaucoup de grippes. En ce mois de février, l'école ferma quinze jours au lieu de la semaine habituelle en raison du nombre d'élèves malades.

– Quand il n'y a pas de neige, il y a beaucoup de microbes, dit Sarah Havelock.

Vers la fin du mois, alors qu'on commençait à espérer le faux confort de mars, Alden Flanders à son tour attrapa la grippe. Il la promena pendant près d'une semaine puis s'alita avec quarante de fièvre. Comme Freddy, il refusa de faire venir un médecin et Stella se rongea d'inquiétude. Alden n'était pas aussi vieux que Freddy, mais en mai il aurait soixante ans.

Enfin, la neige vint. Dix-huit centimètres à la Saint-Valentin, dix-huit autres le 20, et le 29 février, ce bon vieux vent du nord apporta encore trente centimètres de neige. Blanche et étrange elle recouvrait l'étendue entre l'anse et le continent, formant comme un pré à moutons là où à cette époque de l'année il n'y avait jamais eu depuis des temps immémoriaux que le flot gris et houleux. Plusieurs personnes firent à pied le trajet jusqu'au continent et retour. On n'avait pas besoin de raquettes cette année-là, car la neige avait gelé, formant une croûte solide et luisante. Ils auraient pu aller boire un coup de whisky, pensa Stella, mais pas chez Dorrit. Son établissement avait été détruit par un incendie en 1958.

Et elle vit Bill à quatre reprises. Une fois il lui dit :

– Tu devrais venir vite, Stella. On va marcher. Qu'en dis-tu ?

Elle ne pouvait rien dire. Son poing était enfoncé profondément dans sa bouche.

– Tout ce que j'ai jamais désiré, tout ce dont j'ai eu besoin était ici, leur expliquait-elle. Nous avions la radio et maintenant nous avons la télévision, et c'est tout ce que je veux avoir du monde de l'autre

côté du détroit. J'avais mon jardin, bon an mal an. Et les homards ? Eh bien, nous en avions toujours une marmite qui cuisait sur le poêle et nous la sortions et la mettions derrière la porte dans le placard à provisions; quand le pasteur venait il voyait que nous ne mangions pas la « soupe du pauvre ». J'ai vu du beau et du mauvais temps et s'il y a eu des moments où je me demandais quel effet cela faisait d'être en chair et en os dans le magasin Sear's au lieu de passer commande sur le catalogue, ou d'aller dans un de ces supermarchés que j'ai vus à la télé au lieu de faire mes emplettes au magasin d'ici ou d'envoyer Alden de l'autre côté pour acheter quelque chose de spécial comme un chapon de Noël... ou s'il m'est arrivé, rien qu'une fois, d'avoir envie de me trouver dans Congress Street à Portland pour regarder tous ces gens dans leurs voitures et sur les trottoirs, d'apercevoir ainsi plus de gens d'un seul coup d'œil qu'il n'y en a ici sur toute l'île à l'heure actuelle... si j'ai jamais eu envie de ces choses-là, celles d'ici me faisaient encore plus envie. Je ne suis pas étrange. Je ne suis pas particulière, pas spécialement excentrique pour une femme de mon époque. Ma mère disait parfois : « Toute la différence au monde est entre le travail et l'envie », et je crois cela de toute mon âme. Je crois qu'il vaut mieux labourer en profondeur que sur une large surface. C'est mon coin, et je l'aime.

Un jour de la mi-mars, alors que le ciel était aussi vide et déclinant qu'une mémoire lacunaire, Stella Flanders s'assit dans sa cuisine pour la dernière fois, laça ses bottines sur ses maigres mollets pour la dernière fois et entoura son cou de son écharpe de laine rouge vif (un cadeau de Noël d'Hattie trois années plus tôt) pour la dernière fois. Elle portait sous sa robe les sous-vêtements d'Alden. La ceinture du caleçon arrivait juste au-dessous des flasques vestiges de sa poitrine, le tricot lui descendait presque jusqu'aux genoux.

Au-dehors, le vent soufflait encore et la radio avait annoncé de la neige pour l'après-midi. Elle mit son manteau et ses gants. Après un moment de réflexion, elle enfila une paire de gants d'Alden par-dessus les siens. Alden s'était remis de sa grippe et ce matin-là, en compagnie d'Harley Blood, il remettait la porte-tempête de Mme Bowie, qui venait d'avoir une fille. Stella l'avait vue et la malheureuse mouflette ressemblait comme deux gouttes d'eau à son père.

Elle se tint un moment devant la fenêtre, contemplant le Chenal et Bill était là comme elle s'y attendait, debout à peu près à mi-chemin de l'île et de La Tête, planté au milieu du Chenal comme Jésus-quittant-la-barque. Il lui faisait signe de la main, comme pour lui dire que le temps pressait si elle voulait mettre le pied sur le continent dans cette vie.

Si c'est ce que tu veux, Bill, songeait-elle avec inquiétude, *Dieu sait que moi, je n'y tiens pas.*

Mais le vent étouffa d'autres paroles. En fait, elle voulait. Elle voulait avoir cette aventure. L'hiver avait été douloureux pour elle – l'arthrite qui apparaissait et disparaissait avait fait un retour en force, brûlant les articulations de ses doigts et de ses genoux au feu d'une flamme rouge et d'une glace bleue. L'un de ses yeux avait faibli, s'était brouillé (et l'autre jour justement, Sarah avait avoué avec une certaine gêne que l'âtre qui se trouvait là depuis que Stella avait soixante ans semblait grandir par bonds et par brusques sursauts). Pire que tout, la douleur profonde qui lui poignait l'estomac était revenue et deux jours plus tôt, elle s'était levée à cinq heures du matin, s'était frayé un chemin sur le parquet délicieusement froid de la salle de bains et avait craché un énorme caillot de sang d'un rouge brillant dans la cuvette des toilettes. Ce matin-là, elle avait encore vomi de cette substance infecte, cuivrée et tremblante comme une gelée.

Les douleurs d'estomac apparaissaient et disparaissaient depuis cinq ans, avec des moments de rémission et d'aggravation, et elle savait pratiquement depuis le début que ce devait être un cancer. Cette maladie avait emporté son père et sa mère et le père de sa mère. Aucun d'eux n'avait vécu au-delà de soixante-dix ans et elle supposait donc qu'elle avait battu à plate couture les types de l'assurance.

– Tu manges comme un cheval, lui dit Alden, avec un large sourire, peu de temps après le début de ces douleurs et l'apparition des premières taches de sang dans les selles du matin. Tu ne sais pas que les vieux machins comme toi sont censés garder le ventre creux ?

– Excuse-toi ou je te gifle ! avait répondu Stella en levant la main devant la joue de son fils grisonnant qui recula la tête, et, par jeu, se recroquevilla et gémit :

– Non, maman ! Je le retire !

Oui, elle avait mangé de bon cœur, non parce qu'elle en avait envie mais parce qu'elle croyait (comme beaucoup de gens de sa génération) que si on nourrissait le cancer il vous laissait tranquille. Et ça avait peut-être marché, du moins pendant un moment; le sang dans ses selles apparaissait et disparaissait, et puis il y eut de longues périodes où elle ne le vit plus du tout. Alden s'habitua à la voir se resservir à table (et se resservir une deuxième fois quand la douleur était particulièrement forte) mais elle ne prit jamais de poids.

Maintenant, il semblait bien que le cancer avait fini par prendre les proportions de ce que les mangeurs de grenouilles appellent *la pièce de résistance*[1].

Franchissant la porte, elle aperçut le chapeau d'Alden, celui qui avait des protège-oreilles en fourrure, pendu à l'un des portemanteaux de l'entrée. Elle s'en coiffa – le rebord tombait directement sur ses broussailleux sourcils poivre et sel – et jeta un dernier coup d'œil autour d'elle pour vérifier qu'elle n'avait rien oublié. Le poêle était au ralenti et Alden avait laissé le tirage trop ouvert – elle avait beau le lui répéter, c'était une chose qu'il n'arriverait jamais à faire correctement.

– Alden, tu brûleras un stère de plus par hiver quand je ne serai plus là, marmonna-t-elle, et elle ouvrit le poêle.

Elle jeta un coup d'œil à l'intérieur et un petit sursaut d'effarement, vite contenu, lui échappa. Elle claqua la porte du poêle et ajusta le tirage de ses doigts tremblants. Pendant un instant, rien qu'un instant, elle avait vu sa vieille amie Annabelle Frane dans les braises. C'était son visage de vivante, il n'y manquait pas même le grain de beauté sur la joue.

Et est-ce qu'elle ne lui avait pas cligné de l'œil ?

Elle pensa à laisser à Alden un mot pour lui dire où elle était allée, mais elle se dit que peut-être son cerveau lent, à sa façon, comprendrait.

Écrivant encore le billet dans sa tête – *Depuis le premier jour de l'hiver je vois ton père et il dit que*

1. En français dans le texte. *(N. d. T.)*

mourir n'est pas si mal, du moins, je crois que c'est...–, Stella sortit dans le jour blanc.

Le vent la secoua et elle dut raffermir le chapeau d'Alden sur sa tête avant que le blizzard ne s'amuse à le lui prendre et à le faire rouler au loin. Le froid semblait trouver la moindre ouverture dans ses vêtements et la vrillait – le froid humide de mars et la neige humide dans son esprit.

Elle descendit la colline en direction de la baie, en veillant à marcher sur les cendres et les bouts de brique que George Dinsmore avait répandus. Autrefois George avait été embauché par la ville de La Tête pour conduire le chasse-neige pendant le grand coup de froid de 77; il s'était complètement enivré de whisky et avait conduit l'engin tout droit non pas sur un, ni sur deux, mais sur trois pylônes électriques. La Tête avait été privée de lumière pendant cinq jours. Stella se souvenait encore de l'impression étrange qu'on avait en regardant de l'autre côté du Chenal et en ne voyant que la nuit. Le corps s'était habitué à voir ce vaillant petit nid de lumières. Maintenant George travaillait sur l'île et comme il n'y avait pas de chasse-neige, il ne risquait pas de causer autant de dégâts.

En passant devant la maison de Russel Bowie, elle vit sa veuve, d'une pâleur laiteuse, qui la regardait. Elle lui fit signe de la main. La veuve répondit de même.

Elle aimerait leur dire cela :

« Sur l'île, nous avons toujours réglé nos affaires nous-mêmes. La fois où Gerd Henreid a eu un vaisseau qui a éclaté dans la poitrine, on a économisé tout un été sur la nourriture pour lui payer une opération à Boston – et Gerd est revenu bien vivant,

grâce à Dieu. Quand George Dinsmore a foncé sur ces pylônes et que la compagnie d'électricité a fait saisir sa maison, on s'est arrangés pour que la compagnie ait son argent et que George ait un boulot qui lui permette d'avoir ses cigarettes et sa gnôle... Pourquoi pas ? il n'était bon à rien d'autre quand il avait fini sa journée de travail mais quand il était à la tâche il travaillait comme une bête de somme. La fois où il a fait des dégâts, c'était à cause de la nuit, il faisait nuit et la nuit a toujours été le moment où George buvait. Son père l'a nourri, au moins. Maintenant Mme Bowie est seule avec un autre enfant. Peut-être qu'elle va rester ici avec ses allocations et sa pension, et en fait, le plus vraisemblable c'est que ça ne suffira pas, mais on lui apportera toute l'aide dont elle a besoin. Elle partira probablement, mais si elle restait, elle ne mourrait pas de faim... et écoutez-moi, Lona et Hal : si elle reste elle pourra conserver quelque chose de ce petit monde avec son petit Chenal d'un côté et le grand Chenal de l'autre, quelque chose qu'il serait trop facile de perdre en vendant à la sauvette du hasch à Lewiston ou des beignets à Portland ou des boissons dans le quartier de Nashville North à Bangor. Et je suis assez vieille pour ne pas avoir besoin de battre la campagne quand il s'agit de définir ce que c'est : une façon d'être et une façon de vivre – une façon de sentir. »

Ils avaient aussi une autre manière de s'occuper de leurs affaires, mais de cela elle ne leur parlerait pas. Les enfants ne comprendraient pas, pas plus que Loïs et David, même si Jane savait la vérité. Il y avait eu l'enfant mongolien de Norman et Ettie Wilson, né avec ses pauvres petits pieds en dedans, un crâne chauve plein de creux et de bosses, les doigts palmés comme s'il avait rêvé trop longtemps et trop profondément en nageant dans le Chenal intérieur; le revérend McCracken était venu baptiser l'enfant, et le lendemain Mary Dodge était venue, qui dès cette époque avait déjà mis au monde plus d'une centaine d'enfants, et Norman avait emmené Ettie au bas de la côte pour voir le nouveau bateau de Frank Child et bien qu'elle pût à peine marcher, Ettie l'avait accompagné sans se plaindre, mais elle s'était arrêtée à la porte pour jeter un regard en arrière sur Mary Dodge, qui tricotait calmement, assise près du berceau de l'idiot. Mary avait levé les yeux et quand leurs regards s'étaient croisés, Ettie avait fondu en larmes. « Viens », avait dit Norman, bouleversé. « Viens, Ettie, viens. » Et quand ils étaient revenus, une heure plus tard, le bébé était mort, une de ces morts subites du nourrisson – n'était-ce pas un décès miséricordieux s'il n'avait pas souffert ? Et bien des années auparavant, avant la guerre, durant la dépression, trois petites filles avaient subi un attentat à la pudeur en rentrant de l'école, ce n'était pas grave, du moins pas au point de laisser des séquelles physiques visibles et elles avaient raconté qu'un homme leur avait offert de leur montrer un jeu de cartes décorées de toutes sortes de chiens. « Je vous montrerai ce merveilleux jeu de cartes », avait dit l'homme, si vous venez avec moi dans les buissons et une fois là-dedans, l'homme avait dit : « Mais il faut d'abord que vous touchiez ça. » L'une des petites s'appelait Gert Symes, elle devait être nommée professeur de l'année pour l'État du Maine en 1978, pour son travail à Brunswick High. Et Gert, qui n'avait alors que cinq ans, avait raconté à son père qu'à une des mains de l'homme, il manquait des doigts. Une des deux autres petites avait abondé dans ce sens. La troisième ne se rappelait rien. Stella se souvenait qu'Alden était sorti par un jour orageux cet été-là et elle avait eu beau le questionner, il n'avait pas voulu lui dire où il allait. De la fenêtre, elle avait vu Alden retrouver Bull Symes au bout du chemin, et puis Freddy Dinsmore les avait rejoints et en bas dans la baie elle avait vu son propre mari, qu'elle avait envoyé dehors ce matin-là comme toujours, avec sa gamelle sous le bras. D'autres hommes s'étaient ralliés à eux et finalement quand ils s'étaient mis en mouvement, elle en avait compté une bonne dizaine. Le prédécesseur du révérend McCracken était parmi eux. Et ce soir-là un type du nom de Daniels avait été découvert au bas de Slyder's Point, là où les rochers se dressaient, perçant le ressac comme les crocs d'un dragon noyé la bouche ouverte. Ce Daniels avait été embauché par Big George Havelock pour l'aider à consolider sa maison et à mettre un nouveau moteur dans son camion Model A. Il était du New Hampshire et c'était un beau parleur qui avait trouvé d'autres boulots inhabituels à faire pour quand il en aurait terminé chez Havelock... et à l'église, il savait chanter juste ! Apparemment, dirent-ils, Daniels se promenait au sommet de Slyder's Point et avait glissé, rebondissant tout le long de la pente jusqu'en bas. Il avait le cou brisé et le visage écrasé. Comme personne ne le connaissait, on l'avait enterré dans l'île et le prédécesseur du révérend McCracken avait prononcé l'éloge funèbre, louant l'ardeur au travail de ce Daniels et son obligeance, en dépit des deux doigts qui lui manquaient à la main droite. Puis il avait lu la bénédiction et le cortège funèbre s'en était retourné à la mairie où, à l'entresol, ils avaient bu du punch Za-Rex et mangé des sandwiches à la crème de fromage, et Stella n'avait jamais demandé à ses hommes où ils étaient allés le jour où Daniels était tombé du haut de Slyder's Point.

« Mes enfants, leur dirait-elle, nous réglions tou-

jours nos affaires nous-mêmes. Il le fallait bien, car le Chenal était large à l'époque et quand le vent rugissait et que le ressac battait la côte et que l'obscurité venait tôt, eh bien, nous nous sentions très petits – guère plus que des atomes de poussière dans l'esprit de Dieu. Alors il était naturel de nous donner la main les uns aux autres.

« Nous nous donnions la main, mes enfants, et s'il y avait des moments où nous nous demandions à quoi cela servait, ou s'il existait vraiment une chose comme l'amour, c'était seulement parce que nous avions entendu le vent et les flots dans les longues nuits d'hiver et que nous avions peur.

« Non, je n'ai jamais ressenti le besoin de quitter l'île. Ma vie était là. Le Chenal était plus large en ce temps-là. »

Stella atteignit la baie. Elle regarda à droite et à gauche, le vent faisant voltiger sa robe derrière elle comme un drapeau. S'il y avait eu du monde elle serait descendue et aurait tenté sa chance dans le chaos de roches, bien qu'elles fussent luisantes de glace. Mais il n'y avait personne et elle remonta la jetée, passant devant le vieux hangar à bateaux de Symes. Elle atteignit l'extrémité de la jetée et se tint là un moment, la tête levée, le vent s'insinuant en courants d'air alanguis sous les protège-oreilles rembourrés du chapeau d'Alden.

Avec un grognement, elle s'assit au bord de la jetée et puis posa un pied sur la croûte de neige en dessous. Ses bottes s'enfoncèrent un peu; pas trop. Elle rajusta le chapeau d'Alden – comme le vent tenait à le lui arracher ! – et se mit en marche vers Bill. Elle pensa une fois à se retourner, mais s'en abstint. Elle pensait que son cœur ne le supporterait pas.

Elle marchait, ses bottes s'enfonçant en craquant dans la croûte, et écoutait le léger bruit de succion de la glace. Bill était là-bas, un peu plus loin maintenant, mais il lui faisait toujours signe. Elle toussa, cracha du sang sur la neige blanche qui couvrait la glace. Maintenant le Chenal dévoilait toute son étendue vide des deux côtés et elle pouvait pour la première fois de sa vie lire le panneau CHEZ STANTON, TOUT POUR LA PÊCHE ET LE BATEAU sans utiliser les jumelles d'Alden. Elle voyait les voitures qui filaient dans les deux sens dans la rue principale de La Tête et elle songea avec un réel sentiment d'étonnement : *Ils peuvent aller aussi loin qu'ils veulent... Portland... Boston... New York. Imagine !* Et elle pouvait presque imaginer une route qui se déroulait simplement à l'infini, les frontières du monde largement repoussées.

Un flocon de neige tourbillonna devant ses yeux. Un autre. Un troisième. Bientôt une neige légère tombait et elle marchait à travers un aimable monde de blancheur brillante et mouvante; la Tête-du-Raton-Laveur se drapa d'un rideau de gaze qui parfois se déchirait. Elle leva la main pour rattraper une nouvelle fois le chapeau d'Alden et la neige lui rabattit la visière sur les yeux. Le vent tordait des films de neige fraîche et dans l'une des formes qu'il dessinait elle vit Carl Abersham, disparu en mer avec le mari d'Hattie Stoddard sur le *Dancer*.

Mais l'éclat de la neige se ternit, au fur et à mesure qu'elle se faisait plus épaisse. La rue principale de La Tête s'éloigna, s'éloigna et finit par disparaître. Pendant un moment encore elle put distinguer la croix sur l'église et puis elle s'évanouit aussi, comme un rêve trompeur. Le dernier à s'en aller fut le panneau brillant en jaune et noir CHEZ

STANTON, TOUT POUR LA PÊCHE ET LE BATEAU, enseigne d'une boutique où l'on pouvait aussi trouver du carburant pour les moteurs, du papier tue-mouches, des sandwiches italiens et de la Budweiser à emporter.

Puis Stella marcha dans un monde totalement dépourvu de couleurs, un rêve neigeux en gris-blanc. *Tout comme Jésus-sortant-du-bateau,* pensa-t-elle et enfin elle regarda en arrière mais maintenant l'île aussi avait disparu. Elle voyait ses traces s'éloigner, se brouiller jusqu'à ce qu'elle ne distingue plus que les demi-cercles de ses talons... et puis plus rien. Plus rien du tout.

Elle pensa : *C'est le brouillard blanc. Il faut que tu fasses attention, Stella, ou tu n'arriveras jamais sur le continent. Tu marcheras en rond, tu feras un grand cercle jusqu'à ce que tu sois épuisée et alors tu mourras de froid.*

Elle se souvint que Bill lui avait dit une fois que quand on est perdu dans les bois, il faut faire comme si on boitait de la jambe droite pour les droitiers, de la gauche pour les gauchers. Sinon la bonne jambe prend le dessus et on tourne en rond sans s'en rendre compte jusqu'au moment où l'on retrouve ses propres traces. Stella pensait qu'elle ne pouvait s'exposer à ce qu'une chose pareille lui arrive. De la neige aujourd'hui, ce soir et demain, avait annoncé la radio, et dans un brouillard blanc comme celui-ci, elle ne saurait même pas si elle était retombée sur sa piste, car le vent et la neige fraîche l'auraient effacée longtemps avant qu'elle la retrouve.

En dépit des deux paires de gants qu'elle portait, ses mains l'abandonnaient, et ses pieds avaient disparu depuis un moment. D'une certaine façon, c'était presque un soulagement. Au moins l'engourdissement faisait-il taire la clameur de son arthrite.

Stella commençait à boiter à présent, faisant travailler davantage sa jambe gauche. L'arthrite de ses genoux ne s'était pas endormie et bientôt ils hurlaient contre elle. Ses cheveux blancs voltigeaient derrière elle, ses lèvres s'étaient crispées, découvrant les dents (elle avait encore les siennes, quatre intactes) et elle regardait droit devant, espérant que cette enseigne jaune et noir se matérialiserait sur la blancheur volante.

Il n'en fut rien.

Un moment plus tard, elle remarqua que la blancheur brillante se ternissait, se transformait en un gris plus uniforme. La neige tombait plus lourde et plus épaisse que jamais. Ses pieds s'enfonçaient toujours dans la croûte mais maintenant elle avançait à travers cinq centimètres de neige fraîche. Elle baissa les yeux sur sa montre, mais elle était arrêtée. Stella s'aperçut qu'elle avait dû oublier de la remonter pour la première fois depuis vingt ou trente ans. À moins qu'elle ne se soit arrêtée pour de bon ? C'était celle de sa mère et à deux reprises, elle l'avait fait porter par Alden à La Tête où M. Dostic avait commencé par s'en émerveiller avant de la nettoyer. Sa montre au moins était déjà allée sur le continent.

Elle tomba pour la première fois un quart d'heure environ après qu'elle eut commencé à remarquer la grisaille croissante du jour. Pendant un moment elle resta sur les mains et les genoux, en se disant que ce serait facile de rester là, de se recroqueviller et d'écouter le vent, et puis la détermination qui l'avait fait avancer à travers tant d'obstacles lui revint et elle se releva en grimaçant. Elle se tint debout dans le vent, regardant droit devant elle, voulant que ses yeux voient... mais ils ne virent rien.

Il va bientôt faire noir.

Bon, elle s'était trompée de direction. Elle avait dû dévier d'un côté ou de l'autre. Autrement elle aurait déjà atteint le continent. Mais elle ne croyait pas s'être égarée au point d'aller parallèlement au continent ou même de retourner en direction de La Chèvre. Un navigateur intérieur lui murmurait qu'elle avait surcompensé et dévié sur la gauche. Elle pensait approcher du continent, mais suivant une diagonale par rapport à la côte.

Dix minutes plus tard (à présent le gris était vraiment profond, et elle se retrouvait dans le bizarre crépuscule d'une forte tempête de neige) elle tomba de nouveau, essaya de se relever, échoua et réussit enfin à se remettre sur pied. Elle demeura chancelante dans la neige, à peine capable de se tenir debout dans le vent, des vagues de faiblesse déferlant dans sa tête, lui donnant tour à tour des sensations de lourdeur et de légèreté.

Peut-être le rugissement dans ses oreilles n'avait-il rien à voir avec le vent, mais ce fut sûrement le vent qui réussit enfin à lui arracher le chapeau d'Alden. Elle fit un mouvement pour le saisir, mais le vent l'éloigna avec aisance hors de sa portée. Un bref instant, elle l'aperçut qui bondissait gaiement en s'éloignant de plus en plus dans le gris qui s'assombrissait, brillante tache orange. Il s'abattit sur la neige, roula, s'éleva de nouveau, disparut. Maintenant ses cheveux volaient librement autour de sa tête.

– Ça va très bien, Stella, dit Bill. Tu peux prendre le mien.

Elle sursauta et scruta la blancheur autour d'elle. Ses mains gantées s'étaient portées instinctivement à sa poitrine, et elle sentit des ongles aigus lui griffer le cœur.

Elle ne vit rien que des voiles de neige mouvants – et puis, sorti de cette gorge grise du soir, dans laquelle le vent hurlait comme la voix du diable dans un tunnel de neige, son mari s'avança. D'abord ce ne furent que des couleurs bougeant dans la neige : rouge, noir, vert foncé, vert plus clair, puis ces couleurs s'assemblèrent pour former une veste de flanelle à grand col, un pantalon de flanelle et des bottes vertes. Il tendait son chapeau dans sa direction, en un geste qui paraissait d'une courtoisie presque absurde et son visage était celui de Bill, sans les marques du cancer qui l'avait emporté (était-ce cela qui l'effrayait ? l'idée que l'ombre ruinée de son époux s'approcherait d'elle, silhouette décharnée de camp de concentration avec la peau tendue et brillante sur les pommettes et les yeux profondément enfoncés dans les orbites ?) et elle éprouva un sentiment de soulagement.

– Bill ? C'est vraiment toi ?

– 'videmment...

– Bill, répéta-t-elle, et elle posa sur lui un regard joyeux.

Ses jambes se dérobèrent et elle crut qu'elle allait tomber, tomber, à travers lui – n'était-il pas un fantôme ? – mais il la prit dans ses bras avec autant de force et de compétence que les bras qui l'avaient portée au-dessus du seuil de la maison qu'elle ne partageait plus qu'avec Alden ces dernières années. Il la soutint et un moment plus tard, elle sentit le chapeau fermement enfoncé sur sa tête.

– C'est vraiment toi ? demanda-t-elle de nouveau, en levant les yeux sur son visage, sur les pattes-d'oie qui ne s'étaient pas encore creusées, sur l'épaule enneigée de sa veste de chasse, sur ses vivaces cheveux châtains.

– C'est bien moi. Nous sommes tous là.

Il pivota à demi en l'entraînant dans le mouvement et elle vit les autres émerger de la neige que le vent poussait à travers le Chenal dans l'obscurité croissante. Un cri de peur et de joie mêlées s'échappa de sa bouche quand elle vit Madeline Stoddard, mère d'Hattie, dans une robe bleue qui claquait au vent comme une cloche et tenant par la main le papa d'Hattie, qui était non pas un squelette tombant en poussière dans le fond de l'océan avec le *Dancer*, mais un homme jeune et au corps intact. Et derrière eux, il y avait deux...

– Annabelle ! cria-t-elle, Annabelle Frane, c'est toi ?

C'était bel et bien Annabelle; même dans cette neige luisante Stella reconnut la robe rose qu'Annabelle avait portée au mariage de Stella, et tandis qu'elle se frayait un chemin vers son amie morte, serrant le bras de Bill, elle songea qu'elle devait sentir le parfum des roses.

– Annabelle !

– Nous sommes presque tous là maintenant, ma chérie, dit Annabelle en lui prenant l'autre bras.

La robe rose qui à l'époque avait été considérée comme *osée* (mais, au crédit d'Annabelle, et au soulagement de tous, non pas tout à fait comme *scandaleuse*) découvrait les épaules mais Annabelle ne paraissait pas sentir le froid. Sa chevelure, d'un auburn sombre, se déroulait sur toute sa longueur dans le vent.

– Un tout petit peu plus loin.

Elle prit l'autre bras de Stella et ils se remirent en marche. D'autres silhouettes se détachèrent de la nuit enneigée (car il faisait nuit maintenant). Stella reconnut la plupart d'entre elles, mais pas toutes. Tommy Frane avait rejoint Annabelle; le grand George Havelock, qui était mort comme un chien dans les bois, marchait derrière Bill; il y avait le type qui avait gardé le phare à La Tête pendant plus de vingt ans et venait dans l'île en février pour le tournoi de cartes que Freddy Dinsmore organisait – Stella avait son nom sur le bout de la langue. Et il y avait Freddy soi-même ! À côté de Freddy, seul, l'air ahuri, marchait Russel Bowie.

– Regarde, Stella, dit Bill et elle vit des formes noires surgir des ténèbres comme les proues brisées d'innombrables navires.

Ce n'étaient pas des bateaux, mais des roches éclatées et fissurées. Ils avaient atteint La Tête. Ils avaient traversé le Chenal.

Elle entendit des voix, sans être sûre qu'ils parlaient vraiment :

Prends-moi la main, Stella...

(est-ce que)

Prends-moi la main, Bill...

Annabelle... Freddy... Russel... John... Ettie... Frank... prenez-moi la main, prenez-moi la main... la main.

(est-ce que tu aimes)

– Veux-tu me prendre la main, Stella ? demanda une nouvelle voix.

Elle regarda autour d'elle et vit que Bull Symes était là. Il lui souriait gentiment et pourtant elle sentit en elle une sorte de terreur pour ce qu'elle avait devant les yeux et pendant un instant elle résista, s'accrochant plus fort à la main de Bill.

– Est-ce que c'est...

– Le moment? compléta Bill. Eh oui, Stella, je crois. Mais ça ne fait pas mal. Du moins, c'est ce qu'on a toujours dit. Ç'a toujours été ainsi jusqu'à présent.

Tout à coup, elle fondit en larmes – elle pleura

toutes les larmes qu'elle n'avait jamais pleurées – et sa main dans la main de Bill, elle dit :

– Oui, pour l'avenir, pour le passé, pour le présent.

Ils formaient un cercle dans la neige, les morts de l'île de la Chèvre, et le vent hurlait autour d'eux, poussant des paquets de neige, et une espèce de chant monta de leur assemblée. Il s'élevait dans le vent et le vent l'emportait au loin. Tous chantèrent alors, comme chanteraient les enfants de leurs voix claires et douces quand le soir d'été se fondrait dans la nuit. Ils chantaient, et Stella sentit qu'elle allait vers eux et avec eux, qu'elle avait enfin traversé le Chenal. Il y eut un peu de douleur, mais pas trop; la perte de sa virginité avait été plus douloureuse. Ils formaient un cercle dans la nuit. La neige tourbillonnait autour d'eux et ils chantaient. Ils chantaient et...

... et Alden ne le raconterait pas à David et à Loïs mais l'été qui suivit la mort de Stella, quand les enfants vinrent pour leurs quinze jours de séjour annuels, il le raconta à Lona et à Hal. Il leur raconta que durant les grandes tempêtes d'hiver le vent chantait avec des voix presque humaines et que parfois il lui semblait presque saisir les paroles : « Loué soit Dieu pour ses largesses, louez-le, créatures d'ici-bas... »

Mais ce qu'il ne leur raconta pas (vous voyez le lent Alden, dépourvu d'imagination, dire de telles choses à haute voix, même à des enfants ?) c'est que parfois il entendait ce son et avait froid même près du poêle; qu'il cessait de tailler son bâton, ou bien posait le casier qu'il avait eu l'intention de réparer, en songeant que le vent chantait avec toutes les voix de ceux qui étaient morts et avaient disparu... et ils étaient quelque part sur le Chenal, à chanter comme le font les enfants. Il lui semblait entendre les voix et ces nuits-là il rêvait parfois qu'il chantait la doxologie à ses propres funérailles.

Il y a des choses qu'on ne raconte jamais et des choses non pas exactement secrètes, mais qui ne se discutent pas. On avait retrouvé Stella morte de froid sur le continent le lendemain de la tempête. Elle était assise sur un siège naturel formé par la roche à une centaine de mètres au sud des limites de la ville de La Tête, gelée aussi proprement qu'on voudra. Le médecin qui possédait la Corvette dit que franchement il était étonné. Elle avait dû marcher pendant six kilomètres et l'autopsie, requise par la loi dans les cas de mort inattendue et inhabituelle, révéla un cancer très avancé – en vérité, la vieille dame en était complètement rongée. Est-ce qu'Alden devait dire à David et à Loïs que le chapeau qu'elle portait n'était pas celui de son fils ? Larry McKeen l'avait reconnu. De même que John Bensohn. Il l'avait vu dans leurs yeux et il supposait qu'ils l'avaient vu dans les siens. Il n'avait pas vieilli au point d'oublier le chapeau de son père, la forme de la visière ou les endroits où la fourrure était arrachée.

« Ces choses-là sont faites pour qu'on y pense lentement, aurait-il dit aux enfants s'il avait su en parler. Ce sont des choses sur lesquelles il faut réfléchir tout au long, pendant que les mains font leur travail et que le café attend pas loin dans une solide chope chinoise. Ce sont peut-être bien les questions du Chenal : Est-ce que les morts chantent ? Et est-ce qu'ils aiment les vivants ? »

La nuit, après que le bateau de Al Curry eut ramené sur le continent Lona et Hal et leurs parents, les enfants debout à la poupe lui faisant des signes d'adieu, Alden examinait la question, et d'autres, et l'affaire du chapeau de son père.

Les morts chantent-ils ? Aiment-ils ?

Durant ces longues nuits de solitude, après que sa mère Stella Flanders eut à la fin des fins rejoint la tombe, Alden avait souvent le sentiment que les morts faisaient l'un et l'autre.

Notes

L'origine des récits et des nouvelles n'intéresse pas tout le monde et c'est parfaitement normal – il n'est pas nécessaire de comprendre le moteur à combustion interne pour conduire une voiture et il n'est nul besoin de connaître les circonstances qui ont entouré la fabrication d'une histoire pour y prendre quelque plaisir; la création des histoires intéresse les universitaires, les fans et les fouineurs (les premiers et les derniers sont presque synonymes, mais peu importe). Je livre ici quelques notes sur quelques-unes des histoires – le genre de choses qui devraient, je crois, intéresser le lecteur moyen. Mais si vous n'êtes pas même moyen à ce point-là, je vous assure que vous pouvez refermer le livre sans remords – vous ne perdrez pas grand-chose.

« Brume. » Ceci a été écrit durant l'été 1976, pour une anthologie de nouveaux récits rassemblée par mon agent, Kirby McCauley. McCauley avait créé un autre livre de ce genre, *Frights,* deux ou trois ans plus tôt. C'était un livre de poche. À présent, il s'agissait de faire un livre à couverture cartonnée de dimensions beaucoup plus ambitieuses. On lui donna pour titre *Dark Forces*. Kirby voulait que je lui écrive une histoire, et il insista avec l'opiniâtreté, la détermination... et une espèce d'aimable diplomatie qui constituent, je crois, la marque distinctive d'un agent réellement bon.

Je n'arrivais à penser à rien. Plus je réfléchissais et plus il m'était facile de n'aboutir à rien. Je commençais à croire que la machine à nouvelles dans ma tête était en panne temporaire ou définitive. Puis vint la tempête, qui ressemblait beaucoup à ce qui est décrit dans l'histoire. À son apogée, une trombe s'abattit sur Long Lake, à Bridgton, où nous habitions à l'époque et j'insistai pour que ma famille me rejoignît au rez-de-chaussée pendant un moment (mais ma femme s'appelle Tabitha – Stephanie est le prénom de sa sœur). Le voyage au marché le lendemain ressemble aussi beaucoup à ce qui est raconté, même si la compagnie d'une odieuse créature comme Norton m'a été épargnée – dans le monde réel, les gens qui vivaient dans la résidence secondaire de Norton étaient un aimable médecin, Ralph Drews, et son épouse.

Au marché, ma muse s'est tout à coup soulagée sur ma tête – cela arrive toujours ainsi, brusquement, sans crier gare. J'étais au milieu de l'allée centrale, en quête de hot dogs, quand j'imaginai un énorme oiseau préhistorique qui volait lourdement en direction du comptoir à viande au fond, en renversant les boîtes d'ananas en tranches et les flacons de sauce tomate. Pendant que mon fils Joe et moi faisions la queue à la caisse, je m'amusais à me raconter l'histoire de tous ces gens que je voyais, coincés dans un supermarché cerné par des animaux préhistoriques. Je trouvai cela follement amusant – ce qu'aurait été *Fort Alamo* si le film avait été tourné par Bert I. Gorgon. J'écrivis la moitié de l'histoire durant la nuit et le reste dans la semaine qui suivit.

Cela avait demandé du temps, mais Kirby trouva l'histoire bonne et il la mit dans le livre. Elle ne m'a jamais plu autant qu'à lui jusqu'à ce que je la réécrive... en particulier je n'aimais pas que David Drayton couche avec Amanda et ne découvre jamais ce qui était arrivé à sa femme. Cela me paraissait lâche. Mais en la réécrivant, je découvris un rythme du langage qui me plut – et en gardant ce rythme en tête, je parvins à émonder l'histoire pour en faire paraître l'essentiel avec plus de réussite que dans certaines de mes autres longues nouvelles (« Un élève doué » dans *Différentes Saisons* constitue un exemple particulièrement bon de cette affection dont je souffrais – l'éléphantiasis littéraire.)

Le véritable secret de ce rythme se trouve dans l'usage délibéré de la première phrase, que j'ai tout simplement volée à Douglas Fairbairn, dans son roman *Shoot*. Cette phrase est pour moi l'essence de toute l'histoire, une sorte d'incantation zen.

Je dois dire que j'ai aimé aussi la métaphore de la découverte par David Drayton de ses propres limites et j'ai aimé de même le réjouissant mauvais goût de l'histoire – vous êtes censé la voir en noir et blanc, un bras passé autour de l'épaule de votre petit(e) ami(e), avec un gros haut-parleur posé sur la fenêtre. C'est à vous d'assurer la seconde partie du programme.

« En ce lieu, des tigres... » Ma première institutrice à Stratford, dans le Connecticut, fut Mme Van Buren. Elle était drôlement impressionnante. Je suppose que si un tigre était venu la boulotter, je n'aurais pas été contre. Vous savez comment sont les enfants.

« Le singe. » Il y a quatre ans environ, je me trouvais à New York pour affaires. En rentrant à pied à mon hôtel après une visite à mes amis de la New American Library, je vis un type qui vendait des singes dans la rue. Il y en avait toute une bande sur une couverture grise qu'il avait étendue sur le trottoir au coin de la 5e Avenue et de la 44e Rue, tous accroupis, grimaçant et tapant sur leurs cymbales. Ils me parurent vraiment redoutables, et tout le reste de mon chemin jusqu'à l'hôtel je ne cessai de me demander pourquoi. Je décidai que c'était parce qu'ils me rappelaient la Dame aux Ciseaux... celle qui tranchera le fil de nos vies à tous, un jour ou l'autre. C'est en gardant cette idée en tête que j'écrivis cette histoire, presque au fil de la plume, dans une chambre d'hôtel.

« Le raccourci de Mme Todd... » La vraie Mme Todd, c'est mon épouse : cette femme est vraiment une dingue des raccourcis, et une grande partie de celui qui est décrit dans la nouvelle existe réellement. C'est aussi elle qui l'a trouvé. Et il est également vrai que Tabby semble rajeunir parfois, même si j'espère ne pas ressembler à Worth Todd. J'essaie.

Cette histoire me plaît beaucoup, elle me titille. Et la voix du vieil homme est apaisante. De temps à autre on écrit quelque chose qui rappelle le bon vieux temps, quand tout ce qu'on écrivait semblait neuf et plein d'invention. J'ai senti ainsi « Mme Todd » quand je l'ai écrite.

Un dernier point au sujet de cette nouvelle... trois magazines féminins l'ont refusée, deux à cause de cette phrase sur le fait qu'une femme se pisserait sur les jambes si elle ne s'accroupissait pas. Apparemment on a pensé qu'aucune femme ne pissait ou on n'a pas voulu rappeler pareille réalité. Le troisième magazine, *Cosmopolitan,* l'a rejetée, parce que le personnage principal était trop vieux, selon la rédaction, pour intéresser son public.

Sans commentaire... Ajoutons seulement que *Redbook* l'a finalement acceptée – Dieu le bénisse.

« L'Excursion. » Ce récit était destiné à l'origine à *Omni,* qui l'a refusé avec vigueur parce que l'aspect scientifique est par trop déficient. C'est Ben Bova qui m'a donné l'idée de faire travailler les colons à l'extraction de l'eau, et je l'ai introduite dans la présente version.

« Le radeau. » J'ai écrit cette histoire en 1968 sous le titre « Le train de bois ». Fin 1969, je l'ai vendue au magazine *Adam* qui – comme la plupart des magazines féminins – payait non à l'acceptation mais à la parution. La somme promise s'élevait à deux cent cinquante dollars.

Au printemps 1970, je rentrais chez moi à une allure de tortue dans mon break Ford après avoir quitté l'University Motor Inn à minuit et demi quand je rencontrai sur ma route des balises de sécurité gardant un passage piétonnier qu'on venait de repeindre. La peinture avait séché, mais nul ne s'était soucié de retirer les balises avant que la nuit tombât. L'une d'entre elles rebondit et arracha le silencieux aux restes pourris de mon tuyau d'échappement. Je fus aussitôt submergé par le genre de fureur violente et vertueuse que seuls les étudiants saouls peuvent éprouver. Je décidai de faire le tour de la ville d'Orono en ramassant toutes les balises. Je les laisserais le lendemain matin devant le poste de police, avec un mot déclarant que j'avais sauvé de nombreux silencieux et de nombreux pots d'échappement et que je méritais une médaille.

J'en ramassai peut-être cent cinquante avant que des lumières bleues ne commencent à clignoter dans mon rétroviseur.

Je n'oublierai jamais le flic d'Orono qui revint vers moi après un long, très long examen de l'arrière de mon break, et qui me demanda : « Fiston, ces balises, elles sont à toi ? »

Les balises furent emmenées, et moi avec. Je fus cette nuit-là l'hôte de la ville d'Orono, bien connue des cruciverbistes. Un mois plus tard environ, je fus traduit en justice devant le tribunal de district de Bangor sous l'inculpation de vol simple. J'étais mon propre avocat et mon client était vraiment idiot. Je fus condamné à deux cent cinquante dollars d'amende, somme que je ne possédais pas, bien entendu. On me donna une semaine pour l'apporter, faute de quoi je serais l'hôte du comté de Penobscot pour trente jours supplémentaires. J'aurais sans doute pu emprunter cet argent à ma mère, mais les circonstances n'étaient pas faciles à expliquer (à moins d'avouer une bonne cuite).

Bien qu'il faille théoriquement toujours éviter le recours aux *dei ex machina* dans la fiction parce que ces dieux jaillis d'une machine ne sont pas vraisemblables, j'observe qu'ils surgissent toujours dans la vie réelle. Le mien survint trois jours après que le juge eut fixé le montant de l'amende, et se présenta sous la forme d'un chèque du magazine *Adam*, d'un montant de deux cent cinquante dollars. C'était pour mon histoire « Le Train de bois ». On eût dit que quelqu'un m'avait envoyé une vraie carte : « Vous êtes libéré. » J'encaissai immédiatement le chèque et payai l'amende. Je décidai fermement de marcher droit et d'éviter désormais soigneusement les balises. Je n'ai pas exactement marché droit depuis, mais croyez-moi, je n'ai plus eu de relations avec les balises.

Mais il y a encore une chose : *Adam* payait seulement à la publication, bon Dieu ! et comme j'avais eu l'argent, la nouvelle aurait dû sortir. Mais je n'ai jamais reçu d'exemplaire, je n'en ai jamais vu aux étals, en dépit d'inspections régulières – je me frayais un chemin parmi de vieux cochons en train d'examiner de grandes revues littéraires comme *Boobs and Buns* (« Nibards et Pétards ») et *Spanking Lesbians* (« Fessées lesbiennes ») et je feuilletais tous les magazines distribués par les messageries. Je n'ai jamais vu cette histoire dans aucun d'entre eux.

Quelque part sur ma route j'ai aussi perdu le manuscrit original. Je me suis remis à penser à cette histoire en 1981, quelque treize ans plus tard. J'étais à Pittsburgh où l'on mettait la dernière main au montage de *Creepshow,* et je m'ennuyais. Je décidai alors de me lancer dans la recréation de cette histoire et le résultat fut « Le Radeau ». Cette nouvelle est semblable à la première pour ce qui est de l'intrigue, mais je crois qu'elle a des aspects bien plus horribles.

En tout cas, si quelqu'un parmi vous a jamais vu « Le Train de bois » ou même si quelqu'un en a un exemplaire, pourrait-il m'en envoyer une photocopie ? Ou même simplement une carte postale confirmant que je ne suis pas fou ? Ça aurait dû paraître dans *Adam,* ou dans *Adam Quarterly* (« trimestriel ») ou (plus vraisemblablement) dans *Adam Bedside Reader* (« Le Livre de chevet d'Adam »; je sais, je sais, ce n'est pas très glorieux comme nom mais à l'époque je n'avais que deux pantalons et trois slips, et les mendiants ne peuvent pas faire les difficiles, et c'était quand même, permettez-moi de vous le dire, bien mieux que *Fessées lesbiennes*). J'aimerais simplement vérifier que cette nouvelle a été publiée ailleurs que dans le triangle des Bermudes.

« Le goût de vivre. » Un jour je me suis mis à penser au cannibalisme – parce que c'est le genre de choses auxquelles des types comme moi pensent parfois – et ma muse une fois de plus a vidé ses boyaux magiques sur ma tête. Je sais bien à quel point ça a l'air grossier, mais c'est la meilleure métaphore que je connaisse, toute inélégante qu'elle soit, et croyez-moi quand je vous dis que je lui donnerais volontiers du laxatif si elle en voulait. En tout cas, j'ai commencé à me demander si une personne pouvait se manger elle-même, et si oui, combien de temps elle pourrait se manger avant que l'inévitable n'arrive. L'idée était si parfaitement révoltante que j'étais trop délicieusement horrifié pour faire autre chose qu'y penser pendant des jours – j'hésitais à l'écrire parce que je pensais que je risquais de la bousiller. Finalement, quand ma femme m'a demandé pourquoi je riais un jour où nous mangions des hamburgers sous notre véranda, je décidai qu'il me fallait au moins faire un essai.

À l'époque nous vivions à Bridgton, et je passai une bonne heure à en parler avec Ralph Drews, notre voisin, médecin à la retraite. Quoique dans un premier temps il se montrât dubitatif (l'année précédente, en quête d'une autre histoire, je lui avais demandé s'il croyait possible qu'un homme avalât un chat), il finit par admettre qu'un homme pourrait survivre sur lui-même pendant un moment – comme tout ce qui est matériel, expliqua-t-il, le corps humain n'est que de l'énergie mise en réserve.

« Ah, fis-je, mais le choc répété des amputations ? » La réponse qu'il me fit figure, avec très peu de changements, dans le premier paragraphe de l'histoire.

Je suppose que Faulkner n'aurait jamais écrit une chose pareille, hein ? Oh, non.

« Le camion d'oncle Otto. » Le camion existe vraiment, et la maison aussi; j'ai raconté l'histoire que je me racontais à leur sujet pour passer le temps au cours d'un long voyage en voiture. Elle me plut et il ne me fallut que quelques jours pour la rédiger.

« Le Chenal. » Le frère cadet de Tabby, Tommy, a été garde-côte. Il avait un poste dans l'Est, dans la région de Jonesport-Beals, sur la longue côte accidentée du Maine, là où les principales tâches des gardes-côtes consistent à changer les batteries des grandes balises flottantes et à sauver la vie de stupides passeurs de drogue qui se perdent dans la brume ou foncent sur les récifs.

Il y a beaucoup d'îles dans ce coin, et beaucoup de communautés insulaires étroitement soudées. Il m'a raconté un équivalent véridique de l'histoire de Stella Flanders, qui vécut et mourut sur son île. Était-ce l'île du Cochon ? L'île de la Vache ? Je ne m'en souviens pas. C'était un animal, en tout cas.

Je n'arrivais pas à y croire.

– Elle n'a jamais voulu traverser jusqu'au continent ?

– Non, elle disait qu'elle n'aurait envie de traverser que lorsqu'elle serait morte, dit Tommy.

Le mot « chenal » ne m'était pas familier, et Tommy me l'expliqua. Il m'a aussi raconté la blague des pêcheurs de homard sur le sacrément long chenal qui sépare Jonesport de Londres, et je l'ai mise dans la nouvelle. Elle a été publiée pour la première fois dans *Yankee* sous le titre : « Les morts chantent-ils ? », titre assez joli, mais après y avoir réfléchi, je suis revenu au titre original.

Eh bien, voilà. Je ne sais pas si ça vous fait la même chose mais chaque fois que j'arrive à la fin, c'est comme si je me réveillais. C'est un peu triste que le rêve vous échappe, mais tout ce qui vous entoure – le réel – en même temps, eh bien, ça a l'air vraiment pas mal. Merci de m'avoir accompagné – ça m'a plu. Ça me plaît toujours. J'espère que vous êtes arrivé entier, et que vous reviendrez... parce que comme dit cet amusant maître d'hôtel de ce bizarre club new-yorkais, il y a toujours de nouvelles histoires.

Stephen KING
Bangor, Maine.

TABLE

2579

Achevé d'imprimer en France (Manchecourt)
par Maury-Eurolivres le 20 octobre 2003.
Dépôt légal octobre 2003. ISBN 2-290-30838-2
1er dépôt légal dans la collection : août 1986

Éditions J'ai lu
84, rue de Grenelle, 75007 Paris
Diffusion France et étranger : Flammarion